山川记

王妹英◎著

中国言实出版社

图书在版编目(CIP)数据

山川记 / 王妹英著. -- 北京：中国言实出版社，
2021.3
ISBN 978-7-5171-2041-4

Ⅰ.①山… Ⅱ.①王… Ⅲ.①长篇小说—中国—当代
Ⅳ.①I247.5

中国版本图书馆CIP数据核字（2021）第042918号

出 版 人 王昕朋
责任编辑 肖　彭
责任校对 赵　歌

出版发行 中国言实出版社
　　　　　地　址：北京市朝阳区北苑路 180 号加利大厦 5 号楼 105 室
　　　　　邮　编：100101
　　　　　编辑部：北京市海淀区花园路 6 号院 B 座 6 层
　　　　　邮　编：100088
　　　　　电　话：64924853（总编室）　64924716（发行部）
　　　　　网　址：www.zgyscbs.cn
　　　　　E-mail：zgyscbs@263.net

经　　销 新华书店
印　　刷 北京盛通印刷股份有限公司
版　　次 2021 年 3 月第 1 版　2021 年 3 月第 1 次印刷
规　　格 710 毫米 × 1000 毫米　1/16　20.5 印张
字　　数 335 千字
定　　价 78.00 元　ISBN 978-7-5171-2041-4

　　王妹英，陕西人，毕业于西北大学中文系。中国
作家协会会员，陕西省作协签约作家，著有长篇小说、
中短篇小说多部。长篇小说《山川记》获鄂尔多斯文

学奖、《长篇小说选刊》年度奖、柳青文学奖、陕西省"五个一工程"奖;长篇小说《得城记》获剑门关文学奖。入选"四个一批"人才、百优人才。

目 录

红色岁月 红色历程 红色史诗 红色经典

第一章

那年初春，荞麦地里正下种，土地一片淡黄。

东明的妈扶着下荞麦种的犁耙，嘴里一时想吃酸。看见崖边一棵干掉的酸枣树上，挂了几颗红酸枣，爬上土坡，够了一颗干酸枣，想填进嘴里。手还没有来得及靠近嘴边，滑了一足，蹬出一米开外，老粗布裤子扯开裤裆；肚子里一阵剧痛，泥地里挣扎半刻，两腿劈开，"哗啦"一声响，东明生出来了。

听不见哭。身子中间有一个红红的小鸡鸡，一撅一撅，是个小子娃。东明的妈起得早，生出儿子来的时候，已经下了两沟地的荞麦种，抬眼看见东边天上有一股子明，红灿灿、亮晶晶的，太阳正要升上来，给孩子起名叫东明。

一股春风刮起来，眯了她的眼，接着是漫天黄尘。因为荞麦提早下种，一条地、一条地，地里光溜溜得干净清爽。黄土和春风一搅，干树枝纷纷掉下来。脚下的黄泥土路一直往沟里延伸，一步步推进，身子后面的山脊中，掩藏着百多户人家，名字叫作桃花村。村子里鸡不叫狗不咬，仿佛被大自然溶解，空空如也，只留下大地的呼吸。

儿子不足月。只看见红湿红湿的脑袋和身子，不见哭。儿子他爹刘铁石从沟里取水跑上来，看见红红的生了，赶紧解了牲口套上的犁耙，把母子两个驮了，回了沟边窑里的土炕上，接生婆颠着半大的解放足跑进土窑里，看了看红裤裆里包裹的小东西，说："死了。"

东明妈的眼泪"唰啦"一下就出来了。不死心，染了血的手翻过来倒过去看，眼里夹着泪，惊喜地说："有气哩！"和他爹一阵翻倒、拍脸蛋、掐人中，气上来了，歇了两歇，哭出三声来，活了。

桃花村在春天会种植许多农作物，老化了的果园随处可见，零零星星挂着几个干掉了的生果子，虫子在果面上蛀了眼儿，摇摇欲坠，在春风里时时准备落下。

山谷中间有树木和丛林，间或掩藏着一间间土窑洞，在太阳的映照下显出明快橙黄的色彩。

长满了枝条的野桃树漫山遍野，春来的时候惹上几朵桃花，远看都是一片春意。相传，桃花村的野桃树上结了几颗瘦桃，不经意掉进一个饿昏了的要饭老人嘴里，救得那人一命，后来那人得道成仙，点化了桃花村。从此以后，漫山漫坡、沟沟梁梁尽是长得不规整、也不好看的野毛桃树，杂花生树一般，在春天的夜里会蒙上一层雾气，那特有的雾气本来一晚上都是弥漫在山谷底的，后来渐渐地把野毛桃树枝也包裹、遮蔽在夜色中了，甚至把月亮的光辉都隔在空树枝上，比起白天的景致，更多了几分迷离亲近。枝上栖息的山雀，脑袋藏在翅膀底下，不知所以地打着深夜的最后一个盹儿；在堆积得厚厚的干树枝和黄树叶中，灰黑杂毛的野兔，偷偷地来往。偶尔有一只褐色的松鼠蹿出，往前冲了一气，觉得走错了路，忽而停顿，仿佛心怀疑虑，又回头搜捡上年秋来时，跌落在树叶里的半颗野桃充饥，就像它命中注定要吃的那样。那树上驳杂的野毛桃，竟也在民国九年人吃人的大饥荒时，救了饥馑的荒村路人，接着，在大自然各种事物的神秘性中，逃荒要饭的路人和野兽，为逃活命，都在此落足成村，桃花村因此而得名。

桃花村四面环山，藏于沟谷。九道山梁依势向谷而奔，一山独起谷中，大有九龙抱珠之势。一条小河奔流而过，名字叫作石头河。点点村居宛若散星，西临苍岩树，东依凤凰翅，地势风貌，疏朗俊逸，山谷随意而驰，有弯便拐。老辈人说是先周老祖曾在此立国，到了公刘之父周老王时，有人报告说桃花村龙气积聚，为祥瑞之兆。为了江山永固，周老王命人在此疏浚河道，龙脉暗藏，飞鸟低回，人丁繁盛。桃花村位于老城东南三十公里处，百多户人家，人不过千，刘姓、李姓占到八九成以上。

广袤的桃花山川之中，石头河东岸，一道毫不起眼的小小山岭，隐于沟谷，沉静稳重。终年四季，山雾遮蔽，缭绕不绝，唤作迷狐岭。相传，有一位仙女，落难在此，恰逢一条俊美男狐搭救。后有子牙提兵出关，在此点兵点将，击鼓传令，偶遇迷雾阵阵，归途难觅。得见一对美狐相引，一夜风云吹散，得以拔寨起程，班师回营。子牙驰骑回望，观其天象，那一对美狐，缱绻顾盼，两情相好，逶迤而至，俊丽无比，引人注目，遂心生偏护，支给百载粮帛，青禾米面，望山成岭，赐予它们非凡的命运。迷狐岭由此而得名。

东明出生的那天后晌，太阳跌进桃花沟的时候，听说本村后沟的地主婆家，生了一个女儿，名字叫蓝花。那时地主婆家不吃香，掌柜的祖上做买卖贩过洋烟，留了些家底儿，到了掌柜的这一辈，虽然在他婴儿时期就已失了那份田产，他也从没见上那份田产一眼，说不上有多少眷恋和怨恨，也不知道是谁正在享用它，不过他还是被划定了富农成分，一长大成人，就赶上戴着白纸糊的高帽游街游村。半夜常从被窝里被揪出来批斗，鞋都没穿，反捆着手。村里的小孩都跟在后面跑，大声喊："打倒地富反坏分子！"

女儿虽然没有像同一天出生的东明那样，一生出来，就生在生产队的荞麦地里，光彩夺目、气壮山河，不过两口子还是悄悄地钻进土窑深处，给孩子取了个大气、贫农的名字：蓝花。

落日透过土窑的窗棂，在孩子身上闪出淡然、柔和的光。地主婆掌柜的看到红红的女儿出生，怀着惊喜和愁苦，脸突然烧得发烫，昏昏沉沉地说："我是有罪的人，领受了祖上的因果报应，听说祖上贩卖洋烟的时候，祸害了不少良民，让他们当房卖地、卖儿卖女、家破人亡。听说祖上借粮收租给邻家们的时候，大斗进，小斗出，卖了良心了。放钱给邻里百姓度难的时候，驴打滚、利滚利，饿死三代人都偿还不清。我替他们，把该领受的罪都领受了。你能到这世上来，说明老天免了我的罪了，我是为了你才戴高帽游街的。等到你耳朵会听了，眼睛会看了，不要看见我戴白纸糊的高帽游街就行。我的孩呀，你是没罪的。你的翅膀不会掉的，你的翅膀不是泥捏的。"

他把女儿抱起来，看见躺在落日余晖里的孩子，一张好看的脸仰着，向着他，头靠在他手掌的大拇指上，在短暂的静默中，并没有将来的暗影从她的身上闪过。在她所梦见的那个未来中，也没有不安的脚步和影子。

地上的泥炉子已经灭了，去年冬天就没有生过火。地主婆从掌柜的手里，把孩子接过来，送到奶头跟前，孩子张开嘴，咬住奶头不放，奶孩子的女人先是忍着，然后就哭了，因为奶头里没有奶水。

地主婆香莲坐在土炕上，头上裹着一块白手巾，眼里含着泪水，对卧在自己奶头上，没有奶吃哭得颤抖的女儿，感到灰心和绝望。

香莲出生在比桃花村更偏远的深山里，父亲在民国时期和乡间邻里打架犯了命案，一头扎进深山。因为身体健硕粗壮，性格简单，舍得力气，能吃苦种地，在深山给一户主家种了三个月桑麻，后来就娶了种桑麻的大户人家的小老婆。桑麻老户主死得早，一辈子没生养，年轻时在乡间有几分家业，为避战乱躲进深山，开辟了桑麻田产，娶了一大一小两个小足女人，原先也雇了几个长工，偏都是偷懒生事，搅得家里大小老婆、家宅不宁。老户主活着时就都辞掉了。留下两个小足女人守家，就在这当口，香莲的父亲出现在深山老林里，饿了几天正啃玉米地里的嫩玉米，被上山摘菜的香莲妈看见了，家里没人手，正缺男人，看着年轻力壮，就好心好意收留了。

第二年头上生下香莲，不几年大老婆也去世了。早几年家里还算富裕，几亩桑麻，两个女人，藏入深山，有吃有喝，没人管也没人问，谁知后来天年不足，桑麻歉收，又赶上山下打仗，征兵催粮，惊动了远处的响马，深夜被洗劫一空，把家里的财产、女人连夜装进麻布口袋掳走。香莲的母亲情急，在香莲脸上抹了几把锅灰，揪乱香莲头上梳得光溜溜的小辫，推进菜窖里拿柴草盖住。十几岁的香莲躲进堆放萝卜白菜的地窖，三天没敢出来，才逃得活命。

出了地窖才发现她的命运逆转。山谷中的几间土宅和空了的粮仓，被一个心眼儿多的响马占领了，他故意走在响马队伍的最后，说要拉稀，脱队跑了，背着一杆长枪返回十几里山路，占领了桑麻宅。香莲的父亲去向不明。三天以后，响马看见从菜窖里钻出来的香莲，年岁虽轻，却藏不住眉眼俊俏，就生了邪心，日夜蹂躏，怕她跑了，用细麻绳捆住香莲的手足，每天只给吃半碗粗粮饭，吃个半饱，衣服也不给穿。把香莲关进土窑，仿佛一朵残花，没开就败了。对于山谷里的光明，从父母亲失踪那天起，就不曾见了。黑暗中度过多少岁月，香莲也不知道了。在朦胧的岁月中，后来只模糊听说，山外解放好几年了，劳苦人民当家做了主人，山里的残余响马被清理出去就地正法。香莲从土窑里被寻出来，洗干净，穿上来解放她的女干部脱下来的补丁衣裳，干眉净眼，像是换了一个人，精神却不见得有多好，不多说话，见了生人就躲，在院子里自由走动了几天，当地政府把她就近送给一家无儿无女的孤寡户，又将养了几年，目光迷离，精神涣散，仍不见好，有一天竟随意走出山谷，和家人彻底走散了。

漫无目的一路闲走，也没有人知道，她在山野中消磨了多少时光，在她走过的路上，时时都会大哭上一场，直到快要升起的朝阳，在她发暗的眼前和跳动的心里浮动起来。最后出现在桃花村村口的破庙里。圈了几日，冻得发抖，呻吟着，身上仅有一块破布遮身，命悬一线。她将通往另一个地方，在那另一个地方，她将见到她心中所希望的幻境，穿过那片幻境，一直走下去，直到她找到她依稀想要找到和依傍的人——她的模糊不清的父母亲，以她父母亲的命运做警戒，然后使她的人生告一段落，或者永久闭幕。

庙门时开时闭，瑟瑟轻响。黄昏转成暗夜。远处人家，土窑里昏黄的灯光烘暖照亮破庙的残影，她对于在狂风里独自躺在黑夜中所感到的麻木和孤独，已经习以为常了。

那时东明妈刚生了东明的大哥不久，冬天夜长地冻，夜里出来，想寻一把柴草添烧热炕，发现破庙里躺了几天的陌生女人，快不行了。回家拿了两个窝窝头，递到那女人手里，端了一碗热水，喂那女人慢慢喝下去，把那女人救活了。来历不明的女人，自己也没有多余的地方收留，又看着可怜，不忍心见死不救，只好叫来大队、小队的干部，村里的干部们，正在大队部的一间土窑里，批斗家庭成分不好的地富反坏分子，来到村口破庙里，看见无助的香莲，年纪不算大，眼睛藏在一堆柴草里，含着泪水。

好歹也是一条性命。大家就地里商量，有心让挨批斗的光棍地主领回家去，虽然那有名无实的地主小时候念过几天私塾，认得几个字，反正按他的家庭成分，他是一辈子也寻不上个老婆的，生死各按天命。一种奇特的怜悯心境，在几个人中间同时产生出来。几个村干部一合计一拍板，当场就把几乎要咽气的香莲发配给光棍地主做老婆了。虽然大家对这个垂危女人的怜悯，都是真心的，可是除了那个不咋像样的地方之外，的确也没有更好的地方，可以安顿这个可怜的女人了。

大队干部一挥手，随意留下两个人去送香莲，其他人就各自消失在夜色中了。

留下的人，把东明妈送给香莲的那件旧衣服，穿在香莲身上，扣好扣子。一个人打手电，一个人抱起她轻飘飘的身体，他们走进一张山村夜晚特有的寒气织成的罗网里，仿佛那一张一合无处不在的罗网，已经变成一座一座土窑洞之间的纱幕了。乡村的夜特别黑，除了小手电里，一个圆圈一样的亮点，别的东西一样也看不见了。香莲在这个陌生小村的陌生人的脊背上，呼吸匀称、轻柔，她睡得很沉，睫毛上的泪珠还没有干。他们走进地主一个人独居的土窑时，地主被批斗还没有回来，一张光草席铺在炕上，他们把她绵软的身体放在土炕上，拉过一条破了絮的旧棉被盖在她身上。从此时直到终老，每一个白天和每一个黑夜，这里就是她的存身之地了。

和往常一样，被批斗得鼻血外流、脸色灰蒙蒙的光棍地主，在疑虑和不安中回到家的时候，看到破草席上熟睡的女人，先是一惊，继而惊喜。从那以后，他对刮风一样平常的揪斗也就不大在乎了，鼻血也再不会不争气地常常往外流了。

香莲在地主家的土窑里，与世隔绝地将养了几年，黑夜有了热被窝，白天跟着去生产队里劳动改造，晚上掌柜的挨批斗，村里人都知道她是个要饭的出身，没有揪斗过她。她就在灯底下痴等，每次被批斗得七荤八素的掌柜的回来，给他脱衣涮洗脸上身上的脏东西，照顾他的衣食起居，人前不多说话，人后他们却也恩爱，谁也没有欺负谁的心思，互相都有了依傍。几年光景，她养得白净耐看，竟也怀上了孩子，生出一个如花似玉的女儿来，精神状态也渐渐地好了。那时她就觉得，她要能把怀里这个孩子养活，她就极端快活了。

东明家就住在隔壁不远的土坡上。三间土窑洞，三代赤贫，一个大土院。院里、家里打扫得干干净净。土窑不大，也不深，进深只有几米，进土窑门不远几步，就是一盘彻间大土炕，为了节省冬天做饭、烧炕用的柴草，加上刚出生没几天的东明，一家五口都睡在这盘大土炕上。土炕的一边有两拃高的泥砖墙，为了拦住土炕上玩耍的孩子掉进做饭的滚水锅里。墙下面是做饭用的一口大铁锅。大炼钢铁时，原先在老辈人手里置下的大铁锅都捐出去炼钢了。起初东明妈舍不得捐，她当年嫁进刘家门时，家里穷得啥也没有，唯一那口做饭用的大铁锅，看着黑明锃亮，厚重踏实。谁知熬不住隔三岔五，队上大炼钢铁的小高炉负责人，总叫他们两口子去开村民誓师大会。那时大家都不回家，家里也都不开灶了，都把家里的杂粮蔬菜交到村里的大食堂，红薯管饱，提前进入共产主义了。后来地里的红薯吃光了，村里的大食堂吃不饱，大家都饿得前胸贴后背，食堂解散了。又回到各家开灶，家里已添了人口，生了东明的哥哥和姐姐，买不起那样厚重结实的大铁锅了，现在做饭用的锅比泥抹的火口小了一大圈，四个方向用四块半头砖夹着，烟灰常常飞出来，眯了孩子们的眼。烟筒连着炕洞通向土窑外面的墙上，遇上南风，背向风一吹，土窑里尽是做饭时倒呛回来的浓烟。呛得人嗓子干哑，咳嗽不上来。东明有一个哥哥，四岁了，正学着看弟弟。弟弟出生才两天，母亲在地上的大锅里熬了一锅清米汤，里面放了三颗红枣、两个核桃仁，是去年秋天就攒下来，为了坐月子催奶用的。东明爹生产队里农活忙，没人伺候月子，东明妈舀了一碗清米汤，放在炕沿边墙上，上炕从四岁的大儿子东亮手里接过小儿子，大儿子就和两岁的妹妹溜出院里去耍了。

喝了两天红枣核桃清米汤，奶水下来了，也不足。小子娃口泼、能吃，东明吃得不带劲，张嘴就哭。

院子里的枣树上，叫了一夜的寒号鸟栖息在树枝的顶端，三根柴枝搭了个小窝，夜里冷得发抖，总是叫着"天明垒个窝，天明垒个窝"，当第二天太阳升起来，在它的身上闪出一丝微光时，它又总是挺着硬邦邦的姿势，从容不迫地叫着："得过且过，得过且过。"春天的冷风在院子深处堆放的农具、干柴上引起一阵响动，土窑里因为奶水不足睡得不稳的东明醒过来，挥舞着握紧的小手，尽力哭起来。东明妈又是一阵拍打哄顺，院子里的小孩都向着土窑那个方向去看，接着是几秒钟的宁静，似乎一根针落下也能听得真切，树顶枝丫上有气无力的寒号鸟窝，在黄昏的风里东倒西歪、摇摇欲坠。

东明爹刘铁石是生产队的队长。从沟里种荞麦回来，先把牲口送回生产队的牲口棚子里，让喂牲口的人添了草，加了几把料豆，牲口这几天苦重哩。看着牲口伺候妥当了才放心回家。家里老的下世早，除了东明妈和东明爹两个壮劳力，没有多余人手，东明妈坐月子，只能给孩子们和东明他爹做了简单的粗玉米面糊糊饭，多熬了一锅清米汤。

"吃饱了就上炕快睡。"铁石带着一家之主的姿势，和孩子们匆匆忙忙打了个照面，拍打着孩子们的屁股说。

两个孩子都被清米汤灌得很饱，高高兴兴上了炕，三两下把自己剥得精光，"哧溜"一声钻进被窝里。夜里要不是东明妈一个接一个挨着定时叫起来尿尿，那就一定会尿炕了。家里没有多余的被子，大儿子和铁石伙盖一个被窝，大女儿和东明妈伙盖一个被窝。东明最小，享受着不一般的优待，一个人盖着一块三尺见方、新棉花做的小印花被子。

铁石关起土窑门来，像以前每一个夜晚一样，坐在炕沿上，靠着火炉墙，暖和着脊背，卷了一袋老旱烟吱吱地抽。

"咱小队里的荞麦种完了没？其他小队是不是比咱队种得快呀！"

东明妈克制着生完孩子以后的虚弱，给孩子们把被头掩好，看着孩子们很快进入梦乡，偏着身子把空奶头给了时睡时醒的东明嚼着。

"他们种得快有啥用，出来以后不缺苗才能算最后赢。种荞麦，讲究技术哩！"村里的三个生产小队比赛搞生产，谁都不愿当落后分子。

"家里的余粮不多了，不知道能不能吃到秋收呢。"

"家家都不富裕，你有啥糟心的，饿不死全村人也饿不死咱，说不定公社会放救济粮给咱村哩。年时咱村的公粮交得最多，生产队都没剩一颗余粮了，都支援了国家，国家知道哩。"铁石对着旱烟卷淡淡地说道。

"那一点救济粮哪里能轮到咱家，比咱家困难的户有的是哩，咱也不忍心要呀。要是我不在这会儿坐月子就好了，也能在春天里上山寻些野菜当粮吃。"东明妈老老实实地回应。

铁石吹灭洋油灯，那时队里刚通上电，电压不稳，电线三天两头就会被春风刮断，常常停电，小洋油灯一股子洋油味，挨得近了，吸一鼻孔洋油黑烟。

"东明妈。"铁石轻声叫着。

没有人答应。

"东明妈。"黑暗中铁石又叫着，手掌心上粗粝的热火在东明妈怀里刚奶过孩子的热奶头上燃烧着。

"轻些轻些，娃娃们清米汤喝得多，肚胀的，怕是没睡稳哩……"

"不成。"铁石使劲搂住东明妈，土炕上热滚滚的，也不怕自己有滚下土炕的危险，来不及脱光身上的厚棉衣，不由分说只想亲近。

"他爹……你身上滚热得……着了火一样，我刚生了咱那小熊孩没几天，身上疼的……怕是受不住你揉搓……"

东明妈一边躲闪，骨骼结实好看的两条腿却不听话地迎上去，顺势钻进孩他爹滚烫的怀里。自从在荞麦地里生下儿子几天以来，和以往的每一个日子一样，她每天都是早上鸡叫头遍就起来，在炕墙上点上洋油灯，就着洋油灯一闪一闪的火苗子，给孩子们和铁石缝衣裳、鞋袜和棉衣、棉裤，孩子们呼吸匀称地熟睡着。天不明铁石去队里出工，自己就在锅头里做饭，虽然刚生了孩子怕见风，不敢多出门，却成天价也没有一会儿歇足的时候，除了起五更做出全家人一年四季穿穿展展的针线，天明以后又忙活了三个钟头，一口东西也没有送进嘴里，一口水也没顾上喝。先把做好的饭，照看已经在地里上了一场早工的铁石，和刚睁开眼睡起来的孩子们，都吃饱了，锅里的剩饭早就冷了，自己才能吃上几口冷饭。吃了早起饭以后，洗碗刷锅，挨个擦了家里一排溜灰黑瓦瓮上的尘埃。没坐月子的时候，忙得下地出工，想挣一个壮劳力的工分都不可能呢！只能挣一个妇女工分。都没有工夫也没有闲心思拾掇家里的卫生呢。东明妈又掀开瓦瓮，看了几遍瓦瓮里的存粮，看能打熬多少个日头，心里盘算了几个来回，都不是满意的答案。又是缝补全家人穿破了的衣裳和鞋袜，仿佛永远也干不完似的。两个孩子为争手里的泥团，又打了起来。她先把大儿子拉开，忍着忙乱，分别数落了两个孩子几句，接下来又开始做晌午饭，做黑夜饭的时候，她那么困倦，又那么担心瓦瓮里的粮食吃不到秋收，孩子们会挨饿。让她切肤痛心的一切，就是那个了。她那时的疲倦和担忧，真是难以形容，可是一钻进孩子他爹滚热的怀里，就什么疲倦和担忧都忘了，不仅忘了那疲倦和烦忧，还觉着身上哪里都是又舒爽、又好受、又风光乐意的了啊。

两个人正在半盘热炕上滚着，大街门外头一阵响动。铁石起初以为是风声，没管。过了一会儿，又听见有什么响动，不明显，却有些固执，时断时续。外面天那么黑了，是什么响动呢？铁石只好穿了衣裤打开窑门出去查看，一个裹着头巾的黑影站在黑暗的角落里，身上瑟瑟发着抖，眼睛也不看出来开门的人，还没等铁石把大街门全部打开，就匆促地挤进来，差一点把猝不及防的铁石撞倒，还没等他看清来人是谁，那人已经闯进半开的土窑门了。

"俺孩没奶吃，两天两夜了，奶水还没下来……给俺孩喂上一两口奶哇……求你……"深夜闯进来的是个女人，抱着她刚出生两天的女儿，头巾没有裹紧，掉了下来，露出一张忧愁的脸，是地主婆香莲。她抱着孩子，顺着东明家的土炕沿边子跪了下去，脸色像墙纸一样灰白，战战兢兢地抽泣、诉说着："没奶吃的俺孩……俺孩……可怜可怜俺孩……"

东明妈听见有人推门进来，急忙披上棉衣，敞着怀坐在土炕上，也没想到眼前闯进来的女人是香莲，虽然几年前是东明妈救了在破庙里将息的香莲，但是，因为当时把香莲许配给成分不好的地主家庭，两家平时并不来往。

并不是那孩子将来的命运可以启示给坐在土炕上、刚奶过自己儿子的女人，即便只是在一瞥之下，东明妈也会生出怜悯之心，东明妈看见那个嗫着嘴寻奶吃的孩子，脸憋得通红，两只小手急切地乱舞。

香莲紧搂着怀里有气无力的孩子，垂着头说："俺掌柜的说……俺家成分不好，不让我来求你，总怕牵累你们好家庭的人……眼看我可怜的孩……就快活不成了……"跪在地上的女人，又在另一种悲痛里抽泣着。

东明妈急忙撤下刚醒了又寻奶头吃的儿子，下了炕，把香莲扶起来，说："你说的是啥话呀，你咋不早说呀！快把孩子给我……"从香莲手里接过孩子，放在东明刚嗑得湿漉漉的奶头上，孩子饿得快没有力气了，可是一含住奶头，叼住东明妈的奶头就再也没有松开。

等到铁石回到土窑里的时候，那孩子已经含住东明妈的奶头不撂开了。

香莲默默地看着自己叼上奶头的孩子，一层雾气从她眼睛里散开了。屋子里做过晚饭和热炕上几个人身上散发出来的热气，几乎使她看不清这一家人的脸面。

香莲是平时从不多说一句话的女人。虽然村里人都知道她精神上有一点失常，可是当她怀里抱着饿得直哭的婴儿时，她的眼睛里，自然而然就生出了某种东西，将她点化成一个平常怜爱的母亲。

"两个受罪的人，还要将养一个没奶吃的孩子！"东明妈奶着这个不是自己孩子的孩子，目光亲热地转向那孩子，咋看都是个漂亮孩子呢！她向那孩子微笑，招手，打开小孩紧握的拳头，让她细嫩的手指缠绕住自己的食指。久久地，东明妈坐在土炕沿边儿上，目光围绕着那孩子，眼里包含了所有的怜悯，又似乎不局限于任何怜悯。

孩子把东明妈的两个空奶头都吸干以后，在东明妈的怀里坦然地睡着了。但是，梦里还想要继续吃奶的样子，发出不安的呜咽声，东明妈一次又一次好心地把她的小嘴放在自己的奶头上，安慰那孩子。后来，她终于在东明妈的怀里睡熟了。

最后，东明妈把孩子还给香莲，下炕给香莲从瓦瓮里舀了半碗小米，捏了几颗年时从院子里枣树上打下来的瘦红枣。坐月子要喝红枣清米汤，催奶水。月子里的孩子没奶吃，不好活。又给她冲了一碗红糖水，逼着她当面喝掉。香莲不敢喝，犹豫了许久，眼睛沿着红糖水碗边打转，绕了好几圈，一次也没敢抬眼正视土窑女主人好心的眼神，她极力忍耐着诱惑。最后，还是没能忍住，红糖水借着一丝热气飘散过来的香甜味的引诱，让她感激万分，还没来得及尝到什么滋味就几口喝干了。一颗眼泪滴在空了的红糖水碗边上，滚进看不清颜色的灰白老瓷碗底，仿佛那没尝清楚的甜味在她嘴里，变成了有实体的东西，永远留在她的舌底了。走的时候东明妈又捏了一把红糖，用黄粗纸包了，硬递给她。

香莲临走时，东明妈对她说："奶要是急忙下不来，明黑夜你再来。我给你奶孩子，天黑严实了你再来，我给你留着大街门不上插销，你一推门就能进来。怕啥呀，吃奶的孩子有啥罪呢！你来就对了。"

"嗯！我记下了。"香莲使劲点着头，先是感激，随后是落泪。

连着许多天，香莲每天夜黑时抱着迫切想要吃奶的孩子，在东坡和西坡两家土窑的路上，来来回回行走时，一次次回想走在那条土路上的温暖，幻想孩子以后也能吃饱、穿暖再不受罪，希望像一层轻雾，迷漫在一步一个脚印的土路上。

那个孩子，几十天里一直分享着东明本来就不够吃的奶水，以至于东明最初的记忆，是咋样吃奶都吃不饱肚子。

第二章

东明他爹刘铁石祖祖辈辈家境困难，一字不识。然而，穷家重德，言传身教，让他从小就觉得，五尺男儿决不能白白来世上走一遭，要活就活出个劲头来，要活就活出个分量来。也正因为如此，幼年的铁石从小就更多出一份生铁愣劲，更多出一种棒槌精神。一向是村里的积极分子，十八岁上开始当生产队队长，实干、苦干、死干谁也比不上。桃花村山连着山，沟套着沟，山上缺水少土，四周封闭。全村七百多口人，仅有三千三百亩土地，被九道山梁、十一条深沟分割成三万五千多块格子状的土地。人畜饮用水全靠老天降雨。石头河旱季和它的名字一样，变成只有石头没有水的干河槽。涝期洪水泛滥，水有多大灾有多大。家家户户的土院里都会进水倒灌。县上号召开山种树、保墒、保土、保家那一年，日日夜夜，他总是第一个上山出力流汗，最后一个下山。开山放炮，握钎抡锤，整地修坎，样样活他都先干，种种苦他都先吃。石头山上过去年年栽树不见树，要土没土，要水没水，要路没路，种树会不会白搭工？他想都没想，农村小队队长么，上级让干的死也要干到底。山上栽树没有水，他挨家挨户动员献水；没有路，他披荆斩棘走在前。他"扑下身子实干、苦干"的榜样变成了鼓励开山村民战天斗地的动力。山上挖坑，山下取土，一棵树要填三四担土，浇两担水。几年间，共担了多少担水，挑了多少筐土，用断了多少根钢钎，穿破了多少双鞋子，磨出了多少层老茧，流了多少次血，洒了多少滴汗，说也说不清楚。大家认准一个理：铁石豁出命来干，大家就是脱皮掉肉也要咬紧牙关。他常说，栽树也是一项大技术，技术工作没有"巧、假"。对于那种不想实干，想偷懒，违反技术规程的人，毫不客气。一次，两个后进村民刨树坑遇到石板想溜过去换个地方干。刘铁石发现后，拿过镐头，一会儿工夫刨出了一个标准坑。他气喘吁吁地说："我这跟阎王打过交道的人都能干，你俩年轻力壮为啥不按规程干？"在铁石的带领下，那两个后进村民羞愧难言，一丝不苟地刨起了石板坑。那时候后进村民是让人发抖的字眼，后进的人挣工分，村里的记工员会给你少记工分。谁都害怕当后进村民。

东明妈名叫秋兰，娘家住在本村，和铁石家隔了三条沟的南坡，在桃花村也算隔得不远。秋兰和铁石不是一个小队，小时候不熟。秋兰祖上解放前有几亩薄田，母亲是北上打仗受伤时再也走不动的女红军，会看报，通文识字，本是出生在南方的女学生，参军后跟着部队转战南北，打了三四年仗，算得上是老战士了。因为受伤太严重，部队转移时就留在桃花村家境富裕一点的秋兰爹家里养伤。那时缺医少药，全凭一条命来扛，小死了一场，大半年以后养好伤想要归队，已经和部队完全失去联系，无处投奔，只好嫁给秋兰爹做了老婆，留在桃花村了。

秋兰妈生性争强好胜，不会做针线，不会做饭，不会做家务，常被村里的女人们当面、背地里耻笑。她身上还残留着打仗时的子弹片，就得了心绞痛，痛病一发作，常发脾气。但秋兰妈不认输，忍着疼痛在油灯底下学做针线，缝衣补袜，穿针做鞋，很快就是桃花村里数一数二的好针线，样样都能拿得起放得下，深得秋兰爹的喜爱。住得久了，也和村里的乡亲们亲近了。秋兰妈和桃花村的女人们一样，也习惯吃地里刨出来的紫皮洋芋了。一年头上，生下宝贝一样珍贵的秋兰，秋兰成了父母手心里的掌上明珠。谁料想，却在秋兰三岁头上，旧病复发，心绞痛，年纪轻轻地去了。出殡的时候，家里人打开秋兰妈留在柜子里的包袱，给女儿秋兰做的衣服裤子、鞋鞋袜袜，帽子手套，齐齐全全，一年一年，已经做好攒到八九岁穿的衣裳裤子了。有一天，桃花村来了一个卖针头线脑的挑担，父女两个，在村子里住了几天，东家歇一晚，西家借一宿。走的时候，那家的女儿，一个十八九岁的大个子女人，就留在秋兰家不走了，成了秋兰年轻的后妈。后妈有吃洋烟的瘾，不几年就把家里的几亩地吃光了，最后变卖了家当，只好搬到南坡没有左右邻家的废旧土窑里独居了。

新中国成立后政府反对吃洋烟，那女人不吃洋烟了，脾气却变得越来越差。搬到南坡以后，越来越肆无忌惮，秋兰就常常挨打了。先是背着父亲打她，后来也不管父亲的目光,随时随地习以为常地打她了。用擀面杖打她,秋兰出于本能,总是用两只胳膊护住头脸,胳膊就成了和擀面杖一样坚硬的东西,不再有知觉了。俗话说,有了后娘,也就有了后爹。秋兰的胳膊,常常被打得肿成没有花纹的黄黑擀面杖,黑夜脱不下衣裳袖子来,秋兰也不哭。秋兰要脸,见谁也不说,是怎样挨打的,为什么会挨打,也没有去想,为什么往往一开始好的命运,会变成不好的命运,好几千年以来,也没有人能说得明白。"这自然都是命中注定的。"秋兰心里一边接受一边叹息,举着听天由命的胳膊,护住头脸,生怕头脸上有了黑青,出不了门,让人看见笑话。一切都默不作声地忍受,就像命中注定应该要受的那样,到底忍受了多少,除了她自己,没有人知道。知道说了也没有任何用处,谁能解救下她呢?她没地方、也没能力逃脱。哪里是庇佑她的神灵或是菩萨呢,神灵和菩萨,是不是正在哪里说着闲话呢,或是走在哪里累了正在某处歇脚呢,或是在哪个旧庙的泥塑后面睡着了呢,秋兰需要他的时候,却总是再也唤不醒了呢,她都不知道,也没有去想。连父亲也不曾告诉。父亲也知道她常常无端挨打,当面并没有询问过女儿,背地里也不看秋兰的眼睛,总是低声地自言自语:"秋兰子,你不疼哇?你不疼哇?"

秋兰说:"不疼的,爹,我觉着不疼。"

"嗯。爹没见你哭过。想着你不疼哇。"

"嗯。不疼。"秋兰说。父亲背过脸去,摆手让秋兰出去,他哭了。就在此时,天更黑了。父亲的沉默,父亲的忍让,秋兰是知道的,秋兰对此并不意外,她把这作为活着的起点。父亲的身体情况越来越差,一次看到秋兰又在门背后,被后妈拉着打,那女人手里的擀面杖沉闷有力,无声地落在秋兰的胳膊上,夺也夺不下,当白天的那一切都暗下去的时候,一口气没上来,也撒手西去了。秋兰就有了一个真正的后爹。

桃花村里有了第一台靠发电便能转动磨面的磨面机时,全村人都惊喜异常,继而欢欣鼓舞。玉米豆豆从上面的开口子里灌进去,下面就能吐出来细细的玉茭面,真是神奇呀!再也不用推着直径三尺的大石磨盘,转死转活地推石磨,磨粗玉茭面吃了。可是秋兰的后妈不爱吃机器磨出来的玉茭面,说是吃了嘴苦,还要十八岁的秋兰每天一大早推着石磨磨面。秋兰从小对于天旋地转的石磨,已经有很深的感情了,再推多少圈也都不在乎了,总比在眼跟前侍候后妈吃饭危险性小一些。饭烫了要打她,碗没端稳也要打她,好端端说是锅里的窝窝头少了一个，也要打她。就算再不幸，秋兰也没有养成偷窃或是说谎的坏毛病。但是，有一天她去沟边的深井里挑水的时候，看到地边有一头黑驴，饿倒在地上，口吐白沫，她不知道是哪个生产队里的毛驴，那个时代饥饿是普遍的，不拘人类还是牲口、野兽。她也不知道自己的心是怎么了，她把她的眼泪混进大木桶的水中。她回家第一次没有得到后妈的同意，伸手在锅里拿了一个窝窝头，悄悄返回去喂了那头牲口。她怕待久了被后妈看见，就赶快回家了。那头驴后来怎样了她也并不知道。

也许她当时只是因为觉得，自己和那头驴一样饥寒、一样困倦、一样无助。所以，当她因为第一次偷了家里的窝窝头而慌慌张张离开那头驴时，她就忘了那头驴了。

有一天早上，秋兰又推着石磨磨面的时候，一头黑驴转悠到她的磨道跟前，黑驴对着秋兰左右摆着尾巴，嘴里喷着热气，没言语。

秋兰家的石磨，放在大街门外头的一个草棚棚底下，头顶上的草棚棚也只能遮个雨，四面透着风，父亲活着的时候，后妈不让把石磨安在院子里的旧窑里，说是每天早上秋兰推磨磨面聒噪她，她还要好好睡上临明那一觉呢。

所以每天天不亮，秋兰出了大街门，刚握住磨杆时，冷风一吹，刮在手上、身上，刀子一样，割鼻燎耳，全身发抖呢，不过只要推上几圈，就浑身发汗了。

秋兰认出来，是那天她碰巧，好心救了一命的那头黑驴。她记得，那头黑驴脖子上的套脖开了花，裂了个大口子，露出黑乎乎的破棉絮，上头沾着几滴冰凌碴子。她停下磨杆，牵过那头驴来，怜惜地拍了拍它的脑袋，对黑驴说："是你呀！我认出你来了，你真的活过来了，你真命大呀！你是咋跑出来寻见我的呢！俺家在咱村，住的挺偏僻的呢！不管你是咋想的，我觉着当时要是不把你救活，就不能算是一个路过的人呢。谁让我看见你口吐白沫、差点死了来的。说实话，我每天也是半饥不饱的呢，咋想起给你吃那个窝窝头，还为了你偷家里的窝窝头，又多挨了几顿打呢，后妈好几天里一想起那个丢了的窝窝头来，就会打我。每回都打得我眼前一片漆黑，什么东西也看不清，连自己都分辨不清是活在什么地方的人了。以后你不要再倒下了，除了死以外，咋样活都随你的便儿。不管是人还是牲口，死了就再也寻不回来了，就像俺亲爹亲妈。你说是不是？"

黑驴照样左右摆着尾巴，嘴里喷着热气想说话的样子。正因为它说不出来，可能也不会听，两只驴耳朵看起来或许只是个摆设，秋兰才对着它，说出自己憋在心里许久的话。

她悄悄回窑里取了大针粗线，把驴套脖上的大口子缝上了。缝最后一针的时候，还在粗白线上绕了个大大的花结，她觉着那样，驴套脖就能看起来顺眼、好看一些，驴也显得精神。然后，拍拍它的屁股，让它走的时候，驴的主人寻来了，是另一个生产队的队长铁石。他们年岁相仿，以前却没说过一句话，知道是一个村子的，不过，一次也没有打过交道。铁石看见驴套脖上裂了大半年的破口子缝上了，偷偷瞄了两眼，心里说："针线还不赖。"就把驴套在秋兰的磨杆上，说："让俺队上的驴替你磨上一会儿面再走哇！你家咋土气的，现在谁家还吃石磨磨的面呢！电磨磨的面多好吃呀！不用细箩筛，磨出来就是细玉荽面。我那天出来寻驴的时候，远地里看见你喂了它一个窝窝头，我都舍不得喂它吃一口，家里也是穷的，人都吃不上，夺牲口嘴里的食呢。地里草苗还没等长出来，就让人揪得连根儿吃光了。要是野桃树根儿能吃，我看咱村坡坡梁梁上的野桃树，也早就让人吃个精光了，咱村也就叫不成桃花村了。驴饿得受不住，脱了缰绳跑了，你那个窝窝头，真是救下它一命了。"

秋兰不说话，眼睛老是盯着足尖看。

"你是不是哑巴呀？咋老不说一句话。你慢慢磨哇，俺队上还有营生！吃了早起饭前响出工前，你把牲口还回俺队上就行了。今日我还要赶上牲口，往后山麦地里送粪哩。"铁石说完就走了。

秋兰磨完面，怕耽误牲口出工，吃早饭以前，就把牲口早早送回铁石那个生产队的饲养员那里。

半后晌，太阳白晃晃地挂在天边，耀眼得很。铁石赶着牲口，往后山庄稼地里送粪，上坡下沟，已经送了两沟地。近的地都送过了，越送地越远了，该往桃花村东沟里一个孤起的土山冈上送了，那里有十几块地。铁石赶着三头牲口，走在前头的两头驴，都是老牲口了，路坎坡坎都熟，只有秋兰一个窝窝头救下的这头黑驴，是年轻牲口，垛驮得比那两头老牲口都重，该上哪一块地，路坎却不熟，所以走在后面。铁石走在三头驴的最后，担着一担粪，牲口往地里送粪，人也不能空行。从那个小山冈上，又看见桃花村最深的桃花沟，虽是冬天，却让土生土长的铁石，终生都忘不了桃花沟春来惹人怜爱的风光，温润缱绻，一片青涩，指头肚大小的野山桃，遍地都是，沾着半湿的花瓣，被风吹得随地疾走。铁石和三头驴刚一离开桃花沟的边沿地带，走上下一座连片的山冈，原先沟里轻淡冷清的空气，立刻就变得暖洋洋的，半后晌的太阳一点也不吝啬，把山冈上的阳坡照得一片耀眼。冬天赤裸无藏的黄土地、干草、野刺蓬、被风吹过的玉茭皮，一齐把大自然展现，浓烈朴实。弥漫在沟谷里面、山坡上，把干树枝上的飞鸟、老林子里的各种隐藏不见、又无处不在的走兽、驮垛的牲口、赶牲口的铁石，都熏得迷迷糊糊，想要放下身上的担子，在阳坡上躺下来睡上一觉。

铁石对这里的一切，和那两头老牲口一样熟悉。那坡面、那黄土味、干草味、驴粪味、石头味，都熟悉得可以随意分辨，点缀着桃花村的每一块庄稼地，有的离他近，有的离他远，但他都能随口叫出它们的名字，狗舌头沟、狼母堰、蛇梁、牛背坡、老虎崖、阎王鼻梁、苍龙岭、骏马畔、草驴塄、桃花沟、杏坡圪台、荞麦圪筒、杨树涝池、尖嘴坝、三岔口，等等。大都是根据动物、植物和地理的象形叫出来的名字，祖祖辈辈叫过来的。他如今在这里，可以从大自然内部认识大自然了。从小出生在这里的某一片黄土里，一开始，这些也都是他觉得陌生、害怕的东西，石头、大地、风、树，因为不认识所以觉得陌生，但是现在都好啦！他现在身上这种担担子的力量，赶牲口的力量，吃饭喝水的力量，都是从这浓郁强烈的石头、大地中得来的，他就沉浸在黄土石头中，浑身上下的骨骼蛮壮劲儿，使也使不完。远处的桃花村，鸡鸣狗叫、人影、风影、太阳影儿、院里的农具，每家土窑大街门外头的枣树、梨树、核桃树、苹果树、黄柿子树，目光再远一点，冻得在猪圈里拱窝的母猪、干草丛里觅食的公鸡、草鸡、牛圈里冬闲没完没了反刍的老黄牛，土窑院墙上挂着的干白菜、红辣椒、干玉茭棒，好像都睡着了，在晃眼的太阳底下，目光低垂，无声地静止，无声地移动，听不见任何声音，却都让铁石觉得亲近无比。

铁石把肩上的粪担子换了一个肩，心里想，活着娶个称心如意的好女人做老婆，死了埋进桃花沟那一片山桃花底下，就再没什么可说的啦！怡人死啦！

不过，到底咋样个称心如意法，他心里其实也不清楚。

最后再送上几趟粪，太阳全部一点不剩"咕咚"一声掉进桃花沟底的时候，铁石和三头驴就可以收工了。送最后一垛的时候，装粪的时候装得偏了，驴一头轻一头重，铁石也没注意，上最后一道坡的时候，走在最后那头年轻黑驴一只蹄突然拐了一下，眼看就要跌进沟底，铁石心疼驴，这头驴跟了他好几年了，是他的命根子，他今年刚当上生产队队长，吃苦受罪的地里活，都是这头驴下死苦哩。他想都没想，就想把驴救下，扔了肩上的粪担子，两只手使劲抓住驴尾巴不放，两个一起滚下了坡，掉进深不可测的桃花沟。

桃花村各个生产队的妇女们，都在各队的庄稼地里散粪，把牲口驮上来的粪堆，用铁锹就着微风，扬在土地表面，冬耕时翻进土里，自然吸收。

秋兰知道铁石今日在后山送粪，和自己生产队的妇女们在地里散粪歇工的时候，嘴上说是寻柴，有意无意，不知不觉就往后山这个方向上来了，也不知道是想看那头她救下的黑驴一眼，还是想看赶牲口的邻队后生铁石一眼。

还没等走到跟前，远远地就看见铁石为了救驴，跌进深沟。秋兰看见了，扑进沟底，想把人和驴救起来，结果人也站不起来，驴也站不起来，两个都摔得红伤黑青，只好又跑出深沟，可坡可堎大喊寻人，才叫来人把铁石和黑驴抬回村里，及时救下他和黑驴两条性命。春耕秋收的节气，虽然牲口们不满意一年四季也没有让它们能歇圈的时候，不过，人也是一样。摔进深沟里的时候，驴粪垛压在铁石身上，伤得不轻。也看不出伤了哪里，昏睡了几天几黑夜，最后才醒过来。黑驴没受啥大伤，卧了几黑夜，又能下地驮垛了。

铁石活过来以后，知道是秋兰叫人救了他和黑驴一命。牲口有一点闲工夫，铁石就乘队上的社员们不注意，牵上那头黑驴，黑来早晚，悄悄地来到秋兰家的磨道里，给黑驴套上磨杆，替秋兰磨面。铁石就回家去吃饭，秋兰磨完几天吃的玉茭面、黑豆面、荞麦面了，再把黑驴悄悄地送回铁石他们队上的饲养院。

两个人表面上借驴呀还驴呀，回数多了，铁石的心，突然动荡不安起来。

有一回秋兰要来驴圈里还驴以前，铁石掐算好时间，借故把队上两个饲养员都打发走开了，自己在饲养院里心慌意乱地等着，两只眼睛来来回回瞅着秋兰来送牲口的土路口。

那一晚，风在身上热情地刮着，铁石头一回大着胆子，在驴圈里抱住秋兰，亲了秋兰的嘴。铁石又粗又硬的胡子茬，扎得秋兰嘴唇子刺疼。秋兰心里害羞又慌乱，吓得又是躲闪，又是推搡，铁石的两条胳膊有力地搂紧秋兰，使她片刻都动弹不得。他使出全身的劲儿亲她，驴圈里的驴粪味儿，一股子一股子地飘过来，黑暗和寂寞，包围着他们和饲养院里的各种牲口。亲得秋兰嘴唇子疼了好几天。

接下来的一个黑夜和一个白天，搅得秋兰心乱的，又是期待、又是不安、又是慌乱、又是甜蜜。那感觉太强烈了，她差一点没有晕过去。即便那天晚上，是因为牲口棚里荒僻的缘故，她也不能不承认，她自己没听凭自己青涩不明了的心意，没加思索，或者也曾稍加思索，就让铁石有力的胳膊和嘴唇给俘虏了。等那些牲口们照旧吃着驴槽里的草料，打着响鼻时，秋兰才明白过来，自己身上发生的事情，是她以前想都不敢想的事情。和她以前只知道受苦熬磨的心，完全不同的境地，铁石青石棒子一样暴风骤雨、火烧火燎般的那一切，把她以前的黑暗光景都遮盖了。

也不知道是啥样的心思，仿佛就在秋兰心里，莫名其妙地起根发苗啦。

第二天、第三天，两个人似乎都被自己的大胆行为吓到了，没有敢再见面。第五天、第六天……到了第七天头上，铁石打熬不住，身上的火苗到处乱窜，每个地方都烧燎。他只感觉到，要是把他身上的火力集中起来，发射到某一块石头上，石头都会粉身碎骨。

等不到天黑，铁石一大早起来，把黑驴从驴圈里放出来，就被驴缰绳牵着，不知不觉地走到秋兰家的石磨磨道了。秋兰生产队里开早会，没回来，驴在空磨杆上套着。

算好秋兰来送驴的时间，铁石先到地里安排完了社员们的农活，自己提前溜回来，等在秋兰牵着牲口来送驴的隐蔽山口，把秋兰和黑驴的去路截住了。小声问秋兰："那黑夜我在驴圈里亲你的时候，你生气不？"

"我不知道。"秋兰摆弄着驴缰绳，低下头。

"我咋觉着你生气哩，对我又是推搡又是躲闪，劲还挺大的。这几天等你，也不见你来借驴了，你是不是把我当成咱村的坏人啦？"

"谁说的，我又没说你是坏人。"

"那你是高兴的？"

"嗯，我不知道。我回队里干活去了。"说着，想把驴缰绳递给铁石。

铁石僵在那里，第一回亲秋兰时，那股子坚定不移的驴劲头，一下子都不知道跑到哪里去了。

看见铁石脸上表情灰塌塌的，秋兰走的时候，回过头来，小声地说："除了你，我从生出来到今日，俺亲妈下世以后，我都不记得有人亲过我。不拘哪里都没人亲过。"一只足尖又搓着地皮上的黄土。

秋兰这样说着的时候，精气神又回到了铁石身上。他扑上来，紧紧搂住秋兰，使劲亲她，亲得让她喘不过气来。秋兰身上的肌肉，在铁石手里，蟒蛇一样富有弹性，在山野和黑驴的背景里，闪闪放出光明，全身带着不同寻常的气味儿，钻进铁石的血液里，有一点儿含羞，有一点儿抗拒，又像是不由自主似的，张开了嘴唇，就像骄阳炙烤下的一株花朵，既快速生长，又炙热疲劳，梦中一般，发生的一切，仿佛早就熟悉、早就应该发生一样，浑身上下，麻酥酥的，似乎只要一只足蹬住地，立刻就能飞到天上去了。

松了缰绳的黑驴转过头来，喷着粗气，先是眼睛往别处去看，接着溜达进它和秋兰刚刚经过的一片玉茭地里，把身子卧倒了，玉茭秆子去年秋天已经收割完了，光剩下玉茭茬子留在地里面，它顺势卧倒在地楞渠里，一会儿仰着身体躺在玉茭地里，一会儿把身子翻滚过来，一会儿又用驴蹄刨着身子底下的黄土，一会儿又把身子往前倾，似乎是要配合它两个主人，尽其所能，把自己身上的每一寸地方，都让泥土擦洗一遍，黑驴一个接一个地打着滚儿，打够了，才站起来，它的两个主人好像躲进了树林子里，不见身影儿了。它只好自己拖着缰绳，顺着饲养院的方向，不紧不慢地走了。

其实秋兰觉着铁石的胳膊和嘴唇，都让她迷恋、上瘾，从此以后，一时半会儿都不想再丢开。不过怕他轻看自己，一个黄花大闺女，竟会有那种不着边际的想头，因此，一回也没有当面夸奖过他。

那时候，她内心深处，莫名其妙地盼着天明、天黑，盼着牲口来磨面，也盼望着去牲口棚，到现在，她终于清楚地知道，她盼望的那是什么了。到现在，那盼望已变成了实体，落在她的身上、脸上和嘴唇上了。

他们两个人，在十八九的好岁数，因驴生情，也不需要一个媒婆登门，铁石东凑西借，给秋兰后妈交了二斗好粮算是彩礼， 一没有花轿，二没有高骡大马，秋兰胳膊底下夹着一个蓝布包袱，骑上那头几个月以来起早搭黑替她推磨的年轻黑驴，铁石在驴前头牵着缰绳，黑驴和秋兰头上，都拴着一朵红纸扎成的大红花，就算是嫁进铁石家的门槛了。连桃花村一脉相承、祖传下来的给媒婆蒸两个白面花糕、送三尺红布的乡俗，也节省了。铁石进土窑洞房那黑夜，偷偷给那头联系他和秋兰的黑驴，多添了两把草料，算是厚义答谢黑驴的恩情了。

铁石心里暗想，自己的老婆，是不是这样的一个女人，首先要会伺候牲口吃喝喂养，还要会喂猪，会垫圈出圈，会养羊，善于针头线脑，纺棉织线，家务农活，勤俭耐劳，会养鸡崽儿、会调教儿女，没病没疼，身强力健，朴实不绕弯，还要有能估量出牛、羊、鸡、猪价钱买卖的眼光，更要会做饭磨面、有一手好锅头，心善嘴善、稳重不伤人，庄稼人的老婆么，就算是穷日子也要过得体面、地道有谋算，会持家，性格样貌还要对自己的心思脾气，是的，不错。就应该是那样一个人。那样的老婆，就算是神仙也要眼气了。

他认为那个人就是秋兰。

后来的事实也证明，铁石是有眼力的男人。

第三章

　　二十世纪六十年代初，桃花村在三年困难时期，村子里几乎饿死了人。阳坡地上的草根儿都被人拔着吃光了。接着，树叶、树皮也啃光了。上地出工的人没力气拿锄头，索性躺在地头，用石头压住肚子，晒着日头睡觉。

　　附近的村子早几年都在搞大跃进，亩产万斤，桃花村大队的瘸子大队长、后来的村长羊虎，从公社开会回来，撮着一袋老旱烟，召集各生产队的队长开会说："铁石，你们小队是咱村的先进小队，你先给咱说说，咱们桃花村这疙瘩，是不是太落后了？别村把做饭的铁勺都拿出来大炼钢铁，粮食都交给村里食堂化，我在公社开会跟着吃了一顿，喜庆得很！大锅饭真他娘的好吃哩！咱们也弄个桃花村革命大食堂试火一下！"

　　全村各家人都把自己家的存粮交给大食堂。

　　铁石家老实，积极响应号召，把粮食全部交给大食堂，全家人每顿都围着从食堂打回来的玉米面糊糊汤，糊糊汤清得能照见人影儿，一家老小差点饿死。邻居二喜他妈心眼多，地窖里有余粮私藏，半夜起来也不敢生火做饭吃，悄悄在嘴里嚼一把麦子充饥。几家邻居们就没有那么好过了，几乎都要饿死人。

　　"瘸子村长"羊虎，年轻时不但不是瘸子，反而仪表堂堂，高大健壮，是桃花村有名的好人才。桃花村一解放，劳动人民当家做了主人，人民政府号召年轻人自由恋爱，破除包办婚姻。羊虎那时刚当上二队的小队队长，风光得意，心正热着哩！也赶起时兴，和自己小队上年岁相当的银妮自由恋爱起来。银妮长得标致风采，桃花村再没有比她更动人的，算得上是桃花村的夺顶闺女，身上肉鼓鼓的，两个奶头尖尖向上翘着，弹性十足，在银妮说话的时候，走路的时候，担担子的时候，锄地的时候，粗布衫子罩不住，都要跳出来一样。那时生产队里牲口不多，靠人担粪送粪，羊虎是队上的积极分子，担的筐子最大，装的粪最瓷实，担子最重。往地里送了几天粪，粗布垫肩磨烂了，肩膀上磨得又红又肿。银妮心疼，连夜缝了新垫肩，垫肩边边上，还绣了一对儿蝴蝶。趁人不注意，搭在羊虎肩上。羊虎心里一热，悄悄握住银妮的手。银妮害羞，怕人看见，抽出手来，藏到背后。羊虎忍不住，又使劲儿握了一回。隔着粪担子对银妮耳语说："夜黑月儿上来，我在红泥沟往东数第三个废旧土窑里等你。你可要来。"

他实践了他的话，早早候在旧窑里。银妮来了，月亮在她头上微笑，深邃的夜空替她遮住了内心的羞怯。在她花蕊一样待放的年纪，有羊虎在身边，一想到这个，她的身体就会打战。他们低声交谈着，却没有任何交谈的内容，只是彼此寻找对方火热的身体，情不自禁地发出呻吟。羊虎的身体一刻都没有停顿。起初，银妮满含羞涩和恭敬顺从，接着，也一点一点扭动着身体回应。月光从土窑门口，落进来一小段，照在他们身上，衬出一个淡淡的轮廓，时隐时现，把他们大部分时间，都留在黑夜中。羊虎忘情地揉搓和翻滚，弄疼银妮的身体。银妮的轻叫，更像是一支火柴投进磷火，在他们的头顶，发出一种划破夜空的蓝色光明。鼓舞和照亮他们，在身体未知的黑夜中前行。黑夜和黑夜带来的神秘，使他们怀着庄严、敬畏又模糊不明的心，听从身体带给他们的一切。他们在黑暗中狂野地拥抱、进入，证实了以往想象中彼此好听的声音、粗硬的身体、坚决的态度、浓密的头发，挑明一切亲近的幻想都是可能的。汗水和喘息包围着他们。短暂停顿的间隙，银妮像是一只打洞疲倦了的老鼠，蜷缩在羊虎强壮的怀里，身体颤抖，默不出声。

"银妮，你是我的。"羊虎说，"一辈子、几辈子，都是我的。不准你和旁人睡。"

"嗯。"银妮柔情地回应，"我是你的。"

"我要退了家里的包办婚姻，一辈子、几辈子、再几辈子，都只和你睡。"羊虎说。

"哦。"银妮害羞了，把头抵在羊虎汗津津的胸膛上，"嗯，我也是，只和你。"

黑夜睡着了。静默的大地，包裹着害羞的、动人心魄的、眼睛明亮的银妮和滚烫有力的羊虎，低语和静听。

他们都把彼此赤裸的身体和滚烫的气息，融入身子底下的黄泥大地中。

银妮抬起身子，就着黎明前的光亮，凝视着躺在最后一缕月光中的羊虎，一张明快健壮的脸向上仰着，头自然地靠在他们脱下来的旧衣服上。他在她的眼中，是一个气势宏大的男人，这是她早就暗暗许身与他的理由。在暗夜将尽的黎明前夕，并没有将来的忧虑从他的身上闪过，在她所梦见的、那个她终夜缠绵的怀抱中，也没有那些忧虑的影子。

整夜陪伴他们的，是山谷中无法消除的永恒的孤独。

他们确信，他们经历了人世极致的快乐。

不过，事实上潜藏在他们心里的忧虑并没有减轻。沸腾的热血总是时时提出警告，因为羊虎作为家中三代单传的独子，家里有守寡多年的母亲为他包办的童养媳。

眼下，快乐远远超过忧虑。拂晓的时候，他们怀着不错的心情分开了。

两人白天在生产队里干活时，总是一前一后，暗送秋波，对方的身影，都在彼此的视线里。到了夜晚，乡村的夜晚，孤独又迷人。两个人就在月光底下的废旧土窑里，极尽缠绵。空气中飘浮着自由恋爱的种种美好。他们自然结合的身体，一丝不挂，和黄土一个颜色。沾满树叶和草根，尘土和雾气，一会儿顺着月光，一会儿顺着风和雨，狂风暴雨一般彼此进入。接着，再进入。就连最隐秘处的野性，都在月光的衬映下，发出火花。虽然不能断言，这些大自然的宽容，能使他们身体和内心的味道更加甜美，也不能断言，那是改善内心孤独的一种混合剂。不过月光褪去的最后一件事，晨曦醒来的第一件事，他们都一面彼此颤抖，一面彼此感激，忍不住牙齿碰响，嘴唇亲咬，沉溺在清澈水中的身体，在黑暗中发出声音，像一束洞彻未来的逆光，一切曾被禁忌的幻想，都被黑暗鼓舞，变成了他们两个的现实。那个废旧土窑，在他们的心里生了根。

那些岁月代表了她，她也代表了那些岁月。

他微笑，她也微笑。但是她心里有一点难过。后晌路过羊虎家门口时，羊虎他妈对着她的背影泼了一洗脸盆脏水。银妮回头，看到对方虎着一张脸，脏水溅到她的裤腿上，她也没敢说话。村里人都知道，羊虎自小说下的童养媳，羊虎妈在家里养着呢。从小养大的童养媳，割舍不下。羊虎妈听见儿子和银妮的闲话，心里自然不受用。

似乎一开始就证明，一个村庄早来的自由恋爱，是危险的。

羊虎和银妮夜黑在月光底下说好，羊虎前晌先去村里开介绍信，要和银妮去公社领结婚证，银妮后晌再去。但是羊虎遇到了困难。桃花村保管公章的大队会计二喜他爹，不给他开证明。二喜爹对羊虎说："好你个驴日的，不要来我这里开这种介绍信，你先回家问问你妈，看看你那从小养大的童养媳妇，要发配到哪里去？那闺女也是一条活命哩！我可不敢给你开这种介绍信。我怕天打雷劈，我怕遭报应哩。"

羊虎知道，二喜爹心不净，日思夜想，想上大队一把手的位置，担心羊虎是竞争对手，故意起事刁难。羊虎走出村部，没有回家，去了生产队，继续安排生产。

二喜爹从大队部出来，也没回家，拐弯去了羊虎家，把羊虎来村里开介绍信的事，添油加醋告诉羊虎他妈。

羊虎妈正在院子里和羊虎的童养媳拐线织布，要给羊虎和童养媳纺织圆房用的新被里、新被面儿。羊虎妈守寡多年，只有羊虎一根独苗，本来指望秋后给他圆了房，来年抱孙子哩。

二喜爹一席话，像是剜了羊虎妈的心。羊虎不和她商量，是知道她到死都不会同意，就去村里开介绍信，要和银妮那个狐狸精领结婚证，等于把这件事在桃花村明了坡。她这张老脸，在将来的桃花村，要往哪里摆呢？羊虎妈一辈子守寡，性格硬，无论如何，她要把这件事情压下来。

羊虎妈一夜没合眼，听着院里的动静，羊虎又是一夜未归。羊虎妈暗自叹气：

"唉，这孩的心，是野了。看来是铁了心，管不住自己了，再这样下去，家里的这门亲，真是难保呀！"

第二天天一亮，羊虎妈找到二喜爹。二喜爹正在头坡地里锄地，看见羊虎妈来找他，心里暗喜。急忙撂下锄把，热心地问："我的老婶子呀，一大早的，你咋跑到地头里来啦？有事呐喊我一声，我就来了呀！小心坡上的石头绊了足！你走慢些走慢些，来，我上来扶你……"

羊虎妈愁眉不展地说："唉！好我的大兄弟哩！谁说来不是，你看我家这事，怕是还要麻烦你哩！羊虎是个犟干，组织上可要管管羊虎，他还是个党员，就带头做这号不成体统的事哩？可怜家里的童养媳，你说我这当妈的，该咋办？

在咱这村子里，我看这也算得上是停妻再娶了，就是前朝古代的驸马爷，都不应许哩！"

"老婶子你宽心、你宽心，看他能折腾成个啥样子哩？啥自由恋爱，咱这山圪崂的荒村野地里，有谁听说过那号事呀？尽是瞎赶时兴哩……"

"有你这句话，我就宽心了，咱村里的当家人，你们可得给我那可怜的童养媳妇做主呀！"

二喜爹得了令箭，立刻召集全村党员开大会，会上第一个站起来打头炮，矛头直指羊虎："你这哪里是自由恋爱？你有啥资格自由恋爱？你家里有童养媳妇哩！你这纯粹是乱搞男女关系，尽给咱共产党员丢脸！赶紧丢开手，不要酿成大祸，大家今日数说数说你，可是为了你好哩！你可别不识好歹！"

羊虎低头卷着一袋老旱烟，一言不发。

村里的老党员也跟着劝说羊虎："羊虎呀！咱可一辈子都没听说过啥是自由恋爱哩，谁听说过这号事？家里有个童养媳，那就是好光景，就挺了不起的了，还敢做这号事？你是身上哪疙瘩烧燥得你，糟蹋人家黄花大闺女？你看你这事做的，人活脸，树活皮，大小人都有个脸面哩！你做这号事对得起谁呀？不是你老叔我心里眼气你才说你哩，我看你呀，最后总要落个里外都不是人！"

党员会开到后半夜，开成了批斗会。二喜爹上纲上线，威胁羊虎说："你要是不听党内同志劝告，抹了你的小队队长不说，明日就搭个草台，开全村社员大会批斗你俩，我看你俩的脸往哪里搁，看你还认不认错呀！"

羊虎始终一言不发，岩石般地沉默。

看得出来他舍不下银妮。

第二天一大早，二喜他爹带着几个民兵，寻了几捆麦草垛码起来，四个角用木头杆子撑着，搭起草台。村里大喇叭上通知，全体社员不出工，都来参加批斗大会。羊虎和银妮两个人，分别站在草台子上的一左一右，低着头，谁也没有抬眼看谁。或许本身就是在泥坑里寻找幸福，假如她将来的命运像天空中的一道闪电，启示给他，或是按照一个人能理解的极限启示给他，他们的命运，会不会是眼下这种不能预料的结果呢？

二喜爹和银妮家是远房本家，他本不该这样羞辱银妮，但是为了达到羞辱羊虎的目的，他也不顾体面，拉下脸来了："羊虎！你有什么了不起的？你们两个不懂羞耻的人，乱搞男女关系，必须向全村人民低头认罪！抬头示罪！"

台子底下一阵偷笑和稀稀拉拉的喝彩声。但是，羊虎和银妮脸色那么苍白灰暗，看见的人都立刻陷入寂静。一个已经跳到羊虎身后，要按住羊虎低头认罪的民兵，颤抖了一下，改变了主意，假装整理批斗台子上的麦草了。

二喜爹冲上台子，感到台上有一种压力，不知道是他要把羊虎的头按下去呢，还是羊虎要把二喜爹的头按下去，或者双方都有这样的冲动。全村社员都发了僵，台上的人和台下的人，仿佛都变成了石头。二队的人不愿意看见这种场面，都是一个小队的人，昨天还在一块地里干活，今天就成了这样。另一个小队的民兵要冲上台去，被铁石在人群中拦住了。

批斗台子上站着的羊虎和银妮，始终不说话，倒像是为了他们尚不明了的将来，情愿承当一切后果一样。

二喜爹在台上发出一声短笑，在一片死寂中，对着草台子底下的人说："谁敢包庇这两个人的罪行？不守本分的两个人，他们应该为站在这个台子上害臊。地里的油虫又作害庄稼了，本来人就不够吃，虫子还来抢食，队里缺人手，还要为这号事占用大家的劳动时间，真是的……大家都散了，都散了，上地里捉油虫去吧。让他们好好想想他们的错误，还耽误社员们的宝贵时间，散了吧，散了吧……都散了吧……"他伸出两只胳膊挥动着，做出驱赶的样子，大家慢慢地散开了。

要不是羊虎和银妮两个人，一边一个站着，互相有个精神寄托，可能就无法忍住他们屈辱的眼泪了。清晨的太阳从东边升起来，旁人看不见的明快思想，依然在他们内心留存。

但是大队始终不给他们开介绍信，他们的恋爱就没有最终出路。

夜晚，大雨突然倾盆而下，羊虎和银妮两个在夜深人静的时候，走出废旧土窑，在大雨地里往前走，两个解放初期的年轻人，在桃花村的大雨地里徘徊。

走到一棵老槐树底下，银妮看见桃花村古代留下来的那口深井，不知道里面有没有水，也不知道里面有没有寄居修炼成精的大蟒蛇。事实上，白天的屈辱，足以毁坏一头母老虎的体面和耐力，以至于银妮看见井口，真想跳进去。她脱了鞋，放在井边。羊虎也想起白天的遭遇，灰心丧气，一时想不开，跟着银妮脱了鞋。解鞋带的时候，一只鞋带挣断了，也没有心思去管它。把两对泥鞋，在雨地里并排，整整齐齐摆放在井边。指望哪个运气好的人，能把这两对旧鞋捡回去，洗刷洗刷，还能将就穿。怀着从未寻过死的慌张心理，紧紧抱住银妮。银妮缩回伸进井口里的一条腿，在和羊虎互相搂抱着跳进去以前，停下来，哭了一下。咬住羊虎被雨水和泪水打湿的嘴唇，她舍不得羊虎火一样滚烫的身体和嘴唇。仿佛心底的光明，又被撩动起来。他们又从大雨地里走回废旧土窑。

二喜爹发誓，还要组织全村社员，批斗羊虎和银妮。他秘密地派了两个民兵，日夜盯梢。不过很快他就有些自顾不暇了。他分管村里的小供销社，月底售货员点货时发现少了一匹红洋布，报告到公社供销社总站。这在桃花村可是一桩大事情。

公社派了两名干部来追查，看是哪个毒辣的人，贪污了供销社的一匹红洋布。一匹红洋布，都顶得上小供销社大半年的营业额了，供销人员即便当了全家人的裤子都赔不起。追查来追查去，在村头的三寡妇家搜检出剩下的多半匹红洋布。三寡妇给她兄弟媳妇的孩子做满月，抖搂了几尺红洋布，包裹月子里的小孩传怀，露了底细。公社干部来追问，才知道是二喜他爹做的鬼，为了上三寡妇那半盘空土炕，贪污了供销社一匹红洋布，趁黑夜送去的。

二喜爹被摘了大队会计的官帽，开除了党籍，拉下了台。

二喜妈气得解开自己的红裤腰带，拴在房梁上，哭死哭活要上吊，被二喜的两个姐姐救下了。

全体社员批斗羊虎和银妮的事，就搁下来了。

不过，事情远远没有结束。羊虎妈颠着一对小脚，一手领着童养媳到公社告状：

"童养媳从七岁上起，就来到俺们家。家里无父无母，是个孤儿，是她父母临死前交到俺手上的，两家打小说好的娃娃亲。如果俺们不收留，把她赶出去，背着被婆家休了的坏名声，她要到哪里讨个活命呀？人民公社可不能见死不救呀！这孩子跟着羊虎长到十七八，一不偷懒，二不风流，从没坏过家里的体统，老实本分，倒是那口口声声自由恋爱的，还没有到村里开证明，就夜夜钻土窑，勾引从小订了娃娃亲的男人，那是个什么人家的好闺女呀？"

羊虎妈说得声声下泪，也都是实情。公社干部认为人命关天，自由恋爱到底有多重要？包办婚姻是不是也得酌情考虑，适当将就呀？他也弄不清楚了。为了谨慎起见，公社干部并没有急于下结论，而是专门为此来了一趟桃花村，挨家挨户调查，一笔一画记了详细的笔录。发现村里赞成自由恋爱的没几个，同情包办婚姻的占大多数。桃花村百分之九十以上的人，不知道自由恋爱是咋回事，认为包办婚姻省心不惹事。要是自己家的闺女都像银妮一样，没有两家大人的允许，自由钻土窑，没结婚就大了肚子，生下私孩，那可咋管教呀？羊虎和银妮是第一对搞起自由恋爱的人，在全公社像他们这样，和家里闹得对立、决绝，闹得沸沸扬扬、轰轰烈烈的，也只有他们。

最后，公社干部把羊虎叫到村部的旧土窑，对羊虎说："羊虎同志呀，自由恋爱这回事，就像实现共产主义一样，依我看，恐怕是以后小辈们的事，也不是一天两天就能实现的。自由恋爱这个新鲜事物，咱们见过的还不多。撞到包办婚姻这道土墙上，因为你的个人情况比较特殊，我看你也得根据实际情况回头。再说呀，你还是咱村里为数不多的年轻党员，生产队队长，全公社的人都知道你能吃苦耐劳，脑袋瓜子灵活，将来政治前途远大。你最近是咋啦？非往一条死路上闯，一个共产党员，不小心闹出了人命，你能扛得起？依我看呀，你还是要听从组织劝告，放弃银妮，放弃自由恋爱，别再招惹是非，就提拔你当大队的大队长。这可是组织上对你的信任。你好好思谋思谋。"

公社干部苦口婆心，做他的思想工作时，羊虎一直沉默着。接着，他拒绝了。他的确梦寐以求想进步，想当大队干部，为了集体一心苦干实干，是为了什么呢？可是，最后他还是选择了银妮。大队不给他俩开介绍信证明，他也要和她一道走。他和银妮说好，今夜黑月光爬上桃花村的时候，他们在月光底下碰面儿，不再是窝囊地私奔，也不再去大雨地里跳井，而是光明正大一起寻找他们未知的出路。他从三孔旧土窑的村部走出来，路过红泥沟的废旧土窑，那里面还有他和银妮身上的丝丝热气，搅拌着干黄的尘土味儿，飘散过来，从他的眼前掠过，那难以忘怀的丝丝热气，他到此刻都能亲近地感觉得到。

他准备回家和母亲告别。一步迈进家门，绳子结在房梁上，挂着一个身体——是羊虎妈替羊虎从小养大的童养媳。绳结上头，目光垂顿，斜着向羊虎投过来。羊虎怀着一种恐慌，一面俯在那个身体上，一面发抖。觉得那个绳结，打在了自己的喉咙上，要他永远为此受苦，活着就无法挣脱。手上一摸，她身子是软的，还有一口游气在，慌忙从绳子上解下来。脖子上留下二指宽一条抹不去的印痕，不过幸好还没有酿成人命大祸。

夜晚，月光爬上桃花村的时候，他没有去见银妮。他选择了提拔当大队干部。

时间会发生多么令人惊叹的变化。以前的银妮，回眸一笑，不说是沉鱼落雁，也是鸟雀驻足，蝴蝶停留，光彩照人，让人暗生倾慕。现在，这些美好都被岁月完全抹掉了，没有一点痕迹。她远嫁出村了。她嫁得不好，男人比她大十几岁，是死了老婆的孤寡老男人。

她的命运，和上天赐予的、自己选择的，都不相同。人民政府只赋予自由爱恋有限的能力。就像是命运在抽打她以前，为她揭开的一个序幕。

羊虎妈放了三挂鞭炮，在大队开了证明，给羊虎和童养媳领了人民公社的大红喜字结婚证，圆了房。

羊虎和银妮，除了深刻入骨的短暂狂热和甜蜜，剩下的都是时间那种东西，在他们身上打出的一条条伤痕，苦涩又难挨。仿佛这种村庄的爱恋，有一点迷人的地方，就非要在那上面打出一条条伤痕来不可。

从此羊虎当上了桃花村大队的大队长，事实上相当于是桃花村的实际当家人：类似于"村长"的大队干部。白天黑地不着家，一心扑在生产队的地里苦干实干。他和铁石在石窝放炮，炸坝修这条堰坝地时，废了一条好腿。当时铁石点着炮捻子，两个人伏在草丛里等着爆炸。谁知炮捻子受了潮，等了半天，炸药没有炸开，伏在草丛里的铁石要出去查看，羊虎把他拦住了，说：

"你小子刚成家，甜头还没尝够哩！可别有个三长两短的，废了你，我可担待不起。我老了，没人疼，没人想，不比你。我出去看看是咋回事。"

羊虎爬起来，向炸药口走去，刚走到山口，轰隆一声爆炸，羊虎的一条好腿炸坏了，成了桃花村的"瘸子村长"。铁石每回想起那次遭遇来，眼眶都会湿润。觉得村长羊虎，是替自己瘸的。

从此以后，铁石和"瘸了村长"羊虎，成了生死之交。在生下东明那一年，和"瘸子村长"同年生的小女儿翠平，结下两小娃娃亲。公社有什么硬任务派下来，铁石总是第一个冲上去：大搞农田基本建设，劳力人均修一亩口粮地，开山造林，人工打旱井寻水，秋后积肥，泥里水里、苦干死干、流血流汗都要完成。

如今，"瘸子村长"号召各生产队搞亩产竞赛，各生产队互相偷粮食，夜里潜伏到对方的堰坝地里拔苗使对方减产。铁石做不出那种事来，二队的粮食减产了，"瘸子村长"到地里检查，批评铁石：

"铁石呀铁石，你这小队队长是咋当的？这么好的堰坝地，不增产反而减产了，你咋能对得起我这条废腿呀？"

此刻，铁石瞅着正在地里过秤的玉米棒棒，确实比去年减产了，一时无言以对。

"瘸子村长"黑青着一张脸，骂铁石：

"你个生铁愣货，有没有一点爷们儿的悍性？就凭你这产量，我咋向人民公社交代？你是不是想替我摘了头上这顶乌纱帽呀？"羊虎气得火冒三丈，现场摘了铁石他们第二生产队先进小队的帽子，让他靠边站了。

瘸子羊虎说："亩产万斤，其他村早几年就搞起来了，咱村都是落后分子了，山外亲戚那里，早就跑步进入共产主义了，我们也跑步去共产主义吧！咱们这里老这样落后好几年，会给毛主席他老人家丢脸的。"

村里上了岁数的老人喜来大爷，站在地头上反对："瘸子瘸子，你尽是瞎折腾！亩产万斤？你老祖宗不是种地的出身？你小舅子是唱大戏的呀？编戏词也要有个八九不离十呢，我三辈祖宗都是种地的，我是不是耳背听差了？说这种话的人那能叫人吗？这不是放卫星，简直就是放太阳！亩产万斤，堆都没地方堆呢，年时咱村上好的坡地亩产只有三百斤，今年能增产一百斤二百斤，那就该磕头烧高香了。你吹上八百斤、一千斤、一万斤，有啥用呢？你卖了良心没人稽查，你的空肚皮能答应你呀？"

瘸子听了，脖子一拧说："听公社的人说，咱隔壁又穷又破的沟底村，都敢虚报亩产万斤放卫星，咱村能咋办呀？桃花村就这么窝囊死人？"

"瘸子村长"嘴上硬归硬，对于亩产万斤，他自己心里也是一团麻乱。索性连夜走了十几里山路，跑到附近的沟底村，去实地侦察，看人家沟底村的亩产万斤，到底是咋样练出来的。结果，不看不知道，一看吓一跳，原来沟底村麦子种得太稠了，长不起来，用竿子绑成方格支撑着，请来县里报社的记者，抱个小孩躺在竿子上面照相宣传：看人民公社的麦子，把小孩都能托起来。生产队里放粮食的节囤，一节囤里边都是乱七八糟的柴草，上面铺一层粮食，就虚报是多少万斤粮食。一人平均一头猪，今天把左右邻家的猪赶过来，明天又赶过去应付上级检查。城里人说咱们农村人两个人伙穿一条裤子，就把村里像样一点的衣服，都集中到上级干部指定参观的那几家，来表示农村人衣服多得穿不完。县委书记下乡参观时，突然拐了个弯，进了一家没有安排参观的人家，结果，看到这家的女人蜷缩在炕头，下不了炕，一了解，才知道是没有裤子穿，家里唯一的一条裤子，她男人穿着上地去了。一时掉下泪来，狠狠地骂了公社干部一顿。

了解了邻村的真实情况，"瘸子村长"失魂落魄地回到桃花村，和铁石蹲在光秃秃的地头上，烟袋锅子在旱烟袋里撮呀撮，手臂颤抖，怎么也撮不满。一时老泪纵横，声调儿哽咽，断断续续地说："铁石呀，现在咱们就是吃穷饭，什么公共食堂，什么要跑步进入共产主义……人是跑进去了，肚子落到后面了。"

桃花村被扣上亩产落后的帽子。

到了晚上，"瘸子村长"给各小队队长开会说："今年的粮食产量全国说有多少多少个亿斤，我看有假，可能一大半都是谎报。人民是骗不了的。美帝国主义那纸老虎看了更要好笑。不要把别人的猪都说成是自己的，不要把三百斤麦子报成一万斤。亩产万斤这股风是从哪里刮起来的？他三辈祖宗肯定是唱戏的出身……"羊虎说着，从地上捡起半片报纸，上面登载着某某地方，粮食亩产频频突破万斤的醒目大字，很用力地突撸了一把鼻涕，接着又说，"亩产万斤？这是什么报纸给咱刮起来的？像这么红口白牙说瞎话，那不是要变成美帝国主义的报纸了么？那俺给毛主席写封信吧，告诉他老人家，就说咱村这穷疙瘩，要是能亩产上万斤，月亮都能在白天升上来。"

"瘸子村长"真的一黑夜没睡，要给毛主席写信。家里没有信纸，也没有自来水笔，就用过年时给村里写对联剩下的半片红对纸，黑墨汁瓶底儿干了，加了几滴水，用几行歪歪扭扭的汉字，认认真真地给毛主席写了一封信，诉说队里谎报产量的苦恼。三年困难时期，毛主席用毛笔大字，认认真真地给桃花村的"瘸子村长"羊虎回了一封信，信上说："基层工作很艰苦，但是更要实事求是，根据自己村里的生产情况，如实汇报亩产。"落款是毛泽东。

"瘸子村长"老泪纵横，颤抖着拿着毛主席他老人家的回信，连夜跑到公社干部那里，摘了桃花村亩产落后的帽子。

饥饿仍在蔓延。

村子里在县城煤矿下煤窑的主劳力，都不得不回到村子里。煤窑工人身上揣的五块钱，买不来一个玉米面窝窝头。粮食的匮乏使人不寒而栗。但是，就是在这么困难的情况下，桃花村第二生产队的几户人家，还是在一年四季里，分别产下五个孩子，三男二女，依次是：东明、蓝花、小山、二喜、翠平。翠平爹是瘸子村长，她奶奶的娘家妈在北山里，常接济一些山里晒干的萝卜片和红薯片给家里，翠平妈总是分一些出来，给二队和自己一样上有老下有小的邻居们吃，东明、小山、蓝花、二喜家都没少吃，但是，饥饿是十分危险的，要饿死一个人，只要六七天就足够了！二喜他妈找到东明妈说："老嫂子，你是咱小队队长的老婆，比俺们有主心骨，你给咱拿个主意，俺娘家的妹妹说，娘家村的老婆们都出去要饭去了，好歹也能捡条活命呢！你说咋样？"

东明妈说："咱桃花村的人，咋能出门要饭呀！况且，俺孩他爹，可是咱村为数不多的共产党员，咋能那样做哩……我是饿死也没脸拉那要饭的棍子，将来说起来，都给娃娃们丢脸抹黑哩……让娃娃们以后咋活人？"

"我也没脸说这话呀，谁好好的愿意拉那要饭的棍子呀？可是还能眼巴巴等着饿死人？饥饿难忍，石头难啃呀我的老嫂子……"

二喜妈碰了钉子，不死心，把二队的几个老婆娘们儿叫到一搭，商量着想出去要饭，说邻村有的人，实在受不了饿，都出去讨吃要饭去了，咱也不能等死呀……村子里想出去要饭的人越来越多……

"瘸子村长"每天一起来，就在村里的大喇叭上讲话。电线被大风刮得电压不稳，大喇叭时断时续，"瘸子村长"的讲话有两个要点："第一是饿死也不能要饭，要饭丢毛主席的人哩！第二是吃石头蛋蛋也不能饿死，饿死也丢毛主席的人哩！"

"瘸子村长"不停地在大喇叭上反复地讲："俺村的人不能出去要饭，俺村的人不能出去要饭！俺村是毛主席的桃花村，俺村是革命的桃花村，俺村是在战争年代赶着毛驴，上前线给毛主席送过火炭的桃花村，俺村不能给毛主席丢脸，俺村的人不能出去要饭……"接着，只听大喇叭里"咕咚"一声，什么东西栽倒在地上的声音，大家知道，"瘸子村长"饿得摔倒在广播室里头了，几个年轻壮劳力赶紧去四面透风的广播室，把"瘸子村长"抬回了他家……

二喜他妈拖着二喜，身后跟着几个婆娘不肯散去……时时想要出去要饭。

"瘸子村长"回家喝了几大碗凉水，醒过来以后，又跑去大喇叭里接着说："俺也知道各家的情况，都没有了储备粮，甚至连锅都砸了炼了钢铁，支持了国家，谁救济谁？逃荒要饭那是旧社会的事，你就算跑出去了，别的地方也是食堂制，也没有余粮了，你问谁要？本来是要给毛主席说咱没粮食吃了，毛主席就会派人来给咱救济赈灾的，可是年时才说产了多少多少斤粮食，虽说没有亩产上万斤，也是喜报丰收了的。今年咋好意思接着就报灾荒？咱中国本来就是自然灾害多发的国家。对吧？我说得没差吧？不是北方大旱就是南方大涝，旧社会不都是十年九灾，逃荒要饭的遍地走么，咱们现在是新社会！以后面包……面包会有的，牛奶会有的……咱的娃娃们会吃上白面馒头，会、会自由恋爱的……工农兵学商，以后就是生孩子也会有人管的……"接着，又听到"咕咚"一声，"瘸子村长"倒了地……

东明、蓝花、二喜、小山、翠平，二队六十年代初期出生的这些孩子们，度日如年，红薯干吃多了肚子发胀，大便拉不出来。翠平妈手巧，土里扎个猛子，翻个红薯疙瘩，翻个土豆蛋蛋，找个白菜帮帮。不知叫哪个积极分子汇报到上头，戴了个高帽子游了一回街。以后看到土包都不敢再去翻倒，只好绕着道儿走。诚实善良是桃花村老人世代传下来的规矩传统，可是没办法，偶尔人们也只能瞪着眼睛说瞎话。又到"瘸子村长"报产量的时候，他仍然没有虚报粮食产量。到最后搞评比，桃花村的产量倒数第一，落后分子自然就是他了。整天由全公社各大队轮流批斗，提一面铜锣，一边敲一边交代自己的罪行。邻村的民兵扎两个草人，一个是省里的右倾分子的头头，另一个就是他。各村都要搞田间地头大批判，民兵满腔热血，怒吼着口号，用刺刀扎草人。

"瘸子村长"只好又拿出毛主席给他回的信，给新来的人民公社书记看，才摘了落后分子的高帽回了村。挨到过年时，"瘸子村长"羊虎把从食堂打回来的全家唯一的一碗红薯面糊糊汤，恭恭敬敬地端到毛主席画像跟前，眼圈红了，两行热泪滚落下来，哽哽咽咽地说："俺以革命老区……桃花村'瘸子村长'的一颗红心，向毛主席您老人家保证：俺村没有饿死一个人，也没有一个人出去要饭。虽然都过得不容易，不过，大家都熬过来了，大家都很健康，幸福！俺们桃花村全村人民，请您老人家放心！祝您老人家万寿无疆！"

共产主义大食堂实在搞不下去，不得不拆伙分灶。

第四章

东明、蓝花、二喜、小山、翠平，和大自然一样单纯、朴素的孩子们，在饥饿中一点点长大。

不懂事的时候，蓝花一个人走在路上，二喜就会撵上来，纠集二队一帮差不多一般大小的小孩，拿石头打她。一边向她扔石头，一边喊叫："蓝花草蓝花草，你是地主婆家的猪尾巴草，快来打小地主婆呀，快扔石头打她呀……小地主婆……小地主婆……看你往哪里跑？"

蓝花生气，急红了眼说："你说这话有啥根据，俺家没田没地，和你家是一样穷的，你凭啥说我是小地主婆？你哪只眼睛看见我是小地主婆啦？"

二喜说："俺爹说啦，桃花村就你家成分最高，是地主富农，你不是小地主婆还有谁是？快扔石头打她呀！谁要是不扔，就是和小地主婆一家伙穿一条裤子的，要负连带责任……在咱村里的政治影响可不好！"

几个小孩听了，都捡起了石头。

东明个子最高，力气最大，扔的石头却最小，最没力气，举起手里的小石头，向着蓝花扔过去，每次都打偏了，打不着蓝花。小山扔了一块拇指大的石头，打在蓝花的脊背上，然后快速跑开了。翠平家里兄弟姊妹们多，家里营生做不完，翠平妈叫翠平回家喂猪做营生，跑回家了。

二喜长得精瘦，拖着两条黑鼻涕，皮猴一样，扔的石头却最大，也瞄得最准，每次都照准蓝花的后脑勺，打出一个黑青疙瘩来。

可是，蓝花还是不愿意藏在家里不出来。等二喜跑远了，她就从藏身的大槐树后面跑出来，在东明和小山他们回家必经的山路口徘徊，时不时假装拔一株草，抚弄一朵花，追赶一只蝴蝶，山路上的小石头，都被她年幼的双脚踏平了。翩翩起舞的蝴蝶，像是一层幻想的轻雾，落在她的手上。她一遍一遍地跑过刚刚踩踏过的小石头路上，这条小路寄予和隐藏了她多少期待。她一面向上看，一面放了刚刚抓到手里的蝴蝶，用那么奇特的经验和微小的盼望，来创造她那想象的快乐。由此，后脑勺上黑青疙瘩带来的疼痛和苦恼，都消失不见了。

那两个顽皮铁脸的小孩，不知道疯跑到哪里，天快黑了还没有跑回来。

在她跑来跑去的小路旁边，在两棵大槐树的树荫中间，一棵小杏树变红了。每一片树叶的颜色，都告诉蓝花一个季节的故事，每一个黎明和傍晚，都有新的颜色涂抹，落在蓝花的脚边，和一丛丛野草挤在一起，把这里当作是它一生一世或是几生几世过冬的家。

但是，母亲香莲在土院里喊蓝花回家，弟弟又哭闹了，蓝花不能再等下去，她要回家帮忙看孩子。

蓝花看住弟弟，让他不要哭闹，母亲去厨房做黑夜饭。

蓝花妈做饭的手艺，在桃花村算得上是最好的。

就是在艰难时期，只要手里有几根甜苣儿野菜，两个小土豆，一把粗玉米面，她都能用她的两只手，做出好吃的酸菜凉粉来。

东明妈是地里的主劳力，没时间做饭，提前夜黑蒸一锅野菜窝窝头，槐树叶子、甜苣儿菜、灰灰菜、芨芨菜、桑树叶叶，山谷里能吃的野菜品种可多啦。

每天晚上，孩子们都端着饭碗在二队的打谷土场里吃饭。把碗放在石碌碡上、石碾子上、石磨盘上，大人们偶尔也端上饭出来在土场上吃饭，但是在粮食困难那几年，家家碗里的饭都不咋好，大人们就出来得少了，三亩地大的一面大土场，就成了孩子们的天下。

东明碗里的饭总是不变样，半个菜窝窝头，一碗清米汤或是野菜洋芋熬菜饭。蓝花家的饭常变换，好赖不重样儿。玉米面手捻疙瘩、手工洋芋、红薯粉条、发面糠窝窝头，尤其是大暑天吃凉粉的时候，二喜又跑出来攻击蓝花："你妈真不愧是个地主婆哩，做饭都会耍花样，光会享受腐化堕落！比贫下中农吃得还好。简直要拉出去低头认罪，还要踏上一万只脚才解恨！"

蓝花就等二喜没出来的时候，才敢端上饭碗来到土场里，看见东明在，挨近他小声说："刚端出来的，我还没尝一口哩，你先尝尝好吃不，我怕是今日做得不好吃。"

东明说："傻妮，肯定好吃！"说着就尝上几口，接着，不好意思地停下筷子，抹着嘴上的酸菜根根儿说，"我吃着是挺好吃的，你快吃哇，你再不吃，都被我两口吃下去大半碗了，你半夜里可要挨饿了。"

"不会的。我肚子小，消化不了多少。"蓝花说。

"后脑勺上的黑青疙瘩还疼不疼？让我看看。"东明用手去摸蓝花后脑勺上的黑青疙瘩，蓝花害羞逃开了，一边跑一边说："有啥好看的，早就不疼了。"

到了上小学的时候。按规定，学校每学期开始，都要登记家庭成分，每当这个时候，是蓝花最恐慌、难过的时候。轮到登记她，老师问她："你家里是啥成分？"

蓝花的两只手搓着衣服角儿，低声说："我不知道。"

"回家问大人去。"

蓝花去了半天也没回来。回家去问，母亲香莲总是回答她说："我也不大清楚，在你爷爷辈上，应该是富农还是什么的吧。家里有田有地，到了你爹这一辈，还有你和你弟弟这一辈上，都和东明家是一样穷的……"

蓝花宁愿相信母亲说的那一切都是真的。她把自己的身体，潜藏在小学校至回家路上的一块巨大石头后面，把自己安置在这个小角落里，用小时候挨石头的记忆，来配合自己眼下的遭遇，都可以使她得到一个例证，都是她想哭都哭不出来的理由。那就是她家里的成分太高。但是，假如有两万个老师一个挨一个地问她，她也一定会回答两万遍"不知道"。这些似乎都是一种暗示，仿佛旧时情形，又要回到现实中来。她一直在大石头后面潜藏着。天快黑了，东明从学校里放学回来，绕到石头后面，把她拉出来，她就在那一时刻，再也忍不住自己的眼泪来了，滴在东明的蓝布书包上。东明说："你哭啥哩，学校也就是问问，登记一下，又没人打你、骂你。明日再去上学，就没人问了。快回家吧，小心狼来了，吃了你。我就能猜到你藏在这里，一准是哭哭啼啼的，没出息的小孩。"

"我没有哭哭啼啼哩……你冤枉我……"蓝花极力申辩。

"我两只眼睛明明看见，你在哭哭啼啼，还不认账……"

"我是藏在石头后面，看见你来了，我才哭的……"

东明最见不得别人掉眼泪。东明也只比蓝花早生出来十几个钟头，可凡事都比蓝花大方世故，可能因为是男人的缘故。蓝花一边抹眼泪一边心里猜测。

又是农忙节气，一天接着一天，一切都和以前一样。孩子们正需要好好学习的时候，"文化大革命"开始了。二队的孩子们赶上学校勤工俭学、破四旧。村子里的小孩各自在自己的生产队里，跟着大人们天天下地劳动：捡麦穗，拾羊粪蛋蛋，割草，上山挖鱼鳞坑，植树造林，冬天积林肥，给树林子刷白灰过冬。半天念书，半天劳动，所以也能在学校里面识上几个字。东明、蓝花和小山因为学习成绩拔尖、生产队里劳动积极，过六一的时候都戴上了红领巾。能在过六一的时候戴上红领巾，是特别荣耀的一件事情。几个孩子兴奋得互相追赶打闹，半饥不饱的生活并不能完全夺走他们童年时的欢乐。只有二喜和翠平，因为学习成绩不好，没有戴上红领巾，一放学就羞得气呼呼地跑回家里去了。

接下来的时间，东明、蓝花、小山，都成为学校积极的红小兵小将，捡麦穗、拾羊粪蛋、割草、破四旧样样都冲在同学们前面。天天在家里干活都烦了，想尽办法偷懒，要靠大人们指派、督促才能做完。到了学校可不一样哩，都热心得无法形容。下午放学后，几个好朋友说好，悄悄地到五保户刘奶奶家做好人好事，他们几个，本来就经常到村里的孤寡老人家做好事帮忙干活。放学后东明和小山帮刘奶奶家扫了院子、挑满吃水的水缸，蓝花更是把刘奶奶家的土炕和厨房拾掇得干干净净。几个小孩都干得满头大汗，不仅乐此不疲，并且满心快活。干完刘奶奶家的活还要回家帮做家里的很多活。他们各自回家拿了箩筐，又向山上进发。天黑以前，还要割瓷瓷实实一筐猪草才能回家吃晚饭，每个小孩家里都养了兔子和母猪、小猪，全凭孩子们割草养喂呢。一年下来卖了钱，也能买些柴米油盐。

几个人照例相跟着要上山，二喜从路边冷不防蹿出来。二喜已经割完草要回家，看到几个人刚上山，心里得意，就指着他们的脊背说：

"我刚在山上碰到狼崽了，小心狼崽把你们几个积极分子呀，叼去做山大王。"

东明说："哎呀！不要把你捣去做山大王就行啦。以后去五保户家做好人好事你也要去，就是没戴上红领巾觉悟也要提高，你要和积极分子看齐，主动要求进步才行。"

二喜说："我进步个屁。我发现一个咱村隐藏得最深的坏分子，你们敢不敢跟我去他家破四旧？你们猜猜是谁家？"二喜说话的时候，总是用一种挑衅的态度，因为他学习成绩极端不好，所以要在蛮力和要赖方面超过旁人。说话时嘴里嚼着一根粗茎的杂草，使嘴里喷出来的气味儿酸溜溜的，有一种牛圈里沤过粪的酸腐味道，非常难闻。

东明说："我们都上过你几回当了，你可别和你爹一样，尽欺负村里的老实娘们儿，我们可不会听你瞎指挥。"

二喜说："那我给咱二队队长报告去，隐藏在他身边的坏分子，我不信他敢不管。我看你们这几个红小兵的觉悟还是不行，白给你们戴红领巾了。我看你爹咋说话呀！"

蓝花是个火暴脾气，忍不住了，问二喜："你说说，到底谁是坏分子你说说看，你到底要叫我们跟你到谁家破四旧去？不要卖关子，我们还要上山割草呢，回家还要拔水、喂鸡喂兔喂猪的，学校老师布置的作业还有一大堆，谁像你，天天不完成老师布置的作业。叫你去刘奶奶家做好人好事你也不去，说你是落后分子你就不要不服气！"

二喜说："就是你爹呀！地主富农出身的蓝花草，你叫嚣个啥？我看到你爹把一个红盒子吊上你们家房梁上了，那不是迷信、四旧你爹藏那么高干什么？我这就给队长报告去，我看到时候你还能嘴硬！"

蓝花气得跳脚："二喜你血口喷人！俺爹天天劳动改造，改造好了就是好人哩，总比你强！学校都给我戴上红领巾了，老师都说啦，对俺爹的问题既往不咎，你一个小毛孩比咱老师还厉害？你凭啥说俺爹是坏分子？你凭啥要到俺家去破四旧？"

二喜嬉皮笑脸地说："别看你学习成绩好，长得又水灵漂亮，那也救不了你爹喽。你爹是不是坏分子，我叫上队长去你家房梁上看看就知道了。你死乞白赖的干啥？说不定你爹又该拉出来挨批斗啦！你们几个睁大眼睛，好好给我看着吧！看谁能赢过谁！"二喜脖子一梗，两根青筋都暴出来了。他就是看不惯蓝花和东明他们，干啥都在一起走，就是要给他们眼里挑刺。

东明走过来，拦住冲动的二喜，和颜悦色地说："二喜呀，你还想不想明年过六一争取戴上红领巾？这点小事根本就用不着惊动队长，你也知道俺爹，他还在忙别的革命工作呢。夜黑我听说打山墙造地，把一个社员的小腿肚都伤着了，正着急上火哩。你说的这件事，咱们现在就去蓝花家看看，你到底是不是看花眼了，说不定是放了什么好吃的东西上去呢。你要是谎报军情给队长，也不会有好果子吃，咱们最好先去调查调查看看。你说咋样？其实我也是为你好。你也知道我爹那火暴脾气，他可是最讨厌说谎的人，被他逮住了，摔个半死都说不定哩！"

几个人立即跑去蓝花家，蓝花爹在生产队里劳动还没回来，不在家。蓝花妈带着弟弟去坡上拾柴，也不在家。几个小孩跑到正窑里一看，果然蓝花家的房梁上吊了个大筐子，窑顶上钉了个铁橛子，挂了一个铁丝钩子，钩子上吊着一个大筐。二喜拿了板凳来，踩上去，差得远，够不着。东明个子最高，站在凳子上摸到了筐子里面的东西，是几个留作种子的干玉米棒子！东明拿到手里说："你看看，我猜得没差吧？可能是留着明年做籽种的吧？怕被老鼠偷吃了才吊得这么高。"说完就要把玉米棒子放回去。

二喜说："不行，你把整个筐子都拿下来咱们一起看，你要存心耍赖我就叫队长来评理！"

东明只好把筐子拿下来，除去了盖在上面的干玉米棒子，果然有一个红布包着的黑木头匣子，大家都傻了眼，二喜抢先一步把红布揭开，东明手快，一把夺过来："我来拿给你看！"

东明小心地打开木头盒子，二喜瞄了一眼说："看看，我说是迷信、四旧吧，你们还不相信，上面盘着两条龙！"

东明仔细端详了半天说："你知道什么呀，这哪里是什么迷信、四旧呀，这是一个砚台，蘸墨汁用的东西，你这个泼货！看到这上面刻的字了吧：战天斗地革命砚！是年时咱公社劳模大会的奖品！俺爹也得了一个！我说二喜同学，你不但革命觉悟要提高，连革命知识也要提高哩！"

从蓝花家出来，天都要黑了，蓝花和东明才匆匆忙忙上山割草。二喜没难为住他们两个，反而得了羞臊，嘴里嘟嘟囔囔说着什么，气呼呼地走开了。

但是，二喜并没有回家，而是在蓝花家大街门口转悠。像是一头不知所措的小牲口一样。时而仰头沉思，仿佛在考虑什么天大的事。时而低头，用足尖使劲踢着地面，像是在翻找什么遗失的东西。蓝花妈抱着一捆柴火，拉着蓝花弟弟的手出现在路口。二喜上前拦住说："把你家的砚台交出来！明明就是地主富农，还装什么有文化的人！可真会笑话人！桃花村的文化人都死绝啦？你家有什么资格保存革命砚台呀？"

　　蓝花妈吓了一跳，手里的柴火撒了一地，惶恐地说："我不知道。家里的事我不管，你别问我呀！"

　　"那我问谁去？我知道就在你家窑顶子上吊着的筐子里，你给我乖乖地取下来。你不听话我就报告给队长。你呀！是不是想让全村社员再揪斗揪斗蓝花她爹？是不是有一阵子没挨揪斗了，身上肉皮松了呀？"

　　蓝花妈很少出家门，很少见这种阵势，吓得捂起脸来。一路小跑回家，取下筐子，递给二喜。二喜一脚踢倒筐子，里面的干玉米棒子撒出来。二喜拿起红布包着的黑色砚台，狠狠地摔到地上，"吧嗒"一声闷响，砚台摔成了八瓣。

　　"你赔你赔！"蓝花的弟弟哭着叫道。

　　二喜依然仰着脸回答说："赔你？你想让贫下中农赔你呀？想得美！你哭也没用，我还要向队长报告！揪斗你爹！"同时用一种粗暴的态度，揉开蓝花妈，跳出院子，嘴里仍然断断续续说着要去报告队长的话，比原先更加刻薄地跑走了。

　　二喜怀着胜利、得意的心情，蹦蹦跶跶跑回家。那一晚却无缘无故做起噩梦来。一晚上梦见两条黑龙盘住自己，让他窒息，出不上气来。他几次被惊醒，睁开眼睛，吓得不敢再睡，想问他妈要一口水喝，压压惊。二喜推推他妈："妈！妈！我想喝口水，给我倒口水喝……我梦见有两条黑龙，蘸了墨汁，盘住我，不让我出气……"

　　二喜妈睡得迷迷糊糊，随手在二喜的屁股上打了一巴掌，嘴里含糊不清地骂道：

　　"冤魂！冤魂……半夜三更喝啥时的水……快睡快睡……再尿了炕……小心掐了你的黑小鸡……"

　　二喜妈翻了个身，伸手一摸，炕那头还是空的。半个激灵打醒了，嘴里不停地咒骂："色鬼色鬼……你那死鬼爹……后半夜了还不着家，死到哪盘土炕上去了呀……哎呀……冤鬼冤鬼……识破鬼……你个小祖宗快睡……"

　　二喜妈嘴上数落着，出手又在二喜的屁股上"啪啪"打了两个响巴掌，絮絮骂道：

　　"快睡呀！拾翻个啥呀你，还出了一头慌汗，是咋啦你呀……你是不是红薯皮吃多了呀！屁多得……熏死你妈啦……真是识破鬼、识破鬼……睡着了也没个顺心时……"

二喜妈身材矮胖，左脸上有一颗疤，是一个旧疤，小时候从炕灰里偷吃烧红薯，火星溅出来留下的。疤痕上有一条暗线，隐埋在脸颊，看起来有一点残败的样子。二喜爹白天黑夜不着家，去钻三寡妇的土窑，连以前大队会计的官帽都弄丢了。在桃花村也不是什么秘密。她寻死上吊的心都有过，没有用，她都习以为常了。但是，偶尔在后半夜醒来，看见那半盘空炕时，嫉妒的火苗，仍然会以一种极其隐蔽的力量涌上来。

二喜不小心触到一个不幸的话题，他惹恼了被他惊醒的母亲，只得怀着一种痛苦的意味，听着母亲的咒骂，仿佛母亲是一个老戏里的冤魂、弃妇那般出现。二喜祷告，母亲不要在这样的深夜里大发雷霆，但是没有用处了。二喜妈咬字不真地连片咒骂道：

"我就睁着这两只眼睛看着……看着看着……看你那死鬼爹，是不是要死到三寡妇的炕上……冤魂！冤魂！还要把那三寡妇的骨头皮肉，都带到祖坟里……带到祖坟里不成？冤魂！冤魂！活剥了那两个脸厚的人……也不在我这心上……哎呀哎呀，我这心口疼的，气死你老娘我啦……"

二喜半口水都没喝着，还挑起二喜妈一肚子怨气。吓得后半夜既不敢闭上眼睛睡觉，一闭上眼都是冤魂，也不敢私自翻身弄出半个声响儿来了。

那一夜，二喜花了很大的力气，才算熬到天明。到了天明，他又把那些噩梦都忘记了。

自然不用说的，蓝花的学习成绩在全年级都数一数二。东明气不过，要和她比赛。结果每回考试，不是蓝花第一，就是东明第一。蓝花考一回第一，东明就考一回第一。总是打个平手，不分上下。有一回东明又得了第一，心里得意。这点子功课，总不能回回都落在女人后面。放学回家的路上，好心好意，给蓝花讲解起她做错的那道数学题，用石头在地上画圈圈，教她如何破题、解题："蓝花你看，这里要这样做，先乘除，再加减，你看看，这样……"

蓝花说："嗯！"大眼睛一闪一闪，头发快要挨住东明的肩膀了，认真地听着东明讲解，讲到最后的时候，东明突然醒悟到什么，吃惊地问蓝花："蓝花，你是不是心里都懂，我咋觉着你心里都明白，故意做错的？"

蓝花急得赤红了脸："我吃疯了要故意做错？明明是你考了第一的！"

东明扔了手里的石头，从地上站起来，拍拍手上的灰，突然伸出手，摸摸蓝花的黑头发，笑了，小声说："你咋啦呀？脸红什么？干吗这么着急呀？谁不知道桃花村就数你最聪明伶俐，我也知道啦！"

"谁说的呀……我认为你才是……"

"你谦虚啥呀……我说的可是实话，不光聪明伶俐，长得最顺眼好看的，也是蓝花你呀……"东明突然脸红起来，急忙改口说，"咱们回家放了书包，到地里拾麦穗去呀！"

"嗯！"蓝花终于松了一口气。

以后，不管谁考了第一，两人都暗暗惊喜。一前一后，高高兴兴一路走。有人在跟前打扰的时候，就谁也不看谁，假装是一般的同班同学，没有人在跟前的时候，就争分夺秒，相互忍不住体贴地说上几句话。即便是一丝笑意，都能给对方一种轻微的鼓励。不过，东明知道，蓝花想考第一，那是非常轻松的一件事，他有一切理由确信。距离蓝花最近的，是塑造了蓝花的那种善良、温柔天性。距离东明最近的，是创造了东明萌芽时期愉快时光的蓝花。

他们的过往，将是他们生命中永恒的黎明。

只要他们在一块儿，或是远远地看到对方从哪一块石头后面走过来，都会立刻生出和谐气氛，弥漫在空气里，有时甚至能赶走瞌睡、疲倦，赶走孤独和一些随时随地都会出现的不如意。蓝花确信，即便是小小的黑暗也能结出光明的果实，在她后脑勺上挨石头的时候，被二喜莫名其妙追赶得无处藏身的时候，不得意的时候，就在不远处，在东明朴素自然的眼睛里，总是裹着一颗心，来同情她幼小的苦恼。轻轻踏过那些不小心绊足的石块，即便是苦恼，也暗藏幸福。她时时记起，她和东明，是吃过一个奶头的两个小孩，仿佛心里有个伴儿似的。虽然吃过一个奶头这件事，她和东明谁也没有提起过。不过偶尔遇见东明妈的时候，东明妈的目光，总是追随着蓝花跑远的身影，不由自主地赞叹：

"多亲的小妮妮！都长得那么高了，和香莲一样眉眼可人、好看呀！"

蓝花从来没有一回，真切地听到东明妈称赞她的话，她早就跑远了。她虽然年纪很小，却从父母身上感受到为人要谨慎，从不敢招惹是非，也不敢在瞬间的停留驻足中，多留片刻，更不敢耐心去求证谁对她善意，谁对她不太友好。但是，她却能分辨出善意的目光，仿佛她生活在两层轻雾中，一层是顺心如意的精神生活，一层是偶有烦恼的现实生活。这两种生活是否要跟随她一生一世，或再多，或再少，她都不知道。她已经走到了这里，就从这里开始吧。

那么，不管是二喜，还是什么，即便分解成好多个二喜一样的小鬼头追赶自己，她也夜夜睡眠香甜，美梦不断。并且每一个美梦都在延续，完全不用另起一个开头。她受着那种种美梦引导，那美梦从不离开她。她睡眠时，它在她身上，在她脑子里，她早晨起床吃饭上学时，它和她同行，永远走在她前面，向她亲密地招手，使她没有一点疑心和顾虑，笑盈盈地迎上去。

　　就这样，一个湿润的季节过去了。

第五章

这是一个奇怪的年份。

农历二月刚开头的那几天，村子里陆陆续续来了几个从北京发配来的"地富反坏右"黑五类分子。具体什么是"地富反坏右"，什么是黑五类分子，没有人能仔细分辨得清楚。都仿佛是一个统称。反正各村分到的人也不一样。总之是要在桃花村人民的监督下劳动改造。全村人都跑来看热闹。二队分来两个，一男一女，按照瘸子村长的安排，男的住在东明家的柴房里，女的住在蓝花家的柴房里。这两家人本分老实，不招惹是非。村子里的人也不知道两个人的真实姓名，只知道一个姓韩，一个姓陈，就把男的叫作韩五类，女的叫作陈五类。白天和二队的男女劳力一起，下地劳动改造，晚上开批斗大会。东明、蓝花、小山和翠平，以及二队各个年龄段的小孩子们，对这种事情好奇、新鲜了一阵子，很快，批斗会还没开完，就带着一种迷惑和不解的疑虑，在台子底下打开瞌睡了。二喜总是对这种事情很来劲，他在大人们读毛选、学习老三篇的间隙，揪住韩五类和陈五类的头发，强迫他们一次次低头认罪、抬头示罪。

"瘸子村长"怕饿死人。揪斗完了，叫上铁石，黑夜悄悄给几个五类分子送上一些地里寻下的瓜果野菜、粗粮杂粮，"瘸子村长"羊虎嘴里念叨着：

"唉！流落在咱这山圪崂的大地方人，咱首都北京来的人哩，从北京来咱这桃花村，得要走多远才能来呀！都是能人哩，可怜的，咋能看着活活饿死。前半夜批斗是政治运动，不搞不行哩！咱这真正的共产党员觉悟，可要高哩！批斗完了，也不能在咱桃花村饿死人呀！"

　　于是，隔三岔五，和铁石一道，保持着一种宽容温度，不完全受时事牵累，只是怕饿死这几个异乡人，秘密地给几个黑五类分子送些粗粮杂菜。

　　有时邻村的红卫兵，唱着革命歌谣，跑到桃花村来夺权，文攻武卫，把大队的公章抢走了。吓得百姓们都躲回了家，光屁股的孩子倒是有了事情干，身上起了劲儿，跟着队伍瞎起哄，追着夺权的队伍乱喊口号，嘴里唱道：

　　　　红卫兵队伍有威风，
　　　　前晌驻进桃花村，
　　　　后晌就把公章抢，
　　　　睡到半夜变了心。
　　　　各山道，乱哄哄，
　　　　土炮弹响到一点钟，
　　　　文攻武卫夺权柄，
　　　　手枪队，在上坡，
　　　　攻得严，把得紧，
　　　　走东坡，出西坡，
　　　　到处糟害老百姓。

　　羊虎和铁石没办法，叫了几个后生，撺上桃花梁，冲着那些夺权的人喊："把俺村的权力机构放下，把俺村的权力机构放下再走，你们把俺村的公章权力，要带到哪里去呀？"那些人黄风雾气地跑了一阵，早不见个踪影儿了，追过去，沿途的一棵树枝上，挂着一个油布袋儿，里面装着桃花村的公章。

　　不过，大体上没有掀起什么大风大浪，总算是平安无事。

　　一天天过去，地里刚下过一场透雨。孩子们的生活没有一点变化。学校布置每个学生必须拾满一筐子麦穗交到生产队。东明、二喜、蓝花、小山又去拾麦穗，路上碰到正要下地去干活的陈五类。陈五类长得白净好看，时时低着头，很少说话，也不看任何人，扛着镢头往前走。步伐走得既不敢太快，也不敢太慢。不过不幸的是，她的出现，还是引起了二喜的注意。二喜上前抓住陈五类的头发，要让她给他们几个小孩低头认罪，抬头示罪。二喜魔爪一样牢牢抓住陈五类的头发，东明赶紧拨开二喜的手，对二喜说："你有完没完呀！那都是大人们的事，你就少费点心吧！还嫌你个子长得不够慢呀？"

"你别管，是五类分子就应该见一回低一回头。"

东明再次拦住他的手："五类分子也是人，都在村民大会上低头认罪了，干吗还要见一次低头认一次罪？"

二喜痛斥东明："你还有没有一点阶级斗争的意识？你忘了自己是根正苗红的贫下中农啦，看到五类分子就要让他们见一次认一次罪，认一千次罪一万次罪都不够哩！"

两个人争得面红耳赤，蓝花跑过来拉架，对二喜说："二喜，你还不快放了手，你再揪住她不让她走，误了队里的出工时间，队长可是要骂人的，你可小心东明他爹剥了你的人皮呀！"

二喜听了蓝花说的话，才不甘心地放陈五类走了。

天擦黑了，每个人的筐子都耷拉在胳膊上，麦穗还没有拾满。二喜提议去二队的仓库里偷麦穗，东明不同意："我看你是吃疯了，队里的麦穗你也敢偷？你不想活了是不是？"

二喜说："反正拾不满一筐麦穗，回家也是挨打，明日队里也交不了差，你说咋办？"

大家一片静默。

"你们不去，我可一个人去了，到时候你们交不上任务挨打，可别怪我没帮你们想办法。"二喜说。

最后几个人协商，小山在下面望风，二喜从窗口跳进仓库去偷，东明和蓝花在窗户底下接筐子。刚偷了一半，二队的仓库保管员通财，一个人溜溜达达，提了一串铜钥匙，来到仓库，背后藏着一条粗布口袋。小山远远看到，急忙打了一声口哨，撒腿就跑了。东明和蓝花钻进仓库旁边的麦垛里藏了起来。二喜腿笨，翻窗子的时候碰掉了一颗牙，最后被保管员通财抓住。通财狠狠批了二喜一顿，二喜满嘴流血，东张西望，眼看脱不了身，只得乖乖就擒。通财嘴里大声呵斥，让二喜明天在村子里的大喇叭上，老老实实向全村社员做检查，暗地里却挤眉弄眼，摆手示意，让二喜快跑。

仓库保管员通财本来还没有走远，二喜却故意咳嗽一声，嘴里大声喊叫："没事啦没事啦！都出来吧……"让伙伴们出来。实心的蓝花以为通财真的走远了，要从草垛里冒出脑袋来，被东明按住。东明把蓝花藏在草堆里，自己慢慢探出头，站起来，想出去看看情况咋样。

二喜秘密地对通财用手一指蓝花和东明藏身的方向，通财立刻看到东明刚探出来的脑袋，当场揪出来，惩罚他和二喜明天去大喇叭广播上做检查。

通财走后，三个人清点自己的筐子，少了蓝花的筐子。没有疑问，蓝花的筐子，被二喜扔到仓库里没有带出来。二喜要把自己的筐子送给蓝花，蓝花不要，宁愿自己回家挨打，也不愿意接受二喜黑乎乎的筐子。

三个人分开，各自回家。黑暗中，东明把自己的筐子递给蓝花。蓝花犹豫了一下，接过东明递过来的筐子，走进家门。

丢了筐子不敢回家的东明，返回去，藏进刚才藏身的麦秸垛里。身子挨着一捆麦草，幸而有蟋蟀的叫声，"吱吱、吱吱"和他做伴。一种莫名的恐惧笼罩着他，暮色从四面八方围拢过来，天已经很黑了。东明数着天上的星星，雾气弥漫的夜空，一颗星星暗淡下去，接着，好几颗星星都暗淡下去。夜晚的麦秸垛又潮又冷，村里的一只狗叫了几声，接着，又叫了几声。最后，停下来了。村子里的一切，都被夜晚的宁静和从容包裹，只除了东明以外。东明裹裹身上的衣服，想要睡上一觉，假如他不愿意回家挨一顿痛打，他就要藏在这附近，挨冻受饿。他猜测母亲一定几次打开大街门，四处打听，寻找他的身影。谁也不会想到，他现在流落成一个在麦秸垛里藏身的小流浪汉了。麦草刺痒着他的鼻子，不小心打了一个喷嚏。一开始东明还很小心，胆战心惊，不敢发出任何声音，怕有什么人发现自己。但是很快他就明白了，周围除了各种虫蚁窸窸窣窣的活动声，蝙蝠飞行的声音，萤火虫聚集的声音，癞蛤蟆的声音，除此以外，就连一个孤魂野鬼都没有。东明又饥又渴，很难想象，自己在这个又潮湿又冷漠的旧草垛里，能坚持到后半夜还是第二天早上。眼下这个夜晚，和以往可以心安理得地回到家里，和哥哥、姐姐、妹妹们挤在一盘热炕上睡觉的夜晚，是多么不同啊！迷梦中妹妹又尿炕了，湿到东明这一边来，他欠身挪个干地方，接着，很快就又睡着了。

几乎在他刚才的幻想中就要睡着或是眯了一眼醒过来，又要再睡过去的时候，东明突然清楚地看到，仓库保管员通财又出现在仓库门前，背后依然藏着一条粗布口袋，手里提了一串沉甸甸的铜钥匙，开了仓库门，装了满满一口袋麦穗出来，又把仓库门锁上。好奇的东明翻身起来，一下子撵走了全部瞌睡，悄悄地跟在后面。仓库保管员直接去了二喜家，叫开二喜家虚掩的大门。又矮又胖的二喜他妈在黑暗中倒是身手敏捷，一只手接过沉甸甸的粗布口袋，先是狭开一道门缝，放通财进去，接着，匆匆闭了门，两个人一起消失在二喜家的大门里头。东明急忙捂住自己快要惊叫出来的嘴巴，身上发抖，头皮发麻，正要猫着腰离开，被二喜一把拽住，黑暗中两个人一言不发。回到东明刚刚栖身躲藏的麦秸垛旁，过了许久，二喜恶狠狠地对东明说：

"今天的事要绝对保密。不许给任何人说，包括咱那几个好朋友，还有家里的大人，你爹自然不用说，是小队队长，你妈也是咱队上有名的积极分子，你不是说过，你妈每年都要交好几回入党申请书吗？俺妈和仓库保管员通财这事情，要是让你妈知道了，那还了得，两天就尽人皆知了。闹丢人不说，俺爹就更不回家了。"

东明不答应，犟狠狠地说："小孩做了坏事，都要到村子里的广播上做检查，大人做坏事干吗就不受惩罚呢？一麻袋一麻袋地偷生产队里的粮食，看来后晌那会子，也是去仓库偷粮食去了，才和咱们撞上。这还了得？不行！这事不能就这么放过去不管！"东明越说越气愤，态度更加坚决，"明天我一定要在大喇叭上，彻底揭发仓库保管员通财偷生产队的麦穗，偷偷送给二喜你妈的事，这事不比旁的小事，决不能轻饶！"

停顿了半晌，二喜最后咬牙切齿地说："蓝花我就让给你。便宜了你啦！我也可以保证，以后少找她的麻烦，不许你再提保管员通财的事。还有，明天上村里大喇叭上做检查的事，也要你东明一个人承担，不然我就要揭发蓝花也参加了偷麦穗。你也知道，蓝花家庭成分不好，她爹她妈胆子又小，以她妈她爹的小心脾气，要是知道蓝花也去偷生产队里的麦穗，少说也得气个半死不活，说不定蓝花的小胳膊小腿儿，总得少一件儿。你自己可想明白了，掂量掂量再说。"

东明在黑暗中沉默良久，不再说话。二喜气急败坏，甩着两只精瘦的胳膊离开麦秸垛。回家的时候，专门绕到东明家门口。东明他妈正拿着烧火棍到处寻找东明，二喜把东明的藏身地点告诉了东明他妈。

东明被他妈从麦秸垛里揪出来，当场痛揍了一顿。因为他不肯招供，为什么天黑了还不回家，竟然像是个没人收留、管教的流浪汉，藏身在这种麦秸垛中。烧火棍不偏不斜，落在东明的屁股上。接着又被拖回院子里，关在土窑门外，不许进屋里睡觉。院子里又冻又饿，鸡叫头遍，东明在院子里发起高烧，想去叫开门，回热炕上好好睡上一觉，却浑身疼痛，心里倔强，又不肯轻易认输，张不开嘴。临到天明时被住在他们家的韩五类抱进柴房，用湿手巾帮他冷敷，才算迷迷糊糊退了高烧。

第二天一大早，高烧刚退的东明，又得去村子里的大喇叭上，声调儿嘶哑，对着全村社员做检查："伟大领袖毛主席教导我们：深挖洞，广积粮，备战备荒为人民；抓革命、促生产，战天斗地！打倒美帝、苏修纸老虎，中国人民万岁！万万岁！敬爱的毛主席万岁！万万岁！"按照惯例，东明在大喇叭上先背诵一段毛主席语录，然后接着说，"我是二队队长刘铁石家的小儿子刘东明，因为拾不到麦穗，没有按时完成生产队上拾麦穗的任务，想去生产队的仓库里偷麦穗，犯了严重的错误。我向毛主席保证：以后一定好好学习、天天向上，再也不做坏人坏事。身为学生班干部，先进少先队员，我要深刻检讨，以后保证永不再犯，希望全村社员们，原谅我……"

东明有生以来，第一回在大喇叭上，向全村社员做检查。说着说着，东明第一回哭了，泪水滚落在他激烈颤抖的手上。大喇叭上同样颤抖的声音，使他自己都感到震惊，使他感受到从未有过的切肤之痛，使他痛彻心扉，真心地悔过，心中除去一个重担，以后就算是饿死冻死、挨打受气，也不能耳朵根子发软，听从教唆，去做那些不体面的事情。他的男子汉的第一次泪水呦，他的童年生活，那看不见觉不出的成长呦。

回到家里，自然又少不了一顿痛揍。

蓝花听着喇叭里东明颤抖的声音，想到东明妈愤怒至极、威严相加的拳头，一定像雨点一样落在东明的身上。知道东明是为了保护自己，才去大喇叭上丢人现眼，难过得掉下了眼泪。为了这个，她愿意永生和他相好，永生追随他。那样都不一定能报答完他对她的优待和恩情。

为了给东明报仇、出气，蓝花在僻静的山路上截住二喜，责问他："二喜你这个讨吃鬼，明明抓到的是你和东明两个，为啥大喇叭上做检查的只有东明？现在东明被他妈揍得三天都下不了炕，身上的骨头都快被打断啦！你这个恶狼掏了心肝脾肺的讨吃要饭鬼！我现在要是个大人，死也不想轻饶了你！"感觉到二喜的眼神里，总是有一种粗野，令她生厌，使她想到她所有的烦恼，都躲不开这个眼光，说着，说着，再也无法忍住自己的眼泪，珍珠颗粒般全部滚落下来。

二喜厚着脸皮，凑近蓝花跟前说："你哭啥哩，是东明自愿一个人去顶罪的。我能有啥办法？两个人去死也是死，还不如让他一个人去死。"

"都怪你，明明是你先提出来偷麦穗的！我们一开始都不同意！"蓝花终于忍不住，恸哭起来。后悔没有管住自己，牵累了从不做这种事情的东明。

"这是我一个人的错呀？你也参与了呀！"二喜看到蓝花哭得伤心欲绝，也慌了神儿，慌忙辩解。

"我倒要问问仓库保管员通财，看看……到底是咋回事，明明当场抓住你们两个，为啥只有东明一个人去做检查？"蓝花一边哽咽，一边断断续续地说。

"你问吧，看你能问出个子丑寅卯来，说不定还会把你牵扯进来，那东明可就白替你做检查了，你还得上一回大喇叭……你身上的小胳膊小腿儿，我看也得小心着拆掉一件儿……"

"你……都是你，尽想办法、时时谋想要毁了我……才闹出这种结果来，害了东明……你简直太卑鄙、太没出息了！"蓝花越哭越伤心，时不时擦着眼睛，快要撑不住了。

"你说是我？"二喜假装吃惊地问道，"你说的是我吗？是我吗？"

"不是你还能有谁？"蓝花控制不住自己，又哭起来，"你简直太狠毒了，我再也不想理你了……"

"正因为你不好好理我……"

二喜没有把话说完，眼睛偷瞄了蓝花几眼，不甘心地走开了。

蓝花一个人站在路边，一边哭一边擦眼睛，不停地叹息，哭红的双眼望着东明家的方向。

二喜突然又跑回来，对着蓝花喊道："东明他爹又把东明狠狠揍了一顿，咱村赫赫有名的小队队长，哪里闹过这种丢人事呀？这回可真是解了我的气啦！我看你们再闹得意的！真是丢人现眼啦，和小地主婆蓝花搅和在一起，就是没有好下场！你还不服气？"

一听到这个，蓝花心里的伤痕又被撕开了，她再不想搭理二喜。离开山窝，走到一面土坡上，把头伏在一堆被狂风吹得倒向一边的干花杂草上，眼泪也沾在失去颜色的花瓣上。杂草的枝儿，把蓝花的头发从哭红了的眼睛上隔开，毫不遮掩，显示着和她的亲近。不然，她还以为除了东明一个，都和她的心除开了呢！她不能说，她咋样知道东明对她的亲爱和不能失却。也从未想到过未来的什么，但是，当那提示在她心中继续时，她就知道那提示是什么了。

就这样过了一阵子。蓝花遇见二喜，也不说话，远远地躲开走。二喜心里窝火，却不往脸上挂。照样装出一副厚脸皮的样子，仿佛根本不把这当作是一回事，越发撺着东明、蓝花他们一起往山上走。

夜黑，五里地以外的邻村放电影《三进三城》和《苦菜花》，东明和小山去蓝花家，叫蓝花一起出村去看电影。蓝花正在柴房里，跟住在她家柴房的女五类分子学数学，看到伙伴们进来，示意他们说："嘘！你们两个，可千万不能说出去，说出去大家都得倒霉，恐怕还要连累旁人也遭殃。尤其是不能让二喜那个讨吃鬼知道，我偷偷来学习的事情，不然，不知道他又会想出什么坏点子来折腾人。"

蓝花说着，对陈五类歉疚地笑笑。让伙伴们出去在门外等着，自己先给陈五类把尿盆子取回来。夜黑的时候，她对蓝花家的土厕所不熟悉，本来起初她是执意不要蓝花给她预备尿盆的，她执意夜晚自己起夜上厕所。蓝花心里思谋，可能她是嫌尿盆子不干净，有味儿，每次蓝花给她递进去的时候，她都要捂着鼻子，身子往后躲得远远的。就给她洗刷干净，又找了一片废旧硬纸板，剪了一个圆圆的尿盆盖子，给她盖上，她才接受了。半夜再不用深一脚浅一脚出来上厕所。以前她刚住进来的时候，有一次半夜出来上厕所，一条腿掉进茅坑里，蓝花一家人费了大半夜时间，黑灯瞎火，把她身上的皮肉都蹭破了几块，才把她救上来。蓝花对她说："陈姨呀，你可千万不能再掉进茅坑里啦，耳朵里要是灌了大粪，就成了臭圪筒。再也洗不干净，没人能挨了。"接着，蓝花小心翼翼地贴近她的耳朵说，"二喜小时候，他爹他妈有一回正打架，没人管二喜，就掉进厕所里，耳朵里灌了大粪，成了臭圪筒，没人敢挨他哩，臭气熏天。二喜不让人提起这回事，知道了又要动手打人。"

目光时时黯淡的陈五类听了，也会微微牵动嘴唇，笑一下，算是回礼。她送给蓝花一面手掌心大小的小镜子，上面还印有洋字母。蓝花说："我可不要。我不爱照镜子。二喜说，小地主婆照镜子，是想美化自己哩。我不想要这种东西。你的家当也没有多少，你自己留着用吧。"

现在蓝花放下半根铅笔头，她要和小伙伴们出去玩了。但是她注定需要这样一个遥远的窗口，来加深自己对人世的理解和幻想。所以会不由自主地靠近这个陌生人。

东明和小山自然知道保守秘密。

他们一起去邻村看电影。山谷中的路很长很长，路上二喜突然追上来，东明觉得奇怪，问二喜："你咋现在才撵上来？你不是号称有两条神行太保的腿吗？为啥这么晚才出来？"

"我去蓝花家叫蓝花来看电影，在她家的大街门口碰到那个臭女人陈五类。那狐狸精不知道在思谋啥哩，看到我竟然没有主动低头认罪，被我批评教育了一番。不要想着我们桃花村人民群众的觉悟都不高，就想蒙混过关，他们一定要在咱村彻底改造好他们罪恶的灵魂才行。"

蓝花问二喜："你说他们有罪恶的灵魂，那我问你，他们到底犯了什么罪呀，要来我们这里改造灵魂？"

二喜说："鬼知道，县里的广播上天天宣传说，要让他们彻底改造他们罪恶的灵魂哩，你没听见？村头大喇叭里，天天一大早就开始播放哩！那他们就乖乖地改造呗。你们真是跟不上形势。"

看完电影，回来的路上，几个小孩学电影里的好人、坏人，装扮成各种剧中人物，回想着剧情，点着路边的茅草玩。二喜总是演电影里坏人的角色。仿佛不用演，他就很像。路过一个池塘，二喜跳下去，抓住几只癞蛤蟆玩。蓝花和东明、小山恶心得都要呕吐，让二喜扔了去。二喜偏不扔，脱下自己的衣服，把癞蛤蟆揣了回去。

第二天晚上，黑五类批斗大会上，韩五类和陈五类照例被揪到批斗台上来，大家先是念毛主席语录，接着学习"老三篇"。就在这时，让全村大人和孩子们都惊恐、尖叫的事发生了，只见韩五类和陈五类的脖子上，挂满了二喜从池塘里打捞上来的癞蛤蟆，韩五类满头冒汗，身体不停地颤抖，陈五类呕吐不止，直接昏倒在了批斗台上……

蓝花和东明、小山知道又是二喜干的，狠狠瞪了二喜一眼，赶紧帮几个大人，用树枝将癞蛤蟆挑走，把两个五类分子抬回去。韩五类回到东明家的柴房里，整夜发起高烧，说着胡话。东明半夜悄悄爬起来，去看韩五类，给他灌了家里的几粒去痛片，韩五类昏昏沉沉地睡去。

陈五类被抬回蓝花家的柴房里，蓝花一个晚上守着陈五类，不停地处理她吐上来的酸水。身上的衣服都湿透了，到处都是她吐出来的白沫子。蓝花知道，陈五类是个爱干净的人，一遍一遍地摆了湿毛巾，替她擦干净。把她的身体放平，想让她好好睡上一觉，可是她总是时时会惊醒，睁开两只空洞的大眼睛，目光越过蓝花，无助地直视房顶。房顶上有一条隐蔽的裂缝，连接着黑暗的苍穹，似乎在对黑暗的苍穹发问。临明的时候，蓝花困得实在挡不住，趴在柴房的地上睡着了。醒来却不见了陈五类。陈五类到底去了哪里？在她身上发生了什么事情？会不会被野兽抓走了？还是有野狼翻过山头，把她叼走了？

蓝花叫醒母亲，出门到处去找陈五类，却在村头的歪脖子老槐树上，找到了陈五类已经僵硬的身体。

陈五类挂在树上。老树很高，可能她想要上吊的时候，遇到一些困难，也曾浑身颤抖，弄断一条腿，奶头也被绳索割破了，淌着黑血，冻住了，结成黑痂。一条旧裤子裂开了花，十冬露肉。腿肚子青肿，脚上没穿一只鞋，脚底板上沾满树叶、圪针。舌头青紫，从嘴里吐出来，挂在胸前。村里没有一个人敢靠近，"瘸子村长"赶过来，叫铁石来帮忙，把那个身体解下来。铁石找了些柴草，把老树遮挡起来，仿佛这棵老槐树，从此以后，再也不能和村里人和谐相处了。

蓝花抱着死去的陈五类，哭得死去活来。看到寒风中女人僵硬的身体，蓝花脱下自己身上的旧棉袄，裹住这个女人瘦得皮包骨头的身体。村里人越聚越多，蓝花妈怕自己女儿不停地哭这个死去的五类分子，影响不好，只好将蓝花使劲拖走。

"瘸子村长"叫了村里几个上了岁数的老人，收拾了陈五类的身体。死者为大。人都死了，就和世上无冤无仇，再没有什么解不开的疙瘩了。最后，思谋再三，又怕牵累旁人，没有叫一个社员，和铁石两个人，带了两把斧头，进树林子里头了。随后，附近林子里传来砍伐树木的声音，传到社员们的耳朵里。本来砍伐集体的树木，是要挨批斗的，不过暂时没有一个社员想去告发。二喜和二喜他爹，似乎也因为看见有人死到了地上，心里的险恶魂儿，也都被暂时牵绊定住，动弹不得了。

夜晚，"瘸子村长"羊虎和铁石从树林子里走出来，两人用一根粗绳子拖了一根木头。他们拖着木头，尽量不弄出任何声音，不敢咳嗽一声。也不知道这样砍伐集体的树木是不是都对，但是，那一个突如其来下世的人，总不能和旧社会一样，一块席片卷了呀！羊虎憋不住，突然问铁石："铁石呀，我的兄弟，咱俩是不是疯了？咱们怎么能私自带头，砍伐集体的树木？这件事情，要是让公社干部听到了风声，咱俩那还逃得了？"

　　铁石停住脚步，没有回答，也不知道说什么才好。羊虎也没有指望铁石能回答什么，心里暗想：人命关天的事，不拘是什么缘由，从北京那么远地里，来到桃花村的一个孤苦女人。砍一根木头对咱桃花村的社会主义大集体来说，也不是什么大事，只是一根木头而已。毛主席他老人家知道了，也会同意的。他相信。

　　"吭哧""吭哧"，他们两个人，又拖着木头往村里走。

　　"连树皮拖回去吗？"铁石问。

　　"哦，再说吧。也来不及脱掉树皮呀！""瘸子村长"漫不经心地回答，仿佛自言自语似的。

　　不过大多数社员，还是听见了树木拖动的声音，但是，都没有作声。女人们赶紧回家做黑夜饭，孩子们也因为村子里发生了这样可怕的事情，各自跑散了。

　　回到村里，天已经大黑了，他们把绳子从木头上解下来，最后，悄无声息地把木头立起来，靠在墙上，就停放在陈五类的身体那儿。

　　村里的木匠，用铁锯拉开桐树板儿，连夜钉了一口薄皮棺材。棺材上的树皮还没有来得及剥干净，白蚁仍然在树皮上面打洞。集合了几个胆子大的老婆娘们儿，东明妈和翠平妈，给这个苦命女人缝了一身粗布装裹衣，缝了新鞋袜。二喜妈也挤进屋来，拿来两个烧红薯，给连夜赶缝装裹衣的女人们吃，她喃喃地说："俺的针线也不好，就不打帮你们了……"说着，放下两个热红薯，退了出去。

　　第二天天不亮，把这个首都来的无名无姓女人，装殓进棺材。几个壮劳力，嘴里含了烧酒泡过的白布，抬出村里，抬上山去。村里一个老单身突然跑过来，拦住棺材，恳求"瘸子村长"，想要把陈五类的身体，许给早早过世的傻子哥哥配个阴婚。"瘸子村长"当下拒绝了，没有答应他的请求，"瘸子村长"批评他说：

　　"好我的老哥哥，你起那贪心做啥哩？人家再咋说，也是北京来的知识分子。以前有时夜黑，我和铁石接济他们几根野菜，听见她一个人在柴房里念外国书哩，那不是知识分子是什么？冤有头，债有主，以后万一人家家里人寻来了，咱村给人家咋交代？无亲无故，素不相识，一时流落到咱这村里，咱有什么资格,给人家做主在咱这野地里配阴婚呢?将人心比自己,老哥你想想是不是这个理呀?"

老单身生气,转身走开了。他曾做梦,想在自己傻子哥哥的坟墓里,埋葬一个白白净净的北京女人陈五类,那也是光宗耀祖的事哩。这可是难得一遇的机会。咱桃花村里的阴魂,谁愿意和一个早逝的傻子在另一个世界里配对呢?况且他自己到现在也还孤寡单身着,所以他不能轻易死心,又返回身来,追着"瘸子村长"羊虎,追出二里多地,羊虎还是坚决拒绝了。

"瘸子村长"和铁石,瞒着村里的人,单独在野地里给陈五类辟了一小块墓地,掘了个深坑,为这个薄命的女人下了葬。羊虎和铁石眼看她一个人跌进一座孤坟,孤苦伶仃,就近砍了几枝柳树棒子,插在坟头,浇了半桶山泉水,希望它能成活,陪伴这个孤魂野鬼。烧了一份五色纸,祷告她的魂灵上天。从此,除了飞禽走兽,她再不受人侵扰了。

桃花村从来没有发生过这样的事。虽然村里的娘儿们,偶然受了什么闲气,有个吵架拌嘴的,随时解下自己的红裤腰带,哭死哭活要上吊,但是并没有真正把绳子结在房梁上的。即便当时"瘸子村长"的童养媳,也就是翠平她妈,曾把绳子结上房梁,那是当时年纪轻轻,一时糊涂想不开,是下了决心要走的,却也有桃花村开天辟地的野桃花庇佑,大难不死,因此,换来了"瘸子村长"对包办婚姻的彻底妥协。桃花村的人受尽磨难,却把生命看作是最后一颗粮食一样珍贵,觉得活着就是头等大事。只要一天没饿死、没累死就要挣力活下来。所以在这件事情上,大家的感觉都大致相同,认为受罪也要好好地活。不拘什么缘由,要是好端端要了谁的一命,就觉得那是不可饶恕或是极度可怕、不应该发生的事。就连猪圈里的母猪,都似乎知道发生了不好的事,在猪圈里哼叫着,一时安静不下来,不好好吃食。大人小孩们都时不时跑出大街门,朝着陈五类吊死的那棵老槐树痴看。陈五类活着的时候,总是挨批斗,只有几个为数不多的下雨阴天除外,全村放假,既不能上山劳动,也不能去开批斗大会。她一个人蜷缩在柴房里,蓝花在哄弟弟睡觉,蓝花妈缝补旧衣服。她一个人伏在一张破草席上,总要拿出一支半秃的铅笔头——是从蓝花那里借来的,总想写几个字,像是一个世外的人,幻想着这样挨批斗的日子,不会永远继续下去,那本来是对的。然而此刻,却以这样的方式,永远寒碜地结束了自己的生命。桃花村暮色四合,神秘莫测。这在桃花村真是一件大事,甚至是一件寒气袭人的灾难，撞击着桃花村每一个人的内心。

天还没有完全黑下来，村子里各家的大人们，就大声地呼喊自己家的孩子，再不让他们在村里村外闲逛野跑，早早回家。孩子们也一个个面面相觑，再不敢轻易谈论那棵突然裂开树洞的老树，也再不敢用一块石头随意乱扔，就算是最小的一颗石头，也像是打在老天爷的头上。走路再不敢中途停顿，而是一口气跑回家。第二年春气，那棵老槐树再也没有醒悟过来，树上的最后一片新叶，也干枯了。直到几十年以后，才又奇迹般地发出新芽，长出新枝。

那棵老树，究竟着了怎样的异数，谁也不清楚。

几天以后，噩梦中醒过来的韩五类像是死过一回，脸色更加难看，又开始他白天下地劳动改造，晚上被批斗的生活。只是除此以外，稍有时间，便回到柴房，秘密地教东明、蓝花、小山、翠平他们几个孩子，在地上识字或者做数学题。到孩子们小学毕业，已经学了不少知识。不过有一天，还是不小心，被狡猾的二喜发现了秘密，韩五类不但被批斗还被拉去游街，蓝花和东明的三好学生奖状也被学校没收，因为接受了黑五类分子的腐朽教育。其他孩子上山劳动时，他们几个被关在教室里面反省。

二喜心里鬼大，把在韩五类的柴房里没收的一个小本子悄悄带回家，看到上面密密麻麻都是数学题，自己也想学着做，但是，反反复复看了大半夜，一道题也不会做。看着一道道数学题，仿佛狗看星宿，认不得稀稠。一气之下，把本子扔到炉膛灶火里，烧成纸灰了。

第六章

　　二喜妈接连不断，一口气生出八个孩子，四男四女，七狼八虎一般。二喜是最末尾的一个，却一点儿也没有受到重视，反而得到的都是忽略。哥哥姐姐们穿了又穿、小得不能再小、破得不能再破的旧衣服，才能轮到二喜穿。二喜妈针线不好，孩子多，又懒派，粗针大线，连缀起来就套在二喜身上。小小的一个孩子，让人乍一眼看起来，就像是没人管束、讨吃要饭的小孩一般。仿佛除了这些马虎粗糙的大针粗线，再想从他身上找出一块细致一点的补丁都办不到。让二喜从小在人前，就觉得不如人，抬不起头来。而最令他难过和不能接受的是，甚至都不如地主婆家的蓝花，衣服旧虽旧，同样也是补丁摞补丁，却穿得干净整洁，东明就更不用说，别看同样是个野小子，从来没有穿过露脚指头的鞋子。东明妈是村里出了名的好针线，冬天东明穿的黑布白底儿棉鞋最结实好看。使二喜认为，小孩长得好赖，关键在于大人。结果人家东明就长成堂堂男子汉，蓝花也出脱成水灵灵的一朵鲜花，只有二喜猥猥琐琐不如人。二喜心里发气，也没得选择。谁让自己出生在这个七狼八虎一般的家庭。也没有吃过一口好吃的，锅里的每顿饭，都要让上地下苦的哥哥姐姐们先捞着稠的吃，轮到二喜舀饭时，只剩下锅底儿上的半碗清汤寡水了。二喜反抗，二喜妈夺过勺子："你嫌稀，不吃拉倒，你妈就连这一口稀的，都轮不到吃哩！"

　　二喜熬不过饿得呱呱叫的肚子，也就凑合了。哥哥姐姐们都没有念书识字，就二喜一个识字的。二喜多当过大队会计，光听见算盘珠子噼里啪啦响，其实也认不得几个字，尽是在那里瞎装哩。本来是打着灯笼也找不到的好差事，过年大队杀猪、杀羊，分东分西，蹄头下水，能得多少意想不到的好处！

二喜妈每回数说到这里，眼泪都要滴下来了，长叹一声，接着，失声痛斥道："都是因为你爹那不争气的货。生活作风不好，还贪污了村里供销社的一匹红洋布，黑地半夜送给三寡妇，让大队摘了官帽，撵出革命队伍了。"

说到这件事情，其实是在二喜出生以前发生的。但是，二喜还是在母亲的咒骂声中还原了当时的情形。二喜哥、东明哥、翠平哥，都不识字，十二岁以前在家看弟弟妹妹，十二岁就跟着大人们上地，挣半个工分，也能给家里贴补到半份劳力口粮。一个工分在年底折合一毛五分钱。二喜的大哥、二哥、翠平的大哥和东明的大哥进城里淘大粪，生产队上派他们偷偷找副业，白天睡觉夜里淘大粪，然后拉回来，生产队里上地用。村里几乎没啥副业，沟里坡上的野核桃、红枣，一年收不到多少，还不到收获季节，就被村里的老婆娘儿们偷得剩不下几个了。尤其是二喜妈，几乎是偷得最勤、最有经验的。哪道坡上、哪棵树上有几个红枣、核桃，果实还没褪掉花疙瘩儿，她就在暗地里数过一百遍了。

最后大队打回来几个，青皮核桃用麦秸发酵，脱了青皮晒干，卖到公社供销社总站。秋收以后，把小的不能吃的洋芋蛋蛋，集中起来做成手工粉条。国家收购的粮食，公粮按返销国家贴补，最后集中下来，二队分红最高，一个工分值一毛九分钱，一家人收入八九十块钱，在桃花村算得上是很了不起了。但是二喜家人口多，狼多肉少，日子过得最紧巴。

二喜在家里总是人嫌狗不爱，卑微的地位从来没有改变过，这使他从小就生出许多不安。假如他有能力仔细盘算一下，将使他对以后的时光更加不称心。他只要在大人们跟前走过，二喜妈跟前或者是哥哥们跟前走过，总是预先听到一声呵斥：

"快走开，你这个讨吃要饭鬼！"

讨吃要饭鬼，这个称号首先是从二喜妈那里得来的，后来简直就成了他在家里的代名词了。使他的神情气质，也逐渐向那个方向发展。二喜的大姐、二姐十七八岁就出嫁了，大哥二哥岁数也老大不小，还没有说上媳妇，常年和东明大哥、翠平大哥他们几个年岁相仿的一起上地，顾不上理会他，没有无缘无故揍上二喜一顿，就算是天大的好运了。只有三姐、四姐性情温和，从地里出工回来，对二喜偶尔有个笑脸儿。看见他身上的褂子磨破了，露出肉来，就找来针线，给他缝上几针，虽然缝得不好看，也比露肉强。二喜心里起敬，嘴上说不出来，就把三姐、四姐平时使用的锄头、铁锹、镢把擦得锃明瓦亮。早上三姐、四姐刚揉着眼睛起来，半盆洗脸水就给打好了，里头还掺上半瓢二喜他妈刚烧好的热水。

被二喜妈又是一顿训斥："洗个脸还要加半瓢热水，泼费多少柴草呀！你个败家的货！"他也不在乎。自己偶尔从生产队地里顺手牵来的战利品，三个核桃、两个红枣，也悄悄分给三姐、四姐一半。

除此以外，就是二喜几天几夜不回家，也没人找他或是问他一句。

总之，不管他如何委屈、不安和反抗，他在家里所受到的唯一待遇，就是彻底被忽视。只有到了外面发狠使坏，才觉得找到一点儿体面，到处吃得开，再没有人敢看扁他，最后成了桃花村的混世魔王。不过尽管他不承认，黑夜睡着了却没有片刻安宁过，仿佛他自己做过的事，都眼睁睁地瞅着他。时而也想和蓝花、东明他们，甚至跟所有的人，平等和睦相处的幻想，只像是一个胆怯的闪电，仿佛永远都没有任何可能和方法实现，只在他的脑海里轻轻地一响，一瞬间就逝去了。

二喜刚满二十岁的大哥，进城淘厕所。早晨回来的路上，看见一个城里姑娘，骑着一辆自行车，从坡顶上冲下来，一时热血往头上涌，不知道自己是咋啦，从粪车上跌下来，摔断一只胳膊，糊了一脸大粪。回家将养了大半年，胳膊是接上了，一个工分也没挣到，白吃了半年杂粮，还在大队赤脚医生那里，欠了三块六毛钱的医药费。

二喜妈知道，粪车上看女人，是该给这冤家寻媳妇了。可是，家里穷得这样，吃没多余吃的，穿没多余穿的，将就度日，谁家的好女儿愿意跟他呀？

二喜妈年轻时也算得上是夺顶的好闺女，从小家里穷，亲哥哥脑子笨，岁数大了寻不下媳妇，没办法，只好用二喜妈给亲哥哥打换亲，空手跟了二喜他爹。二喜爹的亲妹妹，嫁给二喜妈的亲哥哥。表面上看起来谁都不吃亏，但自己的亲哥哥岁数比较大，脑子也不灵活，总觉着亏待了二喜花骨朵一样的亲姑姑。也就任由二喜他爹摆布。二喜爹年轻力壮，一头公驴似的，白明黑地，一有闲工夫，就在二喜妈身上出力流汗。二喜妈肚皮争气，真能生，平均一年多生出一个。二喜的兄弟姊妹们，一排溜从大到小，看起来是人丁兴旺，谁料想，如今竟过成了桃花村数一数二的破落户儿。

追根溯源说起来，都怪二喜爹。大晌午在大街门外头歇凉。突然，从沟边的树林子里，蹿出一头发情的野猪，眼看就要冲到二喜爹跟前，二喜爹一时吓得屁滚尿流，脸上失了分寸、颜色，起身拔腿就跑。野猪和二喜爹仿佛都中了邪，一个穷追不舍，一个满村乱窜，完全失去方向判断，二喜爹跑得气喘吁吁，汗水遮花了眼，撞上一棵黄柿子树，改变了方向，一头撞进三寡妇家的大街门。

大热天，三寡妇晌午歇晌。晒了一洗盆热水。自古以来，桃花村的大人小孩，天气热了，习惯晒上一洗盆热水，火辣辣的太阳晒上一个大中午，水温正好，省得烧热水。大人小孩，关上大街门，脱了衣裳裤子，坐进木盆，总能洗脱一身的泥气、暑气。

三寡妇刚脱了裤子，坐进木盆里洗身呢。大街门没闩牢，一根细麻绳被二喜爹一骨碌冲进来的力量，"啪嗒"一声挣断，二喜爹一头跌进三寡妇的洗身盆子里。

三寡妇家养着一条瘦狗，也被大晌午的太阳晒得吐出舌头，卧在树荫底下瞌睡歇凉，女主人的洗身盆子里跌进一个男人来，它都没发觉。

三寡妇的男人上山熏狐狸，炸了狼窝，撂单的母狼夜夜来寻仇，冲着半弯残月，"嗷嗷"嚎叫，让人头皮发麻。吓得小孩们睡梦中都不敢出声。大队集中民兵们拿了猎枪，夜夜守候、追撵，都无济于事。整个桃花村被闹得人心惶惶，再没有一个人敢单独出门上山砍柴。

时隔不久，三寡妇的男人，还是被那只母狼叼走了。坡上的草窝里，只留下一摊血迹和半只旧鞋，以及被挣扎、拖走、碾压过的杂草印痕。

三寡妇一辈子没生养，身上紧致，哪像二喜妈，一年生一个，身上肉松的，仿佛一低头一弯腰，都能生出一个孩子来。

刚才跌进三寡妇的洗身盆子里的时候，二喜爹青筋暴跳的两只手，不偏不斜，正好碰到三寡妇的羞处。当时就是有十万个二喜妈让他撂脱手，他也一时撂不脱了。

最后，发情的野猪被村里人赶回了树林子里的老窝。二喜爹却从此失了本性，日夜留在三寡妇的土炕上。回家寻二喜妈住上一半个黑夜，倒成了一件稀罕事情。偶尔回家，也是横眉竖眼，气断肚肠。本来燕子筑巢盼春来，谁知道吵架拌嘴，再没有半个顺心时。互相冤气咒骂，倒成了习惯。

不过，骂完了也就完了，偶尔有一天回来，二喜妈还得接受。你能杀吃了他不成呀？就算是二喜他爹起了黑心杀了她，她也没个地方跑跳。

不过还好，她还活着。

跟随二喜爹一起消失得无影无踪的，还有二喜妈以前扬扬自得的大小好处，蹄头下水，最后连二喜妈炕上的针头线脑，都很快神不知鬼不觉地变成三寡妇家的私有财产了。哎呀！本来寡妇门前就是非多。摊上这种丢人事，这下可要了二喜妈的命了。仿佛命运一起头，就不像是有光辉的样子。

拖着一大群儿女们的二喜妈，灯草打结吞进肚，有苦也说不出个所以然来，只好在胳膊上挎上一个柳条大筐子，向着桃花村的大自然出发了。

中午歇晌的时候，黑来早晚、黄昏就要落尽的时候，人类退避、大自然醒悟的时候，都是二喜妈和大自然亲近交流的时间。只要是大自然和生产队里的土地上，还能结出几个绿蛋蛋来，就万万不能饿死他们一家子。

她轻巧地挎上筐子，走向自然界。

二喜妈听见炕头上拴着的小喇叭，县里的广播上说，地球上所有的物种，吃的东西，喝的东西，烧的东西，用的东西，即便全部都被燃烧销毁，对于地球的损害，一百万年以后，就可以自我修复。可是对于人类的生命来说，消失了就再也没有办法恢复如初了。

这给她的行为找到了理论上的根据，所以她步履轻快地出发了。接着，过不了几天，再出发一回。甚至心情和收获都不错的时候，一天出发上好几回。

不过，虽然她常常在生产队的地里、坡上偷窃，却从来没有因为她的不良行为，而成为桃花村人民的公敌。虽然二喜妈小取小摸的把式，也不见得有多高明，但是从来没有被村里人逮住过一回。不拘是谁，看见她丰富饱满的筐底儿，也当是没看见，反倒不好意思多看几眼，倒仿佛担心二喜妈，看出对方猜到了端倪，还得费心躲藏一番，瞟了脸，走过去了。一个老婆娘们儿，身上也没有赢过老天爷的力量，不到万不得已，谁愿意做那号事情？反倒没人细追究。生产队里的公粮，说白了也是大自然给予的几颗草籽儿、菜籽儿，将就凑合，总不能眼看着让那一大家子，饿死人呀！

二喜妈的胆儿更大了。

生产队里的庄稼，半大的红薯、嫩绿的高粱穗、玉米穗、刚起角儿的红小豆，都逃不过她的眼睛，这些鲜嫩的庄稼，烧着吃、煮着吃、连皮吃、剥了皮吃，都再好吃不过了。二喜妈的筐底儿，几乎就是桃花村的大粮仓。生产队里有什么，大自然里有什么，不等庄稼、杂果成熟，二喜家的锅头、灶灰里就有什么。

大晌午歇晌的时候，二喜妈挎着筐子上山了。夜黑割草回来时发现，生产队狗舌头沟里的青皮核桃，起泡儿能吃了。这可是一件头等大事。她和孩子们，最爱吃青皮核桃了，味儿香，水分大，吃多了也不会跑茅房拉肚子伤害人。

正午的太阳，悬挂在山谷上空，被细密的树林子切分，碎成光阴，泼洒在二喜妈的脸上。她兴致勃勃，心里扑腾扑腾地跳着，两只眼睛，分辨着大自然里任何一种可以进食的东西，又往前走去。

"呸！呸！呸！有山有水，有太阳有黄土，我就不信能把俺娘儿们一家人饿死！嘿嘿嘿……"

她一边得意地自言自语，一边挎上筐子，奋力往前走。走了几步，回过头来，古老翠绿的大自然，以一种自然、习惯的神态，呈现在她的眼前。她虽然常常在大家都歇工、歇晌或是黄昏回家的时候出来，一个人跑到树林子里来，跑到山谷中来，她却好像一点儿也不惧怕，也不会感到一丝孤独，恰恰相反，她一钻进大自然里，就会有那么一种心境，阳光照临，又被隔在高处，只剩下暗藏的温暖，人间和天上的界限模糊，时常不离身的饥饿和羞耻，也能短暂忘却或者是降低到最低程度。

她先去半熟的麦地里，钻进半人多高的麦浪，把自己和筐子都藏起来，丝毫不露踪影。事实上这种时间，山上连一个鬼影儿都寻不见。接着，右手娴熟地抓住一把麦穗儿，使劲一扯，麦穗儿从半中腰扯断，扬风的麦穗儿就到了她手里，她并没有急于把扯断的麦穗儿放进筐子里，而是把筐子放在旁边，用左手和右手手掌，捧住一把麦穗儿，两手合起来，来回一撮，接着，用同样的姿势，再撮一遍。最后，还没有灌饱浆粉的嫩麦粒儿，就滚落在她的手心里，她细心地吹掉挂在麦粒上的嫩糠皮儿，然后把它们一下子倒进嘴里，香喷喷的麦子和着青草甜汁味儿，都钻进了她的喉咙里。其实就是连着麦糠皮，她也能嚼出香味来。她索性坐在麦地里，依着她的大筐子，把脸偏过去一点，背对着群山和麦浪，又被群山和麦浪包围，做起麦子美梦来。有时微风把她的头发吹起来，和麦秸秆儿混在一起，"唰啦啦"的声调儿响过，她时时觉得，她天生就是大自然的皇后，有享用不尽的美味和荣华富贵。

等到她吃得半饱了，即便是生产队里的麦穗儿，她也不忍心吃得太饱，饿不死就算走运了。手里开始逗弄几根麦秸秆儿,眼睛看着远处,脸上几乎是一种自得的神情,又好像是吃了东西以后幸福的神情,手上忽轻忽重,扯着麦秸秆儿。老天爷呀,她坐在生产队的麦地里偷吃,可是她脸上的样子神情,就算是她的仇人见了,也会觉得她可怜。

不管她自己是怎么个想法,反正就是有一种命运催促着她,使她明日、后日都有可能这样过活。也不管她愿意还是不愿意,都不顶事。不管是梦想方面,还是现实方面,哪一天过的样子,都不由她来选择。但是那又有什么关系,咋样生活,才是她所向往的呢?咋样才能使她更好地安度那些岁月更迭中、循环往复的时光呢?

她根本就回答不了这些个明摆着的问题。

麦地里一时静悄悄的。

然后她继续猫腰潜伏在麦地里,扯上几把麦穗儿,瓷瓷实实压满半个筐子。不能再高了,假如麦穗高出筐沿儿,杂草就盖不住麦穗儿了。过了一会儿,她站直身子,长出一口气,把松了的红裤腰带重新系一下,或者把压了半筐子的麦穗儿重新掩藏好。看看四周,没有任何变化,阳光和花儿,照旧缠绕在一起,显得疲倦又温柔;微风照样吹送,树林子照旧沙沙地回响;麦子照样翻滚着热情的波浪,野蜜蜂照旧悬在麦芒尖儿上,觅取独立和芬芳。

她心满意足地走出麦地。

接着,她一个人来到狗舌头沟,先是观察树木,四面瞭望,最后相中一棵高大茂密、长相不凡的核桃树,麻溜地爬上去,想打上几个青皮核桃,给自己和孩子们淡淡嘴。结果杆子还没有伸展,抬头一看,核桃树上蹲着一头黑熊,她和黑熊一照面,双方都吓得不轻,都没抓牢树枝,"咕咚""咕咚"两声闷响,两根葱一样倒栽下来。都摔得不轻。没停到半秒钟,黑熊扑上来,压住二喜妈。二喜妈情急,显然来不及回家搬救兵,只好就近使出一计,伸出一只手,抓挠黑熊屁股底下的一团东西。黑熊起初大吃一惊,继而躺下来,两只前掌掇开二喜妈,目光渐次迷离,倒在地上,舒坦地摊开身子,任由二喜妈抓挠,喉咙里头咕噜咕噜,宠溺似的直哼哼。二喜妈一面卖力地抓挠,一面浑身颤抖,翻身爬起来,趁黑熊忘情,一时失了警惕性,趁机提了筐子,一路狂奔。脚上的旧鞋扯断了鞋底儿,跑丢了,也顾不上返回去捡。光着一只脚,没命地逃回家,一屁股跌坐在大街门口的石头上,脸色惨白,上气不接下气,喘成一团,差一点背过气去。

哎呀，二喜妈多亏是个泼皮娘们儿，总算情急生智，捡了一条命回来。衣衫不整，半个奶头甩出来，沾满麦草和核桃树皮，裤裆被黑熊扯烂，露出渗血的皮肉，头发缝儿里，夹回来两颗青皮核桃。二喜妈扔了核桃，气得哭起来，悲痛欲绝，嘴里一面恸哭，一面咒骂："生这么多七狼八虎的，有啥用呀！还得想办法填饱他们的肚皮，到头来竟不如那死了男人的三寡妇，活得恣意痛快，亮晌午大暑天，人家在自己家的院子里，劈开腿躺进热水盆里洗身，不费一根杂草的力气，白得了一个男人。自己倒好，成天漫山遍野、上树下河，从黑熊嘴里夺食，还得使出那种卑劣不齿的手段，欺骗算计黑熊，才算逃得一命。手上的腺味儿，就算是跳进河槽里洗上百遍千遍，也洗不干净，还差点让黑熊背回家做了小的。上辈子是什么东西托生的呀，难道是一头黑熊托生的来着？识破鬼！识破鬼！二喜爹这个败家的，少跑两步，野猪会吃了他吗？真是的，难道野猪会吃了他吗？最后却把自己白白填葬进寡妇女人的嘴里。哎呀哎呀！我这算是哪世的苦命鬼呀！真是识破鬼！识破鬼！识破个鬼呀！"

二喜妈使劲吐了一口唾沫，又重新恸哭起来："你这个滴血无恩的人，死了魂灵也不能得救。喝了三寡妇的洗身迷魂汤，还不如花两年天气养一头黑驴，两年天气养一头黑驴，都养熟啦！驴都不如的货呀！作恶多端，下辈子非得变成一头黑驴不可，任人骑乘，任人踢打都不在个心上！"她声调儿颤抖，一直恸哭、数算了一个下午。

一缕轻烟，从自己家土窑洞的烟囱里冒出来，是二喜的三姐在替她做黑夜饭了。她的心里一阵难过。进了家门，看到被烟灰熏得黑黑的锅台、炕墙和空荡荡的粮食瓦瓮、酸菜、米缸，心酸得更厉害。提示她从旧时的困窘中醒悟过来，她只长了两只手，她只具备有限的能力。她想要一个人靠自己身上的力气养活孩子们的意志，都不见了。她只看见孤苦伶仃的自己，假如眼前有一座孤坟，她都想要钻进去。好像她那可怜的心要粉碎了一般，仿佛最简单的响动，对她都是一种打击，都能把她的心从腔子里揪出来，任何一种冤气，都像是荆棘一样卡在喉咙里，难以出口。家门口有棵黄柿子树的二喜家，都在提示她以后的岁月和方向。又仿佛是只身一人，在另一只黑熊的墓旁守候。

除了二喜爹给她的伤痛，永远无法治愈。家里的这一切凄凉景象，真是她咽下的又一丸苦药。

她抬起沾满杂草和尘土的衣服袖子，擦了擦眼泪，接着，又擦了一下。就好像还没有来得及过完，她就能知道和看见，她一生的寿命和经历了。

二喜的姐姐正往空锅里添水，灌暖壶，做黑夜饭。时不时拿起衣服的一个角儿，擦着被黑烟熏红了的眼睛。

"妈，你不哭啦？"看见她走进来，女儿问她。

"哭也没用呀。你啥时回来的？没有半路上逃工吧？我的傻闺女，出一天勤，可是能多得半个工分的呀。"二喜的三姐只有十六岁，身子还没有长成形，不过，跟着生产队里出工上地，已经三年啦。

"妈，我没有逃工，锄了一后晌地，多锄了半亩地，挣了三分工呢。酸得这条肩膀，都不是我自己的啦！咱家人哪里舍得缺半天勤呀？"

"妈来做饭，你歇着去。明天一早还要出工哩。"

"不用，我替你做上一顿黑夜饭。看你哭得气都上不来，俺爹又回来闹饥荒啦？"女儿轻声问。

"没有。就是心里憋得慌，想哭上两声。"她没有告诉女儿，也没有告诉村里任何一个人，她遇上黑熊，替黑熊抓挠了半天才逃脱跑回来的惊险事儿。一个老婆娘们儿，亮晌午的，不在家里歇晌，倒是跑出去和野兽征战，觉得脸上臊得慌，闹丢人哩。

"那你足上的鞋咋啦？少了一只。"

"我出门忘了穿啦！"二喜妈提高嗓门，声调儿高高地回答了一声。

"那你的裤裆咋啦，撕成那样，俺的妈呀，你看看你，都快遮不住羞处啦……"二喜的三姐轻声说，羞红了脸，"妈，你咋也不换换呀。羞得人脸红……让旁人看见了咋办……腿上也有血迹伤口，不是和俺爹打架，到底是咋啦？妈，是谁欺负你了？到底是谁欺负你了呀？"

"没有谁欺负，谁能欺负你妈我呀！我的好孩，谁也没有欺负你妈，妈刚从地里回来，摔了一跤，碰破皮啦！就是那么一回事。没人欺负。"

"以后别哭了呀！眼睛都哭成熟桃啦！"

"识破鬼！识破鬼！真是不开眼，眼里又进了灰了，不哭啦！不哭啦！"嘴上说不哭，眼泪又滚了出来。

哎呀！算了算了！她也没办法啦。她也依靠那些闲散不正派的男人们过活吧！总不能拉起要饭棍子，讨吃要饭。"瘸子村长"说啦，讨吃要饭，丢社会主义的人哩!

反正现在,她黑熊也征战过了,打了个平手,逃回一命。生产队里的嫩粮也吃够了,不想再躲到大树后面偷吃了。她今年一夏天,在山林子里、坡上、沟里、庄稼地里、岩石缝里,反复走了好几百公里,不管刮风,不管下雨,不管东西南北,结果也没有在米缸里存下半颗余粮,也没有在菜窖里多出一根菜叶。她还怕咋样丑陋的男人呀?桃花村女人的裤子,本来也不是那么好脱的。以前还把自己想象成王母娘娘一般,端起架子来。反正像三寡妇一样,撤开腿接受就是了。粪上滚过一回又一回,她也应该走大运了。还省得坡上、梁上的操心,庄稼、杏子、桃子成熟了没有,时不时担心被旁人先下了黑手。哎呀!哎呀!几个瓜果、几根蔬菜、几根柴火、几口袋麦穗儿,二喜他爹身上失去的,总得从其他男人身上找补回来。保管员通财,护林员四九,烧个野兔什么的,伙睡一盘炕。日子久了,就习惯了。从今往后,接受了保管员通财的粗布杂粮口袋,也接受了护林员四九的山兔野兔,有吃有喝,反倒轻省了。

即便她打算牺牲自己,有时她也能占点儿上风,也享受过一时半会儿的温存快活。每一天都小心在意,狼拖狗啃,一个拖着一大堆儿女们的女人,眼睛里只看见平常生存的东西,看不见其他。

不过,二喜妈时不时也和通财、四九闹起矛盾来,最后只得使出泼皮娘们儿身上的十八般武艺,才算挽回通财的粗布杂粮口袋,还有四九的山货野货。不过,夜夜家宅不宁,搅得二喜和三姐、四姐无法安睡。有时候就连闭着眼睛装死,都装不下去。家里穷,二喜的三个哥哥们,另睡一盘土炕,二喜和三姐、四姐、二喜妈,伙睡一盘土炕。剩下二喜爹那半盘空炕,时不时被二喜妈和通财、四九借用折腾。

羞耻、屈辱不说,二喜的三姐、四姐,常常在暗地里蒙住被子,小声地恸哭。二喜气急了,半夜提起一根烧火棍,跑到大街门外头,一面恸哭,一面放声大喊:"捉贼啦!捉贼啦!俺家进了山贼啦!快来捉贼呀!快来捉贼呀!"

半夜三更,哭喊声撕心裂肺。招引半村人提了哨棒撵上来,吓得通财来不及穿裤子,捡了半片锯齿边儿的南瓜叶子,遮住羞处。慌忙逃进树林子里,躲藏了大半夜,等到村里的人马散尽,鸡叫头遍才悄悄潜伏回家。树林子里成群结队的蚊子,咬得通财差点变成野人。

不用说,二喜妈完全惊呆了,这种场面让她到死都意想不到。她一直摇头,软瘫在炕上，差点背过气去。以前养就的厚脸皮，遇上什么难堪事，她一向都能轻轻松松应付得过去，现在跌在儿女们手里，半句话也说不出口。害得她半个多月羞得出不了大街门。

不过半个月以后，锅里最后一根酸菜叶叶儿也吃完了。厨房里的空锅盖上，苍蝇和蚊子因为饥饿，疯了似的嗡嗡乱叫。家里能吃的东西，只剩下黄土和石头。她没心思在家里稳坐，她又挎起筐子，上了山。大暑天的，头上裹了一块黑头巾，只露出两只眼睛，四处搜寻能吃的东西。不过不用担心，在这个季节，就连虫子也能找到几口充饥的食物。

她只是这么一个毫不起眼的女人。没有什么特殊意义。内心的羞耻和对抗，也不会引起太多人注意。桃花村以外的人，也不知道世上还有她这么一个女人。因此，那些冬季到来以前短暂的收获季节，二喜妈早晨摸黑出去，因为临明以前那一会儿，就连山神鬼怪、树林野兽都睡着了。有时在山里，得到一些意想不到的收获，几个大白萝卜，几根粗壮的野葱，太得意忘形，不小心走迷了路，直到晚上天大黑了才能回来，绕绕弯弯，循环往复，反正最后也总能找到回家的路。披星戴月，她在后院又挖了一个小地窖，得多储备一些杂菜、冬粮，生产队里分来的口粮，不够她的七狼八虎们吃上三个月。

那天黑夜，她已经快要走到家。再翻过阎王鼻梁一道梁，就离家越来越近了。她趁着月光，依稀看见不远处桃花村星星点点的灯火，清晰地和山野融为一体，她坐在一根树枝上，喘了一口气，准备休息一下，她确实也有点累。

夜晚就要来临，周围一片寂静，仿佛是老天爷特地留给她的一刻宁静。连她自己都觉得太安静了。现在看来，她注定是个要和大自然长久相处的命运。说实话，她也没有觉得有什么不好。此刻她凝视四周，默默地盘算着，明日、后日，要到哪一条深沟或是哪一道土梁上去碰碰运气。她在心里梦想着，以后不管是冬天还是春天，她都能碰到好运气：能吃的东西，都装进她的筐子里头，这可是她的独门武艺。如今，她也知道，周围的一块块空地里，被社员们在白天深刨了几个来回，就连最后一颗小土豆，都被挖走了。不过在二喜妈眼里，泥里土里，一定还深藏着粮食，那是肯定的。她一定要把它挖出来，没有错，就是那样。

这时，天上传来一声闷雷，这在山里也不是什么稀有的事。她继续坐在那里，等雷声过去。秋后的雷声，恍恍惚惚滚过云层，却不见得会下起雨来。

她抬起屁股，拍拍沾在裤子上的树叶和黄土，弯下腰，两只手捧起来，喝了两口山泉里的清水，顺手洗了一把脸，接着，甩掉手上的水珠，准备继续赶路。不过突然间，她四周的树叶子发出"唰唰"的响声，裹挟着尘土和雾气，卷过二喜妈的身上。神秘莫测，使人感到不安。

她定了定神，挎上沉重的筐子，刚往前迈出一小步，就不得不连连倒退，再也迈不动双腿。远处一片树林里，出现好几处鬼火一样的东西，闪烁不定，冒出几股子蓝光，都仿佛向着她这个方向聚拢过来。她一时慌了神，浑身上下战栗不已。以为是自己有那么一段时间，不守妇道，做出些不三不四的事情来，触怒了阎王，差遣地狱的小鬼，来捉拿拷问她。她把自己的红裤腰带解下来，挂在附近的一棵树上，一只手使劲，把红裤腰带左右摇荡，甩了好几十个来回，以求趋吉辟邪，吓唬小鬼。另外腾出一只手，一面颤抖，一面低声恸哭，拧了一根细草绳，系上快要掉下来的裤子。没有系紧，走上几步，又要掉下来，只好站住，重新系了一遍，哆嗦着拴了两个死疙瘩，才总算能松开手。

"真是识破鬼！裤裆都要掉下来和我作对！"二喜妈一边咒骂，一边给自己壮胆，伸出两只手，在空气中劈打了一阵，仿佛看见阎王的面目，咬住她不放，她气急了，嘴里一面驱赶，一面祷告："你快走你的路！你要是想拘谁的魂灵儿，你就去找那个人，俺可不想死！俺可不想撂下俺那七狼八虎的娃娃们！你快走你快走！今黑夜回了家，俺给你烧一份五色纸，给你糊一身五色纸衣裳，再给你吃半罐衣饭，你快走呀！"她一心想赶走恶鬼，摸索着抓住树枝，不让自己的身体倒下来，试图继续往前走。

蓝光越来越近，完全没有理会她的驱鬼术和大声祷告。睁大眼睛一看，原来是三只野狼。二喜妈一屁股跌倒在地，倒吸一口冷气。心里想，这回可真算是完结了！即便是小鬼来拘了她的魂儿，还不至于当场就要了她的小命，她还可以坚持到阎王殿上，蒙冤申告。拼死也要得了那阎王判官的令旗，再返回阳世受苦，不然她的那些个七狼八虎们，可算是要丢给谁？这回倒好，又要被野狼剥皮抽筋，吞进肚里，就连骨头渣渣也剩不下一块，要不就是让那数也数不清的野蛮公狼们霸占，拖回狼窝做了小的。也不能再回家，见上孩子们一面，哎呀呀，这可如何是好呀！

二喜妈的眼泪又滚出来。不过，哭也不顶事，眼前就只有逃跑这条路了。二喜妈撒腿就跑。跑的时候，舍不得扔掉满载的筐子，摔了一个跟头，跌断一条腿。筐子倒了，红薯、洋芋撒了一地，她一个挨一个心疼地捡起来，哆哆嗦嗦放进筐子里。两只鞋都跑丢了，光着足，脚底板上扎满圪针、树叶。最后，她跑不动了，没有力气再跑了。两只眼睛藏在筐子后面，不远不近，和三只野狼对峙。一时半会儿，谁也战胜不了谁。

再后来，她的腿肚子上一直流血，她发起高烧，脑子有点迷糊了。不过，手里的筐子连野狼也没有办法夺去，她把时时温暖她内心的筐子搂在怀里，唱起了山歌：

> 头伏萝卜，
> 二伏菜，
> 三伏起来撒荞麦。
> 龙生一子渡九江，
> 猪生十口吃闷糠……

她停顿一下，三只野狼始终包围着她。压低脑袋，耸起肩膀，不安地乱窜，不停地变换位置。她身上的血腥味儿，刺激着它们一声接着一声，发出令人毛骨悚然的长叫。一会儿靠近她，一会儿又像是受到什么惊吓和启示，躲开她几步，圈住她，不肯罢休……一只乌鸦飞起来，呱呱叫着，穿过黑暗。苍穹中飞起几根羽毛，遮住时隐时现的月亮。她抬起眼皮，看了它们几眼，过了一会儿，又唱起来：

> 众位亲人快起来，
> 天不下雨成了灾。
> 公社号召度饥荒，
> 社员们一起打野菜。
> 妇女、姐妹们跟我来，
> 东山挖，西山采，
> 毛桃、榆钱儿、苦苦菜，
> 采满筐子和口袋……

她完全躺下来，脊背靠在她的筐子上，她始终不能远离她的筐子。她宁可野狼把她叼走，但是筐子要给孩子们带回去。她无心思索眼下的一切，翻了一个身，趴在筐子上。她不想永远睡过去，强打精神，又迷迷糊糊地唱起来，时断时续，唱着唱着，走了调儿，声音越来越细小，恍恍惚惚，最后，连野狼都听不清了。一身慌汗淌下来，湿透身上的旧衣裳，接着，又被夜风吹干了，硬邦邦的，仿佛一千根一万根麻绳捆住她。时间一点点过去，但是，她的意识逐渐走远了。两只眼皮涩得撑不开，直打架，到最后，搂住她心爱的筐子，迷迷糊糊睡过去了……

她那七狼八虎的孩子们和村里的民兵、铁石、羊虎、二喜爹，点着灯笼，打着手电，都来树林子里找她。翻遍桃花村的沟沟梁梁，快到后半夜的时候，才在阎王鼻梁的一块大石板后面找到她，她已经搂着筐子睡着了。大伙儿大声喊叫，棍棒吆喝，撵走一群刚刚赶来围攻的野狼，把她及时救下了。

抬她回村的路上，二喜爹抬着两条腿，走在后面。二喜妈的身体被翻动了半天，终于在担架上短暂地醒悟过来，轻声问："我的筐子呢？"

二喜爹头一回好言好语地回答："在哩，在哩。你不慌，不慌。"

"那里面的粮食，都不是偷来的。"

"哦。"

"是我在生产队收割过的地里，寻下的。"

"哦。"

"是不是我说了也没人相信？"

"相信的。"

"我说的都是真的。"

"都说了相信的。是不是你自己不相信？这个季节，地里也没啥可偷的了。"二喜爹说。

"那倒是实话。不过，是真的。都是……我在生产队收割过的地里，寻下的。不是偷的。"

"哦，真是的。你寻那些东西做什么？差点让野狼给掏吃了你。"

"哎呀……"二喜妈突然笑了起来，好像脑子里想到了什么事，脸上发起烧来，"野狼怕什么呀，黑熊压在我身上，都没有吃了我，都让我像是一个机灵鬼一样，使出我的绝招和计谋，逃脱了呢。不过，让我时时操心的是，孩子们黑夜回来，锅里总得有点儿吃的东西。你说是不是？"

"哦。"

"哎呀，我是不是看花眼了。你是二喜他爹吗？"

"哦。"二喜爹应了一声。他们两个，多久没有这样亲近地说上几句话了？

"是吗？"她又问了一遍。声调里暗含着一点儿惊喜。

"哦。"二喜爹又回答了一遍。

即便以前很少有人喜欢这一家人，但是抬担架的几个人，还是流了眼泪。

"我的腿肚子上好疼！"

刚从狼嘴里逃出来的女人，重重击在二喜爹的心上。

野狼只在她的脸上和身上，留下为数不多的几条印痕。不过，过不了几天，伤口就愈合不疼了。

过了几个月，她又活跃在桃花村的大自然中了。

岁月飞逝。

他们一家子，又熬过一个半饥不饱的冬天。

第七章

五黄六月，朴素神秘的桃花村，毫无预兆地闹起虫灾。先是遮天蔽日的毛毛虫侵袭，大片杨、槐树叶子被虫子全部啃光，只剩下光秃秃的枝干。

羊虎习惯一大早起来，倒背着两只手，到地里检查。看看青苗出得齐不齐，看看哪个生产队的草苗一齐高。结果突然发现，一夜之间，地边、塄边、杨、槐树叶子，被这些毛毛虫毁坏得太严重了。站在杨、槐树林的夹缝里，树上的幼虫哗啦啦像雨滴一样往下掉。一眼望去，坡上、梁上、沟谷，几十亩受害的杨树林，到处都结满了白色的网状，一排排幼虫吊在上面。它旁边的电线杆上、打谷场上、土窑前墙，到处都沾满了这种肚皮黑黑的毛毛虫，出工上地的社员们从此经过，不得不用衣服捂着头脸躲避毛毛虫。

羊虎把铁石叫到地头，商量要怎么办。铁石说："前两天虫害还没这么严重，今日早上我从这儿一过，满身都是落的毛毛虫。还沾着露水，黏糊糊的，以前没见过这阵势呀！"这种虫看似由北向南蔓延，北边的杨树叶吃光了，正往南侧坡上的杨树林蔓延，"看来这得及时向公社反映，不然作害的范围会更广，也不知道其他村子有没有这种现象。"

话还没说完，两个人差点被卷地的黑虫狂风刮倒。

铁石一棵树一棵树挨着仔细查看，这种长约一厘米的黑色毛毛虫叫春尺蠖，喜欢倒吊在树上，样子恐怖吓人，桃花村人都把这种毛毛虫叫作"吊死鬼"。一年繁育一代，幼虫会以秋风扫落叶一样的速度，啃食树木幼芽、幼叶、花蕾，严重时将树叶全部吃光。除了啃食杨树、榆树、槐树以外，接着还会啃食杏、枣、苹果、梨、核桃树叶和花蕾、嫩芽。

瘸子羊虎在大喇叭上通知各个生产队:"全体社员们大家好,全体社员们,大家好,各小队队长、妇女队长们带队,全体社员拿上扫帚、簸箕,蒙上头巾、纱巾,清除各小队地盘上的吊死鬼毛毛虫。重复一遍:各小队队长、妇女队长们带队,全体社员拿上扫帚、簸箕,蒙上头巾、纱巾,清除各小队地盘上的吊死鬼毛毛虫。"

后晌去公社汇报情况,人还没有回来。铁石带领社员们挥舞大扫帚,吊死鬼毛毛虫没有赶走,玉米地里又出现了新的害虫。

七十多岁的喜来大爷侍弄了一辈子庄稼,仍然被玉米地里突然出现的黏虫吓了一大跳。成群的黏虫一刻不停,爬上田垄、道路,走路到地里干农活,几乎无处下脚。他叫来队长铁石,铁石的扫帚上挂满毛毛虫,到了玉米地里一看,简直不敢相信自己的眼睛,偷吃玉米叶子的黏虫铺天盖地卷过来。

黏虫本是一种常见的农业害虫,玉米叶子上长黏虫,起初并未引起大家注意。原本各种虫子在桃花村出现,都不新鲜,桃花村人不足千口,而野地里的各种虫子加起来,何止千百亿条。虫子从人嘴里夺食,人也从虫子嘴里夺食,你来我往,并非稀有的事情。有时候人占了上风,有时候虫子占了上风。不过,大部分时间,都是虫子占了上风,子子孙孙,代代繁衍,无穷无尽,消灭不完。所以桃花村的粮食生产,几乎年年都是减产。

然而,铁石很快发现,今年的情况却不同于往年,队上玉米地里的虫子越来越多,多得吓人。其他队上的情况也是一样。头一天用簸箕扫了黏虫,第二天早上再来玉米地里查看,又遍地都是。黏虫最多的玉米地里,几乎每株玉米上都爬着几条虫,叶片先是被啃出 个个大洞。接着,人部分玉米,叶片完全被啃光。照眼前这种情形,地里都有可能绝收。

羊虎带领各小队队长和村里的骨干分子,一亩地一亩地挨着清查,全村三千三百多亩耕地,其中两千六百多亩耕地发生黏虫危害。其中两千五百多亩耕地,主要种植着玉米,一些地块套种着荞麦、高粱、红薯、土豆等杂粮。黏虫先在小麦地里孵化成虫,之后向玉米地迁移扩散。按公社年时公布的病虫害防治标准,每百株玉米黏虫数量如在十条虫以内,算不上虫灾。但羊虎和铁石发现,现在桃花村每百株玉米,黏虫数量超过二百条,危害最严重的地里,每百株玉米黏虫数量超过一千条,早就超出防治标准。紧接着,最先遭受黏虫危害的耕地上，发生黏虫大迁移，田埂上、路面上、水渠边，到处爬满黏虫迁徙大军。社员们担心黏虫扩散，设起隔离墙。在地边、山路、干渠里撒上六六粉。

羊虎在一片震惊中，很难回过神来。自从他当上大队干部以来，这种虫灾，都是少见的。他心急如焚，嘴上起了燎泡。

唉，要是从前就好啦。以前他不但年轻，还有两条好腿，像牲口一样健壮有劲儿，还有银妮。从公社回来的山路上，他碰见一条细小的五花蛇，拦住他的去路，冲着他摇头摆尾，缠绕温柔。他没有惊动它，更没有伤害它，而是送它钻进了草丛。不知为什么，羊虎突然生出一丝感伤。这种情绪，在以前是不常见的，此刻却像滔滔波浪，从一条细小的缝隙里，向着他排山倒海似的冲过来。他有点心慌意乱。想起很多以前的往事。是啊，要是银妮在就好了。那样就是他和银妮两个人烧着吃掉，他也能把桃花村的虫子消灭干净。他那样幻想着，那么一来，他要做的事情都有了趣味。仿佛挨饿也没有关系。他的过去，可真是一个奇迹。失去她以后，他一直那么卖命地忙碌着，度过一个又一个冬季和春季，但似乎都不是他相中的。

他在一种罕见的低迷情绪中，回到桃花村。各种虫子，卷来卷去，困扰着他，没有片刻宁静。

桃花村今年气温偏高，日夜干旱，暑气不降。一股热风刮过来，首先扑到人身体上的，不再是树叶和尘土，而是各种虫子，增加着人们内心的不安和恐惧，因为灾荒过后，饥饿一定会紧接着袭来。学生们也被组织起来，消灭害虫。

东明、蓝花、二喜、翠平、小山，被分配到狼母堰消灭害虫。狼母堰十几亩玉米地上，沟边、田垄，黏虫、蚊子、吊死鬼毛毛虫，此起彼伏。他们先把扫在一起的虫子尸体，说是尸体，其实大部分虫子还活着，装进麻布口袋，倒进山沟的土坑里，再用黄土掩埋，让虫子再也爬不出土坑，才算最后消灭。东明和蓝花伙装一条口袋，小山和翠平伙装一条口袋，二喜一个人自己单干。口袋装满了，两个人抬到土坑里倒掉，再去装。几个人手上、身上、头上，全是虫子。

二喜一个人装口袋，一个人扛，干得累了，倒在山坡上，对东明说："东明你别白费力气啦。"二喜从坡上爬起来，"小心虫子发了狂，集合起来，吃了你们。咱们像老戏里唱的一样，《三国演义》里火烧连营七百里咋样？采取火攻，你说咋样？那样就省得咱们又是挖坑又是填土的，又得埋它们了呀，又得把它们的尸体搬来搬去。"

"不行，"东明皱起眉头，"烧着山上的树林子咋办？我听俺爹说过，外村有人在树林子里吃老旱烟，点着树林子，都让公社抓去坐牢了呢！湿林子点着也不得了，救都救不下，今年天气又干旱成这样。"

"别怕，咱们把虫子的尸体扫到一起，离开庄稼地和树林子远一点，一堆一堆地烧，咋样？要是点着树林子了我负责。"二喜说。

"你能负得起那责任？尽瞎吹！"

"没事的。我看你比你爹的警惕性、觉悟性还高哩，长大了也想当队长？"

"想当队长咋啦？不但要当队长，还要当县长、省长哩！总比你没出息强。"蓝花见不得二喜阴阳怪气地说话，顶了他一句。

"我惹不起你，不和你斗嘴啦！我先试火一下，看我说的火攻情况咋样，咱们再推广。"

二喜每天替妈烧灶火，身上装着几根火柴，把扫在一起的一堆虫子点着，一时间虫子在火里噼里啪啦，发出一股又香又臭，浓烈刺鼻的味道。一堆虫子烧完，二喜用脚一踩，化成一片虫灰。

"看吧？比背出去埋了省事得多呀！"

几个人觉得这样还行，也把虫子拢到一起，用火点着，烧起虫子来。

到了黄昏，虫子还没有烧完，几个人都饿了，小山沉默了一会儿，叫了一声翠平，接着说："不知道虫子烧熟了好吃不好吃呀？二喜你先尝尝好吃不，咋样？"

"小山你疯啦！让二喜做这种事。"蓝花站出来反对，打掉小山手里的虫子。

"怕啥呀？我爱吃，我先替你们尝尝，你们这些胆小鬼。"二喜见蓝花替他说了一句公道话，心里的二杆子劲儿又被惹上来，捡了一条虫子扔进嘴里，嚼了几下，嘴里"咯吧""咯吧"脆响。

"哎呀！好吃好吃！你们都尝尝！"二喜一面吃一面叫喊。

其他人都不敢吃。二喜又捡了几条送进嘴里："吊死鬼毛毛虫最香、最好吃，你们都不吃？这么多，我一个人可吃不完。快来吃呀！"

二喜像是着了什么异数，专吃吊死鬼毛毛虫的尸体。一时间把几个人都镇住了。小山藏在翠平身后，低声说："天快黑啦！是不是陈五类的魂灵缠上二喜了呀？要来拘二喜的魂灵儿，你看他光吃吊死鬼的尸体。"

东明打掉二喜手里的吊死鬼毛毛虫，不让他再吃："算了，算了吧！二喜你快别发疯了，小心吃多真的中了毒呀！你个熊孩，你是饿死鬼托生的呀？见啥都敢吃！"

二喜不听，继续吃起来。

这时，一群萤火虫从二喜的背后升起，二喜坐在一团光明中，吃着毛毛虫。一种微亮的月色洒在二喜头顶，狼母堰几十亩被虫子吃得差不多秃掉的庄稼背景，在二喜背后徐徐展开。一股黑旋风刮过，无法阻挡，眯了几个人的眼睛，几个人不得不伸出一只手，抓住树干或是空口袋，以免跌倒，另一只手护住眼睛，仿佛听见一种神秘的诉说，却不知从何而来。小山捂住自己的耳朵，小声对翠平说："你知道不知道，今日是陈五类的百日祭呀？是不是回来抓替死鬼来了呀！要把二喜的魂灵儿拘走呀？"

"我不知道。"翠平哆哆嗦嗦，也捂起耳朵。

"真的好吃。这回不骗你们的。"二喜一面嚼着烧熟的吊死鬼，一面说着，露出一个怜悯的笑容。

二喜三顿没吃上饱饭，饿坏啦。

"老人们常说，小孩子们五福不全，能看见灵异。翠平、翠平，你快来看快来看！我看见二喜的魂灵飞上天啦！"小山又压低声音，颤颤巍巍地说。

翠平听了也跟着附和："就是就是呀，我也看见啦！二喜真的飞到天上去啦！"

蓝花和东明听见小山和翠平说的话，吓得不轻，头皮发麻，目瞪口呆，但是确实什么都没有看见。东明小声问蓝花："蓝花，你看见二喜的魂灵儿飞上天了？"

蓝花说："我啥也没看见呀，我就看见他傻得在吃虫子。我都觉得害怕，毒着他咋办呀？"

"就是说呀，我也啥都没看见。"

东明发现二喜脸色苍白不安，没有血色。推推他的肩膀，从他手里夺下一条吊死鬼："二喜你咋啦？快别吃啦！走呀，天黑啦，咱们赶紧回家吃饭去。一会儿遇上你妈，看见你吃虫子，又得给你两巴掌，你才能醒悟。吃坏肚子就麻烦啦！书上不是说，不是什么东西都能随便乱吃的吗？你总是不相信书上说的东西。像一头瞎驴似的，你快起来。"

二喜说："我吃得好饱呀，你们都不吃吗？可香啦！东明你尝尝！就尝一口！"

东明和蓝花把二喜拖起来，天完全黑下来，二喜背后的萤火虫不见了。几个伙伴们每人肩膀上背着一条空口袋，一起走回家去。

回家以后，二喜一整夜发起高烧，接下来，连续几天昏迷不醒。

二喜妈起初也没管，孩子们发几天高烧，睡上几天就好啦。哪一个没个头疼脑热的能长大成人？

可是到了第三天头上，二喜仍然没有反应，睡过去了一样。进来出去的气息都有，却很微弱。他睡得很沉，这在二喜可是从来没有过的事情，这个讨吃要饭的，他啥时能老老实实不说上几句惹人注意的话，躺上几个整天呀。二喜妈一面呼叫，一面推搡、翻倒二喜的身体："二喜呀，你个泼皮熊孩，你装啥死人呀？装死也要吃上几口饭哩！快起来吃饭，是你最爱吃的红薯焖黄米饭，快起来吃呀！你个熊孩！"嘴里说着，手上的笤帚疙瘩在二喜的屁股蛋上"啪啪"打了两下，"快起来吃饭，再不起来吃，洗碗刷锅水你都喝不上一口啦！"

二喜昏昏沉沉，对答不上一句来。仿佛有人试图用铁链铐住他，使他屈服在一种神秘的黑暗之中，对他说："走！上阎王殿儿上，拷问你的魂灵儿去。"任凭二喜妈翻倒、推搡、咒骂了半日，也不顶事，白费劲儿。

二喜妈急了，想起二喜那晚临睡觉以前说，和东明、蓝花、翠平、小山在山上狼母堰烧虫子吃的事，心里想着："哎呀，是不是这熊孩把魂灵掉在山里的狼母堰啦，这可怎么办才好呀？"想起村里掉了魂儿的孩子，习惯到掉魂儿的地方叫魂儿，二喜妈一面扫炕，一面盘算咋样给二喜这个不省心的赖鬼叫魂儿。

深夜，桃花村所有的人家都睡下以后，二喜妈秘密地叫来那几个和二喜一起在山里烧虫子吃的伙伴们，深更半夜去狼母堰他们烧虫子的地方，给二喜叫魂儿。几个孩子又好奇又惊惧，悄悄地潜伏在二喜家的门廊后面，等着人们熟睡。

月亮升上头顶，星星一颗连着一颗，看它如何对着他们闪烁。似乎每一颗星星，都是怯懦的，都试图探寻黑夜的秘密。他们一行几个人，走出二喜家的大街门，野地里的空气，跟着他们几个人的心一块儿颤动，仿佛这件事一起头，就充满神秘恐怖气氛。村子里静悄悄的，陷入沉睡。人们在白天都被大批虫子折腾得累坏了。早早爬上土炕，睡着了。就连以前习惯在夜里求偶的鸟儿，都进入梦乡。二喜妈打着一个小手电，走在前面，东明、蓝花、翠平、小山跟在身后，蓝花胆小，本来就没有走过夜路，再加上这种人鬼混同的可怕气氛，绊了一脚，差点跌倒，东明把她扶住。他们几个屏住呼吸，头一回跟着大人做这种事情，感到神秘莫测，同时又被这件事情震慑得不敢轻易开口，一路上说不出一句话来。

他们一行几个大人小孩，跌跌撞撞，费了不少功夫，终于走到狼母堰，他们那天烧虫子的地方。二喜妈颤颤巍巍点着三张黄表纸，烧起来，嘴里断断续续地祷告：

"金川、银川、米粮川，好不过是俺那桃花川呀！狼母堰的山神、土地、阎王爷，免了俺二喜的罪，他做了啥不对的事，你要是有心降罪的话，降到我身上好啦……金川、银川、米粮川，好不过是俺那桃花川呀！狼母堰的山神、土地、阎王爷，免了俺二喜的罪……关上门廊背后的黄泉江，说成个啥也不能把俺二喜子给带走呀……"

二喜妈从裤子口袋里掏出一块红布，围住点着的黄表纸，顺着绕了三圈，倒着绕了三圈，返回身，和二喜的伙伴们，一面往回走，一面替二喜招魂："二喜子，回家呀……可怜的二喜子，咱们回家呀……"祷告了一遍又一遍，"没吃过一顿饱饭的二喜子，回家来呀，跟妈回家来呀……回家来呀……"

仿佛漫山遍野，到处都是二喜的魂灵。似乎二喜妈也不再是桃花村一个专爱偷吃生产队粮食的泼皮娘们儿，而是一个满怀怜悯的母亲。几个伙伴们跟在二喜妈身后，觉得庄严可怕，内心越来越难过，仿佛看见失魂落魄的二喜，在每个深沟里游荡。虽然在这之前，二喜是最惹人讨厌的一个，但是却不忍见他流落到这种地步。在伙伴们的心里，微弱的月光仿佛把二喜身上以前的坏毛病，都一笔勾抹掉了，只剩下怜悯的心情。几个人声调儿发颤，合不到一块儿，声音被黑暗中的神秘气氛压住，蚊子似的，但是内心热热烈烈，跟着二喜妈，一遍又一遍，为可怜的二喜招起魂儿来：

"二喜你个熊孩，快回家呀，二喜……快回家来呀……"祷告到这儿，都不由自主，抬起袖子，擦起眼里的眼泪来，似乎听了自己的祷告，二喜的魂灵真的会跟着他们行走。不管叫魂儿这件事，是不是真的，都希望二喜的魂灵儿快点回来。也不知道做这件事有没有意义。伙伴们的内心，一下子生出许多天生就具有的同情心，二喜这个讨厌鬼，以前很少受到过伙伴们的称赞，也没有和伙伴们，有一天和谐相处的时候，也不知道不论贫穷富贵，都曾有友情这回事。

为了引起大家的注意，不停地作怪，就是他的小半生。二喜足上穿过的鞋，没有一双是合脚的，也没有一双是不露足指头的，都是他家里的哥哥姐姐们剩下的，也不管颜色轻重、尺寸大小，合不合脚。家里二喜妈没有天天揍他，就算是他走运。他身上的好运气，刮风减半，下雨再减半。一头小驴一盘磨。连骨带皮，撂地养活，真好比水中求财，捞而不获。打来零钱，都不够黄泉路上的挑费。他一个人，活在世界的某一层面里，对于自己的遭遇，曾觉得难过吗？

对于给二喜叫魂儿这件事情，伙伴们只匆匆忙忙得到一点信息，就是山野里的神秘低调气氛，但是在这夜色昏沉的自然界里，也足够几个孩子们惧怕和幻想，可怜的二喜，垂直掉进黄泉江的滋味，一定不好受，即刻化为黄土的肉身，也使人惊惧。二喜的魂灵儿是不是能被叫回来，活了心，是他们眼下唯一一件痴心妄想的事情，即便以后，二喜还会像以前一样黑心捣乱，都似乎不再要紧。两旁倒退回去的树木、荆棘，一声不响，都仿佛是毫不相干的景象，自然界真实地显示出它的面目，比荆棘、树木更加深不可测。树枝剐破孩子们的衣袖，脸上、脚上全是污泥，冒着夜晚的湿气、寒气，一开始还怀着洞悉隐情的心里，现在全吓没了。大家都哭了。不知道时光是怎么度过的，似乎在伙伴们中间，即便以前，随处都能逮住二喜的过错，但是现在，讨厌二喜的心都没有了。也不知道这样做有没有效力，纯粹是一种急迫的怜悯之心驱使，伙伴们心里揪着，眼里哭着，一面惧怕，一面颤抖，一面怜悯，一面呼叫，把手伸给二喜，希望二喜能拽住。山野里的空谷，到处都是他们的回声：

　　"二喜你个熊孩，快回家呀，二喜……快回家来呀……"

　　第二天后晌，二喜还没有醒过来。仿佛二喜的魂儿，真的掉进另一个世界。二喜妈看见二喜平躺在他以前一直躺着的炕角儿上，嘴里只有进去的气，没有出来的气，眼睛睁着一半，闭着一半，脸上没有任何挣扎、扭曲的神情，和从前的二喜完全不同，好像要把以前带给他活力的那些事情，都预备一口气带走。二喜妈也不指望什么了，擦着眼泪，叫来了本家，柴房里翻出小半截榆木疙瘩，估量着大小尺寸，木头上被虫子吃得到处都是窟窿眼儿。准备拾掇二喜的后事。二喜妈本来就一团皱纹的脸面上，一下又添了十年的皱纹，嘴里骂道：

　　"二喜子，你这个讨债鬼！活着让你妈不得安生，死了也不让人轻省，你这个讨吃要饭鬼，还没跟上你妈，过上一天好光景，你就……冤鬼呀冤鬼……化成灰你妈也不能轻饶了你……我是前世造了多少孽，连你小小年纪，都要走在你妈前头，急着去投胎托生……你也这样欺负你妈，是个没用的娘们儿……哎呀呀，我苦命的二喜子……你呀……"

　　说着说着，又不由得恸哭起来。红着两只眼，给二喜盖好被子。二喜的两只手，露在外面，冰凉冰凉的。怕是二喜的魂灵，真的要脱离开这个生他养他的土窑儿了。仿佛承认自己生在人间，确是一种苦难，常常一个人，独自尝到坏心里和坏行为的苦味，和伙伴们谁也不和，和家里人也没有多少亲近，睡着的时候，也没有片刻宁静，活在世上，像是一个冤桶。看见自己，随时身处黑暗之中，从一道斜坡滑向另一道悬崖绝壁，站着发抖，处于一种就要立刻掉下深渊的最边沿，清清楚楚看见另一个世界，比他现在身处的地方还要黑暗，现在的黑暗逮住以前的黑暗，就是他一切的终结。他的灵魂，眼看在他的四周和心里毁灭，那些潜藏在他内心背面的梦想，都徒然不存。认为他是人世以外的人，永远没有进入人世的可能。疑虑和猜忌都不顶事。事情真是不妙啊。他爬过墙，他的两只黑手，打碳锤一样，偷过东明家的青皮枣，扒过小山家的母猪圈，用顽石打过蓝花的后脑勺，折断过蓝花家的核桃树枝，他想看见蓝花从院里走出街门，结果从树上摔下来，差点摔断骨头。他可真是苦命。不知道是谁，是他自己还是他自己的命运，把他摆在人世以外，摆在蓝花和东明以外，摆在桃花村以外，除开他的一切，命运始终把他当作一个可怜又不幸的人，把他比墓石还要沉重的身体，推下深渊，那深渊的土坑里，始终有他一个位子，等着他，拖他。他只能在惊惧中发出两三声"啊！啊！啊"的叫声，他的额头往下沉，走到什么地方的尽头，在黑暗中屈服，失去翻身的机会，连说一句话的勇气都没有，摆脱旧恨，跌进那个土坑，填满那个土坑。

　　他一连昏睡了几天，生命裂开一半，失去一半，成为两股麻绳争夺的对象，同时向两个相反的方向拉扯，互不相容，嘴唇紧闭，说不出一句话来，好像他手里握着的那根连接他生命的线索，就要断了。

　　这时，东明妈过来了，看了看二喜胀得鼓起来的肚子和黑青黑青的嘴唇，对二喜妈说："老嫂子，孩子还好好地出着气儿哩，你急着哭啥呀！我听东明说啦，夜黑给二喜叫魂儿去了。光凭叫魂咋行呢，要吃药哩。前晌去公社领农药，路过一家老中医，东明他爹认得，以前老祖上都是偏方能人，旁人都说是世袭之家哩，抓了三剂解毒草药，说是能治疗昏迷不醒。我看二喜肚子发胀，嘴唇发紫，怕是身上的毒气还没有发散出来，老人们常说，虫子吃多了会中毒。魂灵飞上了天，那还得了呀！你也是慌了神儿了，才说那种带气的话……"

　　二喜妈听了，急忙擦了眼泪，去厨房煎药。东明妈等着药煎好了，和二喜妈一起，掰开二喜紧闭的黑嘴唇，把药水灌进去，陪二喜妈长吁短叹了一阵，才回家做黑夜饭。

　　吃了三剂草药，嘴里吐出一股子黑血，二喜睁开眼睛，回过神儿来，活了。

　　从死神那里回到家，二喜走了最长的一段路。隐约看见蓝花免了他的罪，向他招手，一点都没有转变方向。仿佛困难地活着，对二喜来说，都是一种诱惑。再没有旁的地方，可以看到比死神那里更多的黑暗和惊惧。他硬是从那道就要永久关上的半扇门里，挤出身来。一睁开眼，看见几个有光的物体，在他眼前持久闪耀不灭，跟着他的眼睛仁仁移动、起伏，从炕墙上，移动到站在炕沿底下的东明和蓝花脸上，像是一道意外的光。在他逐渐看清那一道光来自哪里以后，他愣住了。手上经过一种迟疑和战栗，微微地抬起来，嘴唇翕动，没有声音地诉说着什么。东明他妈差遣东明，又给二喜送来三剂草药，用一根纸捻子捆着，提在东明手里，向二喜伸出手来。蓝花从家里省下大半个紫皮烧红薯，递给二喜。二喜生平第一次感到，安宁和随和的愿望，在梦想和现实两种互不相容的分界当中实现，在黑暗和微光中，有了显著真实的形状。万千思绪穿过他瘦小的身体，让人觉察，灵魂也是肉眼能看得见的物体。"我看见了那股子光。"二喜心里暗暗自语，蓝花还是那个蓝花，美丽纯真，善良热情，好似一点也不记以前的旧仇。二喜接过红薯，略带嘲讽似的，牵动了一下嘴唇，笑了。

　　"我看见了那股子光。"二喜去阴间走了一趟，回来时说。

　　然后，就在蓝花和东明转身要走的时候，蓝花再一次回头，对二喜说："以后再吃烧虫子，我和东明可不理你了。东明给你捎来的草药，要记得吃哩。"

　　"草药？我嫌苦，我不想吃啦。"二喜翕动着显得僵硬的嘴唇，淡淡地说。

　　"嫌苦？你还想去阎王爷那里走一趟儿？"

　　"不。实在不想再去了。"

　　蓝花和东明出去了。

　　二喜躺在土炕上，身上软得起不了身。二喜妈给二喜洗了一把脸，脸上的黑泥洗掉了。二喜和衣躺在炕上，到了黑夜，也不让妈拉灭电灯，窑顶上三瓦电灯泡淡黄色的光晕，投射在二喜身上。现在阎王爷那儿的事情已经了结。二喜在梦境和现实中，都见到了蓝花，蓝花没有明显地嫌弃他，一切都是那么突然，真是太好了。她是闯进他人世的一个人，一个活生生的人，在黑暗的洪流将他推向对岸之前，蓝花以最后一个形象出现。恢复知觉，以前欺负她也好，追逐她也好，她打碎了他从头到尾对周围的对抗和不甘，向他伸出一根竹竿，一根跟二喜有关的竹竿。让二喜在最后一扇门前头站住，冒着危险，向那扇门里偷看了一眼，以便永久记住它的样貌，再也不要轻易叩响它。那扇门虽然上了门闩，却仍旧害怕它会突然开开似的，把他再裹挟进去。随后用一种敏捷和恐惧，把所有的那一切，都加以隔绝了。

村里的黏虫还没有消灭干净，桃花村又遭逢三十年一遇的大旱。玉米和高粱，几乎绝收，接下来的光景，又是糠菜半年粮了。旧历年关未过，县上广播里突然传来消息，周总理逝世了。全体社员集中在打谷场上，听大喇叭上放哀乐，开追悼大会。不论男女老少，社员们哭声一片。额头低下去，妇女们用手绢儿捂着鼻子，就连从不关心国家大事的二喜他妈，两只眼睛都哭红了。

大队给大伙儿一人发了一条黑纱，妇女们连夜在黑纱上用粗白线绣上"哀"字，戴到胳膊上。

荒年还没有度完，毛主席逝世了。打谷场上又是一片哭声。孩子们也夹在中间，没有人胡乱跑动，都像被突如其来的悲伤定住一样，跟着大人们悲伤起来。人们戴上绣有白粗线"哀"字的黑纱，集中在打谷场上，和着大队喇叭上的哀乐声调，哭声撕心裂肺。桃花村人虽然长年吃不饱肚子，各种政治运动和自然灾害，一个接着一个地袭来，但是大部分人心里却有那么一种感情，虽然就连他们自己，也没有一个人，能准确地把这种感情用语言描述出来。这些山村野地当中，微不足道的千余口人，在桃花村占地十一平方公里的土地上，间或散落着百余间土窑洞，经历着风风雨雨、黄昏暮雪，阴晴圆缺，也曾在朝阳中的野草和刺蓬花上，俯卧守候，送走光阴，却一定有一种奇特的力量，把他们内心经验过的情感，再跟着经验一番，赛过生和死，对自己的国家，从心底里发自真心爱戴。

大喇叭上号召大家，化悲痛为力量，努力生产，把灾年损失降低到最低限度。

突然有一天，大队的喇叭里放起一条重要新闻："四人帮"垮台了。

桃花村的人们从错愕中慢慢回神。

公社组织各村队伍，举起标语小红旗，上街游行，欢呼打倒"四人帮"……

县里的小喇叭上循环广播，拨乱反正，解放生产力。接着，中央召开重要大会，号召全国人民，二〇〇〇年实现四个现代化。随后，不知道什么原因，韩五类接到上头的命令，离开桃花村，谁也不知道他要去哪里。走的时候，他自己的东西什么都没带走，旧衣服旧裤子，破棉衣破棉被，叠得整整齐齐放在炕席上，都留在他住过几年的柴房里，只带走东明爹前年冬天送给他的小咸菜坛子。

大队干部羊虎赶着驴车，把韩五类送到公社的长途汽车站。两个人蹲在斑驳老旧的汽车站牌下等车，驴车停在一旁，羊虎给韩五类卷了一袋老旱烟，替他点着。韩五类怀里抱着酸菜坛子，吃不惯老旱烟，呛得流出眼泪。树枝上的山雀叽叽喳喳，欢呼雀跃，不知疲倦，在枝丫间飞来跳去，最后落在套着木头车的驴身上，站立轻叫。桃花村的早晨和黄昏一样，充满各种迷雾和幻影。早起上地出工的人们，都在他们的身后退去。他们两个望着，却看不见任何景物。以前的岁月，在羊虎和韩五类心里，都激起了某种浪花，祸害，倾家，失命，戴高帽，糊纸牌，受低头认罪、抬头示罪的捶楚，都来不及回头细想，只是匆匆忙忙地经过，正如潮水涌向沙岸，只能向自己诉说，向自己辩解，向自己呼喊，向自己供认，向自己申告。深藏在心里最深暗起伏的地方。对将来，心里也不曾有任何打算，只是一面躲闪，一面沉痛，又一面迎接，一面期待，完成眼下的杂事，不过有时双方的目光偶有碰触，嘴唇也时启时闭，剩下的另外一些时间，又一同抬头，望着桃花川延伸出来的随便哪一部分，好像双方在那个地方，都有需要凝注和眷念的方向，双方都感受到，比起几年以前刚来这个村子时，都增添了更加复杂多情的心绪。

羊虎在不知不觉中，抖灭手里的火柴棒棒，对韩五类说："不管往后回了哪里，忘了桃花村吧。好的赖的，都忘了。也没照看好你。唉，往事真是提不起来。"

韩五类苦笑一下，露出两颗缺损的牙齿："咋没照看好呀，要不是东明他爹给了我这个酸菜坛子，可能我早就饿死了。还有你偷偷送给我的老酸菜和杂粮窝窝头，还有这里的一草一木，一颗草籽儿，一颗菜籽儿，都是救过我一命的人。不然，我大概也活不到今日。"

"真是对不住陈五类，好好的一个女人，打罪骂罪，又没犯了死罪。在咱这村里没了。真是对不住人家，没看顾好她呀。一个好端端的外乡人，在咱这村里没了……哎呀，还是我刚说的那句老话，好的赖的，你都勾抹了。真不知道是哪世的事情。长途车来了，你走哇，你走哇。我上公社捎上些化肥，就回桃花村啦！以后得了空闲，想来了你就回来。以前也只有几户农家，在这没人烟的沟底谷底，生出咱这桃花村。没边没沿，将养生息。咱这里有山有水，有人家，是受人待见的好山川哩。"

"是呀，是呀。好山川，好山川呀。哦！我记下回桃花村的山道儿了。"韩五类的眼里浮上了眼泪，上了车。走了。

羊虎赶了驴车去公社领了分配给桃花村的化肥，回了村。路上遇见出村浪荡的二喜爹，羊虎停下驴车，二喜爹半个屁股坐上羊虎的驴车。二喜爹说："我听见旁人都在议论说，别的地方都包产到户啦，你刚去公社，听说这个事了没有？"

羊虎说："我没听说呀，你从哪里听到这话的？我光是到农科站领了化肥就出来了。没听见说啥呀。"

"我也是路上听人闲说的，县里的人都在议论这件事呢。咱这里可真是偏僻背静哩。"

"这么大的事，我思谋着，也不是一下两下就能变成实际的，咱这里还什么都没有听说呀。你又上哪里闲逛荡去了？家里撂下老婆孩们也不管。二喜他妈跟了你，可真是长了眼了。你呀你……你那七狼八虎的，都管不下个你？老了老了还像个烧不熟，没个正经脾性……"

"你可真会笑话人，你年轻那时候，还不是……呵呵呵……我在桃花村设秸秆麦草台批斗你的事，你忘了？说起来咱桃花村这号子事情，都是你挑的头儿呢……"

"瞧瞧你这张不饶人的嘴，给，吃上一袋我养种的老旱烟，再好好回忆你做的那些个体面事……好汉跌倒怨自己，赖汉跌倒怨旁人……"

第八章

　　东明和蓝花考上了公社中学。二喜、小山和翠平，都没有考上，不念书，回家务农了。

　　桃花村包产到户开始了。抓阄分各小队上的公产，牲口呀，铁锹镢把呀，农具仓库呀，粪垛石碾呀，镂犁铁耙呀，统一作了价，按价抓阄，抓到什么算什么，尽量不偏东向西。东明家分到一头小牛犊，东明妈小心翼翼地牵着小牛犊回家。铁石修了个新牛圈，围上新栅栏，垫上新土，东明和妹妹看见牛犊长得喜人，给牛犊取了个名字，小黄。小山家分到了一头小毛驴。二喜妈抓到桃花村第二生产队最大的一头大骡子。二喜牵着他家分的大骡子，心花怒放，把舌头伸出老长，表达他的喜悦和不敢确认，一会儿手舞足蹈，一会儿足踢手打，骑上他家的大骡子，围着二队各家户，绕了一圈又一圈。仿佛那头骡子，和二喜有多少相似之处似的。

　　"我要给它起个名字，确定它是我的私有财产，而不是东明家的或者是谁家的，我就把它叫作大美。大美，大美。这个名字真好听。"二喜说。

　　二喜抬起破了口子的衣袖，擦掉骡子脸上的污垢，和骡子又是互相依偎，又是互相拥抱，确是生出一种特殊的情感。

　　二喜家抓阄抓到了他们二队，甚至全桃花村最剽悍的这头大骡子，二喜几乎不敢相信，这符合情理吗？二喜认为，现在要轮到桃花村的人眼红了。

　　二喜呀二喜。

　　二喜的大哥到了说媳妇的年龄，桃花村的人，甚至左近村子里的人，都清楚二喜家的破落光景，二喜妈托了媒人，东家求，西家告，就是没人跟。二喜大哥气急了，跟上村里的泥水匠，出村当了泥水小工，走村串户，也见着几个大姑娘小媳妇，口水直往肚子里咽。一回在庄子上喝醉，主家盖房上梁，招待了一顿散白干，二喜大哥头一回喝酒，醉倒在主家炕上，差点失了真身。光景再不如人，长得也算眉眼周正，身段不差，岁数喜人，也不能填了那些饿母狼的嘴唇，成了泼皮媳妇们的下嘴菜。那样可真就像了他爹一个样儿，失了本性，再走不回个正道上了。二喜大哥最讨厌活成他爹那一副模样儿。二喜大哥迷迷糊糊，挣脱那婆娘麻绳一样箍得紧紧的两条腿，带醉跑出院子，半天上不来一口气，算是开了一回眼界。半年光景，在外村引回来一个姑娘，眼睛有点斜，看人的时候，觉得她正在看墙。

二喜妈觉得丧气。头一个媳妇，眼上就出了毛病，这开的是个啥头呀。可是二喜大哥不嫌，二喜妈只好认了命啦。斜了一只眼咋啦？能吃能生就是个好媳妇。光是表面上占便宜，能有个啥用？果然进门没几个月，就找着偷吃酸菜叶子了。想吃酸的，肚里怀上啦？二喜妈心里暗喜，照这速度，能耐真赛得过她婆婆，看来和能生能养的二喜妈，真有得一拼了。

二喜的二哥也到了说媳妇的岁数，照旧没人跟。村里另一个小队上有一个闺女，小时候抽羊角风，抽歪了嘴的，倒是有心跟。二喜妈一听，火了，坚决反对。连二喜脸上都觉着没光，两个嫂子，一个斜眼，一个歪嘴，可就真算是凑齐这一家人了。二喜妈没办法，又要使出绝招，让二喜的四姐给二喜的二哥换亲，邻村有一个老光棍的妹妹，如花似玉，要是跟了二喜的二哥，那也脸上有光彩。谁料想，二喜的二哥死活不接受，让自己花骨朵一般的亲妹妹，十八九的好岁数，葬送一辈子的光阴，跟了那个满脸麻子的老光棍，他宁可自己打孤身，连村里歪嘴的也不想要了。嘴里一个劲儿地埋怨他妈："咱这活得，算是啥人家呀，连牲口都不如了呢！"

二喜四姐也哭得死去活来，死也不愿意嫁出村，她在村里，有了相看下的好对象。要是家里大人们不同意，她也不想活了。

二喜妈心里被搅得一团乱，当年自己娘家的哥哥，打换亲寻了二喜家的亲姑姑，过得却不见得有多好。可想而知，能有多好呀，一辈子窝囊受气，岁数差得太多。二喜的亲姑姑，在村子里赖了一辈子，身上烧野的，不知道填补了多少野男人。罢罢罢，二喜妈只好又认命啦！娶回来一个歪嘴媳妇，稳派四座，安分守己，少惹是非，那倒也省了心。

岁月走到这里，二喜妈对二喜三哥和二喜的将来，也没啥大指望啦。就那样瞎驴赶瞎马，耐心地过吧。

二喜妈抬起头，望了望身子越来越沉重的大媳妇，眼里开始湿润，在她贫困的半生里，从未能体会到这么像样的光景。将来儿孙成群，老天爷对自己，算是慷慨大方了。心里一下子生出许多优越感来，觉得自己是个了不起的娘们儿，至少比三寡妇强上百倍。虽然没有三寡妇睡的男人多，那又咋样呢，三寡妇一身白肉，终了也不过是半颗空皮闷糠。

二媳妇刚从娘家回来，时不时和二喜妈搭上几句话："那些酸菜，都是妈你亲手沤下的？"

二喜妈说："那是当然啦！除了我的这两只手，还能有谁呀！你大嫂娶进门没几个月，就想吃酸的了，我不张罗着做，谁会给她做的吃呀？"

"真好吃呀！"歪嘴媳妇夸赞着，拿起一棵酸菜叶子来，填进嘴里，"劳力地、口粮地里分下来，我看咱家的庄稼，长势那么好，比俺娘家的荞麦都长势喜人哩！只要咱舍得力气，今年一定是个丰收年。说不定一年下来，全家人的口粮都够吃了呢。妈你说是不是？"

"我看也是。口粮够吃那就太好了，我还没过过一年口粮够吃的光景哩。"

"听俺大嫂说，咱家秋后翻修了小柴房，还要盖个小粮仓，预备储藏冬粮呢。"

"是呀，是呀。不盖小粮仓啦，想盖个尺寸大的，够你们兄弟几个合起来用。"二喜妈粗声大气地说，这也算得上是二喜妈最得意的梦想了。

"我看俺大嫂肚子大的，是不是怀了双胞胎呀，这可是咱家的头等大喜事，俺娘家妈说啦，看大嫂肚子尖的形状，有可能是双胞胎哩。"

"真的是呀？那可挺了不起的了，你大哥娶了媳妇，盖了新柴房，再添一对双胞胎……"二喜妈一面复述，一面忍不住笑起来，心里当然挺高兴的，对二媳妇说，"你也给咱加把劲儿，咱这一大家子，就有福了……"

二媳妇羞得低下头，夸赞婆婆手巧，不管婆婆做什么营生，都要搭上一把手，都要掏出诚心赞叹一番。都让二喜妈感到满足，找回了她以往掩藏起来的女人的虚荣心，甚至有几分飘飘然。她本来就喜欢听人赞美，在村里，有谁赞美过她几句呢？以前受到的重创，不是冷遇，就是暗地里耻笑，那是一定的。现在看惯了，二喜妈也不觉得二媳妇的嘴歪了。两个女人唠了一会儿家常，又去牲口棚子里查看了一下牲口，一头骡子，一只绵羊羔和一只山羊羔。绵羊羔和山羊羔，是两个媳妇进门时分别添置回来的，预备在将来，哪个媳妇生得多就奖励给谁。二喜妈看着肉鼓鼓的羊羔，抬起头来，望着天空，按捺不住欣喜地说道："哎呀呀，照这速度，俺这一大家子，真不知道要红火、发展到什么程度哩。"

二喜妈现在处处自鸣得意、忘乎所以了。邻家请她去串门，她婉言谢绝了。她要领着她家的骡子和媳妇，去认山野里她家的口粮地和劳力地，她哪里有那种磨牙的闲工夫呀，她还有一大家子人需要照料管理哩！

有一天她遇见三寡妇，又想起二喜爹这个屈辱来，不等三寡妇的屁股撅起来，她也头一回把屁股撅起来，昂头走过去了。三寡妇看到二喜妈得意的模样，不以为然，嘴上不饶人："二喜妈你这个赖活女人，不知道自己是谁了呀？没毛还想抖精神哩！忘了以前是咋活过来的啦？不记得以前在村子里闹的丢人事啦？你也不回想回想，一辈子都在我身子底下压着的泥人草人，身下败将，没翻过半个儿身呢！你倒是神气个啥哩，还嫌没出够洋相儿呀？"

包产到户，大集体没有了。二喜妈给两个成了家的儿子分了家，一人一间小土窑儿，一人一间做饭的小柴房，又盖了一个三根挑梁的中等粮仓，在桃花村，算得上是中等偏大的粮仓了。二喜妈活到现在，几乎一直挨饿，对吃的东西耿耿于怀，所以在对待粮食这件事情上，看作是头等大事。等到秋后，把粮食架起来存放，老鼠也休想上去作害了。骡子留给兄弟两个种地用，让他们一院两家，单过。风风光光嫁了三女儿四女儿，自己带着二喜和二喜的三哥，出门远走，跟着通财，进县城承包食堂，要去卖油糕了。

临走以前，二喜在出村的小道上等着蓝花。

秋天新学期开学，蓝花和东明背着干粮，要去公社中学念高中了。现在，公社改成乡政府，以前的公社中学，也改成乡中学了。

蓝花和东明有说有笑地走着，冷不防二喜从草坡上蹿出来，吓了蓝花一跳："二喜你又出啥鬼呢，你藏在草丛里干啥呀？蝴蝶都把你当成葵花秆儿了呢！"

"俺家要进城卖油糕了，你有空儿来城里哇，我免费给你炸两个油糕。东明你也来哇，我也给你免费炸。"二喜对东明和蓝花说。

"今日咋变大方啦？你炸的油糕谁能吃得起呀，怕你有一天后悔了，回来倒找后账呀！"东明笑二喜。

"对你俩，难道不应该是免费的？你说的那是啥话呀，把好心好意的人推得远远的。倒是你和蓝花，你们以后成了咱这里出名的文化人，咱们怕早晚都是两股道上的人了，再拴不到一股子上来。要是不小心遇见，一村自己的，可不要小看咱这卖油糕的受苦人。"

"谁小看你了呀！二喜你还心眼儿多的。"蓝花说，"你快回吧，小心你妈找不到你又抽你，俺们走啦。出门发了财，别忘了孝敬你家里人呀。"

"我才忘不了呢！"二喜抠着手心里的泥说。再不敢看蓝花水灵灵的眼睛，不然，二喜他妈，又得给二喜叫魂儿了。直到如今，二喜和蓝花两个人，都没有好好说上过几句话，所以到现在，也该适可而止。但是二喜的足跟，走得慢慢腾腾，远远地跟随着蓝花的身影儿，好把那些刚才没有说出来的话，也许永远也没有机会说出来的话，说给蓝花背后的风儿听，能拖到多长就拖到多长。两只含有心思的眼睛，看着他们，看他们的神气，他就知道，他们一定是在谈论他们的前途，或者是谈论什么他们高兴的事情。蓝花身上的书包沉，东明从蓝花的脊背上接过来，傻笑着替她背上。二喜看得清清楚楚，蓝花对着东明的笑脸儿。不过，后来还是走到拐弯处，一拐弯，他就再也看不到蓝花的背影儿了。

二喜不知道有多少次，羡慕、嫉妒好命的东明了。

再往前走，二喜就什么也看不见了。二喜拼命跑到更高的坡上，还是没有看见，二喜哭了。刚出门等蓝花时的那股子欣喜，都不知不觉消失了。他对时时挨着蓝花的东明，也没有特别的怀恨和结怨之心，他知道怀恨和结怨也不顶用。他们从小相好得厚，生在偏僻闭塞的桃花村，都非常相信，谁和谁相好，凡事都是命中注定，托生在谁家，当谁的儿子，接受什么样的遭遇，都是一定的。二喜心里，别提多难过了，他稀罕蓝花，却不知道和她如何相处，但是蓝花却不咋和他记仇，见了他，一样和他说话，一样对他展开笑脸儿。却不知道和他说上一句话，给他一个笑面儿，会在他的内心，引起多么大的波澜，她一点儿都不知道。他也明知道东明，一样也是稀罕蓝花的，一天也不见得能分开。

这种习性，本是有传染性的。二喜或许并不比东明的心稀罕得少些，不过力量太薄弱了，所以跟着而来的结果，一定是风儿一样地吹过，除了倒向一边的荒草，地上了无印痕。

"蓝花一定和东明是相好的，那是一定的了。不用追根究底，也是明摆着的事情。我觉得，蓝花除了对东明，旁人都不过是个过路的熟人。就是亲口问她，她也一定是那样的回话。除了东明，她肯定是谁都不应许的，那自然是一定的了。"

可怜的二喜，心都裂了。

说实话，二喜对自己现在的状况，感觉不称心。是的，他只能选择外出碰碰运气了，大哥二哥都娶了嫂子，眼看小侄子也要出生了，家里的小土院再也住不下了。他们母子几个，也没能力再盖新窑，二喜妈才决定带着二喜弟兄两个，去县里卖油糕。卖油糕的食堂，本是通财的亲戚承包的，嫌不挣钱，要转手，通财捣鼓二喜妈出去，离开桃花村。二喜妈起初不同意，经不起一家三代在家里没地方挤，同意了。通财早几年老婆下世，孤寡二婚，没人要，通财常对二喜妈说，他是好好的一表人才，谁料想，没有个好妻命，本是便宜二喜妈了，二喜妈还嫌好道赖的，动不动就把他撵出二里地以外，不和他相好。二喜妈不理会他的怨言，好赖都没什么相干，就是那么一回子事了。

通财在二喜跟前，没有一天是理直气壮的。就像二喜在蓝花跟前一样，过得不是平常人家的光景，看看这一大家子，七掺八凑的，让人抬不起头来。二喜对桃花村也觉得厌倦了，觉着按自己的情况，窝在桃花村，也没个前途出路。能咋样呢？不论是邪门歪道，还是正经好人，总而言之，要不就是像他爹那样，要不就是像他哥那样，都不是他的称心选择。他的心思，都是妄想和自欺。胸腔里摆着个空架子，心早就被揪出来了。蓝花人生的曲线，他不知道琢磨过多少遍了，都和他没关系。他比起东明来，不管是哪一个方面，都差得太远了。出了桃花村，一准又是被人看扁，再没人跟他说话了。也不管他认不认账，高兴还是不高兴，这一页都要翻过去了。接着，下一页，也要翻过去了。就是那么一回子事情。

好几个钟头过去了，二喜一个人在荒坡上溜达。黄昏到来了，鸟儿筑巢，不择新泥。村子里的人声静下去，山谷里冷冷清清的，太阳"咕咚"一声，落下去了。苦闷的二喜，一句话也没有说，一直在荒坡上乱走，踢着石子儿，踢着杂草、树根，走路的姿势也没有改，一直向山口那个方向撇出一条腿，时不时用两只眼睛扫过去，瞟上一眼。

二喜又把他家的骡子大美牵出来，最后一次去草坡上放牧。松开缰绳，让它吃个痛快。

"大美呀，我的骡子，你最好一次吃个饱，我走了，除开我，就没人出来给你放牧了。"二喜给他的骡子取名大美，意思是他认为，它太美了。他认为他从来没有拥有过这么值钱和有力的东西，所以就叫作大美。二喜眼睛看着骡子，又不由得注视蓝花走远的那个山口，不觉得满眼是泪。

骡子打了一个喷嚏，甩开缰绳。二喜一面凝视远处，一面凝视吃草的骡子，从骡子身上，好像把自己所处的位置，看得更加清楚，时间每度过一秒钟，就把他往蓝花相反的方向推远一点。可是，当真把结果看清楚以后，他得到的不是平静，反而是心慌意乱，又拼命挣扎着，想要脱离此地。

"原来是这样儿的，我也不能再逼迫自己，使用一切伎俩，引起她的注意了。那样鲁莽也没有用，引逗也没有用，冒犯也没有用，出风头也没有用。直到现在，我惹的祸害够大的了，够多的了。"

坐立不安的二喜，在天快要黑了的时候，苍茫的暮色也不能改变他有气无力的心境，他自己的决心和退却，既不容易抛弃，也不容易实现。辩解和说明都没有用，所有那一个生活的原点，其实就是他的全部。暮色整个包围了二喜，他这才想起牵着骡子回家。

骡子讲究实际，避开二喜，掉转缰绳，够到树叶隐蔽的杂草丛里头吃草去了。

什么人从暗夜中探出身去，一面将额头抵住骡子的屁股，一面感受桃花村拂在他脸上的微风，那就是二喜。他暗地里把自己比作东明，并且说："你为什么不生得像东明那样体面、个子高大，有学识，有见解，还那么善良，不是一个坏人？你明明也是一样的人呀。你为什么样样都比不过东明？"

什么人在蓝花湖水般清澈的眼睛里面，摇摆不定地打量着他，那个人也化为二喜。蓝花的眼睛里，二喜脸色苍白，目光呆滞，失魂落魄。由于黑暗中的慌张，蓝花不见了。他又摸黑骑上骡子，伏卧在骡子背上，没有坐稳，滚了下来，屁股摔得生疼，却补救了他的胡思乱想，以往的一切，都是根据什么做出结论呢。从他一托生下来那一天起，他就不快活，备受冷遇，失了平常教养，只知道吃喝度日，不至于饿死，现在又要外出谋生，去炸油糕，可能再也见不到蓝花。要是他不去炸油糕，说不定他也有过跟着蓝花去乡里念书的糊涂念头，假如他有过那样的念头，他那混乱的意识，不久也会在这没有指望的幻想上头醒悟过来。但是他又没有其他地方可逃。二喜动了一下手，拨开额头上的乱发，指给黑夜看，用来证明他所受过的苦。他就在骡子屁股后面，和骡子一块儿，拖着缰绳，大哭起来，好像这一场恸哭，已经整整闷了十六年。

以往那一切与蓝花有关的岁月，都在他的心里，实实在在地生了根，把多余的其他，都一笔抹去。留在他记忆中的蓝花，是他在桃花村的全部，留在这个孤苦难舍的夜晚的，只是二喜自己。

二喜牵着骡子回到牲口棚的时候，家里的人都已经睡下了。幸而这是秋天的夜间，天气还不算冷。当二喜透过气来，掩藏起心中的闷块时，他走过来，把骡子拴紧，又添上草料，对于他来说，永恒的时间，就是偶尔看见蓝花和失去蓝花的那些瞬间，活着的本能就是他对人世的全部认识。在他不快意的岁月中，不拘是哪里，哪里都不由他选择，也不管他有多少不安，他也不敢说，他的将来对他有什么深远意味，更不用说回头重来。

岁月日夜相随，追逐着过去了。

东明和蓝花在乡中学一块儿念高中。他们不在一个班，但是隔得不远。

学校的伙食不好，从家里交来粮食，才能在学校食堂里吃饭。一天四两小米，东明不够吃，蓝花也不够吃。但是蓝花还是会从自己的伙食里，省下半个窝窝头，上体育课的时候，或者是上晚自习，从宿舍路上出来，在岔道口偶然相遇的时候，把时时预备、揣在怀里的半个窝窝头，递给东明。东明舍不得吃蓝花的口粮，但是看到蓝花的眼睛，就收下了。拿回宿舍，一面为蓝花也在挨饿而悬心，一面回味蓝花那似乎永远都是沉静、带笑的眼睛，半口都舍不得吃，最后的结果却是，常常被同一个宿舍的饿狼同学们抢过去，几大口分着吃了。

上晚自习的时候，偶尔坐到一起，两个人桌子紧挨着，谁也不看谁，却知道彼此都在自己身上存在着。蓝花问东明一道数学题，东明小声说："每回都考年级第一的人，还要问别人，那别人该咋学习呀。"

蓝花小声回答："不耻下问，才能保证考第一呀。"

东明抬起头来，和她照了个对面。在安静的教室里，她的眼睛，都把她温柔的内心和盘托出了。东明眼里的欢欣，也是同样。两个人的关系，还和从前一样密不可分。蓝花那颗单纯干净的心，紧靠在东明的心上，怦怦直跳，表示回应。于是他们俩，各自看起书来。时间就在教室中间安静地流淌。教室里的灯光，从头顶上倾泻过来，照在东明的肩膀上，照在蓝花低垂着的脸颊上。起初她沙沙地写着练习题，一秒钟也不肯停下笔尖去看东明，但是过了一会儿，她就抬起头来，偷偷看一眼认真学习的东明，看到东明咬住水笔头，正在思考问题，忍不住抿嘴一笑。

东明也抬起头来，看她一眼，看到她写字的水笔没水了，就把自己的水笔换给她。蓝花接过水笔，伸出右手，用水笔在东明的练习纸上，画出一条辅助线。东明一时脸热心跳，不由自主，把蓝花拿着水笔、白皙娇嫩的手，轻轻地握了一下。两个人都心跳得脸红了，仿佛只有一颗心，在两个人的身子里一齐跳动。脸对着脸，烧布一样，一时都吓傻了，手上好像也被刚才那轻轻一握烧干了，半天回不过神儿来。东明慌得抽回了手，瞟了蓝花一眼，仿佛在说："只有你是知道我的心思的。能知道彼此心思的，就是咱们两个了。"

即便他没有张开嘴唇说出这句话，也一样把他亲密的全部心思，都表示给了她。蓝花仿佛身处梦中一样，东明熟悉的眼睛里，现在又增加了另一道光明，又多占了一席地位。她把水笔握在手里，想在东明的练习纸上多写几个数字，但是她的手老是发颤，光是东明眼里的亲切，就快要把她熔化了。

可爱的蓝花，从小就像是一只小绵羊一样，温柔顺从，但是一到东明跟前，就像遇见心仪已久的太阳或是星辰，身上、心里都发出一种不同寻常的光芒来。

成绩放榜的时候，蓝花的名字，总在第一位，东明的名字，也总是跟在蓝花那个名字后面。

星期六下午放了学回家，蓝花和东明一道儿走。从学校回桃花村，要走上十二里山路，路径细小，荒草遮蔽，窄的地方，紧挨着悬崖，书包又重，背着换洗的衣服——学校缺水，同学们节约用水，衣服每周都要带回家里来洗。还有学习资料。回家除了上地搭帮家里人干活，晚上还要加紧复习，一刻都不能放松。但是蓝花从来不觉得苦累。她和东明，有时候停在一块大石头上，或是一丛野草旁边，背靠着背，暖融融的，休息一会儿，休息完了，把书包照样往脊背上一背，又不紧不慢地走上回桃花村的山路。

这一条山路，连接着桃花村和外面的世界。黄昏的光线，正对着蓝花和东明的脊背，照得黄亮。那道山脊，就是乡里他们念书的学校那个山谷的边界，山谷后面，仍是山谷，连绵不断，无边无际。他们每次回桃花村，总要翻越它。在山的这一边儿，挨近桃花村的地方，山谷是倾斜的，总是向着太阳升起来的那一面儿，闪闪发光。土壤和风景都比外面的好看。

这个山坡，就算是在寒冬腊月，也散发着光辉。蓝花和东明一气爬上土坡，到了山脊，远远看见一望无际的桃花川，看到那片他们一生下来就再熟悉不过的黄土地貌，现在叫黄昏的光线笼罩得半隐半现。这个山川，不论从这个山顶还是那个山顶上看，永远都是美的。现在在蓝花和东明看起来，更是美的。他们站在黄昏的山顶，并着肩膀，静静地站在那里，回过身来，往下面看，越过眼前这道深沟大川，目光往对面阳坡上延伸，一排溜往过数，东边往过第一家，是小山家。接着往过数，是翠平家。再接着往过数，依次是二喜家，蓝花家，东明家。那道连绵起伏的桃花山川啊，那道山川啊。那金川、银川、米粮川，再好不过的桃花川啊，那就是他们出生和成长的地方，就是那样的，就是那样的啊。

时光真是来得恰好啊，而且过得很快。每一个星期，都在他们两个最愉快的心情中度过去了。可以感觉得到，那样远远相守的季节，总是过得很快，每一天时光，总是给东明那么多进一步心疼蓝花的根由，也给了他那么多在一千样品质上，夸赞蓝花的根由。在一个学期结束时，他们两个，都同时觉得，度过了比那些实际天数多得多的时光。让他们再回味一遍那时候的他们，蓝花把东明，看作是永久亲密不可分的伙伴，那种持久永恒的信任态度，比任何一种态度都更合东明的心意。这种信任使他们记起他们旧时的情意，他们在一起长大，一起在小时候的打谷场里，看月，看星，看雨，看风时，仿佛这些就是那些情意的连续，那一种亲爱的感情，都在那过往的岁月里，都在他们的全身上下表达出来，他们比起任何人，都挨近彼此的心，而他们彼此的心，也因为这种挨近变得异常温暖起来。

每周星期一早上，一大早，太阳正在上升，蓝花和东明背着干粮，一道儿回学校。走到村口的小道上，东明就接过蓝花肩上的干粮口袋，替蓝花背上。蓝花总是顺从地接受。在朝阳底下，她的嘴唇，像花朵一般，紧抿在一起。山路上和往常任何一个清晨一样，行人稀少，阳光通红。东明给她讲起他家里的事情，说起他爹铁石，对村里的事务非常热心，夜里睡觉的时候，听见他妈和他爹议论说，翠平他爹要当大队书记，羊虎预备提拔东明他爹接他的班，当桃花村的大队队长。

"嗯呀，挺好的事呀！"

蓝花诚心诚意地跟着东明感叹，安安静静地跟在东明身后。东明的一只胳膊儿，一会儿这样甩一阵子，一会儿那样甩一阵子，最后，轻轻地握住蓝花的左手，再也不撒开。蓝花没有挣脱，让他握着，接着她的手，也握住他的那只大手，他们两个人，在朝阳底下向前走着。

过了一会儿，蓝花回头望了东明几次，说："东明，可是我咋觉得，我刚在门口等你的时候，你从你家里出来，脸上好像有点儿不大高兴似的。是不是我多心啦，我还是头一回看见你眉头不展的，你啥时候有过心事，是我不知道的呀。哦？我说得对不对呀？"

"没有，没有，因为想到家里的一些事情，我是因为听说，俺爹要当咱村的大队干部，那就更忙得顾不上家里的事情了。再说啦，我了解俺爹的性格脾气，太热爱集体的事情，现在都包产到户啦，也没有多少人听他管教啦，在村子里老受磕绊，老受打击，最近好像心情也不咋好，好像有点儿接受不了现在的失落感，主要是还对我说了一些有关我的前途的事情……"

东明说到这里，就打住了。他没有再往下说，因为他一时又想起，他爹昨晚给他说的话来，直到现在，他的心都备受打击，手足无措，不知道要如何应对。他爹对他说：

"东明呀，眼看你就高中毕业啦，你也十七大八了，家里就你一个念书识字的，你妹妹还小。你大哥和大姐也都成家了，你要是考不上大学，就回来和翠平结婚成亲，这可是咱两家的大事呀，你俩是自小说下的娃娃亲，你爹我亏欠着你羊虎大爷的人情事理哩！难得他一家人看得起咱们呀！也是难得的一门好亲事呀，桃花村谁不眼气哩……"

东明想到这里，不免眉头深皱，内心充满顾虑，不知道能不能免除他爹所说的那种危险，紧握住蓝花的两只手，突然忘情地说：

"蓝花，咱们俩，可要考上大学呀！咱就报一所大学，大专也行。咱们一块儿走。"

仿佛一跳跃就和蓝花一道儿出门了，仿佛只要两只手上握着的力量，就能解决他自己家里遇到的难题和束缚。现在东明握住蓝花的手，为了使他忘记他爹给他出的那道苦闷的难题，除开蓝花，他再没有别的追求和依靠，那是当然的事情了。他爹说的那句话，在他最心爱的桃花川，永远不会应验的，这里可是他和蓝花多少个日子的青春所度过的地方。他们的命运，总能找到更好的另一种结果，那是一定的。他那过度紧张的心，一时找到了同一条出路。他握住蓝花的手，试图躲过那命定时刻的到来。蓝花就是他否定那命运的一线光明。他决心像以往那样，和蓝花一起，一页一页翻动光明。他总是带着一种感激的心情，向蓝花靠近。

"哦。那是当然啦，我都听你的。"蓝花握住东明冰凉冰凉的手说。

在他们的期盼和留恋中，高考来临了。

那时乡里的中学还没有开设英语课，所以在英语科目上的成绩，乡中学的学生们都吃了零分。蓝花和东明也吃了零分。要是这所偏远乡下的中学，也能考上一两个大学生或者是大专生，那就一定是蓝花和东明。可是，这一所中学，虽然恢复高考好几年了，还是没有考上过一个大学生。

蓝花和东明，都落榜了。

县里中学的补习班，给了蓝花和东明通知书，可是去县里上补习班，要花上比乡中学多出几倍的学费和住宿费、伙食费、书费、复习资料费。蓝花和东明家，都负担不起。

他们回到了桃花村。

他们两个高中毕业，到目前为止，是桃花村文化程度最高的两个人了。

不过，东明爹说，东明十八岁了，这一年，他必须和翠平完婚。

东明抖了抖肩膀，回答说："不，我不要，坚决不要。家里再说下啥，我也不要。要是我有心和谁结婚，不用打听，那就只有一个人，就是蓝花。"

"蓝花，你说是蓝花？你不知道她家里的情况？她的家庭成分有多高？你不想想自己的前途？还敢丢你爹我的人？这件事我说了算，由不了你小子。"

"爹你是啥年代的老土思想，现在还有谁讲什么成分呀，韩五类不是都解放回北京了吗？再说啦，她的家庭成分高低，和蓝花有啥关系？你见过蓝花一家在村里干过什么坏事吗？从来没有见过吧？"

"人的出身都是命里带来的，那是干不干坏事决定的？你知道你将来的前途要靠谁来庇护你？当然不是蓝花。反而是翠平她爹，你羊虎大爷，你想都不用想，也知道的呀。"

"我能有个啥前途呀？回了村，还不是一样要当农民。"

"翠平她爹和我说过啦，让你去咱村小学校当个民办老师，好赖也是个文化人干的事，以后有翠平她爹照应，说不定还能有机会转正成个公办教师哩。啥时候吃了公粮，你也算是咱家祖宗几代上的功臣了。"

"要几个人当民办老师？蓝花一向比我学得好，你也知道的呀。"

"我知道有啥用，你指望蓝花也能去？你别妄想了，你这个名额，都是翠平她爹卖了家里一只产羔的老母羊，才给你换回来的。旁人想换，还没资格哩！你就知足吧。"

"那我不去，让蓝花顶替我去。要说是当一个好老师，蓝花一定比我更适合哩。省得让她上地受苦。"

"你死了那条心。你要去你就去，你不去，就让外村的人顶替了，你自己看着办。你再犟嘴，小心我手里的磨杆不饶你。"

东明还想辩解，东明爹黑着一张脸，走出去了。

东明当了桃花村的小学老师。

星期天一大早，蓝花和母亲在玉米地里摘豆角。东明从地边走过来，帮蓝花摘豆角。一会儿工夫，就把豆角摘满一筐子。豆角藤萝缠绕在快要成熟的玉米秆子上，玉米棒子吐出的红纱毛，轻拂着他们两个的脸。蓝花在一棵豆角上停下手，目光越过玉米秆子，打量着东明，东明那高高的个子，那张迷人温柔的脸，忠厚老实的嘴唇，看起来实在太撩人、太让人倾倒啦！东明的脸颊端正而匀称，眼睛里永远闪耀着动人的光芒，胸腔里跳动着一颗时刻追随蓝花的心。东明侧着头，知道蓝花在看他，不敢抬头，表情羞涩，认真地搜寻藏在玉米叶子后面的每一个豆角。蓝花直起身来，微笑着说："东明，我是不是要叫你老师了？我真的可以让我们桃花村唯一的民办老师，来帮俺家摘豆角呀？"

东明听了哈哈大笑，开心极了："蓝花你真会说话！叫我老师，你叫呀！你要好好叫哩，呵呵，我才当了这几天时间的老师哩，还不习惯让人叫老师！你快叫！你快叫呀？"

"东明老师！东明老师！好听不？当一天老师也是老师呀！你会习惯的，呵呵。最顺眼的老师。东明老师！"

"呵呵，嗯。我听见你叫我老师啦！你最会逗我开心。你看，我身上有十块钱，俺妈夜黑给我的，让我添置些东西，要我看起来像个老师的样儿。我本来就像是个老师的样儿哩！你说是不是？这十块钱，我哪里舍得自己花。咱们今日到县里去，我想给你买件新衣裳。你看你，都十七大八的人了，一直都是念书时穿的衣裳。"

"你还不是一样呀？那咱们咋去？不会是走着去吧？"

"当然是走着去呀！难道咱们两个，有坐公共汽车的钱？"

"哦。呵呵，那你等我，我给俺妈说一声，把筐子给俺妈送去。"

蓝花说着，到另一块玉米地里找到锄地的蓝花妈，把筐子交给母亲，向母亲请示，想和东明步行到县里去逛。蓝花母亲看了看站在远处的东明，早晨明媚的阳光，射在东明的脸上，蓝花妈心里说：那个孩子，看起来真是诚实可信。她答应了蓝花的请求，接过筐子，嘱咐蓝花早点回来。

"嗯呀！"蓝花欢快地答应一声，和东明一起跑过山野。和东明在一起，走路也好，奔跑也好，她时时都感到快乐。

他们两个一边走，一边望着两旁的瓜田，顺着山野里曲里拐弯的树篱，走上通往乡里的路，接着，又走上通往县里的路。天色还很早，日头刚好晒上树梢，又细又碎，一粒一粒似的摇晃，但是它的光芒，却是那样耀眼，照临着两个不知疲倦、十八岁的年轻人，使人看着顺眼，让人觉得身上暖和。四周静悄悄的，几乎没有半个人影儿，好似要特意让他们的内心和脚步停顿一下，铭记这个好时光似的。

落了一地的柿子和树叶，衬着山野的寂静，天边上蔚蓝的天空，颜色青翠欲滴，碧玺般澄明。树上的山雀也跟着一齐鸣叫，叽叽喳喳，好叫空气也跟着颤动。这种美景，时时牵挂着东明。要在以前，断没有一丝心慌的。可是，现在这样幸福的美景，却偶尔会使东明感到心慌意乱，因为东明他爹铁石，一大早出门时，又对他提起要他和翠平尽快完婚的事，仿佛执意要夺走他的幸福似的。

他又一次坚决地拒绝了父亲，并且希望父子两个的争执，那是最后一幕。

他们一直走到县城，都快晌午了。县城东头有一段旧城垣，历史可以追溯到秦朝以前。上面依稀写着几个大字：大河县。说是县城，里面其实只有一条大街，大街不长，只有几公里。中间有一个大商店，他们没有进大商店，就在大商店旁边的一个小商店里，东明掏出身上捂得热乎乎的十块钱，挑来挑去，最后看上一件短袖，小红碎花，的确良短袖，仿佛有几只蝴蝶扑在上面，怪好看的哩！七块钱一件，刚好能买得起。东明花了七块钱，为蓝花买下那件的确良碎花短袖，执意让蓝花穿上。他们两个，脸红扑扑的。东明说："蓝花子，这件新衣裳，是我买给你的第一件新衣裳，按咱桃花川的规矩讲究，咱们这就算是定了亲啦，哦？你同意不？从今往后，由我来供你吃穿用度啦！你穿的新衣裳由我来买，你喝的井水由我来挑，你吃的五谷杂粮由我星期天来养种，哦？"东明的嘴唇停了一秒钟，又轻轻地翕动，说，"从今往后，你就是我的人啦。"

"嗯。哎呀，哎呀。我知道，我愿意。就是怕你累着哩。"蓝花羞红了脸，悄悄握住东明的手。

"我愿意。养活你，我轻松乐意，哪会觉得累呀？为你做啥我都心甘。"

两人走出商店，蓝花穿着东明为她买的新衣裳，把什么都忘了，心里乐开了花。他们两个在大街上一直走，一直走着。路过五一照相馆，花了一块五毛钱，照了一张三寸彩色合影。快要走出县城的时候，看见一个小学校门前稍微拐过去一点的背街口，支着一口黑锅，一个人正在那口黑锅跟前，不动声色地炸着油糕，那个人正是二喜。

二喜看到他们两个，一时间欣喜异常，但是紧接着，一眼看见蓝花和东明手拉着手，蓝花身上穿着一件崭新的的确良短袖，眼里的火花闪了一下，熄灭了。一只油糕掉进锅里，溅起一片油花，烫了他一下，他也没觉着。

"二喜！"东明叫了一声。

"真的是二喜你呀！"蓝花也叫道。

看见蓝花和东明两个人，那样自自然然、亲亲密密，二喜好端端的，仿佛觉着吃了败仗，不敢抬起头来看东明和蓝花。

"二喜你咋啦？啥时变得这么羞答答的啦？"蓝花看见二喜，笑着说。

停了半晌，二喜不好意思地笑笑，夹起一个油糕，说："你们来县里了，你们啥时来的呀，来尝尝油糕，尝尝油糕……"

"我们一大早从咱村走着来的，快晌午才来，正准备要走着回呀！你炸的油糕好卖不？生意咋样？你过得好不好？卖油糕划算不？"

东明看见二喜满头大汗，守着一口黑乎乎的大油锅，关心地问他。

"生意还好，还好。就是想家哩，想桃花村，也不知道为啥想，出来了才知道想……"

"在这里好好挣钱，不是挺好的？"东明说。

"好是好，可就是想家哩，想咱桃花村里黄土疙瘩的味儿，太阳爷的味儿，狗舌头沟的味儿，还有咱那土厕所的味儿。咱老家那土厕所，一点都不臭，这里的厕所特别脏，特别臭，都没人好好打扫，简直不能闻，你不知道，城里人真个是懒派日脏的，光顾自己身上光亮哩……"

"哎呀你呀，瞧你说话的口气，要变得像城里人了……说话好像高高在上的……"东明笑了说。

"真的是……这城里到处都是灰蒙蒙的，刮起来的风里头都是垃圾……哎呀，你看我，快、快请你们尝尝我炸的油糕，快来尝尝，快来尝尝，看看好吃不？"

"二喜，东明当了咱村的民办教师了。教娃娃们教得可好啦！"蓝花告诉二喜。

"哦，我听人说啦，东明你有个好老子，你可真是好命，不用上地受苦。啥好事都能让你白捡着。啥时候也能拉拔拉拔咱这穷人们一把呀？"

"你不是也挺好的，管着一口油锅，算得上是油锅队长啦。好好干，会有好日子的。"

"嗯呀，谁知道哩。有没有好日子，都得好好干哩。比在村里是强多了，来了县里，经济上是划算多啦，就是挺想你们几个的。咱村还是那么穷？"

"是呀，不穷咋办？比以前是好多啦，地都分下来，大家首先都吃饱肚子啦！天不早啦，我们要走了，还要靠两条腿走回桃花村呢，你好好做你的买卖，谢谢你的油糕，真的很好吃呀。回了咱村，会好好给你宣传宣传，你有时间也回咱村里看看。二喜，俺们走啦。"

"嗯呀。你们路上慢点，注意安全。"二喜手里始终握着夹油糕的夹子，恋恋不舍地说。

蓝花和东明又踏上回桃花村的大路。

一路上，他们两个走走停停，一会儿互相说话，一会儿互相沉默。一会儿互相打闹，一会儿又互相疼爱。走了一长段路程，接着，又走了一长段路程。上衣和裤子口袋里，装满了各种各样奇怪的石头和花草，又把河沟里一条搁浅了的小蝌蚪，送回水里。到下午三四点的时候，他们才出现在桃花川的山野里。一会儿停在一块石头上面，一会儿停在土根后面的避风处，一会儿停在一棵树荫下面。一天到晚，树影儿都按照时刻的规定，跟随太阳旋转，一会儿照着树荫的这一面，一会儿照着树荫的那一面儿，蓝花依在东明的怀里，把眼睛投向山野最远的那一头，阳光恰巧照在她的脸上，照在她的睫毛上，照在她出了汗的手背上，她保持着这种姿势，仿佛梦中一般。他们依在一棵树篱底下休息，他们的腿，一天来回走了五六十里山路，却并不觉得累。

接着，靠着树篱的两个，挨了一顿倾盆大雨。一道闪电，夹杂着几声闷雷，从他们两个的头顶上滚过，他们互相抱着湿淋淋的肩膀，躲进一个背风的土窑窑里躲避。

东明把蓝花搂在怀里，湿淋淋，热乎乎的。

"蓝花？我的蓝花……"东明喃喃地说……

蓝花仰起脸来，想对东明说话，东明的嘴唇已贴在她的嘴唇上面，颤抖得像一株正在含羞开放的花朵。他们两个，热烈地抱在一起，各属对方。在风和雨的光晕里，在咫尺之间，他们心里燃烧着的那种火焰，同样照亮了他们的眼睛，使他们的周身发射出那种不同寻常的美好和光明。在他们的身体和内心，都种下甘美的滋味和念头，他们把彼此，都看作是唯一的一个，又把彼此，看作是世上的一切。确定彼此，是他们遇见的唯一一颗太阳。现在他们所在的地方，不管那地方多么荒僻，多么神秘，他们都互相恩爱，互相思慕着对方，都在他们的内心，倾注了那种充满希望的光辉，仿佛一叠白纸，描画上了最多彩绚丽的一笔。那地方散发出一种无以名之的最动人、淡远的情趣，裹住他们两个，草尖上的珍珠开始闪耀，他们的嘴唇和身体，从来都没有分开。花儿正在开放，像一滴露珠，在他们的嘴唇上抖颤。一片黄土地，衬映着两个健康活泼的身影，迎风吹动，朝远处看去，能看见山谷沟壑，还有沾满阳光雨露的树枝、树叶和山蔓篱，美不胜收，看起来简直跟图画一样，在更远处，有桃花村静止不动的炊烟和人声。

土窑窑里忘情的两个，被鸟儿祝福，被山野祝福，被雷声祝福，被风雨祝福，被刚刚升上来的曙光祝福，永不孤单，是永恒的两个了。仿佛这个土窑窑，是人世最温暖适意的所在。也不论往后时间过去多么久远，从远处到远处，他们都能用他们的身体，认出彼此。

这种从土地中间生长出来的祝福，天生就和人类有一种亲密关系。

啊，看看他们的身体和内心，他们真是亲爱！就像是奇迹一般……他们的全身上下，没有一块地方，是不爱彼此的。顶上的光明，都争先恐后地照耀他们。树篱认出风雨的样貌，发出三种声调和鸣，尽可以够他们两个享用。她同他，经过光影，经过氧气，往山口那儿走去，那一秒钟，时间为了永恒，停留在他们身上，历久不肯离去……她和他感觉出来，风声"唰唰"，从安着两只眼睛的天空上出发，把山川周围的空气震荡，缠绕着他们的身体萦回，那种情境，都像是身外射来的一束光辉，把自己映照，像是广袤远方的回声，仿佛跟她眼熟，把她端量好久，在她的心里，看清两颗心的构造和形状，那是它们正红的时间。他们同时领略到，这是他们第一次，独自享用自然界和一切的时间。就像是一对一切。那种一切，只要见上一回，就永远不会再忘。做梦也非梦见它不可。像是嵌进墙头里，泥地深处，广袤远方，一切之中，没法儿搬掉。他们气味浓烈的眉目，分明能在显著的山川，看出一点影子来。就仿佛这两个身体，一同投入壮美的水中，并在水中互相触动，分不清是谁的来了。"都是你的呀。"他们的身体，一齐对彼此说。一定是她和他梦见过的，都和她当时身上的感受，正是一样。

她张了张嘴唇，想要说话。他亲了她一下，不让她说。

他们彼此投入对方的那道山岭，唤作迷狐岭……

后晌上地以前，蓝花妈在地头上遇见东明他爹铁石。铁石从坡底下扛着锄头上来，看见蓝花妈，停下来，等着她走到跟前，仿佛下了几次决心，最后才开口说话：

"蓝花妈，上地去呀？"

"哦，是呀。"蓝花妈声音纤细地回答，眼睛并不望着对方，也不敢挪动脚步走开。蓝花妈香莲在村子里，一直是个胆小安分的女人。

"今年地里的收成咋样？"

"还好。"

"蓝花上哪里去啦？没有来地里帮你锄地？"

"今日是星期天，东明早上来地里，叫上她进了县城啦……说是头一回进县城，步行着去的，赶吃黑夜饭就回来……早上替我摘豆角啦。就是这些，我都给你说啦。村长你上地去呀？"蓝花妈老老实实地回答。

铁石的脸色青一阵白一阵，满脸挂着失望的神情。东明这个浑小子！他在心里狠狠地骂了一句，尽力压住内心的怒火，换上僵硬的微笑，对蓝花妈说："老嫂子，你家蓝花她兄弟岁数也不小啦，也不识多少字，文化程度不高，咱村里有个当工人的指标，你看你想不想让他出去到县城里面当工人？"

"村长您说的什么事情呀？我没听清。今日的风不是向我这面儿吹的，我没听清楚。"蓝花妈终于抬起下巴，望着地墙上的一块石头，万分惊讶地问。

"咱村里有一个指标，让蓝花弟弟出去当个工人，听说是个好工厂，生产钢钎和铸铁的工厂，是个难得的好工厂。因为指标有限，有多少人眼红这个指标呀！不过，这个指标可不是白来的。作为条件，你可得好好管住蓝花，给蓝花寻个好婆家，不能再让她和东明在一块儿搅和啦。我给你说实话，也不是咱这当大人的看不上蓝花，蓝花是个好闺女哩，这在咱桃花村里谁不承认，主要是东明有从小定下的娃娃亲哩，咱羊虎支书家的翠平，你也听说过这件事吧？我说老嫂子，你好好想想呀。千万不要错过这个好机会哩……"

"我不知道孩子们的事情，我拿不了啥主意……俺家蓝花，和你家东明，不是自小就相处得挺好的人呀……我、我回家和俺掌柜的商量商量……"蓝花妈头一回疑惑不解地望着铁石的脸，小声地回答。

"不行。"铁石淡淡地回答，他的双眼不再躲闪了，"这件事，没有啥商量的余地。东明和蓝花一起头就不合适，两家的家庭不合适。其实村里不给你家派这个指标，我看他们最后也得分开哩。这是没办法的事情……这个指标，都是我好心好意争取来的……也是我当上村干部以来，办的头一件事情，不知道有多少人眼红，时时想谋夺哩……"

"我走了……"蓝花妈重又垂下头，搓着脚底下的杂草，声音几乎低垂到人声所不能到达的领域，再不敢和村长铁石对视，含冤带泪地走过去了。

哎呀，世间这些忧愁。

黄昏，等到蓝花回到院子里的时候，却听到了让人寒毛倒竖的消息，母亲后晌在地里锄地时，跌倒在玉米地里，再也没有起来，现在已经抬回窑里，过世了。

从那一刻起，就好似黑暗的起头。蓝花拉开门闩，穿过门洞，看到母亲躺在一块门板上面，门板底下垫着两块砖头。暗夜到来以前的灯还没有点上，白色的窗棂透进最后一丝微弱的黄昏之光，窑内阴暗狭窄，只有两个旧木凳和一条旧棉被，蓝花的母亲躺在那条旧棉被上，头底下枕着半麻袋干草垫。一线黄光，横照在她的脸上，她再也不会醒来。嘴唇微张着，还没有最后合上，仿佛正在诉说和祷告着什么，并不像是一个刚刚断气的亡人，倒像是一个满怀怜悯的天使。

蓝花的世界崩溃了。最初的几分钟过去，蓝花的视力越来越模糊，仿佛被半暗不明的死神吓住，只能看到离母亲三寸远的光影。望到那里，又会遇到一排潮湿的阴暗，阴暗里钉着几条光影的缝隙，使它更加牢固和恐怖。一排黑暗遮住光明的渗透，自空而降，无端使出过电一般的力量，击打碎裂。一块黑暗，移植于另一块黑暗。通往死神的那扇门，时开时闭，仿佛再也拦不住死神的到来。

过了一会儿，蓝花听见有人在那扇门背后叫她："蓝花，妈在这里。你在找我吗？"

这就是亲人的声音，心碎得让人听了就会感到悲切。蓝花看不见母亲，也听不见母亲的呼吸，像是隔着墓壁，在和母亲碰面。

因为蓝花深爱着母亲，那扇门便为蓝花洞开一条缝隙，门后面的亲人也有了影像，蓝花便在世间所应许的限度内，望见那道门的后面，望见母亲的嘴唇，和两只想要强烈伸过来的手，向着蓝花这面，剧烈地倾斜，赤着足立在那里，其余部分，全身是黑，都遮没在那道门里面了。光从后面照进那道缝隙，使蓝花身处在光明里，而蓝花则看见母亲，处在永久的黑暗中。到达这个终点，仿佛黑暗的钟多敲了三下，击断人的生命，把她引向人世的背面。蓝花的泪眼，通过那道仁慈的缝隙，向那和外界完全隔绝的黑暗深处望去，那里之所以黑暗，是因为通往人世这面的门，正在徐徐关闭。

可是在黑暗中仍有光明存在。仿佛光明和黑暗之间，总挂着一道七尺高的纱幕。对于光明来说，黑暗不过是一个分支。顺从、清苦、沉默、善良、温柔，就是母亲的一生。母亲百依百顺，忍受着多种多样的困苦，犹如织女手里的纱线，没有明确的许可，便不能从纷扰的纺车中通过。母亲用过往的时间，替自己免罪，颈上始终缠绕着一根贫困的绳子，累到支持不住时，也想要挣扎起身，宁愿重新受苦，也不甘心倒在地上，任凭寒风像雨点一样，落在她的头上。母亲就是在这样一种重复出现的姿势里，走过一生。仿佛一根木柱，活着和倒下，都似乎是一种命定和必然。然而，即便走到最后，就算有雷火落在她身上，她也不想屈从，轻易交出自己的生命，就是她对贫寒生命的永敬。看见蓝花和弟弟长大成人，就是母亲发出的微不足道的心愿。命运却将她的心愿歪曲成并不遂顺的负担，最后跌倒在某一块似乎是被上天指定的玉米地里。虽然得到的欢乐有限，她却甘愿冒上一切风险。降世以后所穿的布衣，现在也裹在她的身上。

记录着她挣扎的次数和生命延续的时间。那些记录显示，她也曾在这世上感到安慰。外界的一阵微暖的风，也曾吹拂她的脸庞，人生的一线曙光，也曾照临她的心上。

临走的时候，听到的最后几句话，含有预尝蓝花命运改变的苦味，几乎将要看见，女儿身上曙光山色的消退，心中感到隐隐作痛，她喃喃地哭诉："我嘛，生出蓝花来的时候，幸运就在旁边！使我的孩子有了第一口奶吃。就是东明那孩子和他的母亲秋兰。我能说些什么呢？现在，那些陪伴蓝花的幸运，难道说，就要消失到那三层灰浆下面了吗？我的蓝花啊……你将来不要掉泪……永久不要掉泪啊……我心碎的孩子……"说着，把手抬起来擦眼泪，接着，又哭诉道："我的老天爷，不要那样行不行？不要让我的蓝花掉泪行不行？"

喉咙里似乎有咽不下的东西卡住，咕噜咕噜，呜咽着，就是她留在这世上的最后声音。跌进尘土，一声不响，结束在一切欢乐和忧愁的结尾里。仿佛正在行走的路上，拐了个弯，不小心遇见一座坟墓，就钻了进去。没有带走一粒灰尘，却在灰尘中留下了痕迹。如果不是她在这世上还有亲人，一准没人知道，她也曾来过这里。她的亲人，就是照射在她心上的光辉，无论她在世还是往生。

早上走的时候，还是好好的一个人！长年在地里劳作，偶尔一天倒在玉米地里，就再也不会起来。命运总是那么冷酷无情，常常会在连接上一个开头的时候，又起开另一个开头。蓝花只有十八岁，在泪水里翻滚，她只有一种想法，觉得自己滚在逝去母亲的怀里。亲爱的母亲，只在她眼前再现了一下，正当她觉得自己可以重新抓住母亲时，却发现她的母亲，化成一股青烟，被黑暗的狂风彻底吹散了。

香莲断气后，先要装裹。儿女在侧哭守，里外换装三、五、七件，停放在门板上，嘴里置含零钱两枚，红布蒙脸，以示敬畏。随后放炮三响，即向村邻四舍报丧，左邻右舍，始上门帮办治丧。

铁石头一个来，羊虎也来帮忙。两人集合了几个小队上的后生，帮忙采坟、碹葬、搭灵棚。

灵堂设于正窑，村里的人，看见村里的两个主要干部都来帮忙，也纷纷伸出双手，热心上前，跑前跑后，布置花圈挽幛、纸草仙鹤、金山银山、五色纸烧香、雪柳白花、供菜灵牌、纸糊的猪头、三牲、香烛、烟火不断。蓝花和弟弟轮番在灵柩前日夜跪守，陪同亲友上香，三叩九拜，停枢三天，顿顿饭前，恭敬悲恸，行上饭大礼，给母亲香莲的衣饭罐里，添加衣饭，让母亲吃饱上路。

接着，便是入棺。入殓前，孝子、亲友拜祭，瞻仰遗容。蓝花用棉花蘸上白酒，为母亲净面。再将母亲生前喜爱的针头线脑，为蓝花缝制的青布娃娃，放入棺内，陪伴母亲。蓝花和弟弟给母亲铺上褥子，家里没有新的，就把香莲平时用过的，洗涮干净，铺上了。蓝花家的近亲晚辈不多，过来给香莲盖上红洋布覆面，白纸铰成圆形，按蓝花妈生往年纪，如数穿成岁数纸钱，置于棺内。香莲岁数不大，死的时候，只有四十六岁。接下来，蓝花和弟弟披麻戴孝，日夜守灵。本家大娘打开一个白布包袱，解开两个白布角儿结在一起的疙瘩，包袱里有村里老婆娘们儿打帮，刚刚缝制好的白布孝衫，两件白上衣，两条白裤子，把蓝花和弟弟脚上穿的鞋也用白布缝起，一人一根裹了白布条儿的孝棒，孝子的全身行头，都有了，全是白洋粗布缝制的。

东明巧妙地避开正在院里帮忙的铁石，秘密地跑进丧房，给蓝花妈烧了纸，上了香，磕头祭拜。看见蓝花伏在棺上恸哭，自己的眼泪也不知不觉淌了下来。悄悄拉住蓝花的手，给蓝花口袋里装了一个苹果和五块钱，是他刚问母亲要来的，自己自然舍不得吃也舍不得花，都给了蓝花。擦了蓝花眼里的泪，小声对蓝花说："别哭，别哭。我看见俺爹老在院子里帮忙，不让我进来看你，时时预防着我来寻你哩。我一直在远处瞅着你，你看你，眼睛都哭肿了。别哭，别哭。黑夜我再来看你，哦？蓝花呀，什么事情，也要扛拌过去呢。哦？"

蓝花的泪又下来了，望着东明，轻声说："嗯。"

"嗯。傻妮呀。别再哭。嗯？"

"嗯。你快回去，你爹看见了又要说你。"

"嗯。我走了。别再哭。"

但是，蓝花的眼泪却怎么也忍不住滚落下来。

人死犹如灯灭。

夜深人静，村里帮忙的人逐渐散去。弟弟和蓝花爹也打熬不住，到隔壁窑里睡了。蓝花一个人守在母亲棺前，摇着吊在棺材上头的一扇簸箕，热天，停枢三天，担心腐坏母亲，便用簸箕来回扇风。想着母亲活着时候的亲切、顺从，母亲话不多，却对一家人疼爱备至，就是猪圈里喂养的母猪，也不曾听见过母亲一声训斥。

东明轻手轻脚地走进来，默默地点上一炷香，烧了一份纸，再次磕头祭拜，从蓝花手里接过簸箕，为蓝花母亲，扇着这世间最后的微风。挨近蓝花，小声对蓝花说："俺爹俺妈都睡下了，我才偷跑出来的。我知道你黑夜害怕，怕你孤得慌，一准又是哭哭啼啼的。我替你扇风，你上炕睡一会儿，临明了我再叫你。"

"不要，东明，你明天还要上课呢，不要在这里待久了，早些回去。"

"没事的，我这么大个个子，留着干啥用？就是为你预备的。你快上炕睡上一会儿。哦？听话。"

"不，我要和你坐在一块儿。"

"嗯。"东明一手搂住蓝花的肩膀，让她靠在自己胸上，一手摇着簸箕。心里叹一口气，眼里蒙上泪水。但是他没有让泪水淌下来。从今往后，他要为蓝花主事，不能轻易哭。而是轻轻地抱着蓝花，摇着簸箕，用自己善良淳朴的一颗心，看顾着阴阳两世上，这一对让人眷怜、心碎的母女。

直至蓝花妈出殡，东明每天深夜，都会悄悄地跑来丧房，陪伴孤苦无依的蓝花，天明才离去。

出殡前夜，蓝花和弟弟为亡故的母亲送上盘缠。夜深人静，端上烧纸盘缠，纸钱冥币，糊了一匹纸马，出了村口，面向荒野，沿途一路呼叫："妈呀，快来取你的盘缠钱，来取你的盘缠钱，你骑上快马，一路向西，打发过路的小鬼，不要让小鬼缠住你，妈呀，快来取你的盘缠钱……你骑上快马，一路向西……上那极乐西天……"蓝花的哭声闷在心里，喉咙哽咽，说不出一句话来。

弟弟按照村里长辈们的指教提点，声调儿发颤，嘴唇哆哆嗦嗦，反反复复地诉说哭泣："妈呀，快来取你的盘缠钱，快来取你的盘缠钱。你骑上快马，一路向西，打发过路的小鬼，不要让小鬼缠住你，妈呀，来取你的盘缠钱……骑上快马，一路向西……上那极乐西天……上那极乐西天……"

出了村口，一路向西，荒野里的路又黑又长，走也走不到尽头。蓝花和弟弟烧纸恸哭，最后提了孝棒，转身往回走，不能回头，也不能恸哭，回到大街门，才能哭着进门。仿佛彻底送走了母亲那贫寒的亡灵，仿佛那些与她有关的事情，都不曾发生。

她只是把她，又带回到荒芜的野地中。

铁石白天看到东明从丧房里出去，心里往下一沉，知道东明不会听他的劝告，轻易丢开蓝花。东明爹感到巨大的不安，满腹心事，本来在院里帮忙招待来祭奠的亲友，停了半晌，最后还是步履缓慢，走进丧房，对蓝花说：

"蓝花，我那天给你妈说过，你和东明分开，各自走各自的路，断了心思，互不相干，就让你弟弟去当工人。咱村今年就分到这么一个指标，本是咱大队争取来给旁人的。我答应了你妈，算是给你的补偿。你妈香莲，活着时也是同意了的。让你弟弟去当工人，永久脱离开咱这苦寒农村，一个工人指标，你知道值多少钱？根据你的家庭情况来说，你妈高兴都来不及哩。也算了了她的一桩心愿。蓝花，这个轻重，你是知道的。东明那孩不听话，他是自小定下娃娃亲的人，翠平那孩也是挺好的孩，缺胳膊了还是缺腿了？东明那个傻小子，不知道是哪根筋不对了，还敢天天顶撞家里大人，我和他碰硬，也说不下个长短，你总是个明理的孩子。"

铁石靠在蓝花母亲香莲的棺木上，一手抓住棺木，仿佛抓住最后一根稻草，嗓子发干，说出这些憋在心里许久的话。蓝花知道，棺木也是村里给母亲救济的。是铁石和羊虎，亲手去山谷深处，砍回来的一棵柏木大树，那棵老树的价钱，挂在铁石和羊虎的名下。还免了蓝花爹在村里欠下的几十块钱零星债务。

蓝花沉默不语。

过了一刻钟，丧房静默如地底，一枚纸钱飘落都能听见声音。铁石低声重复，仿佛受到某种神秘气氛的压制，声音低垂得几乎要掉进棺材里头才能听见："蓝花，你妈香莲也是同意了的。你就不要犟了。"

仿佛死了的母亲，也在棺材里头睁开眼睛，看着蓝花。母亲嘴角上的皱纹，暗藏着担忧和疼痛。围绕她的和等待她的，都是一团漆黑。

可是蓝花还是不能舍下东明。她撂开棺材板儿的一角，极力止住全身的颤抖和痛彻，走了过来，侧转头，战战兢兢地向着东明他爹，细声说："我可以跟东明一处走吗？"蓝花嘴唇发青，只说出这么一句，好像任何语言，都无法说出她那又伤心、又害怕、又到死也不愿意屈从的心思。

"不行。"铁石说，"那当然不行。东明不是属于你的，到死都不能属于你，我敢确定。你不同意也不顶用。你也知道，这都是命定的。"

"真的吗？是真的吗？那为什么呀？可是我和东明……"蓝花硬忍住满眶的眼泪，再也说不出一句反驳的话来，因为她觉得，她一张嘴，就会大声哭出来。

"不因为什么，孩子，你岁数还小，经历的事情不多，那是一定的，你还小。后晌发了丧，让你弟弟，来大队填表。这个当工人的名额，不是那么容易得来的。还有东明以后的前途，也不是那么容易得来的。"

"我和东明的前途，本是连在一处的。"蓝花一直这样认为，抬起头来，像是一个希望获得怜悯的孩子，不偏不倚，仰望着东明他爹。

"孩子，不是那样的。这件事情，从一起头，就根据各家的家庭出身情况，决定了的。"

从东明爹虎豹一样的身板，和越来越严厉的口气里，蓝花仿佛感受到一种本能的暗示。忍不住发抖，仿佛她要是再不听劝告，天空那里就会打雷。那种感觉，在某种程度上，是正确的。要不是蓝花这么可爱，这么受人喜欢，不论是桃花村里的任何一个人，都在蓝花身上，挑不出一根刺来，都认为蓝花可亲，学习好，心地善良纯真，长得端正美丽，说话、做事落落大方，尤其是那一双清澈见底的大眼睛，受到东明那个小子，到死都舍弃不下的亲顾，那都是有原因的。就是铁石和秋兰，也不能不承认，蓝花是那样乖顺可人的一个好闺女。要不是因为这个，要不是可怜蓝花这一家人，这个交换都是断然不会成立的。势力强大的那一方，已经给了她最大的忍耐和好心了。

东明爹最后望了蓝花一眼，结束了和蓝花的谈话，走出门去了。他看待蓝花的目光，一点都不凶狠，但是万分确定，那目光直射到蓝花的心底，告诉蓝花，他决心斩断拴在东明身上的那根麻绳。那根麻绳，就是蓝花的心。不管合不合她和东明的心意。虽然他也承认，他遇到了一个非常强硬的对手。这只是一种直觉，他早就觉察到，在这个刚满十八岁的姑娘身上，有一种说不出来的过人之处。东明那样一个算得上是世事明理的人，为什么会为了蓝花不惜和家里人闹翻？和桃花村的任何人闹翻？甚至和他的前途闹翻？以前东明爹向自己提出了这些疑问，却回答不上来。虽然铁石作为东明的父亲，可以随意决定东明的命运，但他认为他并不是随意决定的，而是经过深思熟虑。但是，尽管这一切理由，都让他感到气壮，但是一接触到蓝花这孩子的目光，听到这个孩子那种干脆、坚定、毫不退缩、迟疑的恳求，看见这个十八岁的大孩子，身上那种庄严有致、神秘又单纯的勇气，看见那孩子眼里、心里，流下血泪，他的内心感到一丝颤抖和气馁，甚至有一瞬间也曾闪念，是不是这样包办，会毁了东明的一生。在他的心里那看不清的角落，确曾有过那种闪念，不过，他立刻便用更快的另一种闪念，把那种念头赶走了。

不，不会的。

现在，他才清楚，他以前感到的那一切，网络住东明心弦的那一切，就是这个孩子身上不折不扣、清澈明亮、做事不失理据、分寸，更没有得理欺人的过人之处。真不能不说是一个村野少见的好姑娘。但是，一想到他的羊虎大哥，他却不能让步。

蓝花知道，这宣告的目的，是在东明那里除尽她。她开始不知道自己是不喜欢还是吃惊，她完全处在一种混乱状态，摇摆在两个方向之间，哪里也不能停靠。而是战栗在那里，任命运对她的心，向两个方向撕扯。

出殡发丧前合盖。合棺前孝子不哭，意在不使亡灵招泪而去。钉斧响，孝子大哭，以示永久诀别。午后出殡，擒棺出丧房，至大街门外头起丧，铁石为蓝花母亲担当司殡，"咔嚓"一声，摔破说事碗，碗里的黄米焖饭，撒了一地。一把砍柴刀扔向棺前，斩断已故亡灵最后连接人世的那根丝线。蓝花妈算是永久起程，走上她最后的那一段世上旅程。

看看蓝花吧，戴着一条黑头巾，穿了一身丧服，腰里捆上麻绳，挂着一根孝棒，走在棺木前头，引棺前行。拖着麻绳，麻绳的另一端，拴上棺木，为母亲拖灵，心都撕成碎片。和母亲诀别，是不是还要和一切诀别？看吧，东明和一切，都在蓝花身后消失了。荒丘上的坟墓被荆棘遮住了，云彩也不在蓝花的头顶上做出指示了。蓝花一无所有了。她就要做一个苦工了。她幻想什么吗？没有。她心存侥幸吗？没有。她的心变成骨头，骨头变成瓦石，裂开一半，缺损一半，辜负一半，埋葬一半。她走在棺木的前面。好吧，让她停一下她的脚步，想一想她生来可回顾的那个时期，让她贴在那里，看那些日子的回放，伴同自己的影子，排成朦胧的景象，从她眼前走过，看她是如何欢快地度过那些日子的。从她儿时起，虽是受到慈母垂怜，却也曾受到命运挤压，在她那惊喜交集的心情中，在她所有的睡眠和清醒中，在她那逐渐生长的心里，一直充满着乡村王了般的那个人，帅气又动人，而且那样满怀怜悯，又那么有本领，那么聪明，可以解决蓝花所遇到的一切难题，对她那么好。对任何人都那么好，但是对她，尤其好。在她眼里，像是发光的星星，她每次看见，都要凝视五分钟以上，以确认那幸运是她的。让她感到，除了内心感动，还有一股力量。自从她在东明妈的奶头上，遇见那个帅气的伙伴以来，好像她感到，她的命运逆转了。起初感到的那种甜美和幸福，还有些战战兢兢，就好像偷来的一样，接着，她感到满意，开始觉得这幸运，确定是属于她的，也猜到这幸运是从什么地方来的。蓝花，蓝花。她开始从一个地主富农家的孩子，变成一朵印染在桃花山川大地上，那永不熄灭的花火。那花火，那花火的璀璨，曾使她身上所有的坏运气都退避，远走，消逝不见，开始享受空中燕子一般的快乐和独立，就像是躲在天空以上那天使的翅膀里。

十八岁以来，是啊！从她记忆能追忆到的那最远的时光里，在那偶尔哆嗦和战栗的日子里，她都没有感觉到赤身露体般站立在刺骨的寒风中。从来没有，她的心，从来都不曾感到过寒冷，她从不是孤零零的一个人，她有另一个和她的心，一模一样的一颗心，和她在一条道儿上前行。

她站在旁边，看那些日子从她身边走过，它们已经过去了。在以前，只要想起她的身边有东明，不管她走到哪一个路口，总有一丝烛光面向她，替她照路，可是现在，最后一个路口的最后一点微光，都消失了。可怜的蓝花，跌到了触目惊心的黑暗中，黑暗中只有一条道路，就是黑暗本身。甚至她还要走向黑暗的更深处。她只感到惊惧，不时地想朝自己的身后看，仿佛怕被黑暗控制，永久凝固在那里。天上隐隐露出两三点阳光，好似那阳光，也失了往日的光辉。好似那黑暗，就是从这一点上起始的，并且要无情地把那高高兴兴走来的少女推开。她胆战心惊地注视着它们，却再也认不出它们。一时感到害怕，桃花川吹来一阵寒风，一直冷到蓝花的心头。仿佛觉得，不知道是什么原因驱使，她必须在此时此刻，来到她必经的此处。新起的风把她吹向此处。她迷失了方向，停下来，踌躇不决，就像是一个从没有到过此处，一点儿也不熟悉此处的人，却不得不要在这里停下脚步。在黑暗的迷雾中，她俯着身子，低着头，伏在一块大石头上，像是一个失魂落魄的人。一颗害了病、被虫子叮咬的核桃树，悄立无声，立在她伏靠的大石头不远处，她伸手抓住一枝向她伸过来的空树枝，用手缠绕那树枝，好像她要仔细辨别和确认，那是不是以往东明握住她的手掌。一切动荡都在她的内心，悄无声息地发生，也许只有她的母亲香莲看见了，哎呀！有些不幸，或许会使孤坟中的灵魂都感到不安和战栗。仿佛她的光明，都钻到土里去了。

山峦粉碎，隐匿大地。回答我，有人在吗？不管怎样寻找，就是没有答案。心碎也要活下去。是这样吗？山川大地上刮过的大风，胜过千言万语。在狂风暴雨中讲述，一同走过的那些艰苦岁月，不是因为这种理由，才需要你。不，我不会哭，我要你站在我身边。

对她来说，东明的存在就是她的一盏明灯，就是她的一切。

那么，你就会觉得，对她来说，任何一种劝告，都是无情的，都能摧毁她。

蓝花家没有祖坟。

蓝花爹年轻时因为家里成分太高被揪斗，祖坟被踏平了。蓝花妈跌倒地上，铁石和羊虎帮忙，请了阴阳风水先生，莽山壑岭，另采了一座新坟。带着村里的后生，二喜领头，掘地七尺，挖土成墓，并用石头碹葬，算得上是对亡故者最大的礼遇，用砖石将七尺土墓彻碹。二喜听说蓝花妈下世，撂了油糕摊子，急急忙忙跑回来帮忙。

此刻，棺木入土，大头朝里，刻有蓝花妈的姓名、生卒年月，和祭砖置于棺木头前，用砖石封垒墓洞，插进最后一块砖头，"垒上垭门"，彻底封堵、断绝了蓝花妈最后的人世之路。随后合土起丘，置一块大石于墓头，以示寄铭。

蓝花的眼前，天塌地陷，一切都消失了。除了一堆黄土，仿佛片甲无存。谁来搭救她呢？仿佛全身的血液，都涌到她的心里去了。就好似她在现实中预支了她未来的光明。现在，在她看来，任何一种出路，对她都仿佛是一种妄想。

接着是服三、头七。出殡第三日头上，上坟祭奠，便是服三。从母亲去世之日算起，每七天为一七，逢七上坟祭奠一次。七七终了，祭奠七次，便是尽七。家里亲人同去坟墓烧纸供奉，蓝花在坟上放声恸哭。大树上鸟儿不飞，风儿不过。那不幸，似乎扩散到桃花村以外的山川大地中去了，扩散到广袤神秘的一切远方去了，扩散到大海的出口那里去了。

她又是一个人了。哎呀，好吧！时光仍会继续。

深夜，蓝花一个人伏在石头后面。

"蓝花，快来。"黑暗中东明和她说话，他说话的声音是低沉真情的，和以往的每一天一样，几乎是轻轻地说，"过来呀，蓝花，快过来，我想你啦。"

蓝花抬起头，回答说："是呀，我也一样。"

"给我，你的手。"东明接着说，"我来找你啦，咱们一道走，在桃花川散散步。明天就要离开这里了，不知道什么时候才能宽宽展展地回来。来，拉住我的手。"

蓝花伸出手，握住东明。东明和她一道走。

"我真是特别想你呀！看见天上的每一颗小星星，都像是看见你小时候，藏在大石头后面哭哭啼啼的，等着我来搭救你。你还记得不？"东明笑起来说。

随后，他又说："你咋不来找我啦？说好在小学校后面的操场碰面的。你没收到我捎给你的小纸条儿？"

"哦，我收到了。"

"你是不是又一个人伏在大石头后面，哭哭啼啼的了？"

"没有，我才没有。"

"还不承认，我就猜到，你一准是一个人躲在这里，哭哭啼啼的。"

东明紧紧地抱住蓝花，又补充了一句："你母亲今日过了七七，咱们就可以逃走了。以后别穿红的绿的，我陪你守孝。白天本来要去找你，知道你难受。后晌想给孩子们上完最后一课。"

"哦，七七都过了，四十九天了。"

东明停了一下，还不曾开口，蓝花又补充了一句："我想我妈是再也回不来了。"

静了一阵，她又说："东明，我再也没有母亲了。"

东明停下来，握住蓝花的手，弯下腰，把他的两只大手放在蓝花的脊背上，把蓝花抱在怀里，在黑暗中用自己激烈跳动的胸膛，挨住蓝花满是泪水的脸。东明虽然只有十八岁，但是他那高高的个子，已经有一米八几了，他的胳膊和手掌厚实有劲儿。他紧紧地抱住蓝花，不让她有一丝颤抖。

来自天上几颗星星的微光，照亮蓝花脸上的泪珠。

"那天看见你拖灵，不知有多心疼！多难过！我身上有的是力气，都想替你拖哩。蓝花，心疼的蓝花。"

蓝花好像触了电似的。东明说话声调柔和，像他以往任何一个时候，时时分外疼惜她一样。她抬起泪眼，她的一双泪汪汪的大眼睛，一直望着东明，表现出一种以往不曾有的神情，那是一种恓惶不定的恋慕心情，仿佛裹着一层天真的动人，都包含在她的泪滴之中了。

是啊，这就是她的东明。她永久的东明，就是这个样子的。能替她受的苦和受的罪，他半刻都不避轻重。这种愿望，从他一小见到蓝花，甚至追溯到蓝花和他在一个奶头上分奶吃的时候，他就生了根了。这才更使她感到心酸。

"蓝花，你就按我纸条儿上给你说的步骤，明天前晌来学校后面的土操场，咱们小时候数星星的地方。咱们一早就走。咱俩在乡里中学念书的时候，我那个班上的同学在县里，听说他爹是有实力的国家干部，我给他去过信了，他同意咱们去县里寻他，拜托他爹先给我找个临时营生安身。"

"明天。"蓝花重复说，眼泪又掉了下来。

东明一五一十诉说起他的出逃计划来。东明想让自己的声音听起来显得平常镇静，可是他的声音有些发抖。他说："蓝花，跟上我，我不知道我有没有把握，让你好过哩。但是，那就是我一辈子的决心，为你做一切我能做的，拼了我的命，我都情愿。"

"我知道。"蓝花说。

"吃苦你也不要怕，有我呢。"

"嗯，我不怕。"

"是呀，有我在，你啥时怕过呀。"

"嗯，是啊。"蓝花喃喃地说。

"以后你的生活就归我管啦，啊！我是一个男子汉啦！我会成为一个不错的男子汉的！我给你在县里报了补习班啦，我供你吃穿，你好好念你的书，明年再考大学。窝在咱这桃花村，屈了你啦。你是个多么有才华的人啊！我的蓝花，我是最清楚不过的。当个民办教师，那算是个啥好工作呀，还让干不让干的，抢不到手里。咱这小村，好在是好在，美丽是美丽，可也真是个小地方啊！以后你上了大学，你就在咱国家的大政府里头，给咱老百姓当个父母官去！俺同学答应我啦，在他爹上班的粮站里，给我寻个扛麻包的临时工作，听说一个月挣得不少哩。我长了这么大的个子要干什么？我能养活得起你的。咱们到了县里，落脚住的地方，我也暂时联系好啦，可能条件不是太好，不过，咱们又不是富裕人家里长大的孩子，有啥苦头是咱吃不了的呀？你说是不是？"

是啊，就是蓝花不回答，东明也了解她的心声。

蓝花不时地抬起泪眼，望着东明，显出一种无可表达的宁静和永久信赖的神情。是的，只感到心里有某样东西，让她永久敬仰和内心追随。从来不曾有人认为，她和东明会分开。

这样过了几分钟，他们两个，内心都存在着巨大的不安和颤抖，一个憧憬着未来，一个暗含着永久分离的决心，好像两股跑道上的火车。东明火热的嘴唇，亲在蓝花的嘴唇上。他认为，蓝花永久都是他一个人的蓝花，永恒的蓝花。

"蓝花，你是我的，我也是你的，任凭谁也不能抢走。"

　　蓝花抬起一双大眼睛，一串泪珠，滚落在东明的嘴唇上。她细声回答："是的，东明。你是我的，我也是你的，永久都是。"

　　她的东明，正是上苍派来看顾她的人。可是，现在又要夺走了。从此，她的眼里，什么也看不见，什么也听不见了。

　　蓝花伏在东明的怀里，抱住在黑暗中闪着光明的东明，哭了。她在这一整天里所受到的折磨，在母亲坟墓后面的躲避，各种劝说的重压，她和东明的痴心，丢了的魂灵，随时都要扑在她身上的分离，甚至从东明他爹的眼睛里，看到的那种仿佛再也不能乱惹的决断，都化作她的眼泪，使她不由自主、颠三倒四、悄无声息地作出了那不是永久、却比永久更久远的惜别。她在她的心里，洒下了她的一生，所能洒下的泪水。

　　"蓝花，我的蓝花，从明天开始，你就是我身上的一切啦！"东明和蓝花紧挨着，在山里躺了一会儿，最后分开的时候，东明对蓝花说。

　　明天，他们的明天，已经来临。

　　蓝花没有按照东明约定的时间，去学校的土操场，而是闷在家里恸哭了一场。接着，又恸哭了一场。剜了心一样，割舍不下，于心难忍。知道东明在心急火燎地等她，索性撇了一切，正要迈出门槛，蓝花爹说："蓝花子，婚姻大事，都要遵循六礼，纳采、问名、招吉、进财、请期、迎娶，讲究门当户对，身价彩礼，属相对头，生辰无克忌。蓝花，我的好孩呀，我的蓝花子，你说你和东明，哪一条是匹配的？"

　　"我和东明，哪一条是不匹配的？"

　　"哪一条都不匹配呀。"

　　"我不能相信，爹，我不能相信这是真的。"

　　"你弟弟填了大队的表，出去当工人了。你妈要是活着，像她那样胆小怕事的人，也只有好言接受的。"

　　说到母亲和弟弟，蓝花难过得更加厉害。父亲恼得几乎要哭出来了，接着说："傻妮儿，虽说是你和东明的终身大事，这哪是你们说了算的？东明爹和翠平爹，一个是村长，一个是咱村的支部书记，你搅缠在这里头，你和东明，会落个啥样的下场？最后还不是落得害了你和东明？趁现在几方面都还没有闹僵，你就收了心。只要你收了心，东明也就收了心了！"

"不，不会的。我们两个，谁也收不了这颗心。"

"哎呀！傻孩，你说得倒是轻巧。你为啥净替你自己打算，不管旁人的死活？为啥不能为家里人打算打算，为你弟弟做点儿好事？你看看你爹我，一辈子劳劳碌碌，到头来还不是尘土草芥一样，看着你和你弟弟，滚油烧心一般，你就不能让你弟弟落点儿好处？人家下决心给这么一个当工人的指标，那得下了多大的决心，要拆散你们？你就不想想，不管你们是多美的一对儿，那又有什么用？谁让你降生在咱这个家庭里头？你就不能为东明打算打算？东明明摆着跟了翠平，比跟了你强上千倍万倍呀！你说对不对？"

"谁说的？一定不是那样的，一定不是那样，我敢保证。我知道。"

"你这样执迷不悟，惹恼了那两个刚落到咱家头上的财神爷，铁石和羊虎，那些人是吃素的？能轻饶了你？有势力的人家，表面上不伤人，暗地里也有三分硬。你和我，都不过是表面上嘴硬，咱能有什么力气和人家周旋呀？"

"哎呀！哎呀！瞧您说的话儿……"满心剧痛的蓝花，转身朝着她爹，冤屈难申，仿佛她那颗可怜的心，凉了一半，碎了一半，恸哭着说："我的亲爹呀，难道我就要失去我这一生了？我降生到咱家，也没有什么冤气的，因为我遇见了东明。你为啥不好好给我指一条道儿，为啥不能给我几句警告，大户人家的女儿翠平，有她爹为她做主，你为啥不能帮帮我、告诉我，让我出了这道门儿，就是我自己的人世了！"

"蓝花子，爹是害怕呀。难道我还怕你好过？现在人家几方面都在好言相劝，劝你和东明分开，是势必要从你手里夺了东明，你有多大的力气保住他？你现在不识人抬举，端起架子来，一心要和东明接近，把机会丢了不说，以后会有什么好结果？"蓝花爹撩起衣服袖子，擦了擦眼睛，背过脸嘟嘟囔囔地说，"蓝花呀，爹这样数说你，也是想往好里对付。说到底，他们两家，断是不会甘心你和东明走到一处的。只有那样，才是老天爷的决定，是注定了的。家不漏家，是好家；村不漏村，是好村。你们两个，要是真的偷着跑了，咱这家会是个啥样子？咱这村里会是个啥样子？还不闹得个鸡犬不宁？你要是这样前脚出去，不经过两家长辈们同意，不明不白地跟着东明偷跑，一辈子都走不到人前头，毁了你们两个不说，遭人唾骂、数说也都是小事，问题是，你那样做，对得起谁呀？对得起一小喂你奶头吃的东明他妈吗？对得起东明的前途吗？谁不指望自己的孩子能有个轻松体面的好光景过？"

她和东明，应当一走了之吗？

正如她猜想过的那样，不拘是为了谁，好像她必须断送她自己。在她那里，屈从和接受的微妙区别，都那样难以理解。

门墙上有那么一块深陷进去的印痕，风波一起一伏，都要押上他们的曲折人生，这是可能的。在几乎就要失去东明的那些狂风疾雨的日子里，并没有怨气在她心里膨胀，没有那回事。她把他看作是一盏明灯，至于她，那时光，只有一种光芒。像闪电一样，那就是东明，那是不差的。

一个人身上，眼睛能看到的，眼睛看不到的，都差不多一样。但是蓝花的这个东明，一定有一种非常奇异、赛过老天爷的力量，所以他才能在她的心里扎下根。叫她这样一个贫寒无依的人，跟着他，一步一步经验人世的惊异和美艳。本来那美艳，才刚刚起头。仿佛晨曦时光，有那么一刻工夫，光亮和黑暗，强弱均匀，恰好平衡，把白天将来和暗夜已尽的消息，互相抵消。使她对他的存在，深深地含上感情，直到他变为她身上的一部分。然而，东明爹严厉的眼神，父亲隐含在泪水中的疼痛，就像是暴风和寒夜，把蓝花困住。她究竟应当咋样？在所有这些时间里，如果自己退缩，究竟是为了东明，还是害了东明？她分辨不清。

蓝花擦了眼里的泪水，从家里溜出来，想到操场上去寻东明，和东明一道儿偷跑，就那么走得远远的。那是她一万回下决心阻绝了的路，却又一万零一回，不顾一切冲垮她的决心，向往的一条道路。她的眼前一片漆黑，除开东明，看不见任何东西，她要跟着她的东明走啦！走向远方，走向远方的远方那里啦。走向大海的出口那里啦。

她决心跟着东明走啦！

她飞奔着跑出家门，绊了一跤，差一点跌倒，恰巧撞上东明他妈提着筐子去上地。蓝花低下头，想跑开，东明妈秋兰看见蓝花，走过来，对蓝花说："蓝花呀，你咋哭成这样啦？眼睛都眯成一道缝儿啦。东明夜黑问我要了二十块钱，你们是不是准备着偷跑呀？他爹最近逼得紧的，就怕你们两个不懂事，做出什么不体面的事情来。逼着要他和翠平马上完婚。两个十七八岁的孩子，哎呀，我的好孩呀，你们要是偷着走了，你可要一辈子好好看待俺东明，俺东明跟了你，心里好过，不过他的个人前途，总怕也是尽毁了的。说实话，他就剩下你啦。我和俺东明一样，我是待见你的。你吃过我奶头里的奶水，那也是俺东明的那一份儿。是老天爷让他分给了你，你们这两个傻孩。你快去寻他吧，东明那个傻小子，脖子一定伸长了，等你哩。唉，也不知道该咋样指派你们过活，才是对的呀！"东明妈提着筐子，忧心忡忡地走过去了。

东明妈没有指责她，蓝花却像被钉子钉住一样，在那条她刚刚奔跑过的路上，一直徘徊，徘徊。一会儿脚跟向前，一会儿又转向归途。一会儿想向远处走去，一会儿又向身后退缩。她就像是一个做梦的人，无力把自己从梦境中带出，她从她的未来和现在中间走过，不断地背负着四周的景物加在她肩上的担子。变成越来越黑的乌云，就像是落在她心上的永久黑夜，使她想从她的梦境中抬起头来，张望黎明，都不可能。纵然那可怕的孤独境界，对她的心作过警戒，她也不知道，她从那警戒里得到的是什么，是提示或是理由，都不清楚。使她放弃或是固守，都那么困难。在日落以前，她走下她家门前的那个山谷，那个桃花川的山谷，预备在那里停留或是重新奔跑，她看见山谷在远处闪光，一种久已生疏的宁静意识，一种被这种宁静所唤醒的失却，隐隐地袭入她的心胸。当远方的夕阳那里，在遥远又切近的山顶上闪光时，草木的深处，劈开山峰，劈开道路，孤独无依的桃花川，每一个小点，就是一间土窑，一户人家，一条小河，滚过被荡涤千年万年的石头，在安静的空谷中，有一种遥远的声音，像是来自高远的云端，又像是来自她模糊的内心。一片光明的霞光，从半山坡上浮过，在这种宁静中，大自然突然对她说话了，安慰她，使她困惑不安的头枕在草丛上，再次恸哭。使她觉得，东明给她的，一定是美好和力量。使她觉得，他一刻比一刻更加美好，更加亲近。不拘她做出什么选择或是牺牲，他都会像天神一般爱护她，他的精神永远加附在她身上，永远不会从她的心上逝去。她顺从着自然界指给她的方向，寻求大自然，把她的未来和他的未来，都纳入她的心中。她听到一种故土的声音，虽然那不是用语言说出来的。

除开东明以外的那一切，都像是一根麻绳，捆住了她。

第九章

二喜回到了村里。

蓝花妈下世，抬棺，挖墓，二喜能为蓝花做的，也就是那些事情。

二喜一家，从一开始到县里时的囊空如洗，只有一口油锅，到现在，成了桃花村第一家，也是唯一的一家万元户。

万元户，这在桃花村可是个大事件。

时光可真是有它数说不尽的好处。假如二喜他妈，不是在两年前带了一口沾满污渍的油锅来到县里，一家几个和通财，在县里一个边沿地带的大杂院，安营扎寨，命运把他们这几个炸油糕的小老板，安顿在那里，在县里一个小学校门口摆起小摊，炸油糕，再卖些小食品、小玩具、小本子，那他们就得永远在桃花村里啃草根儿了。

无论命运对二喜，是怎样的不客气，二喜却有着最透彻的眼光和耐力。那些不着边际的梦想，有时总会像闪电一样，从他的脑海里射出来。他常把他卖油糕中得来的经验，渗透到他的生活中，他竟然放弃了他以往那多得数不清的鬼主意，正大光明地做起小买卖来。甚至因为内心那些黑暗角落里微不足道的怜悯，担心起城里小学校的孩子们，也和他小时候一样饿着肚子，常常偷偷地少收几分钱回来。他认为他的那些得来不易的诚实和正直，都是从蓝花那里得来的。以前他只干坏事，并且在他做过的坏事当中发抖，以前做过的坏事，也总是眼睁睁地瞅着他，让他一刻都不得安生。仿佛他的命运，老是瞎着一只眼。而现在，那种幻境一样莫名其妙地改变，竟然在二喜那里，半梦半醒地实现了。

他以前对于那些光明正大的场景，都只敢偷偷摸摸，瞅上那么一两眼的份儿。

在县里跟蓝花和东明的偶遇，使二喜深受震动和打击，在他的心里，留下了愁苦的黑影。

他们一家，在县里租住了一个小窝，说是小窝，其实跟狗窝也差不多。一个七平方米开外的小房子，几个人排在一起，刚能转身。上下搭了两层旧门板，就是他们的睡眠之地。二喜妈和通财睡底下的一层，二喜和他哥睡上头的一层。连二喜妈都感到脸上难堪、屈辱。但是，那又有什么办法呢。只好用一块破了三个大洞的布帘子，把她和通财的床板，和孩子们的床板之间，勉强隔开。一年四季，长年累月，这就是他们一家人的生活。和别人有什么不同吗？几十号人一个大杂院子，到处都是租住的房客，谁家的情况，也没有比他们家的好到哪里去。一排溜十几间平房，几十号人上一个公共厕所。一早上起来，排队上厕所，才是第一件头等大事。厕所永远是脏的，几乎遍地都是大小便，没有下足的地方。

二喜一家人，算得上是最吃苦耐劳的人。二喜和他三哥，轮流经营那口炸油糕的大锅，生意说不上好，先是在街口摆摊，勉强糊住几个人的嘴，没有半分盈余。二喜鬼大，有一回夜里，因为想念蓝花，偶尔跑到那个小学校的门口，仰着脸儿数星星。看见学生们进进出出，比起桃花村的人口来，都一准稠密得多了，他心里生出一个念头，把油锅搬到小学校的门口来卖。油糕只是一种小吃，大人们不咋喜欢，有一嘴没一嘴的，学生们却嘴馋。果然在第二天，学生们下课的时候，放学的时候，晚上上自习的时候，一涌一涌的，都到他的油糕摊子上买油糕，挤都挤不透。他就叫他三哥来一起帮忙，轮流换班，生意做得超出想象的好。是他出生以来，第一回遇见的好运气。二喜从心底里认为，那都是因为他太想念蓝花，才得到的启示。他就把油糕炸得更黄、更脆、更好吃了。因为在他心里，每一个油糕，他都当作是炸给蓝花吃的。

通财和二喜妈，在出租屋里进进出出。有一天，通财对二喜妈说："俺出去走上两天，在这里憋闷的，你那两个儿子，也不给俺半个好脸，好像俺是个多余、吃闲饭的人。"

"那也没说差呀！"二喜妈说，没有阻拦通财，看上去脸上也毫无表情。通财在院子里站了好大一阵工夫，瞅了二喜妈两眼，二喜妈也没有挽留。通财多余咳嗽了几声，慢慢腾腾，费了一刻钟时间，才走出大街门。快要消失在大街门外头时，二喜妈才对着大街门口说："嗨，你啥时候回来呀，孩子们是嫌我不争气，脸上无光，生了些闲气，你多大岁数了，还计较个啥长短呀……难道你也和孩子们一样，岁数小的你？"说话的声音，哼哼唧唧，仿佛是从喉咙里头滚出来的……倒像是不指望让他听见，又被他听见了一样。

"回来？"通财扭回脖子说，"我当然会回来呀……除了这里，我哪里还有个家？"

二喜妈无所事事，在大杂院里进进出出，闲得身上的骨头，到处都是酸痛。于是，她又拿出从桃花村里带出来的针线，给家里的男人们做起布鞋来。以前天天在山上、河沟、野地里跑，身上的骨头都跑野了，来了县里，别扭得没办法，只好拿起以前懒派得几乎不碰一下的针线，熬磨时间。每回做的头一双布鞋，都是以二喜他爹的尺寸起头，不过，却没有一双是穿在二喜他爹足上的。那死鬼，不知道正窝在哪里风流快活呢！把她和孩子们，都撇到河沟里去了。挨天谴的赖货，谁家的男人，是二喜他爹那个样儿的？呸呸呸！二喜妈一边绱鞋帮，一边往手心里的针锥上头撒气，一不小心，扎到自己的手心上，真是识破个鬼呀！二喜他妈把鞋做好，让二喜替他爹试一试尺寸大小，也不让二喜穿，都被二喜他妈，锁进家里唯一的一个破柜里头了。

白天，整个大杂院变得一片空旷。这里的住户，都不是本地人，都是从四处聚来，做各种小买卖的人。家里少了通财，空气里都是荒凉的味道，空虚的感觉一点点袭来。这在以前，在桃花村里饿着肚子的时候，每天都把人饿得只想哭出来。什么眼里孤惶呀，心里反潮呀，那都是绝对不曾有的心思。那时只一心忙着要填饱家里头的七八张嘴，倒是省心。现在倒好，吃饱喝足了，却连针线篓子都觉得孤惶，身子底下的旧床板也觉得孤惶，通财吃饭用的老海碗也觉得孤惶。通财走了，他吃饭用的粗瓷碗，碰都没人碰一下，落了一层黑灰。大杂院里没有一丝变化，通财也没有带走她一样东西，连一块破布都没有带走。就连反复无常的天气和时间，都通通留给了她。现在通财不在，也没有人再和她争论家里的吃喝开销，反正，她也只能指望孩子们炸油糕卖的钱，来维持、补贴家用了。

二喜的炸油糕卖得咋样？是不是过一阵子周围的学生们吃腻了，而变成没用的东西？噢，不会的。二喜的炸油糕可真是不一样，不管是太阳暴晒还是下雨阴天，二喜一天都舍不得停歇，依旧热情高涨地做着他的油糕小买卖。他从不畏惧天气，酷暑和严寒，霜冻和冰雹，生意偶尔好坏，什么都不能将他打倒，每天坚持卖出一百多个油糕，才打烊收摊。十冬寒夜，手指头冻得快要掉下来了，也不在乎。不停地在雪地里跺着两只足，噼里啪啦，都要坚持他的小买卖。最后的几个，实在卖不掉的，也会在深夜十二点以前，免费送给那些刚下了晚自习，正饿着肚子的学生们吃掉。炸油糕不比别的食物，不比馒头，也不比面包，不能过夜，只有刚炸出来的时候，才最好吃，不拘早餐和晚餐，都能顶饱。对富人来说，或许吃一个炸油糕，只是因为解馋，但是对于穷人来说，偶尔吃上一个炸油糕，也算得上是改善生活，犒劳自己了。可别看不起炸油糕，它可是一件宝物！就算是卖剩下的，二喜全家人，都舍不得吃上一个！都会一心一意送给那些来买油糕的回头学生。

可是现在，就连炸油糕的买卖，也提不起二喜妈的兴致了。二喜妈每天观察大街门外头的动静，一直没有响动。好几个夜晚，听到院子里有响声，"沙沙""沙沙"，衣服抖抖索索的声音。以为是通财回来了，二喜妈满怀希望，披衣下床，走出门一看，张开嘴正准备数说上几句："你呀？你是哪家的人？闲走了几个来回，还知道回俺这狗窝里来呀？"

定睛一看，却不是。院子里没有通财的人影儿，这不免让二喜妈感到失望。她又把和孩子们隔着的布帘子，拉了又拉，以便把自己和通财的旧门板，遮得更严密一些，又想来做针线，解解心头的烦闷，却不便开灯，怕惊扰了孩子们，最后只好放下了。

坚持到第五天夜里，二喜妈心里真有些恐慌，走出他们租住的屋里，又走进来。来来回回，折腾了半个黑夜。过了黑夜十二点，孩子们做生意刚回来，在院子里洗涮了洗涮，上二层床板上睡着了。

明天还要接着做生意，后天也是一样。二喜妈感到度日如年，手上的针线也做不下去了，披了半件衣裳，光着半个肩膀，靠在门板一头，侧耳倾听院子里的动静，过了半晌，院子里头静悄悄的，什么响动都没有。回过身来，身上烧燥的，张开嘴唇，来回翕动，声音低沉，含混不清，头一回哼唱起桃花川多情、滚烫的山歌来：

> 阴丹蓝褂褂对襟襟开，
> 一对对奶头头露了出来，
> 上身身搂住下身身筛，

好活的妹子呦眼也睁不开。

唱着唱着，二喜妈停下来，侧耳静听，院子外面毫无动静，大失所望地撇了撇嘴唇，咒骂一句："我还指望个谁呦？真是识破个鬼！"当她终于听到，院子里有类似脚步的声音时，她说服自己，那不过是自己的幻觉："唉！或许通财那个熊人，也和二喜他爹一样，上了哪个寡妇精怪的热炕头了！你也不过是那样的人呦！哎呀！你瞧瞧我这苦命的娘们儿！"

二喜妈声调儿悲切，不由得对自己的身世感叹起来，觉得自己，被命运劈成两半，又被甩了。唉！原来是真的！自己又被二回甩了！孤苦伶仃，无依无靠！这时，通财推开闭合不严的门，钻了进来，身后还背着一个大蛇皮口袋，看起来里面装满了鼓鼓囊囊的东西。

二喜妈简直不敢相信自己的眼睛，看见通财站在地上，不敢张嘴说话，生怕惊醒上层床板上熟睡的二喜和二喜他哥。心情复杂，差点儿掉泪。啊，通财你这个熊人！瞧瞧自己过得这个日子啊！都是两个苦命的人！对，就是这样！二喜妈定了定神，哽咽着低声说道："通财，你回来啦！我还一心以为，你甩了我这个泼皮老娘们儿，失落到哪疙瘩黄土里，不回来了呢！"说着，低下头，止不住抹起眼泪来了。

"我回来啦！你看看你，傻娘们儿，除了你，我还能往哪里去？我把我的家当和财产，都带来啦！我的两只手，从今往后，都是你的啦！"通财说着，从身后扯过那个满装满载的蛇皮口袋，"从明天开始，你看着吧，咱们也上街摆个小摊子，就再也不用落什么闲话，吃孩子们的闲饭啦！"

"你看你呀！你这个熊人！你这几天钻到哪里去了？为啥说走就走了呀！"

"我去搞市场调查了呢！我总得去调查调查，看看什么东西销路好，才耽搁了几天，进了一些小商品。想进别的商品，也没本钱。谁让咱不是个富裕人哩！明日上街卖一下试试。一准火爆，你信不信？"

"都是你自己的钱买来的？"

"当然啦。你说话小声点，小心吵醒上头你那两个油糕少爷，又给我甩冷脸。你是怎么啦，难道你起了疑心，觉得我是偷来的不成？你看看你，真是的，你拣选拣选，看看那上面有没有旁人留下的记号？你再好好儿地仔细拣选拣选，看看有没有任何人的记号？对不对？你现在见到的这些个东西，注定是我拣选来的，货见主人会说话，对不对？你就做好准备，咱们两个，一准要发大财了，难道你还信不过我？我伺候了你大半辈子，你到底还是信不过我？"

二喜妈没有急于表态，只是喃喃地说："你吃了黑夜饭没有？肚子饿不饿？我去给你做点儿吃的，给你垫垫饥。"

"我不饿，在街上吃了一碗豆面饸饹，吃饱了。这些个商品，可都是我的老家底儿了。我在桃花村，也没有什么可留恋的了。除开这些，我再没有什么了。"

二喜妈只穿了一件破裤衩，十冬露肉，身上的羞处都遮挡不住，时隐时现。身子一会儿仰起来，一会儿伏下去，在旧床板上翻倒起蛇皮袋里的商品，每件商品都不放过，小梳子、小刷子、小本子、小橡皮、小零碎，一件比一件小，一件比一件零碎。嘴里念叨着，记下每一件商品的成本，再和通财商量，确定每一件东西需要卖出的价格，除了本钱，加上一块钱，还是两块钱？还是五毛钱？一毛钱？五分钱？

"你把你在桃花村的财产，都变卖了？买了这些东西？"二喜妈再一次问道，"这些都能卖得出去吗？赔了钱怎么办？要是赔了钱，你可就赔得裤子都没有了。余下来的时间，你大概都要光屁股活着，光屁股进坟墓哩，做个孤魂野鬼，你倒是图个啥呦？难道你一点儿都不害怕？"

"你说呢？我害怕不害怕？这些可都是我一件一件拣选下的。别人都说我有眼光。不过，你好好看看，在你看来，你觉得这些东西不好卖吗？"

"我哪里知道呀，我又没有做过小买卖。"

二喜妈一下子憨笑起来。不过，看到通财进门，仿佛觉得刚刚得到通财，二喜妈心里充满了说不出口的感激。他们现在，可以算得上是富足超余了，有这样一个小狗窝，两块旧门板，一床破棉被，一蛇皮口袋崭新锃亮待卖的小商品，还有一口可以源源不断炸出油糕来的油锅。是的，对他们来说，足够多了。他们还需要什么呢？他们会越来越好的。正像他们心里谋算、向往的那样，越来越好。算了，好吧。其实，最让二喜妈心动的是，通财没有抛弃她。虽然偶尔也和她闹脾气，出走上那么三五天，但是从来都没有彻底遗弃她。而是又回到她这个破落狗窝里来了。通财对她，也真够铁了心的！和她过着节俭又原始的日子，不明不白，冷眼受气，到最后，也可能只不过是落个炮灰，免不了又是一场寒心，却从来都没有最后走开。他们这两个苦命的人！二喜妈感到满足，搂住通财冻得发抖的身体，低声说："我们睡吧！快来，咱们好好睡！天不早了。

明日再琢磨做买卖的事。那也不是一天两天就能谋算好的，明日再说明日的事，今黑夜好好睡上一回。快来，你快来呀！快来！"

伴随着这两句话，两个人又在门板上倒腾、活动起来。那一块遮羞的布帘子，可真是莫名其妙，承受了不少蹬挑。布帘子上的破洞，不小心被通财的足指头勾住，越发扯开了。

哎呀！哎呀！这一家子！

不过，二层床板上的二喜和他三哥，破例没有动气。

次日清晨，通财和二喜妈，也到二喜卖油糕的小学校旁边，开起了小杂货摊子。下课的学生们围上来，鸟群一样叽叽喳喳，鸣叫个不停，一会儿围住这个，一会儿围住那个，这个吵着要看这个，那个吵着要看那个。有的买一件两毛钱的东西，有的只是问一问，看一看，拿在手里摆弄一会儿，最后又都放下了。这是常有的事情！通财和二喜妈，也不嫌泼烦，小孩子们的生意呀，就是熬磨一个耐心！

在这个世界上，有卖东西的，就会有买东西的，不拘多少，不是那样吗？

他们两个人，也够能受罪的了。不管刮风下雨，不管霜雪严寒，冷风如何刮疼她的脸，二喜妈和通财，还有二喜他们，都要出门去做生意，把整个身子暴露在冷风里，结冰时也一样，足上生了冻疮，也照常做生意。沿途河川、沟壑吹过来的冷风，刺刀一样，几乎要把二喜妈的眼睛刺瞎。不过，那又算得了什么？不是并没有刺瞎吗？只要还有一天没有冻瞎、没有刺瞎，她就可以好端端地多睁着一天！睁着眼睛有多么美好啊！什么样美好的前途和预示，都能清清楚楚地看见！每天都可以在他们昨天移动过的地点路段上，再重新移动一遍！

二喜妈这个乐天派呦！

他们一家人，又开始了忙碌。一天到晚，从春到夏。从他们的租住屋到小摊儿，再从小摊儿到他们的租住屋，来回移动，没有变化。那就是他们一年四季的生活。并且伴随着时光的推移，超出他们的预期，小生意一点一点扩大。现在，他们已经拥有了第一笔上千块钱的存款。

上千块钱的存款！

那是一笔小数目吗？他们拼凑在一起的一家几个，都哭了。有谁见过这么大的一笔款项呢？这要是放在桃花村，那可算得上是想都不敢想的事情！他们现在有一个小杂货摊子，还有一个卖油糕的摊子，还在县城的边边上，租住着一间小狗窝，两块睡觉用的旧门板，这难道还不够吗？

二喜妈和通财，还有二喜和他三哥，晚上睡不着的时候，就分别坐在两张旧门板上，点数零钱，一毛、两毛，一块、两块，数钱数得腰疼。过手几遍的零钱上，沾满黑乎乎的油腻，但是谁也不觉得厌烦，反而心里乐开了花，觉得一家人爬上了墙头，一个个接连不断，做起人上人的美梦来，同时一点儿也不觉得自己的想法可笑。他们在院子的另一头，又租了一间小屋。

又租了一间小屋，要干吗呢？这可是二喜妈的秘密。她对谁都没有说明。你看看她的表情，几乎有点儿神气起来了，脸上抹了雪花膏，又擦了一层白粉，浮在上头，皮肤皱得吃不进去，一扭脸都能掉下白渣渣儿来。屁股一扭一扭，拿起一把大扫帚，里里外外地打扫。扫上几下，停下手来，望着满脸疑惑的通财，并不急于说出她的想法。二喜妈这是怎么啦？"

通财看了半天，忍不住问：

"你这是在预备新房？"

二喜妈，这个突然变得神秘莫测的娘们儿，接过话来，对准通财，宽展地抛了一个媚眼儿，表情大气地说："对呀。你看出来啦？"

"哦，你是怎么啦？"通财睁大了眼睛。

"我想，你能……看得出来吧？"

"看得出来，看是能看得出来，可是，我不明白，你这是在干什么？……"

"有啥不明白的，我想改造一下咱们一家……"

"咱们一家……是吗？"通财回答。"咱们一家吗？"

"对呀，咱们一家。"二喜妈一边扫灰，一边回答说，"你走远些，扫了你一身灰。"

"我心里想的，不会是真的吧？"

"你说的啥呀？你和我想的一样吗？"二喜妈仰起脸，好像他们当真想的一样。

"是呀。"通财故作沉思，咬住下嘴唇，说道，"依我看，应该是个好主意。"

"对吧？这个主意，没拿差吧？"二喜妈显出一种胜利者的姿势，王母娘娘一般，嘴角露出高傲的笑容，"要是多租一间空房的话，依你的眼光来看，那要拿来干什么呀？"

"你说要拿来干什么呀？你真的拿了主意啦？"

"拿了主意啦！"

"拿了啥主意？我真不知道你在说什么。"通财故意把脸转向一旁。

"唉，你就别装了。"

"我装什么了？"

"那你说说看？"

通财往二喜妈跟前走了一步，半梦半醒似的说："多租一间空房的话，噢，是呀，是呀，那就和旁人家一样，能和孩子们，分开门板住了。你是那样想的吗？这么阔绰，你觉得咱们一家，能租得起吗？"

当然可以。

二喜妈提了一桶朱红油漆，自己动手，把门窗、门槛，都均匀地油漆了一遍，通财在旁边托着油漆桶伺候。油漆刷子没蘸匀，画了通财一脸。通财也顾不上洗脸。接着，门窗晾干以后，又抹了一遍。站远一望，刚才还是旧塌塌、灰蒙蒙的小房子，现在看起来，亮多啦！

二喜妈站在门口，兴致勃勃，朝里面张望，仿佛是向她的未来张望。摆出一副屋子主人的姿势和派头，院子里的几朵小花，开得正野，二喜妈叫不上名字来，却把它移栽进一个豁了口儿的旧碗里，伸出两只红萝卜一样，在水里泡得通红的大手，把那几株嫩苗苗，扶正，立端，浇上清水，浮上新土，稳固确定，擦净花尖尖上的灰尘，摆在窗户台上。退远两步，眯缝起两只眼儿，仔细端详。这在以前，根本就没有在花花草草上落过一个眼神的女人！这就是二喜妈，谁知道呢？谁知道在她心里，盘算些什么呢？也许在她那泼皮的性格里，也有几分妖娆，也说不定呢。也许到了夜晚，看到月亮的变化，看到星星的变化，看到银河系的变化，还会对着蓝色黑夜，唱起求偶的歌来，谁能猜得到呢？那也说不定哩。

接着，二喜妈搬出她和通财的铺盖卷儿，晾晒在院子里，顺长搭上铁丝架子，正反两个面儿，都被火一样悬在头顶的太阳晒了个通透。里头的黑棉花，都膨胀爆炸起来，变得鼓鼓囊囊，饱满暖和。看来，她是决心要把几年来的潮气、湿气都赶跑了，一点儿都不剩了！

二喜妈指挥着通财，搬出她和通财的两块旧门板，搬进新租的房间里，不再和孩子们的床板连着。他们两个，光明大亮地睡在一起了。睡在一张门板上，再不用为了瞒着孩子们响动，大气都不敢出一口！偷吃鬼一样，你争我夺地挤对了。人呀，活着也是两块门板，死了也是两块门板。这样，碗架板上的粗瓷碗也不会孤惶了，旧门板也不会孤惶了，针线筐也不会孤惶了。以前在一个狗窝里挤着，鸡一嘴，鹅一嘴，都没有一口好气。孩子们和通财，确是没有一张好脸，弄得二喜妈也不知道该向着谁。两边都讨不着半个好脸儿，甩给她的，尽是伤脸。她那样不拘好赖地活着，到底惹下谁了？难道是说，她有拣选的能力吗？泼皮赖鬼，就是那么一回事情。二喜妈真受够啦！这下好了，谁也不干扰谁，通财每天起早贪黑做买卖，二喜也每天起早贪黑做买卖，生意还不错，这样计算下去，很快，他们家就要成为桃花村的第一个万元户啦！

桃花村的第一个万元户？

是的，桃花村的第一个万元户。

难道，这还算不上是一个奇迹吗？

直到两年以后，蓝花妈去世，二喜回到桃花村的时候，已经称得上是衣锦还乡了。

东明让他的学生给蓝花捎了一个纸条儿，黑夜在蓝花家的后山上等她。一见到蓝花，东明就忘记了一切，怨恨了一切，又原谅了一切。一个劲儿地说："蓝花，蓝花，你咋了呀？你咋不来寻我呀，咱们不是说好一道儿走的吗？"

蓝花伏在东明的怀里恸哭，嘴唇儿颤抖，喃喃地说："我是想跟你一道儿走的，死了都想跟你一道儿走呀。可是东明，和你一道儿走，除开对我自己有好处，家里的大人们都说，于你的前途不好呀！"

东明一下子泪流满面，哽咽着说："蓝花，我的前途就是你呀！"

"我本来也是这么想的呀。"

"蓝花，可怜的蓝花，你啥时候想开了，就来寻我。我这一辈子，都等着你，都牵恋着你。"

是啊，是啊。他对她的好，就像是一条大河奔流。

一条大河奔流。

蓝花的弟弟，填了大队支书羊虎递给他的一张表，出去当了工人。

东明爹一天一天，逼迫着东明和翠平完婚。

东明死扛着，硬是没有答应。

这在桃花村，无疑是一个爆炸性消息。

回来为蓝花妈吊丧的二喜，知道了这个消息。

啊！对二喜来说，这将会是一个什么样的消息啊。

对蓝花和东明来说，这将会是一个什么样的……什么样的命运转折啊！

二喜火速给他妈捎书带信，让他妈赶快回来，有头等大事紧要商量。

二喜妈头一回拽着通财，逛了大河县里的一整条大街。路过一家新开的烫发馆，突发奇想，烫了个爆炸头。烫的时候，二喜妈一直催，烫发小工一失手，火药水上得多了，左半边脑袋上，有三缕头发被烫得焦黑，只好被理发师剪掉了。乍一眼看起来，好像缺了一大块。浑身上下，穿戴整齐。一条大喇叭裤子，坠到地上，裤脚后跟被踩得稀烂，急急忙忙赶回桃花村时，沾上了桃花川的泥水。走过三寡妇家的门口，二喜妈用力甩了甩脑袋上的烫发头，接着，又甩了几下。甩出几滴泥水来，溅到三寡妇家快要垮塌了的泥墙上。那几滴泥水，一沾上土墙，立刻就消失不见了。

也不知道钻到三寡妇炕上的二喜爹，听见了没有。

二喜提了四品礼盒，是桃花川乃至整个大河县，最上等有名的礼盒，来蓝花家提亲。蓝花一句话也没有说，也没有走出屋门，只靠在蓝花妈留下的土炕上，默默地掉下眼泪。

二喜妈坐在蓝花家的门墙外面，一遍一遍忍耐不住、捶打着自己的胸腔，想使自己清醒，但是没有作用。她内心惶恐，嘴里不住地喃喃自语："俺家二喜，是不是吃了熊心豹子胆儿了？胆子真够狂大的！敢跨进蓝花家的门槛求亲！蓝花啊蓝花，水葱儿一般的蓝花，那可是俺们桃花川一亿年、一亿两千年都再也遇不上的夺顶好闺女啊！她真有可能要变成俺二喜子的女人？俺的那个乖乖！俺的那个祖宗庇佑，俺的那个金川、银川、米粮川，俺的那个桃花川呦！俺的那个桃花川呦！桃花川！"

蓝花家的大街门，掉了门闩，缺了门柱，快架不起门槛，立不起门框了。

"要是蓝花答应了，就算挣出鼻血来，也要给俺二喜子，盖个高门大院子！"二喜妈心里暗下决心。

蓝花没有把二喜撵出大门。

蓝花觉得自己命苦吗？不，没有。她觉得，她曾得到世上那最真挚无瑕的爱戴。即便一亿年以后，一亿两千年以后，那爱戴也不会消失。不会消失，正好相反，而是永久地将她追随。或许，正是那样的。

她也不能说，是她宁愿牺牲自己。不，不是那样。

她遇见自己不可回避的命运，就是那样遇见的。

牛替不了羊呀。

可能他的出身，已然标记出他所属的阶层。他站在你面前，你也会马上意识到他来自远处。他的身上似乎有着不同寻常的远处的气息。他的周围环境，还有，比如刮在他身上的微风，比如天上滴下来的雨水，比如山顶上闪烁的光辉，都会让你感到，另外某种世界的秩序、你永远都无法了解、无法预测的某种生活安排，以及生命样式的存在。

凭自己的力量，开创人世。她能做到吗？或许可以吧？谁能知道呢？过往的那一切，都是她在人世站立成最好姿势，因为有爱她的人倾注，有爱她的人勉励，也有爱她的人固守，她便站立得那么庄严有致。

二喜没有敢在蓝花家久坐。他知道这个时候，自己只有悄然静退，等待命运的恩惠和宣判。他只是欠了欠屁股，还没有把炕沿边儿坐热，就赤红着脸，起身告辞了。

只是在那惊天动地的一刻钟里，对他来说，真是难以用言语形容。他出了一身慌汗，接着，又出了一身慌汗。全身烧燎，没处搁放。然后听到另外一间土窑里，没有一丝儿动静，蓝花在另外一间土窑里，没有过来见他的面儿。他一听到那个窑里有一丝响动，他都会魂飞魄散。身上的慌汗顿时变成冷汗。他走出土窑，告别蓝花爹，在院里站了一秒钟，再一次低声和蓝花爹告别，望了一眼那个窑洞，完全手足无措，踉踉跄跄地走出来了，好像再也不知道今夕何夕。

二喜走出蓝花家的大街门，看到他妈正站在大街门外头受苦。一会儿两只手绞在一起，一会儿爬上墙头，向院子里面张望。一眼看到二喜空着手出来，呆立了一秒钟，静等了一秒钟，大街门里面静悄悄的，四品礼盒并没有被随后扔出来，哎呀！哎呀！这个时刻的 一秒钟，是多么可怕、漫长和折磨人！二喜妈感觉自己，完全被她的二喜子给打败了！张口结舌，不知有多吃惊，不知有多惶恐，睁大了眼睛："你……二喜子……你没有被蓝花撵出门来？你……你……"

"没有。是我自己的两条腿走出来的。没有人撵我，完全没有人撵我……"二喜说。他们母子两个，各怀心事，互相看了一眼，然后低下头，过上一会儿，再互相瞅瞅，好似两个人，都身处云端。

二喜和二喜妈，慢慢地走回自己家的土院子。二喜妈拍打掉自己身上的灰土和杂草，语气坚定地说："二喜子，准备盖新窑吧！咱家现在是万元户了！妈最近也不去县里做小买卖了，你也别去，油糕摊子的生意，先撂给你三哥和你通财叔，咱们两个，在桃花村住下来，就在咱这旧院子旁边，盖一座新窑。你明日就去找个阴阳先生，看个好日子，咱娘儿两个，立马就破土动工。"

二喜要是真能娶蓝花做媳妇儿，把她这把老骨头典当了都成，二喜妈心里热乎乎地想。浑身上下，越发有干劲儿了。

谁说二喜妈是个三季人？短一季尺寸？谁说二喜妈是没有决断的泼皮老娘们儿？看起来怪会见缝儿插针的哩！

二喜呆呆地望着他妈，神不守舍地说："哦，我看也是这样的。"

二喜说干就干，从院子里寻了一把斧头，一根麻绳，搭在肩上，从牲口棚里牵出他的骡子大美，上了桃花山了。

他的骡子大美，仿佛有一些老迈了，站在牲口圈里垂头吃草。二喜一回来就到圈里找它，拍拍它的脑袋，嘴里不停地叫着它的名字："大美呀，大美，我的大美呀！"

大美却没有及时认出二喜来，它看起来有点儿迟钝了。

他要干什么？

好像他自己也不知道要上山干什么。不过，其实他早有计划。他家在狼母堰的地头上，有一棵大榆树，几年前生产队里分地时，连地一起分给了二喜家，也是二喜她妈抓阄抓来的。那时榆树还小，现在应该长成材料了。二喜心里想，可以肯定，能做成两扇大街门了。除此以外，榆树上的树枝砍下来，也足够蓝花一个冬天烧火用的柴草了。这个主意，光是心里想一想，就很激动。二喜丝毫也不怀疑自己身上的力气，所以牵着他的大美向狼母堰走去。榆树真的长成了，挺拔俊美，立在狼母堰上。

在他动手砍伐榆树时，大美就在旁边的草坡上啃草，偶尔也抬头望一眼忙忙碌碌的二喜，脸上没什么大反应，好像认为这是它的主人注定要做的事情，没有什么大不了的。不过它似乎也知道，它的主人仿佛希望它待在不远处陪伴着他，因为它看见它的主人，不论正在做什么，砍伐树木或者是去向蓝花家求亲，心里都没有什么底气似的。

"大美，"二喜停下手里的板斧，对大美说，"你就没有别的爱好吗？你就只知道低头吃草吗？"

"这样挺好的啊。"大美甩了甩缰绳，喷出一嘴热气，开始和二喜对话，"只是我不知道，你砍伐榆树要做什么？这棵榆树，明明还可以长成更有用处的材料。"

大美长得还是那么俊美，胸侧微微鼓起两块肌肉，亮闪闪的，掩藏着暗红色的斑纹，摇头摆尾，两只眼睛，迷茫地看着这个仿佛是全新的二喜。

"大美呀，你难道没有看见，蓝花家的大街门快要垮掉了吗？我想给蓝花家做一个新大街门。"

"哦，那你忙你的，我要专心吃草了，我可是为着吃草来的。不干活的时候，我可没有那么清闲，没有那么多时间空耗在这儿。"

"嗯，这个我知道。你就是为了给你的主人干活，才托生到这个世界上来的，和我一个样儿。"

"就像你不了解我似的！你怎么能有这种想法呢？你哪里和我一样啦？不过你对这个榆树怎么看？将来做成蓝花家的大街门，你准备漆成什么颜色？"

"大美，你的问题还真多！这个榆树怎么样？它长得可真漂亮！将来漆成什么颜色，这是蓝花的事，我可不管，不过，要是让我做主，我打算漆成天蓝色，和天一样的颜色。"

"哪有天蓝色的大街门？"

"就是我个人的幻想。"二喜回答。

这便是他们俩的对话。

蓝花家没有任何消息，二喜煎熬得快要哭出来了。不过，也没有见蓝花把礼盒退回来，这总不免让二喜心生暗喜。

蓝花爹把二喜送来的礼盒，原封不动，放在蓝花黑夜睡觉的土炕上。这盘土炕，蓝花妈活着时住过，弟弟也住过。弟弟进城里当了工人。现在，就是蓝花一个人的世界了。

二喜雇了几辆解放牌大卡车，拉回了石条、砖头、水泥、沙子，准备盖新窑了。这在桃花村可是头一件大事。就连羊虎和铁石家，也都还在旧窑里对付住着，年时夏季暴雨袭击时，村里几十户人家的旧土窑，几乎垮塌，不过也没有更好的住处，都只能对付着住。那也没什么可担心的，现在，肚子终于吃饱了，还有什么别的奢望呢？

但是，二喜家每拉回一汽车砖瓦，都使桃花村里的每一个人，感到极其震惊，每次都会有人说："咋又拉回来一卡车砖头！二喜家是不是要盖一个财主家的大院子呀！简直让人到死都意想不到！"

在桃花村，二喜家算是第一个脱贫致富的人家。这使得桃花村的人，知道除了吃饱肚子以外，还可以挣大笔的钱，盖新房，也许还能娶到新媳妇，过上更好的光景。现在桃花村的人，才总算真切地感觉到，一个万元户，那有多么的厉害！一座牢固结实、稳派四座的新房，在一个多月短短的时间之内，就可以拔地而起！

接下来，二喜要做什么？其实他在买这些材料的时候，就已经计划好了。他打算在狼母堰上开出更多的荒地，然后铲平，再多砍些柴火，再把它们晒上一整个夏天。大美农闲的时候，再把它们一捆一捆运回来，就够自己一家和蓝花一家，一个冬天做饭取暖用了。这一切在二喜看来，足够完美了。

二喜叫了一个木匠，解开湿木板，晾干，做成两扇八尺对开的大街门，还没有上油漆，颜色等安到蓝花家的大街门上再说吧。等到明年春天，或者是今年秋天，二喜准备把蓝花家的土院墙，也要加高，加牢固。

二喜给蓝花家安大街门的时候，蓝花给二喜端出一碗清水来，看着二喜伸出两只黑乎乎的手，接过水碗，低下头，一口气喝下去。蓝花说："二喜，以后把手洗干净，干活时戴上一双线手套，就磨不破手了。手上的伤口沾了泥土，容易化脓，好得慢。也会疼得更厉害。"

二喜说："哦，哦。我记住了。"一转身，脑袋磕在门框上，差一点磕倒。蓝花一手扶住他："二喜，你慌啥呀，俺家是荒外野地？鬼撵着你哩？"

"呵呵，没有没有，你说的是哪里的话。"二喜突然抬起头，傻笑起来。

"二喜，你送来的四品礼盒，我看见了。俺爹都把它们放在我的炕上，让我自己拿主意，他不参言。二喜，你那是来俺家求亲的？"蓝花看着二喜问道。

"俺家的新院子盖好了，蓝花，你哪天去看上一眼？"二喜没有正面回答，只是低声诉说着他们家的新院子，"新院子好大，俺妈和俺哥都有份儿，都够住哩，除了他们住的，还有多余的……大美的牲口棚子，我也重盖了新的，够它一辈子住了……大美就是俺家的骡子，你不知道它的名字吧，是我给它起下的……大美……就是特别美的意思……"二喜断断续续地解释。

"你家的骡子叫大美？你可真会起名字。我咋不知道你家盖新房子呀！那是挺好的事情呀！你妈一定乐坏了，又要跑到全村去显摆了……"

"是呀，是呀，正在全村卖派哩，脸都昂到天上去了……她认为她过得最美哩，谁都比不上她美……嗨嗨……我妈那个乐观派呀……"说到妈，二喜脸上僵硬的肌肉和表情才逐渐放松下来。

"是呀。你妈那个乐天派……最近我都窝在家里，多久没有出去走一走了？……好像都有一阵子了。二喜，祝贺你家盖下新房。"

"嗯。"说到这里，二喜又低下了头。

"二喜，我没有退回去你家的礼盒，你和你们家要是愿意，我会好好考虑。过些天给你答复。今日安的这门，我替俺爹先谢谢你。等俺爹回来作了价，他和你算账。你不要多心，咱们先一码事归一码事，你说咋样？以后定了成与不成，再说其他事情，你说咋样？"

"嗯，嗯。我知道的，我知道了。"二喜语无伦次，激动得几乎掉下眼泪来。

就这样过了一阵子。

东明爹为东明定下的婚期，越来越近了。东明又给蓝花捎了纸条儿，决心带蓝花走。在这以前，他给蓝花不止一回捎了纸条儿，蓝花都没有出来。东明夜黑偷偷翻进蓝花家的低矮院墙，去找蓝花，用手敲蓝花的窑门，低声恳求，蓝花都没有开门。土窑里面静悄悄的，仿佛蓝花从这世上消失了一样。东明贴着土窑门，在院子里站了大半夜，接着，又站了大半夜，露水湿了他的两条裤腿，一句话也说不出来。临明的时候，只好又从院墙上面，悄悄地翻出去了。

蓝花从自己家的小土院子里走出来，哪里也没有去，径直去了小学校。东明正在给孩子们上课，看见蓝花进来，一阵欣喜，又一阵心酸，他有多久没有看见他的蓝花了？

"蓝花，你……"蓝花和以往一样，笑了一下，挨着最后一个学生，坐在最后一排，听东明上课。

那是东明一生中讲得最幸福的一节课。蓝花在离他几尺远的小教室，安静用心地听着。使东明一边讲课，一边暗下决心，不管自己将来的一生，做什么营生，都要尽心尽力，好好做。不让爱他疼他的蓝花丢脸、失望。

打了下课铃，孩子们跑出教室。东明和蓝花坐在孩子们刚刚坐过的小板凳上面，蓝花拉住东明的手，声调儿低沉地说："东明，你不要死扛了，也不要再和家里闹了。你看看你爹和你妈，最近都没有一个笑脸。家里大人们也都老了，吃不住这样闹腾。和翠平完婚吧。"

东明捉住蓝花的手，紧紧握在自己的大手掌心里，坚定地说："不，我不同意。你跟我走，我还是那句老话，你跟我一道儿走。咱们永久脱离开桃花村。"

"脱离开桃花村，咱们两个到哪里去安身？吃苦受罪我是不怕，你多能轻饶了你？我能让你堵绝了家门？二喜来俺家求亲来了。提了四品礼盒。俺多让我自己拿主意，我考虑了几天，没有给二喜家退回去。"

东明的心往下一沉，一时间感到天塌地陷。就好似一根钢钎，刺进心里。他有一种不祥的预感，他恐怕要彻底失去他心爱的蓝花了。

蓝花继续说："二喜本质上也不尽是个坏人，只不过是以前，没有人把他当个好人看待。东明，要说是我不爱你，桃花川的哪一块石头、土块，都不相信。哪一根杂草野花，也不相信。我尽是爱你的，尽是爱你，才指望你脱离开我，过上好光景。"

"你说我脱离开你，我能不能好过。依我看，我怕是不能的。蓝花，你不知道我？"

"我知道你，那也得好好过呀。东明，我还能有什么好办法？下一辈子，咱们俩，一定托生在一致的家境里。这一世，有你以前对我的好，我活在哪里都不觉得孤冤。以后不拘进了谁家的门，我都好好过。不让你难受。不辜负活这一世人，不让你白疼了我。"

"不成，不成……说成什么，那也不成……我不同意……有谁杀了我，我也不能同意……"东明哽哽咽咽，一句整端话也说不出来。

上课铃打响了，孩子们陆陆续续跑回来，蓝花挣脱东明的手，含着眼泪，走出教室了。

东明一个人伏在学生们的小桌子上，泪流满面。恸哭和哽咽，都咽进肚子里头。

蓝花和二喜定亲了。

二喜感到天旋地转，感觉自己简直发了一笔洋财，并且是他一生中最大的一笔洋财。他感觉从这一刻起，他第一次战胜了东明。并且，永久战胜了东明。他觉得，他是从泥土里头找福气的人，现在，他找到了。

二喜把他家的骡子大美，打扮一新，花团锦簇，头上戴了三簇野花，嘴上的笼头打开，尽它吃草吃料，把它喂饱。自从二喜从县里回来以后，大美都受到特别优待，草料充足，又变得像年轻时的大美一样，精神抖擞了。

二喜和二喜他妈，一左一右，牵着大美，大美身上，驮着送给蓝花家的彩礼：三匹上等好绸缎，五斗好粮，两千块钱彩礼，七身好衣裳，红弹力呢大衣，两对金掺扣黑皮鞋，头饰穿戴，金银手镯，新梳子新头绳，新脸盆新挎包，包了三个大红包袱，两口新麻袋，拴上红头绳，都驮在大美身上。大美似乎也特别争气，精神抖擞地走在二喜和二喜妈身后。

东明他妈秋兰，正走出大街门泼洗碗水，看见二喜妈和二喜，牵着驮满定亲物品的骡子，昂头走过，心里好像被针扎了一下。手上一走神，一股子洗碗水，斜马叉泼倒在土坡上，溅了二喜他妈一裤腿，二喜妈说："老嫂子，你出门泼你的洗碗水，咋也不多看一眼呀？溅了俺一身汤汤水水，俺今日可是要当大客人，头一回登俺亲家的门儿哩……你看看我这身手……"

秋兰眼看二喜家定亲的队伍走向蓝花家，心里吃醋。吃二喜和二喜妈的醋，二喜和二喜妈，有什么能耐水平，平白无故，得了蓝花那样的媳妇儿！这种心情，还真是头一遭。免不了灰心丧气，心绞痛一样难过。那个好孩蓝花呀，性格样貌样样全面，本该是俺东明的新媳妇，这两个人才是小麦配皇粮，般般配配的一对儿！铁石现在执意包办东明的婚事，和支书羊虎家结了亲家，表面上看起来无可挑剔，一准是好事。是好事吗？谁能确定呢？硬是用一张工人指标，从东明那里，逼走蓝花那孩子，以后不会后悔吗？秋兰却觉得，自己现在，端着半盆洗碗水，就后悔了，后悔得要命。后悔自己糊里糊涂，依了铁石，没有搭救俺东明的一生。以后会有什么样的命运，落在俺东明的身上呢？到底会是咋样的命运呢？

"二喜妈你……"看见邻家有喜，秋兰本想说上一两句好听话道贺，张开嘴，却一句祝贺的话都说不出口。憋在那里，走也不是，退也不是。

二喜妈看见秋兰脸上表情复杂，知道她眼热蓝花哩。一时间得意忘形，开始得寸进尺，又说道："你们权势人家，最爱攀附权势富贵，谁还能有啥说的哩？俺二喜可真是好命运，好端端的，从天上掉下来一个大馅饼……眼看就要趁热打铁，吃进嘴里了！俺在桃花村里盖了新房，马上就要娶上新媳妇啦……我说秋兰老嫂子，你不觉得俺们一家人，就像是俺家的骡子大美一样，过得越来越美了吗？……"

"你说谁是攀附权势、爱权势的？我说二喜他妈！你不要在这里得了便宜还卖乖……"秋兰忍不住开了口，顶撞了二喜妈一句。

二喜妈嘴不饶人："老嫂子，我看你是心里看不下去，在嫉妒俺，俺所得的这一切，都让你怀恨在心！天啊，连你那么高高在上的王母娘娘，都嫉妒开俺啦！俺们一家，一天比一天过得好，很快就要娶回蓝花那样顺眼、耐看的好媳妇，那是俺的错？我说老嫂子，我看你就认命吧，这世上的好处，是你们一家人都能占尽的？……不过比起来，俺家的权势是没有你们家的大啦，不过，你要是真让俺说上一句老实话，单从咱们两家娶的这媳妇们身上做比较，依我看呀，俺估摸着，一定是俺们二喜最后赢啦！我一准敢下这结论！你相信不相信？要不你等上个几十年以后，咱再回过头来数算数算，看看今日咱们说的这些话，是不是有一定特殊的意义哩？你说是不是，俺那秋兰老嫂子？"

秋兰也不知道咋了，听到从二喜妈嘴里吐出这些不中听的话来，身上中了箭一样，突然爆发出来，脸上开始扭曲，声调儿也一下子提高了好几个八度："我说二喜他妈！我看你是寻了个好媳妇，翘足不知道高低啦！难道你都不知道天高地厚了呀？"

"我咋啦？我说什么啦？哎呀呀！真是的，刮风都能刮出个是非来！我到底是说什么啦？俺可头一回看见老嫂子你面红耳赤、说话动了肝火，上了脾气呀……"二喜妈吃了一惊，牵着骡子停下来。

"我就是看不惯二喜妈你！蓝花比你好得多了！咋寻了你这样的婆家！"

二喜妈也不服软："你有啥不服气的？你家有权有势，你男人当了村长，还想和支书结亲家，还见不得俺们穷人家也娶上个好媳妇儿？见不得俺穷人家的碗里起皮，有一口稀罕好吃的？心里短见、毒辣的你呀！……"

"二喜妈你说什么？我什么时候心里短见、毒辣啦？我看不用我的洗碗盆子打烂你的嘴，你是什么难听致命的话，都能从你那张嘴里轻轻巧巧地说出来……"

秋兰也不知道咋了，嘴上说着，就把手里的洗碗盆子甩过来，"咣当"一声，砸到二喜妈的头上。洗碗盆是个铝盆子，分量不重，但是上面有一个豁口儿，勾挂住二喜妈头上的一绺烫发头，二喜妈气得直抓，结果越抓越乱，急忙揪不下来。汤水、菜叶顺着二喜妈的脸上淌下来。

二喜妈也发了狂，撂开大美的缰绳，扑上去和秋兰扭打在一起，互相揪住对方的头发，都不知道彼此手上，哪里来的那么大怨气，都出手够重的。转瞬之间，两个人的嘴角都渗出了血珠，但是都不肯求饶，也不肯松手。

二喜急忙跑上土坡，拉开两个失了分寸的女人，帮她妈把洗碗盆子从头发上面取下来，对他妈说：

"妈，你快些撒开手，我替你揪下这个洗碗盆子来……你能不能少说上两句气话呀！东明他妈心里明显有怨气哩，你是不是吃饱了撑的没事干，尽给咱家瞎惹事……早知道你又这样惹事，就不该带你出来……"

秋兰被二喜拉开，退到草坡上去，觉得还是没解气，嘴里冷言说道："二喜妈我看你得意的！你娶了个好媳妇倒是不假，不一定你能压得住那阵势哩……依我看呀，进了你家的门，真正的算是葬送了蓝花那个好孩子啦！我还不了解那个孩子？我还做过她几天奶妈，吃过我奶头里的奶水哩！你连她的一根头发都配不上！你这泼皮老娘们儿家……你有什么资格当蓝花的婆婆？你还好意思到处卖派……你那是个什么好家庭呀……七掺八凑的缺尺寸人家……"

二喜妈一听这话，哎呀呀！秋兰这是铁了心，明摆着又在揭她那一辈子见不得人的短处哩！气得头皮发麻，也不甘示弱，立刻还嘴："秋兰你有什么资格说三道四的？俺二喜又不是抢了你家东明的媳妇，你不是要和权贵人家攀亲家呀？你快去攀呀，我不眼气！掀起我的眼睫毛，挖开我这两只眼珠，我也不眼气你那权势人家的媳妇……你可别小看俺这小门小户的人家，不用俺和你强辩，俺也能分辨出个好赖长短，你那媳妇，还想和俺蓝花比呀？她哪只眼睛能比得上俺蓝花呀？将来蓝花进了俺家的门，你预备着睁开你的两只眼，将来咱们两家是个啥情况，让你好好地看着哩……"

"你……你……你……"秋兰气得说不上话来，仿佛二喜妈戳到了她的疼处，"二喜妈、二喜妈……你这个扫败鬼，你小心你的那张嘴……不然有你好看……"

"我小心我的这张嘴？哎呀我的老嫂子！"

二喜妈把头上的乱发一把撸到后面去，整理了一下被洗碗盆子揪乱的卷发，抹掉脸上的脏水和菜叶根根儿，哈哈大笑了两声，突然大度地说："我说俺那秋兰老嫂子，今日可是俺家二喜子的好天气，俺也不和你争论啦……俺们走啦！大美，咱们快走呀……别让俺那亲家和蓝花苦等啦……"二喜和二喜妈牵着骡子，浩浩荡荡地走过去了。

奇怪，秋兰从一小生下来，活到今日，在桃花村经见到这么个岁数，什么场面阵仗没见过？什么好日子赖日子没见过？都没有一回失了分寸体面，可算是从不招惹是非的人，就算是自然灾害闹饥荒时，一家人差点饿死，也没和村里的大小人等红过一回脸，今天这是怎么了？

做了这一切，秋兰感到茫然又失落，看着自己洗碗盆上挂着几根二喜妈的卷发，心里一阵难过，又觉得窝火，不解地问自己："我这是怎么啦？竟然干起这种事情来，和就要办喜事的二喜妈这个老娘们儿，生气打架！坏了体统不说，我这是在生谁家的闲气呀？"

可是，她就是觉得气不过。

不过，现在，她觉得她心里的怨气多少找了个出口，看见二喜妈因为蓝花得意成那个样子，简直让人气不过！二喜妈盖了新房她不眼气，那算什么呀，有什么了不起的哩？不过是一座新院子。不过，看见二喜妈要得到蓝花那个新媳妇，她心里可真有说不出来的苦闷和憋气。动不动就在内心深处，检视起自己和铁石的包办行为来，对东明的将来，到底是不是对的？家庭条件，自小定的娃娃亲，人情世故，伙计义气，到底是不是都得遵循？都得逼迫那孩子，一切听从父母媒婆的说辞？不遵循又要怎么办？咋见支书羊虎大哥一家的面儿？

秋兰知道，蓝花那孩子身上，不是一般的气程。到了谁家，都是个好媳妇。那是必然的，注定的。就是到了黑暗的井底，蓝花也能显示出她的朴实气质来。这在蓝花刚生出来那两天，饿得一口叼住她的空奶头的时候，秋兰就知道了。唉！秋兰长叹了一口气，回家取了洗衣板，手拿棒槌朝天打，双脚踩在石梁梁上，下河沟里洗衣服去了。

人也只能选择一种命运。

东明和翠平完婚了，命运的大门，关上了。

东明成天把自己关在小学校里，夜晚也不回家。秋兰来叫东明回家吃饭，东明说："妈，我在复习考县里的师范学校呢。"秋兰看见，东明自己一个人除开拼命苦读，就是给孩子们上课。在学校的小灶火上，烧柴给自己煮挂面吃。脸上看不出高兴，也看不出不高兴。秋兰叹了一口气，说："我的好孩呀，考试你也要回家吃饭呀，你看看你，都瘦成个什么样子了？"

"没有事，没有事。我一个人吃得挺好的。"

秋兰觉得，那孩子心里的那扇门，是关上了。

第十章

东明考取了县里的师范学校，要去县里念书了。

走以前，破例从小学校走出来。在他和翠平完婚以后，这一段时间内，他把自己关在小学校里，除了回去取些米面吃喝，很少回家。现在，他终于拿到县里师范学校的录取通知书，上了桃花山，坐在山坡上，茂密的荒草隐蔽着他的面容，也隐蔽着他的心。他那瘦削的身形样貌，仿佛只剩下原来的一半。以前高高大大、热烈欢快的一个人，现在变得沉默寡言、一脸忧愁、毫无笑容。这座山上，这座桃花山上，他曾怀着希望奔跑着爬上来过，后来希望粉碎了，现在又怀着这样绝望的心情，坐在山上。

他在山上一直坐到太阳快要落山。初秋的桃花川，啊，正是最美的季节。路旁的树篱、筋蔓，繁盛地缠绕，为大自然描画上一笔最浓烈丰厚的色彩，红叶、黄根儿、深绿色的筋蔓，预示着饱满和成熟，发出"沙沙"的声音。坐在土坡上一动都不动的东明，却无心于风景，他的心里梦想着别的事情。他的眼光，一直注视着远处无声静止的村庄，他生活过、欢乐过、又充满迷茫的那里，仿佛是一块孤石。山坡上去年残余的蓖麻树，没有人收割，仍旧挺立在秋风里，早熟的蓖麻籽儿，随风吹散到更远的另一处，再重新起头，落地生根。

啊！来年新生的那一株蓖麻，是多么幸运啊！

蓝花出现在眼前。

在桃花山坡上的一棵新桃树上，野山桃早已过了成熟季节，一颗都没有了。蓝花从背坡二喜家的地里摘豆角回来，胳膊上挎着摘满豆角的筐子，走过来，在一棵新桃树跟前驻足，向上瞅了两眼，桃树不高，她伸出双手，刚好够到最低矮的那一枝野桃枝，拉到眼前，撩起树枝上的树叶叶，仔细地翻找。她嘴里吐酸，想找一颗野山桃来吃。她的身形已经有些笨拙，但是，她的表情，还是那么纯真和质朴。她那天生的善良气质，一点儿也没有减退，反而在增加。她的身上穿着一件小红碎花的短袖，并不是东明给她买的那一件儿，但是和那一件儿一样，好看顺眼。她的腿上，穿着一件蓝裤子，和她的上衣，正好相配，肚子微微有些凸起。脚上穿着一双新布鞋，是蓝花自己亲手做的，脚面上系了一根红鞋带。头发松松地扎起来，搭在她的肩膀上。黄昏之前的夕阳，正好落在她脸上，好似一朵正在打开的花蕾，一半儿是花苞，一半儿是花朵。两片嘴唇，跟随着空气，轻轻地抖动。

蓝花失望地放开桃树枝，一颗野山桃也没有寻着。她想重新够一枝高一点的树枝，想再碰碰运气。但是，她踮起脚后跟，伸了两次手臂，都够不着。

东明起身走到蓝花身后，帮她把更高处的桃树枝拉过来，放到蓝花手里。蓝花吓了一跳，回头一看，是东明。

"东明！是你呀！我以为是山里蹿出来的野狼，要来吃了我，或者要把我背回狼窝里呢！哎呀，吓我一跳！想也想不到是你！你咋一个人在山上？你看看你……明明是好看顺眼的一个人，你咋胡子也不刮，倒像是在山上住过的人。你都快变成一个野人了！"蓝花放开桃枝，欣喜地说。

"哦。上地摘豆角了？来，我替你把筐子提上。"没等蓝花回答，装满豆角的筐子就到了东明手上。

"嗯。晌午给二喜地里送了饭，顺便去地里摘了些新豆角，刚摘完地里的豆角。狼母堰上的豆角，长得疯的。今年雨水好，节气也赶得对茬……东明，我听二喜说，你考上咱县里的师范学校了。真是好呀！祝贺你呀，东明。"

东明一听见蓝花叫自己的名字，心都一颤，仿佛要掉出来一样："嗯。就是那样的。明日就要念书走了。"

"好好念书。当个有用的人。你有那种能力。"

"嗯。"东明看见蓝花，就像看见儿时的自己，"你想吃野山桃？我给你寻。"东明放下手里的豆角筐子，把桃枝重又扯过来，翻找起野山桃来，泪水模糊了他的视线，怎么寻，也找不出一个野山桃。

"东明，快别找了，这个季节，都找不到了。我就是一时嘴馋的，又不是什么大事情。你看看你。"

"嗯。找到了。"东明手里，找到一个指头肚大小的野山桃，不过，皮紧的，都快干掉了。"给你，蓝花你看，我找到一个。"说着，他全身向着蓝花，伸出手掌。

蓝花接过来，放进嘴里："嗯呀，好吃呀。你也寻一个尝尝。"

东明笑了一下："我是岁数小的我？我不吃。"

蓝花也笑了："你看看你，你也露出个笑面儿来了。"

"哎呀蓝花你呀……"东明的脸又红了。他一见到她，一准能变得高兴起来。嗨！就是他彻底绝望都没有办法，他被她轻轻一说，一准能从心底里发出笑容。这就是她和旁人的不同。他连一分钟、一秒钟都没有觉得，蓝花有不好的时候。蓝花身上的长处，都是蓝花的，旁人身上的短处，蓝花都没有，蓝花就是那样的人。失去蓝花以后，他把他的精神意志和现实分开，各走东西。把挫折和委屈，失败和愚弄，是的，失败和愚弄，就是那样的，他的命运似乎老来愚弄他。老来愚弄他：父母需要什么，家庭需要什么，身世需要什么，最后，满足了其他人的愿望，遂了他们的心，都只能撇下他不管，彻底葬送他自己了。他把这些都掩藏在心里，心上的那扇门，一半儿开着，一半儿关闭。那就是现在身处此地的他了。

他替蓝花提着筐子，他们从山坡上往下走。他们所走的那条山道，空旷寂静，往前不远的树上，山雀立在枝头。那条通往桃花村的山谷，老远就能清清楚楚地看见，从山谷的这一边，连着山谷的那一边。他们把这条山谷走了一遍，不知不觉地回头，重看了一遍，至于他们为什么回头，他们也不知道。他们这两个人，把人世的感情，自始至终，都一直保留在最好的那一面儿。那条好像绸带一样的山道，他们以前也一起走过。不过，那都是从前了，和现在走过的心境完全不同。远处的桃花村，时远时近，变成一个小点，最后变得模糊不清。他们一句话也没有说，只是默默地走着。他把筐子换到另一只手上，腾出挨着蓝花这一边的一只手，把蓝花的手握住，掖到自己的裤子口袋里，领着她往前走，这是他们以前习惯的姿势。不论她经历了什么，或是没有经历什么，都一样。

就只是那样。

他们又从野桃树下往前走，东明往前走一步，就转过脸来看看蓝花。蓝花走得很慢，拖着他的手，他仍旧和往日一样，他的样貌和心灵，都跟一生下来，头一次遇见他一样，像是晨光。那是不变的事实。

"蓝花，你慢点，小心足底下，有荆棘绊足。"东明一边走一边说。

她对于这个话，除了微笑以外，没有旁的回答，于是他们又一起朝山底下走去。东明为了见上蓝花一面儿，不知道在小学校后面的土坡上，观察过多少回蓝花每天上地的时间了。蓝花总是在歇晌以后，太阳曝晒得不是那么毒辣的时候，去地里做些小营生，摘摘豆角，摘上几个南瓜，或是锄一会儿杂草。直到黄昏以前，再从山上下来。然后提着筐子，穿过桃花沟回家。他不知道盘算过多少回，她每天回家的那个路线图了。直到现在这一刻，他都忘了自己以前，心里所受的苦楚了。任何往事，都不必琢磨，痛苦烦恼，也不再预知。只觉得他们两个，又仿佛有那么短暂的一瞬，回到了从前，走在一起。他们这样走在一起，走了好几里荆棘丛生的山路，又往前走了一段，走上一片青草地，往四周一看，黄昏的初秋，山野中的风光，清澈恬静，庄严有致。走过山脊，走过树篱，走过一步，又走过一步，没有一个人来搅扰他们。黄昏的光影，就是他们头上的神明。树上的鸟儿，就是他们的随同。他们两个，现实里不在一处的苦闷时光，沉入了地底。现时的恩情和以往的美满，原是连成一气，不曾间断。一股劲风，在树林间吹动。走到最后，好似桃花沟都把他们一直引向山林深处。拐过一道弯，看见一条小河沟，东明把蓝花整个儿抱起来，抱在胸前，涉水而过。走过去以后，才又回到对岸，把蓝花的豆角筐子取过来。他们一路走，在山野里走着，在他们享过好似两个人从没分开过的福气以后，在享过那样大的福气以后，现在走在这个深沟里，只有天空高悬在他们的头上，真是庄严！真是高远！地上的杂草，因为白天被太阳晒了一天，又温又暖，缠住他们的脚踝。他们把林中的风声听了半天，再拐过最后一道弯儿，桃花村就要近在眼前了。那些有山墙的土窑洞，院子和牲口棚子，都近在眼前。黄昏再次把桃花沟的两面，微微隔开，透进最后一线光亮。他们的脸上，都仿佛涂上了一层光明。

东明重又替蓝花提着豆角筐子，他们从坡上一直走下来，走到山口，蓝花说："东明，给我筐子吧，我先走几步。马上就要进村里了。让人看见咱们俩一道儿走，不好，我怕人耻笑二喜。二喜没有和你一样的本领，不讨，也不是个赖人。"

"嗯，我知道，不用你说。给你。"东明放下筐子，忍不住抱住蓝花，声调儿颤抖，"蓝花，只让我抱抱你，只让我抱一抱。哦？"

"嗯，东明呀，你要好好长大。都快十九的人了，还这么不乖。"

"蓝花！"东明嘴唇发干，哑着嗓子，"蓝花！我想起你来了！想了又想。想了又再想。接着，还是再一遍开始，想了又想。想了又想。你知道不知道？"

东明抱紧蓝花，贴紧自己的胸膛，伏在蓝花的肩膀上，掉下了滚烫的热泪。长叹一口气，深切悲痛，用嘴唇亲了亲蓝花的嘴唇，接着，又亲了亲。亲得自己嘴唇子都疼了。泪水又滚落下来，嘴里喃喃地说："蓝花，我的蓝花，临走以前，我能见上你这一面儿，我就是以后死了，也知足了。你知道不知道？"

"傻瓜。你要开始你和翠平的生活。你要老是这样无心无肺地生活，我的心就碎了。东明呀，我过得好好的，你不要操心我。明年三月，我就要生出第一个小孩了。他们都说，我的肚子看起来尖的，像是怀了一个男娃。家里人和二喜都高兴的，要疯狂了。二喜给孩子取了一个好名字，叫岱岳。一下子听起来，是不是有点儿老气生拗的？二喜说他是从书上看到的，你也知道，二喜满共也不识几个字。说是老辈辈一个忠臣的名字，谁知道呢。我也没有细考究。听起来倒是挺少见的一个名字。是不是？我也同意了呢。"

"嗯，祝贺你，祝贺你，蓝花，心爱的蓝花。"

"嗯。没有我在你跟前，你也好好的。那可就称了我的心了。让我脱离开你，我也能甘心乐意地好好过。东明，不要让我顾怜你。你也不要顾怜我。永久都不要。咱们俩，都尽自己的本事，好好的。你知道不知道？"

"嗯。"

"我走了。东明。你好好念书。就是我不在你跟前，也和我在你跟前一样……好好地过呀。好啦，我把话说到这儿，我可不说第二遍啦！让我说一万遍，还是一遍也不用说，我都只有那一句老话，好好地过！好好儿地过！就是我的心思。当个好心人，你有那能力，我知道。"

东明替她把筐子从地上提起来，递给她。蓝花从东明手里接过筐子，一只手握住他的手，抿着嘴唇，安静地握了那么一会儿，最后放开，向着东明展颜一笑。接过筐子，向山野外头的桃花村走去。

人生原来也是这样，苦涩异样的，难以让人那么称了心愿。不是那样吗？

蓝花现在，住在二喜家的高门大院里，已经怀了身孕。

头胎一准是个大胖儿子！真不愧是桃花川夺顶的闺女，蓝花呀！二喜妈惊喜得足后跟都要朝前走了。天天给蓝花煮红糖卧双黄的荷包蛋，自己养的草鸡下的蛋。二喜妈养了一大群鸡，母鸡、小鸡，前几天，有一只年轻母鸡又落窝了，二喜妈就给落窝母鸡的屁股底下，塞了十只大个儿鸡蛋，指望它再抱一窝小鸡崽儿出来。她要开始预备蓝花头胎婴儿的满月酒宴哩！头胎婴儿出生满月之日，她要在桃花村大摆筵席，开筵作庆，俗称做满月酒。

民家得子得女，都要先到新媳妇娘家报喜。二喜若是得了儿子，就要抱上一只大红公鸡，大红公鸡也必定是二喜妈一手喂养大的，手提上一壶烧酒，大红公鸡披上一方红布，酒壶系上三根红头绳，生男，则公鸡头和酒壶嘴儿朝前，生女则朝后。蓝花爹若是看到二喜抱着的大红公鸡和酒壶朝前，就知道蓝花生了大胖小子，一准乐得眼泪花子都能飘出来，一准拿出好茶好酒盛情款待二喜。返回时必定报以喜钱。

新生婴儿弥月之日，蓝花娘家以及婆家亲友邻居，都将前来祝贺，先是抱上孩子传怀，传怀的过程中，打开孩子紧握的小拳头，送给预祝孩子长命百岁的零钱。再奉上礼品，礼品多为兜肚、围嘴、小斗篷、外衣、虎帽、虎鞋、银锁、银链、手镯，同时还有产妇衣服、布料、手蒸馒头、零碎食品，自古就有姑姑的鞋，姨姨的袜，婶婶的兜肚，姥娘怀里的裤圪叉。中午喜得贵子的主人家，便以九盏喜面十樽好酒酬谢贺客。

小儿周岁，主人定要设桌子于中堂，必置瓜果食品、玩具、书籍、秤尺、算盘、钢笔毛笔、彩缎花卉、女红针线、惊堂镇木，一切应用之物于其上，放周岁小儿于其间，观其先抓何物，以测孩子将来之爱好和未来事业方向。若是抓了惊堂镇木，便是高官厚禄，若是抓了水笔钢笔，便是文人雅士。将来是不是应验，无人细考，孩子抓取之时，博得一家人好奇大笑。

二喜妈光是想到这些将要接连不断降临到她家门上的好事，就像是上足了发条的神婆，成天走东家，串西家，真成了桃花村里少有的红人，不知道有多开怀。二喜妈想，蓝花这个媳妇，总算是弥补了她头两个媳妇身上的不足，大媳妇的斜眼，二媳妇的歪嘴。虽然也都是好媳妇，吃苦耐劳，没有多少说道，模样上总是有所缺陷。只有蓝花全全乎乎，现在看来，不仅是弥补，完全称得上是锦上添花了呢！不仅身手模样，还有性情品格，一个蓝花，真算得上是人尖子上的人了。

自古在桃花川上，村俗礼仪，外出行路，向生人问道让路，不称尊谓不开口，不带笑容不说话。自古便有"见人不施礼，多走二十里"的说法。遇人向自己问路，本地人则热心指点，详告去向，如遇顺路，更热心带路。结伴出门，先宾后主，先长后幼，忌抢路，忌无故推搡打闹。狭路相逢，少让老，大让小，男让女，轻让重，行人让车辆，大车让小车，货车让客车。路遇长者，骑车即下车招呼，步行则至前交言。求人相助，惯称"劳驾""拜托"。若有所询，自是"请"字当先，同乡熟人碰面，稍稍弯腰前倾，微笑问候，"您早！""您好呀！"若是本籍土生土长，平辈一般相遇，则以"你吃啦？""你上哪里去呀？"互相招呼，问长问短。

民间交际沿袭，迎送、交谈、礼让、酬答、宴请、帮工、志贺一般常礼，在家长辈未归或者未及入席，不开饭；出门搭车给老人、孕妇、小孩让座；有客光临，出门相迎，为客掀帘，请客先入；留客进餐，以客人饭饱酒足为快。客人告辞，主人挽留，送客门外，恳嘱"慢走"，旧时拱手作揖，如今握手话别，再邀来家，邻里相处，敬重如宾，逢年过节，互送饭菜，每逢办事，鼎力相助，素有"远亲不如近邻、近邻不如对门"之民谣，宴席酒会，尊客上座，陪客就餐，自始至终。上菜请客人先吃，吃完饭须等客人先放筷。中途有事退席，惯说"对不起""失陪了""请原谅"。客人在场，不打骂孩子，不看钟表，免有下逐客令之嫌，交谈时，目光轻轻注视对方，思想集中，情绪呼应，不随便打岔客人说话，尤其不让小孩多嘴。旧时男人们交谈，还禁止女人"参言"，现在自然不是如此。村中自古传统，尊敬长辈，爱护弱小，不恃强凌弱，不无故惹是生非。

这些常理，在村中长辈、家里大人那里，都曾有废弛，却在蓝花身上，自始至终，都得到了最好的延续和体现。你看见她，总是以适当的距离，轻轻巧巧地挨近你，却从不使你感到厌烦，和你说话，进退自如，从不越礼过界，自有分寸把握、节制余地。

蓝花就是那样，天生的一个好媳妇、好女人。

哎呀，二喜妈得到蓝花，真觉得是得了桃花川的一宝。她再也不会被人明坡、暗地里地看不起了。看不起她吗？她再也不需要到三寡妇的门前置气和出风头了，完全没有那个必要！三寡妇，就算是一千个一万个三寡妇，在现在，都赶不上二喜妈足后跟上的一根寒毛了！

二喜家以前在桃花村，是多么丧眼的一家人！

现在，二喜妈高傲的那一面儿，因为有了蓝花这个好媳妇，被完全引逗和显示出来了，表面上把自己武装得像个刀枪不入的钢铁人，彻底端起王母娘娘的架子来，她的内心，也紧跟着变得尊贵起来啦。

二喜拖着半根木料在山上走着，他正在搭建他的川道沟壑天然养鸡场。

每天天不亮，二喜就上了山，开垦，整地，打平，搭盖鸡舍。在冬季来临之前，一排溜鸡舍要搭盖好，还有一大堆石头树根儿要清理掉，石头要担到河沟里，垫了河沟，树根要彻底挖出来，运回家里，冬天当柴烧。除开这些，还要把刚开辟出来的地面整理平整，铲平地基，鸡舍建好以后，就不用这么忙活了。

在中午到来的时候，他也不回家吃饭，生怕浪费时间。蓝花就会出来给他送饭。他表面上看起来没有什么反应，其实内心早就盼望着这一刻到来。

看见蓝花提着筐子和饭盒走上来，二喜总是说："你不要上山来了，你的肚子很大了。"二喜的表情严肃、庄重，口气听起来像是一家之长。

"这样出来走走挺好的呀，咱村的赤脚医生说啦，头一胎多走动走动，好生养哩。"蓝花挺着一个大肚子回答，"这孩子，在肚里蹬挑的有劲儿的，不听话，就像二喜子你小时候一样，尽蹬挑我，不老实待上一阵子。"

"呵呵。"二喜也想起自己的年少，歉疚地咧了一下嘴角，对蓝花说，"说好了的，不翻旧账，不痛打落水狗，你又提我的过去。孩子一定要像你才好。"

"哦。一提你小时候，看把你吓的。你也知道你那时做得不对？"

"自然是知道的。有了你，我都改了，再不惹是生非、欺负弱小了。你呀，快坐下，小心把孩子掉出来。"

"哎呀，我和孩子都结实得像　头驴一样。大美没有跟着你出来？"

"没有。大美没有以前壮实了，帮我驮了几天石头，好像累倒了。让它歇上几天。"

"哦，大美可真是一头好牲口。名字也叫得响亮好听。大美，大美呀。"

在地里蓝花看着二喜吃完饭，收拾了碗筷饭盒，陪二喜说上几句话，蓝花再从山上慢慢回家。每当这个时候，都是二喜最享受的时候。也是他把他的幸福，展现给大自然的时候。

二喜把县里的油糕摊子，完全撒给了通财和三哥，他不愿意远离蓝花，二喜决心在桃花村建立一个养鸡场，凭自己实干苦干，也要干出来。二喜妈常常在县里和村上来回走动，一边顾家一边和通财照看县里的小生意，一趟儿围一条红纱巾，一趟儿裹一块绿头巾，倒成了桃花村最时髦烧燎的老娘们儿。

经过一个冬天的付出，春季到来以后，万物复苏，阳光普照。二喜在狼母堰山沟里的二十几间鸡舍，都盖好了，鸡舍大小不等，依照山沟里的地形特征，依山而建，有的三米见方，有的五米见方，都挨着二喜家狼母堰上的土地，管理起来方便。二喜割了几百担柴火，圈起了栅栏，上面绑上细铁丝网，眼看一个中等大小的山野养鸡场，就要建成了。

蓝花的预产期也快要到了。次日清晨，二喜把最后一个鸡舍打扫干净，出了门，进县里买鸡苗，二喜打算，蓝花生出孩子来以前，他想把鸡苗买回来。

他这一去，就是两天，县里小鸡场的鸡苗不够数，等了两夜，保温箱里的最后一窝小鸡孵出了窝，毛茸茸的一千只小鸡，真是可爱。二喜雇了一辆汽车，把鸡苗拉回来了。在桃花村的沟口下了汽车，二喜肩膀上扛着第一箱小鸡苗，进了自家院子里，他想把鸡苗先存放在家里，养上一两天，让鸡苗适应适应气候环境，天气暖和一点的时候，再把小鸡放进山里的鸡舍放养。可是，他突然听到他的房子里传来一声小孩子的哭声，停下脚步，静听了一下，二喜妈跑出来："哎呀，二喜子，你咋才回来，你二哥连夜进县里寻你，也没寻见你！你媳妇夜黑里生啦！是个大胖小子！都等着你去蓝花娘家报喜去呢！"

我的天啊！

二喜一阵狂喜，他走进屋里，首先看见蓝花头发凌乱，被一只小手舞闹着，低着头，身子前倾，敞着怀，正在奶孩子。奶水还没有下来，绒毛长长的小子吊在他妈的奶头上，吃不出奶来，正不爽地哭呢！

二喜进来，小孩子不哭了。蓝花把孩子转过来，让二喜挨近看看。

"在家里生下来的？"二喜问，眼睛湿乎乎的。

"对，我自己生下来的。赤脚医生来给接生的。生得挺快，没受什么罪呢。你咋现在才回来？你看看，鼻子眼睛，都像你的。性格也像，挺能闹的。脾气也不好惹。"

"嗯。"

"夜来黑夜才生下。一生下来哭了两声，就知道寻奶头吃奶哩！"

"嗯。"

二喜满含柔情，打量着孩子毛茸茸的小脸蛋，长得真可人，和蓝花一个样子。二喜激动异常，这个满身鸡粪的男人，就那么在地上站着，儿子的到来对他来说，真是一个新的奇迹。以前要是有人问他，他能娶到蓝花做老婆吗？哎呀，他一定回答：难死了！比登天都难！杀了他，他也会一口认定：那几乎是不可能的！可是现在，他和蓝花的第一个孩子，都出世啦！

"二喜，你快去换换衣裳，儿子都闻到一股子鸡粪味儿啦……"蓝花看着儿子和二喜，温和地说道。

"哦，我去县上买了一千只小鸡，很快就能投放到鸡舍里去啦！"二喜说。

"嗯。等孩子奶水下来，满月了，我和你一块上山干活。你不要着急。"蓝花说。

二喜在山上不辞劳苦地喂鸡，打扫，修理护栏，像是一个山神土地，不停地在河沟底下，或是山坡以上忙碌着。担水，出圈，撒土，现在，大美又出现在他的身边，帮他驮鸡粪，取新土，因此帮了他不少忙。二喜把鸡舍里的小鸡们驱赶出来，让它们到山坡上去寻虫子吃，那样才能长得又快又结实。虽然还没有到下蛋的时候，不过，长势不错。一千只鸡散养在土坡上，随着野草和劲风，漫山遍野地成长，看起来是一笔不小的产业呢。

蓝花现在更多的时间都待在院子里。在蓝花看来，坐月子真和坐禁闭一样。她时常和二喜妈轮换，把孩子抱出来晒太阳。不像以前一样，给二喜上山来送饭。二喜也常常等不到大晌午，就一路小跑溜回家，把儿子抱在肩膀上，或者是放在膝头，逗他玩耍。二喜和蓝花的儿子，是一个白白胖胖、长得欢实可靠的孩子，一点儿也没有二喜小时候，鬼鬼祟祟不招人待见的气质，正相反，不管是他正睡在土炕上，还是抱在二喜的怀里，都是那样端正体面，惹人疼爱。二喜的生活，真是一个好的开端！

家里一下子多出一个小孩子来，二喜每天上山养鸡，回家看孩子，其乐融融。大美没有以前的力气了，但是干起活儿来，一点也不偷懒使滑，山上的重活，搬运鸡粪，驮运石头土方，都是大美。二喜又造了一排鸡舍，石头土方就近没有了，要去狼母堰上方的山坡上取石取土。毫无疑问，二喜有他的远大计划，他用两年时间，修建、发展他的养鸡场，他在通往鸡舍的山口，只靠他的肩膀和大美的脊背，铺设了沙石小路，便于运输。凿通山路，甚至还盖了就近存放鸡蛋的树皮小板屋，里面搭上一层层架板，铺上一层层干爽轻薄的麦草，用来存放鸡蛋。山里气温低下，正好适合天然存放，而县里其他靠房舍圈养鸡的大户们，就没有二喜这么好的优越条件了。山沟里散养的土鸡，健壮结实，抵抗能力强，不容易生病。二喜第一批买回来的母鸡早就开始下蛋了，今年运气不错，鸡蛋价格好，销路也不愁。他甚至在他的树皮小板屋里存放了一批鸡蛋，等到过年上市，正赶上好时候。二喜觉得，做生意好赖，吃苦是头一方面，经营谋算也要提前计划。二喜手上闲的时候，又把他的鸡蛋仓库外墙刮平，填上缝隙，以免老鼠黑夜钻进来偷蛋。

一切都是好现象。太阳高照，山上一片葱绿，完全不用担心鸡群们的天然饲料，虫子、嫩草，够它们吃上三个季节还绰绰有余！就是在冬天，钻在地底下的蚯蚓、蚂蚁，也能让鸡群们搜出来不少。太阳出来的时候，竟比其他鸡场的鸡，能多下蛋。

二喜早上起来上山检查，几只正下蛋的年轻母鸡去向不明。铁丝网上被扒开一条缝儿，夜里丢失了几窝下蛋的母鸡，看来又是藏在附近的那几条黄鼠狼钻进来，偷吃了几只上等的母鸡。二喜心疼坏了，正是靠这些年轻力壮的母鸡们产蛋呢！顾不上吃早饭，把铁丝网补好。但是，二喜并没有在铁丝网以外撒上农药，或是设下陷阱铁夹，捕捉黄鼠狼。捕捉它做什么呢？黄鼠狼也不能硬碰硬惹，惹毛了，"吱吱溜溜"一声叫唤，能从四面八方一窝一窝成群结队地纠结来，和人成了世仇，面对面拼命，那可就不好办了。二喜每天在山野里寻食，懂得怎样和自然界不远不近地相处。树上的瓜果桃李，都要留几个给天上的飞鸟，预作食物。他和自然界，有时候看起来矛盾对立，最终却必须和谐相处。为了避免更大更惨烈的损失，彼此都不能过火地招惹对方。

现在，二喜在蓝花跟前，在全家人跟前，在桃花村人跟前，甚至在大河县人的跟前，在好像时时存在的东明跟前，都不感到自卑了。

时间多么具有改变一切的可能！就好像他可以真正地以一家之主的身份一样，告诉大美："看吧，大美，我和你的结局，完全不一样的。我看你以前在树林子里对我说的话，说的可都是实话，你是说对了的。你说对不对？"

他站在院子里，站得笔直，表情庄严丰富，他的生活，像是有了定盘星。完全不像几年以前那样，风吹草动，都会让他感到心惊肉跳。他再次把缝纫机搬进他和蓝花的新窑里，双手放下，让它抵住墙根。他是这一切的主人，这盘土炕，这座新院，这其中包括最重要、最珍贵的蓝花，他的儿子岱岳以及大美、养鸡场、新磨道、新牲口棚子，还有新买回来的粮食种子，这里吃的喝的，穿的戴的，用的看的，都是他的私有财产，除了他，谁都没有所有权。这一切，虽然也没什么可炫耀的，没什么可炫耀的？二喜喉咙里哼了一声，清了清嗓子，接着，庄严地咳嗽了两声，但是这一切，的确都让他感到无比豪迈，他的家里，现在看来，什么都有了，什么都不缺。

哎呀，今天这一切，要让二喜说实话，那可真不是一件容易的事情！

两年前，二喜和蓝花新婚之夜的时候，蓝花说："二喜，我心里还没有撂开东明。可能一时半会儿，都不能撂得开，我心里不宽展。你要是心里情愿，再给我一点儿时间，让我过渡过渡。你要是不情愿，就由着你。我说的是实话，都尽由你看着办。我来到你家这盘土炕上，就尽由着你。随便你看着处理。"

"嗯。"二喜说，"谁说我不情愿，我情愿，我一百年都等着你，我心里乐意！"

他们两个，各自躲进自己的被窝里，身上的衣裳也不脱，仿佛是二喜子感到更害怕，把自己的被窝儿卷紧，大气都不敢出一声，狼崽儿似的，窝在炕角儿里头不出来。

蓝花躺在陌生的土炕上，默默地望着窑顶。一直望着，望到天明，也望不穿。两只眼睛无声地睁开再合上，合上再睁开，一句话也说不出来。

不过，并没有等上一百年。在一盘土炕上睡得久了，声音响动，气息搅扰，自然而然，互相依就，也便成了好事。那似乎也是必然要发生的。更何况在蓝花身上，二喜早就把自己的魂魄儿，撂在上面了。

蓝花翻过身来，二喜身上跑马一样，气喘吁吁。

"二喜，你咋啦？"蓝花问。

"我不知道。可能是我病了。"

"哎呀，我看你是真的病了。你是不是冷得在打摆子呢？说你白天不要上山了，你偏去，鸡窝也不是一天两天就能建好的。你看看你，一定是中了山里的寒气了。来，你挪过来，到我这边炕上暖和暖和，炕头梢梢上热气多。你那头太冷，你挪过来暖和暖和。哦？"

"不，不用，我在这边暖和一会儿就好了。我不过去，我怕挨着你。"

"挨着我咋啦，我还能吃了你？你快过来暖和暖和，你这个样子，中了山里的寒气，不等到天明，就冻成僵疙瘩了。还说什么硬话儿？"

"不，我不过去。"

"你还置气的你，是一心让我过来寻你呀！冻成那样，还装好汉。你可尽会出洋相。"蓝花挪过来，挨近二喜，给他一点儿温暖，内心感到一阵悲切和难过，眼泪掉下来，也不知道是为了谁，掉下了眼泪。

二喜身上筛糠一样，哆哆嗦嗦，筛得更厉害了。挨住蓝花，暖和了一会儿，接着，又暖和了一会儿。最后，身不由己，抱住蓝花，两条腿劈开，稀里糊涂，浑身滚烫，趴到蓝花身上，不知道要怎么办。

最后，蓝花也渐渐地劈开了腿。

到了第二天早上，天还不明，二喜身上的病症就都好了，生龙活虎一样。一骨碌爬起来，不敢看蓝花，心里暗藏着感激和眩晕，惊喜和激奋，身上背了斧头、绳索、铁锹、镢头，牵上大美，又上山修他的鸡窝去了。

再后来，蓝花怀上了他们的儿子岱岳。蓝花对自己的命运，并没有往坏里疑虑起来，也没有对二喜挖苦呵斥，从没有说过半句漏绝人心的话。从头到尾，都没说过一句孤话。也没有对二喜小时候的奸计坑害，一齐报仇。那些都没有。

那些个过去，东明都给她补过伤了。那些也都是以往了。她的人生，仿佛是老天爷给她安排，重新开了篇儿。她就依照那章节儿，往过翻了。

这一切，虽不能说，是她的真心选择，却是她所能接受的。

日子一天一天度过。

二喜走在狼母堰，有这一片土地，有这一条桃花沟，以二喜的心来说，确是够幸运的啦！看啊，那漫山遍野的绿芽和嫩柳，都似乎是他心里的福气。刚刚滚进土里的那细微的种子，正时时蠢蠢欲动，冲出泥土，挤出缝隙，生根发芽，慢慢生长。世上的每一处村庄、田间，每一户微小的农家，都是如此。不论是白天还是夜晚，冬季还是春季，他们长着结实的手臂，有力的双腿，钢钎一样，立在地上，以耕耘土地，等待收获。那些小小的岁月，一时一时地滚过，等待着细雨，等待着甘霖，甚至等待着风霜暴雪，使草茎和庄稼，都一齐鼓汁上劲儿，而成为一株庄稼，成为一株劲草。像是昭示着他的未来。

夜晚来临，二喜便把大美送进牲口棚子，给它添上新草料，在它身上抚摸了几下，觉得亲近。从头到尾，时光或远或近，大美给他带来的喜悦和陪伴——算算这些，可真是一笔不小的恩情。

"唉，大美，"二喜心里替他的伙伴儿叹息，又接着说，"你看看我，现在多幸福，你要是知道这幸福有多美，那就好啦！"然后拍拍手上的草料灰尘，舀上一盆热水，在院子里洗刷干净身手，洗脱一身的泥土鸡粪，回到窑里，脱个精光，钻进蓝花的热被窝。

谁说大美的主人是个窝囊废呀！

因为蓝花给脸，二喜脱胎换骨一样，活得像个人了。二喜妈以为蓝花过门，一准是一把死拿，变成二喜家的掌柜的。却谁料处处尊重、抬高二喜，把二喜顶在头上。不准外人、家里人咒骂二喜，处处替二喜操心，并给二喜定了规程：不拘二喜往后做什么，不拘一家人是穷还是富贵，都不准二喜借高利贷，不准放高利贷，不准坑蒙拐骗，不准吃喝嫖赌，不准欺压乡邻弱小，不准惹是生非，凡事让人三分，合乎礼仪规程，做生意不准借钱，有多大的身，穿多大的袍，实实在在，不准虚晃一枪，不准欺瞒旁人，也不准作践自己。

算得上是平常如意的一家人。

东明在县里师范毕业了。

他的成绩总是班里第一名。来念师范的人，大都是上了岁数、结了婚的成年人，只有东明年龄最小。师范毕业的时候，也只有二十一岁。两年多来，过礼拜天的时候，东明总是一个人蹲在空教室里学习。其他同学，有的来自农村，有的来自城里，一到礼拜天，都回家了。只有东明一个人，在空荡荡的教室里熬过。

星期天学校食堂不开灶，东明就只有空着肚子。实在饿得扛不住，就上街买一个三毛钱的烧饼，勉强垫垫饥。然后一个人在县里大街上走上几个来回，直到两边的灯火在身后消失，然后再走回学校。

学校就像是他的家一样，是他这两年来存身的地方。

两年时间，就这样悄悄溜走。时光的潮汐所引起的变化，是仅有的变化，他有了一个可以离开桃花村，让他暂时存身喘息的地方。他有时沿着县里唯一的一条大街，漫无目标地散步，自己指给自己看，两旁的景物，他自己的过去，还有照出万物影子的太阳，在他这里，都能引起联想，不过大都是黯然失色的联想。最后一个暑假，等待分配工作的时间，他也不想回桃花村。那里有他永远也解决不了的难题，感觉他并没有将来。正如他没有指望设想将来一样，也没有任何指望，设想现在。他害怕回到那里，他觉得他背弃了桃花村。既不能完全忘了它，也不能时时记起它。一方面少年时期的烂漫像一支坚决的航标和箭头，指给他向家的方向，他看清那指引时，那里却仿佛再也不是他的安慰之地。以前他曾拼命朝那个方向前进时，他曾被那指向迷住，那段时光代表了他，他也代表了那段时光。最后才发现他走错了方向。他曾是那时光里最快活的，也是最悲惨的。他总被认为强大，拥有一切可能，因此他总是被牺牲。被家里，被蓝花，被时间。他总是想像以往一样写个纸条儿，告诉蓝花他的心境，但是终于未写。过往的时光像是一个墨点，随着时间的飞逝一点点扩大，当那个方向曾像旋风一样征服了他时，那一段时光，总是从他隐隐约约的过往中出现，指正他的时间，绕了远路，走到他的时间后面，用横过他心上的一道山岭作记号，那道迷狐岭。指引他，唤醒他，沉醉他，又使他迷途。他再也回不到那里。那里的一切，也仿佛和他无关。他只能说，他希望他自己能相信，这一切就是他的真实生活。在岁月运行的发展中，他的命运可以成为世上的警戒，却不是他的警戒。受损害的是谁呢？得好处的是谁呢？他曾爱那段时光，不管他现在承认不承认，他现在仍然爱。挖出他的心来检验一番，他都情愿，这才是他苦恼的根源。那段时光本身，就是给他的回报。现在他怀着一颗伤痛的心回顾那些小事，依旧觉得宝贵。

但是他身上没有一分钱花，连每天的吃饭都成了问题，最后借住在师范学校的宿舍里，还算勉强，但是每天的吃饭真成了问题。虽然他几乎每天也都无心茶饭，但是总归得吃上一两顿度日。他念书的师范学校，费用都是国家支付的，他现在还没有工资，更不想问家里要钱。他也羞于借贷。班上的同学，也没有咋样富裕的。不过是比他的境况好一点罢了。他托付城里的同学，替他联系了一个学生的补习，补习英语，他的英语成绩也不好，上了师范才开设了英语课，不过因为他年轻，学得还是比班上其他年龄大的同学都要好些。在这个小县城里，已经算是了不起了。课时费也不多，但是能解决吃饭问题就可以了。

假期快要结束的时候，铁石一次次叫东明回家里看看，但是捎书带信也没有用，暴跳如雷也没有用，东明一直没有回家。铁石气不过，一大早走到乡里，坐上通往县里的长途汽车，快晌午时赶到东明的师范学校。敲开东明的宿舍门，东明坐在光床板上学习，一边看书，一边拿着一个干烧饼硬啃，一口一个白茬儿。连一口热水也没有。铁石一下子气炸了，要打东明，东明从光床板上起身，躲开了。学校把被褥收回去，拆洗替换了准备接待新学年的师范生。东明这两个月，一直在一张光床板上熬过。铁石举在空中的手臂，僵硬悲切，这孩子在城里过的这是什么日子？吃不上一顿饱饭，睡着光床板，比农村人还可怜。铁石揪着东明去汽车站，坐上了回家的长途汽车。

回了家。夜晚，东明死活不回自己和翠平完婚的土窑里睡觉，囫囵身躺在秋兰和铁石的炕上不起来。秋兰拿起笤帚疙瘩，打了东明两下："好孩呀！你都多大的人了！这样报复你妈，你爹你妈心里也不顺畅！"

铁石让东明起来，东明不起来。铁石拿出半斤老白干，让秋兰炒了一个鸡蛋饼，两面儿黄脆，浇上酱油醋，是东明小时候最爱吃的。叫东明起身喝上两口酒。东明不喝，从来没有喝过。熬不过铁石，只好起身。父子两个，坐在窑里地上的粗板凳上，喝起酒来，却都没有多余话。彼此看对方一眼，一时不知道说什么好，目光又都躲开。东明给铁石倒上一杯酒，自己也端起酒杯，铁石说："你这狠心的小子，多久没回家了？太不像话！你不知道你是有家有口的人？"

东明自始至终，一句话也不说，酒也不多喝。只是低头默默地想着心事，铁石见了，眼眶湿了："就算都是你爹的罪过，给你做主配了翠平这门亲事，那也没有犯了王法呀！你这孩子，不好好过光景，是铁了心要和你爹对抗到底呀？"

东明说："让我替自己说一句公道话，我这一生，不都在按照家里的计划往前走吗？不是跟了爹你的心，报答了羊虎大爷家的恩情，娶了翠平做我的老婆吗？家里到底还有什么不满的？谁对抗谁了呀？"

"不是你吗？你为啥一年一年地不回家？"

"回家来有什么事呀？"

"你你你……"父子两个话不投机，秋兰把东明拖起来，拖回他自己的窑里，关上门，回到铁石窑里，看见东明喝下去的空酒杯，对铁石说："东明这个实心疙瘩，有心眼儿的，好像心里苦得还没有转过弯儿来。"铁石一句话也没说，默默地抽着旱烟袋。秋兰一时禁不住眼软，落下泪来。

夜晚，东明躺在土炕一角。土炕还是他们完婚时的土炕。月亮悬浮在窗外，一句话也不说。东明背对一切，侧身躺着，沉沉地睡去。黎明之前，第一个醒来，起身要下炕，回头看到炕头另一侧的翠平。翠平脸向里躺着，背过身装睡，不哭也不闹。背对着他，也许一夜没动，也许也曾经回头望过东明，他都不知道。他停下来，再抬起腿下炕。再停下来。时间慢慢地过去。黎明到来的一夜之前，东明伸出一只手，把她的身体扳过来。觉得他们之间的距离，既不能铲除，也不能消灭。伏在翠平身上，掉下泪来。这是他完婚以来第一次伏在这个身体之上。觉得身子底下，压着一座大山。窗户以外的苍穹，一面放弃，退出索道，跌入深渊，一面把自己的头埋在炕沿边上，埋在自己的胸前，再一次淌下泪来。仿佛要去永远也到达不了的地方。对他的现实发言的，正是现实本身。像是他自己的影子，他只是要遇见它们。这种遇见，不过是发现那些对他发言的一切。身上就是这么个身上，心里就是这么个心里。假如夜晚，是黎明前夕的一刻，那它仍是夜晚，而非黎明。夜晚就是夜晚，在夜晚底下。

　　不论他走向哪一个方向，哪一个村庄，他都会看见，一株草，一个人，一个未知，一匹牲口，负重和忍耐，他把身上唯一强壮的那一部分，像是祭品，都贡献给远方。然后，像是山川里狂风刮来的调子，无调律，无记谱，同音反复。它凋敝吗？或许是的。那一株草和一匹牲口身上，都承载着某种最初的哀叹和痛惜。放任和默许，警戒和禁忌，都一样。给我一万担米。在这盘土炕上，生出的不是爱，不是欲望，也不是其他，而是对彼此的怜悯和血泪。

　　炕上出现一片火红。

　　他们的每一个夜晚，都是带血的夜晚。都是自然秩序。

　　第二天一大早，东明六点钟起床，和正在厨房做饭的母亲告别，不等母亲张嘴挽留，就迈出家门，又离开了桃花村。

　　熬到分配工作，让东明意外的是，东明被分配到人人眼热的县教育局，当了局长秘书。东明数一数二的学习成绩，那自是不用说的。毕业典礼的时候，东明办的黑板报，板书漂亮工整，表面上看起来，中规中矩，仔细看的人，却能发现暗含的激情。各种心情和人生历练，用五种颜色的粉笔，在一块块黑板报上，表达出来。东明作学生汇报发言，言辞清楚，怀抱一种朴实诚恳的态度，回忆他在学校的成长过程，像在讲一个长故事，感激和致敬，都是从他真实的心里发出的。这些品质，都给来学校参加毕业典礼的教育局局长留下深刻的印象。他点名让东明分配到县教育局。

　　到了教育局上班，有了单身宿舍，有了自己单位的食堂，东明总算不用为假期的吃饭问题发愁了。这可去了他一大块心病。他每天一大早六点钟起床，第一个去办公室，把自己的办公室，局长的办公室，副局长的办公室，同事们的办公室，都打扫得干干净净。等到大家上班时间来到办公室，东明已经从锅炉房里打回热开水，放进各个办公室。上班时间，不写材料的时候，就把秘书室的资料归置整齐，分类的分类，入档的入档，详细内容，一遍一遍看过，领会，有用的资料心里一目了然，过去的旧资料，往年数据，现在情况，都装在他的心里。星期天同事们都在家里休息，他不爱一个人待在单身宿舍里闲过，就去各个学校调研，学校规模，师资力量，学生概况，过往成绩汇总，都有了解，给局里写材料的时候，根本用不着临时发急，找米下锅。虽然他不能断言，这些工作可以代替他心头的伤痛，也不能断言，让他彻底消除了心中的隐忧，但使他浑身上下年轻充沛的精力，有正确的地方发挥。所以每一个夜晚的最后一件事，每天早晨醒来的第一件事，都是他的工作。他总是满怀感激地做着每一件琐碎工作，以领会命运对他的偶尔关怀。他诚心诚意地把这项工作做上几天，把那项工作做上几天，他相信，他的工作总能有一丁点儿用处，不拘是对谁，对谁都无所谓。虽然他是单位中年岁最小的一个，却是引起最多注意的一个。这一切又都回过头来鼓励他继续努力，反正他多做的工作，都是他愿意做的。他替别人做过的工作，比如打扫，比如整理，比如汇总，比如一切，他都怀着诚意，以感激对方接受的心情付出，也不计较得失。他去学校调研，跟随局长下乡，出去走上几天，宿舍门也不锁，偶尔回来发现，什么东西不见了，也不去找寻，并一心认为，那一定是一件有用的东西，谁喜欢待见，就尽情拿去使用，那才是那一件东西的意义。在他这里，多一样少一样都没有什么差别，他从不必为这些分心。这些点点滴滴，使他在工作方面，总是获得意外收获。

实际上，那些工作使他看到了他的将来。不拘他做什么工作，可能就是他未来一生的姿势，他都要认真去做，就是他随时所下的决心。他生命的另一面，一直是空的，刚好用工作来填满。如果碰巧天气适合散步，他也在晚饭后走上县城灰暗窄小的街道，像他仍是一个师范生时一样的散步。不过，再不用担心他第二天的伙食饭钱了，这对他来说，是一个多么深刻的变化，这其中意味，恐怕只有他自己能够体会。

但在他忘我地做着那一切工作时，在黎明前的黑暗中，在就要翻过去的一夜之前，偶尔也会有一阵狂风，吹过他的心头，使他感到莫名的颤抖。余下的日子，每天所经过的挣扎和奋斗，夏天和冬天的季节变换，小县城里严寒的早晨，熬夜整理资料的寒冷，灯光暗淡、炉火不暖的单身宿舍，下雨不能出门的星期天，夜晚除了单位的光棍汉，无人光顾的旧食堂，自己搓洗的旧衣服，书桌上打翻了的墨水瓶，都是他黯然孤独的见证。

就这样，两年以后一个天气晴朗的早上，东明接到调令，他被调到县委办任办公室副主任。

他被提拔了。大河县委书记在一年一度的教育系统大调研中，看到东明写的一份调研报告，感觉到那里面有一种隐藏在纸背后、看不见却能听得到的少有的分量，心里一动，经过详尽的考察，又经过半年的观察，决心提拔这个年轻人。

但是东明并不知道世界背面悄然发生着的这一切。他只是一如既往，懵懵懂懂地投入所有的时间和心力，工作着，以便往前推动着他的时光。

关于遥远提拔的念头，来得这么突然和切近，以往对于这一切，也零零星星做过一些美梦，但都没有当真。似乎好长时间都是东明心里的一个原点。某一天突然向他走来，越来越真切。于是他开始莫名其妙地害怕，害怕拖不到他真的去县委办公室上任，领导就会改变主意。当他接到通知，下午就去县委报到，他又担心中途会有什么变故，改变他的人生方向，就像以前他的婚姻一样。报到的时刻终于从下一点钟，挪到这一点钟，从下一秒钟而挪到这一秒钟，墙上的挂钟迅速地改变着位置，就在那个不可重复的下午，他坐到大河县委办公室副主任的位置上。当他在这一秒钟张开眼睛时，窗外的大树已经不是教育局院子里的老槐树，耳朵里的声音，也不是上午十点钟和下午三点钟准时响起的广播体操声，而是县委扩音喇叭里号召全县人民打坝造地、计划生育是一项国策、抓好计划生育落实、全县人民团结起来、全心全意实现四个现代化的声音。

每天早上，东明按照习惯，在县委的新单身宿舍里醒来。照样第一个起床。天寒地冻，先去县委书记的办公室，打扫干净，桌子板凳，文件资料，整理妥当，再把炭炉子生起来，办公室弄暖和，暖水壶里灌上开水。再去自己的办公室打扫，整理文件，会议资料，把资料柜收拾得一丝不乱。所有文件，归类分档，列出计划，工业、农业、卫生、教育、公共事业、国家机关、地方财政，分门别类，贴上标签，便于查找；国民产值、地方税收、固定资产投入、经济统计数据，样样归纳，放在案头，以备随时调用。他照他所见的样式接受事物，从不心生疑虑，这就是他生活的一部分，一大部分。除了他吃饭走路、晨夜睡眠前夕，为数不多的几个小时的内心活动，这些其实就是他的整个生活，就是他现在的生活，也是他过去时光的避难所，补偿了他在其他方面的缺损。在工作里寻求慰藉，使他对工作怀有更大的敬意。对上级的一切命令，都加以顺从，用超乎旁人想象的热情和激情，以及他的全部智慧，一丝不苟地完成，对一切没有命令的工作，也做得异常周密系统，对除此以外其他的一切，都加以排斥和隔绝。他就这样度过了他最难熬的时光。

一天早上，朝阳和平常照进窗根里的光芒，没有什么两样，但是，在中午快要吃晌午饭的时候，东明拿起县委书记的饭盒，预备去食堂给领导打饭。这时，有一个小孩，穿着农村小孩习惯穿的手工棉布小褂子、开裆裤，踉踉跄跄跑进东明的办公室，这是谁家的小孩？东明把孩子抱起来，一点都不认识，问周围的同事："这是谁家的小孩呀？这么可爱！"孩子看起来的确异常可爱。

翠平走进来说，这是她和东明的女儿。

除了调阅过他个人资料的原单位领导和县委书记以及主管人事组织程序的领导，都不知道他在老家桃花村，有了老婆孩子，他也从来没有对人提起过。

"翠平？"东明一时愣住了。

"你这个陈世美，一个人钻在这么大的办公室里，拿着那么大的两个饭盒吃饭，俺们娘儿两个，在桃花村里咋熬过的，你就一点儿也不打算过问一下么？"翠平捂起脸来，一边哭闹一边数落。

听到哭闹声，楼层里所有的同事都跑出来看热闹。

"你不在家里好好待着，跑来这里干什么？"东明问翠平。

"你说我来这里干什么？我来寻俺男人，我不来你这里，俺们娘儿两个，能见上你的面儿吗？孩子从生出来到现在，见过你的面儿吗？"

"过年我不是就回家了吗？"

"这里距离桃花村，是隔了十万里还是八千里？你是当了多大的一个官儿了，一年才能回一回家？我倒是要问问你那现成领导，他是咋教育你的？"

"别胡闹了，快回家去！"

"你是不是想甩了我们你自己好过？"

"我什么时候说过要甩了你们？"

"嘴上说出来才算是甩了吗？"

"除了嘴上没有说过，行动上也没有呀！"

东明站在那里，蒙受不白之冤，是谁让她来闹的，他也没有责问。反正就是来闹了。可能是她对他的期望不能得到满意，她也隐藏起自己的心意来，随意跑来，胡闹上一番。不过这也是一个办法，不然东明到现在还不认识自己蹒跚学步的女儿。对于他们经历过的忧患，她只有一种不清楚的观念，曲意和怨恨都不能代表她的心，也不能说她对这段感情能有什么图谋。根据过往的经验，她知道，可能这样闹上一场，也没有什么作用。只是肚子里这么多年来闷在心里的怨毒，总得找个地方发泄一下。不然，她要怎么活下去呢？

他也不能说，她来一闹，就能使他吓住，使他屈服。在他的过往里，有好的，有坏的，他也不能说他自己做得都对，这都是秩序的一个部分。他和翠平都要承担。

他也没有那么大胆，敢呵斥翠平一句。假如他们一开始开诚布公地谈谈，或许可以把他们的命运改好一点。但是他只对翠平说："你先回家，回家再说。"

翠平回答说："我要特别劝告你，你要是想从你的头脑中清除我和咱们俩的女儿，我劝你放弃那种下等人的念头，那不合乎你现在的身份。现在可是新社会哩！你要是甩了我，俺爹也不打算轻饶了你。你认为你现在翅膀硬了，不指望俺爹对你的帮助啦？你认为把我和女儿养在家里，你就有活动的余地了？"

"我什么时候指望你爹帮我啦？尽说胡话。你先带上孩子回家去。"

翠平不走。翠平来到县里，一口水也没有喝上。孩子的奶水不足了，需要调奶粉吃。东明的一个同事，只好把她带到东明的单身宿舍。翠平就在那里带着孩子住了几天，东明借口单身宿舍床铺太小，一个人住在办公室里面。星期天的时候，他把翠平和孩子送到汽车站，坐上回桃花村的汽车。上了汽车以后，孩子和翠平都哭了。翠平擦着眼泪，对东明说："我带着孩子来闹腾，你不高兴了？"

东明说："没有。下了车给俺爹捎个话，让他套个驴车去车站接你和孩子。"

"不用啦，俺爹正在乡里开会，说好在道上等着我呢。"

"那就好。你回吧。"

东明心里也不好受。

他们的女儿，几乎就是一个宣言。

县委书记找东明谈了一次话，东明也向书记汇报了自己的家庭情况。一千句一万句，他也就是那么一个情况。

县委书记说："就是一个包办婚姻，有什么大不了的事情？你抬头看看这栋楼上，上了一点岁数的，哪一个不是包办婚姻过来的？就是你们这些年轻的里头，两家根据条件相看的对象，是少的？都活得好好的！你哪只眼睛看见他们过得不好了？年轻人骚情啥哩，包办婚姻就不活了？处理好你的家庭问题，不要再闹到单位里来，咱这里可是机关！哭哭啼啼的，成什么地方了？"

勒令东明写了三回检查。直到东明深刻检讨了自己身上的小资产阶级情绪，发誓处理好家里的私人问题，不影响工作和大局，才算勉强通过。

自从翠平来县里大闹过以后，东明成了县里忘恩负义的代名词，成了陈世美了。不过不同的是，他并没有一个什么皇上的女儿来为他撑腰。

他就站在那里，他以为看见了自己。老天爷，我又要变回到那个境况里吗？他是这样一个人，离开桃花村也只有几步，手里还拿着过去，没有完全抛开。世上有数不尽的证据，这也不必提了。他用什么力量来抵抗这种雷霆万钧之力呢？现在，他开始感觉到，他身上的枷锁越来越沉，从开始父母加在他身上的木头刑具，接着，到翠平手里，加在他身上的钢铁刑具，到现在，变成世人和领导加在他身上的钢铁和铜水熔铸炙炼在一起的多重刑具了。事情发展到这个地步，他见到往日毒害他心灵的那些景象，以实际形象所能引起的狰狞，又在他的四周活动，在他眼前张牙舞爪，面目惊人。这是他以前不曾设想的局面，他曾肤浅地认为，只要他不背叛家里，不背叛自己，就可以不声不响地存身了。足见他对自己的境况有时便是一无所知。

这个篇章一开始，就是从他结婚开的篇儿。

第十一章

一个黄昏，桃花山谷中雾气散尽，夜露袭上树叶、草尖，在山谷中低垂抖颤，互送清凉时，桃花村来了一个神秘低调的外乡人。据说是从国外来的。他来寻找一个故去人物最后在桃花村留下的行踪。

他就是陈五类的家人。

这个消息一经散开，就以它不同寻常的面目，考验着桃花村人的沉默和耐心。

蓝花见到了那个人。

那个人穿戴整齐，与众不同。与桃花村的人不同，与县里的人不同，恐怕与省里的人也不相同。他戴一顶便帽，颜色很深，把他的前额遮住，面目清秀，显得格外深沉。

他向村里人打问，问陈五类在桃花村劳动改造时住在谁家，什么情况，起根末梢，问询根由。最后，他来到蓝花家，向蓝花打听陈五类活着时的情形。

蓝花的心一下子悲痛起来。

蓝花放下怀中的儿子，带着这位远来的先生，来到蓝花娘家的旧院子里，来到陈五类生前住过的柴房。这间柴房，已经深锁多年，没有人敢开门进去。秸秆柴草，旧门旧窗，半夜里偶有响动。"咔嚓""咔嚓"，每逢太阳落下以后，冬天白昼那种沉静稳重的样子，可就改了面目。柴房里发出"沙沙"的声音，莫名其妙，就好像粗布衣裳受了有力的揉搓，就连原先静静地躺在土炕上的破席片，也跟着骚动起来，不由自主地打着旋儿，往柴房的旧窗户上直扑打。即便蓝花以为，那是陈五类回来弄出的声响，她也并不觉得害怕，只不过回想起来，却觉得寒心，身上起一层鸡皮疙瘩，心有余悸，仿佛被某种神秘定住。就再没有人进去那个柴房了。蓝花打开门框，门扇都快要垮塌了，长年没人住，也没人进来。自从陈五类上吊去世之后，这里就被深深地遗弃了，再没有人敢走近跟前。柴房里破败不堪，放了一些长年不用的旧农具，几个倒了提梁的破筐子，不敢轻易碰动，碰触一处，便有几股子霉烂腐朽的灰尘味道扑过来，刺鼻难闻。蓝花打开柴门，一股灰尘扑出来，呛得她和那个远来的人，都剧烈地咳嗽起来。推开两扇门，让新鲜的风吹进去一会儿，才能勉强进门，大致看清里头的状况。陈五类睡过的光席子上，放着几件旧衣裤，破烂不堪，不过，却叠得整整齐齐，摆放在炕头，无人打动。枕头底下，一本黄皮儿日记本，压着半支铅笔头，这就是下雨阴天，五更半夜，陈五类不用出工、不用挨揪斗的时候，精神活动的地方。那个人拿起来，双手颤抖，笔记本上灰尘滚滚，袭入他的喉咙，他又剧烈地咳嗽起来，坐在炕沿上，翻开陈五类的笔记本，看到里面断断续续的记录，更让他潸然泪下：

一九六七年一月十日，北京，阴

我的爱人虽然不是很高级别的干部，但是以前处处受到部下尊重，受不了上街游斗，趁大家忙于派系斗争，钻了空子，逃到国外，我被作为漏网同谋揪到台前。但是对于这个事情，我之前确实不知情。不过，批斗台上的喊声一浪高过一浪，没有人能听见我的申辩。

一九六七年五月一日，桃花村，大雨

我从北京被遣送到桃花村这个地方，来劳动改造三个多月了。我的上帝，今天终于下大雨了！可以在家休息。几个月前刚来这个小村时多么不适应，吃了多少苦，身上起了湿疹。手上磨起几层血泡，脱了几层死皮，不过，不用在北京被红卫兵揪斗游街，剃了光头，脖子上挂上破鞋，真是羞耻难堪！被粗暴地对待，推来搡去，像是一个真正被判了死刑的美女特务一样，每天都要回答那些我根本就回答不上来的问题。游街的时候，差一点被造反派开来的大卡车从身上轧过去，想喊救命都不敢，那才真叫人痛心！现在回想起来，都止不住浑身打战！现在，在这个偏远荒凉的小村子里，直接面对的人不是那么多，更没有半个熟人，真算得上是十足的好处了！柴房里有些冷，光席子上睡觉，真不习惯。但是有什么办法呢？在这里好像家家都是如此。蓝花教我咋样烧炕取暖，我还没有学会。不过，蓝花跑进来为我添了一把硬柴以后，炕上终于有点儿热气了，感觉好多了。真想睡上一觉，今天不用挨批斗，真好啊！希望老天爷天天下雨，不要晴天。那样既不用出工干农活，也不用挨批斗了。

还有，这里的人都不知道我是什么出身，也不知道我犯了什么错误，也没有人追问。对发配到这里来劳动改造的人，他们统一称作五类分子，五类分子是什么？我还没有完全闹清楚。

一九六七年六月三日，桃花村，阴

又在地里散粪了，这哪里是人干的活儿？铁锹上的猪粪，好不容易铲起来，却总是灌进自己的鞋里，真是讨厌，臭死了。手上磨的血泡，又被铁锹把子挤破了，钻心地疼！早上出门上工时，蓝花给我裹了一块破棉布，看起来脏的，伤口感染化脓了怎么办？我把那块破布，悄悄扔进山沟里了，但愿不要被任何人发现。不然会认为我这人没改造好，和人民群众不贴心，不合群，留下不好的印象，那就麻烦了。昨晚挨了批斗以后，脑袋昏昏沉沉，上厕所时两条腿掉进蓝花家的土厕所，身上磕破几块皮，有的地方还渗出了血水。丢人死了，要是以后让外交部的同事知道了，那还了得！蓝花和她爹她妈，把我从厕所里捞出来。蓝花说，多亏耳朵里没有灌进去大粪，不然就成了臭圪筒了！哎呀，我怎么变成这么一个土里土气的人了？这可怎么办？每天白天生产，晚上挨批斗，都没有时间念英文了，真把我改造成了农民，将来回了北京，没人要了可怎么办？

一九六七年六月十六日，桃花村，阴

这里的资讯可真闭塞，昨晚在大队的批斗室里，偶尔看见半张旧报纸上登载着：

毛泽东：《炮打司令部——我的一张大字报》。和在北京看到时的情况不同，感情也不同。这里比那里的时间，慢了将近一年。对于我们这些小人物的命运，真是天上地下，时过境迁，不可思议！

一九六七年六月三十日，桃花村，大风

以前记笔记，总爱在中间夹杂着几句英文单词，觉得时髦好看，现在这是怎么了？我被改造过来了吗？铅笔头头快费完了，冻得手指头都握不住，快要写不出字来了。明天问蓝花再借上半根铅笔。不过说是借的，从来也没有能力还过。真是刘备借荆州，永借不还。假如以后有钱了，谁知道有没有那么一天呢，就当是会有那么一天吧！一定好好还报她。肚子又饿了，昨晚蓝花偷偷送过来的半个烤窝窝头，都吃完了。不好意思老接受人民群众的东西，只好忍耐一下。可是肚子真饿，今天不想再写了。

……

蓝花看见那个人一直默默地看着笔记本儿上的字迹，一面翻页，一面落泪。不忍打扰，就悄悄地走出来，去大队部里，找到支书羊虎，告诉支书说，陈五类的家人来了，说是刚从外国回来的。一准要上山去见见陈五类。蓝花当时太小，不知道那个寄埋着陈五类的荒山野岭在哪里。

羊虎听了，赶紧和蓝花一道，回到蓝花家的旧院，那个人还在翻看陈五类的日记。看到羊虎来，才从柴房里走出来。羊虎看见，一时不知道说什么好，不知道要咋安慰人家，只是慌慌张张地说："你看看，你看看，您是远来的客人，先去家里吃点便饭，咱们再仔细说……"

那人说："不用客气，我想先去看看她最后的安葬处……不知道在哪里？"

羊虎说："那行那行，真是对不住您，在咱这小村子里，真想不到出了那种事情，没能养住那个过路的外来人，说起来真是对不住人呀……"

他们一行几个人，一连走了一个多钟头，来到沟壑以上的山坡，坡上没有路，荒草和荆棘遮蔽了一切。他们一直低头沉默地走着，猛然间远远看见，一棵茂盛的柳树在荒地里迎风摆动，孤零零地向着他们，转过身来了。像是感知到有人向它走来，来看望它。

陈五类的荒坟，孤立在那里，羊虎说："客人，您要是有心挪走，我叫几个人来帮您……"

"不，不要打扰。她大概并不愿意离开这里……就让她在这里安息。比较起来，可能更好些……更好些……入土为安，入土为安……"

村里的石匠，依照他的请求，定做了一块小石碑，抄写了几句朴素的铭词，刻上几行小字，亡人的生卒年月，姓名籍贯。立碑的时候，只见那人俯下身去，从坟墓上拔了一株荒草，覆上一层黄土，嘴上说："再见了，孤苦不幸的亲人！以后我会常常来看你。"

下山的时候，他最后一次回头，最后一次回顾，这位来自北京的外乡人，看见以往那不曾看见和听见的许多岁月和声音。在那飞驰而过的岁月中，曾有那样一个生命，也曾在这乡村野地，匆匆地落脚，匆匆地过往。再后一点，当他抑制着悔恨和不安，在这遥远陌生的桃花村，写下那几句铭词时，荒坟里的那一张脸和呼啸而过的狂风，都消逝了。

送那人出村的路上，蓝花说："实在对不起您，在这件事情上，二喜是有罪的人。这一桩罪，一辈子都免除不了。您咋样责罚他，都不过分。我们都诚心接受。再咋样悔过，都不能让事情回转，才最让人揪心。即便随您对他作任何处置，我们的心里，也永远实难安稳。真是没有脸面见您。"

"不是，不是。并不能说是某一个人的罪行。那些个事物本身，哪是一人之过？又是谁和谁同罪？起始有罪的人，便是我本身。一开始本是来揪斗我的，我忍耐了一阵子，实在忍受不了。先是自己揪斗旁人，一派打倒另一派，起初的几天里，我还站在台上揪斗旁人，给旁人戴高帽，打倒一切人，踏上一万只脚。谁知有一天一睁开眼，自己也成了被揪斗的对象。揪斗和挨打的理由，都一样。日夜被揪斗，头发被剃光，鞋也不知道掉到了哪里，脸上被画上反动派的图画，揪斗的汗水把粉笔末儿冲掉了，再用毛笔描上，光着脚，站在广大人民群众面前。有的人冲上批斗台，脱下鞋来，照着嘴唇子上抽，一抽一个血印子。一下子老了几十岁，红卫兵小将们高叫着，老冬瓜，老倭瓜，里通外国，卖国贼。游街，揭发，批判，你要是真有那样的罪，也不冤枉了。不过，在自己挨批以前，自己也曾那样高叫着，批斗过自己的同事，他们有罪吗？他们不冤枉吗？都不知道。最后挨不下去了，不知道什么时候算是起始，什么时候算是结束，就趁乱跑了。护照还没有过期，丢下新婚不久的她，跑到了外国，躲藏起来。却彻底害苦了她一个人。剩下她一个人，你想想看，被推上前台，我受过的罪，她又受了一遍，接着，再受一遍，没完没了。说她是美女特务，放跑了卖国贼，罪加一等……她一生爱美，受不了凌辱，比起来，能在这里改造，实事求是地说，是少受罪得多了……要是能最后挨过去，最后挨过去……活到现在，那就好了！谁知道最后的结局……都是我不对，自私自利，害了她……

我也不是什么特务反动派，实在是受不了那个罪过，才跑的……对她，我便是第一个有罪的人……在外国改行做起了生意，最近落实政策，才刚回来……"

他带走陈五类发黄的日记本和用剩下的半截铅笔头，还有那几件旧衣服，一面小圆镜，就是陈五类留在世上的所有财产。他给蓝花留下一大笔美金，非要送给蓝花。蓝花坚决不收，那人把钱掖进蓝花的衣服口袋里，执意走了。

蓝花追出去，无论如何都不肯接受他的赠送。那人默默地挡回蓝花的手臂，洒下热泪，最后，再次给蓝花深鞠一躬，感谢她在陈五类活着和去世时所给予的那点滴恩情，让她在那山野荒地长眠时，也曾获得过一丝安慰。

韩五类落实政策回了北京，恢复成北京地质大学的一名教授。他给桃花村的支书羊虎和东明分别写了一封信，说他在适当的时间，想带着他的学生们，组成一支地质考察队，来桃花村实习考察。

羊虎给韩教授回了一封热情洋溢的信，欢迎他回桃花村来走一走，看一看，欢迎他回乡支援贫困落后的老区人民建设。

羊虎说的都是实话。他自始至终相信韩教授不是一般的人物，他也盼望韩教授牵记着桃花村。

东明在几经辗转以后，拿到村里人捎给他的韩教授的信，也给韩教授回了信，欢迎他故地重游。

当教授领着他的学生们回归桃花村时，桃花村的村支书羊虎，套了一辆骡子车来乡里的汽车站接他。和多年前送他走的时候一样，仿佛桃花村这么多年，一切都没有改变。依然贫困落后，依然好客重礼。不过当年套着一头毛驴车送他去乡里汽车站时，驴车上套的毛驴是大集体的，今天来接他套的这匹骡子，是他一大早从二喜家里借来的大美。现在养牲口的人家不多，养牲口费手，又吃得多，地里的口粮，将就能吃饱人们的肚子了，不那么重视土地和牲口了。除了二喜家的骡子大美，还养得膘肥体壮，驾着一辆木头平车，跟羊虎翻山越岭，一口气赶了十几里山路来到汽车站，大美屁股上一滴汗珠都没有，头部和腹部身材匀称，脚劲坚实，体格强健，是一头出色的牲口。

教授为什么要再次光顾桃花村呢？难道他记忆里桃花村的日子，还不够惨痛和灰暗么？是的，他对桃花村的记忆，除了那惨痛和灰暗的日子，还有不可磨灭的温暖色彩。那也是他终生不能忘记的。并且，随着他在北京生活、工作的安逸和舒适度的提高，他越发记挂起桃花村的猪油酸菜和五谷杂粮了，以及羊虎和铁石，还有东明。

于是他决定再回桃花村。

另外他这次回来还有一个任务，他当年匆忙离开桃花村的时候，什么东西都没带，只带走东明他爹铁石送给他的一个咸菜坛子。并且，用那一个小咸菜罐子，装了一坛子桃花村的黄土。回到北京以后，一直放在他家里的书房，以示那段岁月的铭记。前段时间，偶尔在书房流连，翻出他从桃花村带回来的黄土，仔细检验，发现是一种品质很高的黏土，建筑材料、耐火材料都可以制作。他决心再回桃花村，重新勘察。

教授最后一个走下老旧笨重的长途汽车。他等着当地的农民们提着篮子、筐子走下汽车，他和他的几个学生们，才相继下车。随后，长途汽车车门在他们的身后，"吱呀"一声关上了。

羊虎费了半天劲，才从人群中发现教授。

教授在桃花村作为黑五类分子劳动改造的时候，神情气质，态度样貌，都像是一个黑五类分子，谦卑、恭顺、衣服褴褛、目光游移胆怯。现在恢复成教授，便像是一个教授，体面、庄重、穿着干净整洁，目光坚定不移。和以前相比起来，完全不像是一个人了。羊虎搓着一袋老旱烟问教授："您来上一袋老旱烟吗？"

"不，羊虎大哥，我到现在还是不会吸烟。"教授握住羊虎的手，激动地说。

羊虎说："教授啊，现在真好呀，你看咱们这样说说话，再不用执行当年那些个，连俺们自己也分辨不清内容的政治任务了。你不计前嫌，能再来桃花村走走，真好啊！也多少了些俺们心里的不安啦！总觉得对不着你们这些外来人。平白无故在这里受了多少罪呀！"

教授住在桃花村期间，每天一大早起来，一个人走上桃花川的沟沟壑壑，凝视着那一片土地当年对他的庇佑和暗示。暗示一定是有的。当他的思想和当年的陈五类一样，对自己未来的出路和时日，感到彷徨无望时，这块土地，都把他那些无奈的思想和苦闷，带到很远的地方。当他对他以前的命运一行一行往下看时，那些沟壑总是提示他，无论什么样的狂风，终将刮过去，终将被时光带走，并不能改变山川本来的模样。那是一定的。他的脸现在看起来饱满热情，那时却不是这样，终日低头沉思，负重忍耐，带有一种悲伤的意味，时时处于一种危险的地步，那危险或者来自外界，或者来自自身，都是那么尖锐和不可回避。

羊虎正在自己家的地里给南瓜搭架，看见教授在山沟里散步，向他打招呼说："教授，你看看，南瓜架子快要搭好了，你回北京的时候，给你带上几个嫩南瓜包饺子吃。你没吃过吧，南瓜馅儿的饺子，好吃着哩。那时条件不好，你一定没吃过。"

"不，我吃过。在东明家柴房里住着的时候，大年三十，东明悄悄往我的柴房里，送过半碗南瓜馅儿的饺子，我是掉着眼泪吃下去的，不过那时是什么味儿，都忘记了，只记得好吃得让人落泪呢。"

说到这里，教授突然有一种想要逃开这里的模糊念头，觉得自己现在的思想，都不是一种有条理的状态，也不是一种现世的态度。这里的一切，都让他难以忘记过去。于是又说道："羊虎大哥，桃花川各个方位的土质，我都让学生们收集齐了，明天我就想回北京了，检验结果，有了什么信儿，我再写信通知你。"

"不急不急，什么时候想回来，你就回来，现在我们这里，吃饭是不愁啦！"

"不过，"教授说，"经济上好像还和我走的那时候一样困难落后呀！"

羊虎说："咱们这里，实际上，祖祖辈辈以来，除了有这一把黄土，还能有什么算得上是经济的呢？"

"我有一个大学同学，现在是一位政府官员，分管扶贫工作，以后或许能帮点什么忙。"教授淡淡地说。

羊虎听了非常高兴："那自然是好事呀！那咱这桃花村，也要跟着教授沾点光了。"教授或许是无意中谈到这些，作为信任和尊敬羊虎的一种表示。羊虎觉得非常光彩，并且从他来看，他对教授的能力和热情都怀抱乐观，并且即便不能得到国家的扶贫，对桃花村来说，也没有什么损害，不过是还像以往那样度日就是了。

昨天下午，乡里来了几个干部，催缴农业税。天快黑了，收税干部站在大队门口不走，村里有好几家子，都交不上税来，都是几家瘸子、光棍失业的家庭，生产和管理能力都没有，有什么办法呢？羊虎对乡里的干部说："实在没有办法，你就铸上他们走吧，我个人给他们三家，垫了三年农业税款，三只母羊还没有奶大羊羔，就牵出去卖了。现在也没什么可垫付的了。他家的谷仓，去年交公粮的时候，都被乡里干部装走了。早就底儿朝天了，现在都是东家凑西家借的，顾怜着那几张嘴呢，现在咱这是新社会，咱还能眼看着饿死人？总得先让人吃上饭哩！还没到秋收，今年交公粮，可又预备是一个淘气事情。"

"那你还想不想当这个支书了？"对羊虎说话的是个年轻干部，说话不留情面，可能上面对他也有业绩考核，他要完不成农业税收工作，要被上级抹了他的官帽子哩。

羊虎说："那你明日、后日再来吧，看我能不能再想出其他法子来。"

瘸子光棍在大队门口叫喊道："我不管你是哪里来的干部！"那瘸子挥舞着手臂，不断地摇着头，对乡上干部打出一种不欢迎的手势，"你们赶紧滚出桃花村，再也不要来，我不受人侵犯。滚开，滚开，交了多少税了，交了多少公粮了，你们这些干部，要吃喝多少才算够数？赶紧走赶紧走！我没有钱也没有粮！你们杀了我，我也没有！你们杀了我！"

羊虎从乡里干部背后，看见瘸子抗拒着在场的每一个人，站在那里，两条腿叉在两个不同的方向，羊虎拽住他的胳膊，想把他拉回去，瘸子死活不肯走，还要和他认为是吃饱了撑的没事干的年轻乡干部算总账，嘴里乱喊道："滚开，滚开，滚回去，你们没有资格来桃花村要这要那的，没有一个够的时候，你还敢在桃花村里胡闹？"

乡里干部也火了，出口骂道："你这刁民，胆大妄为的家伙！竟敢诬蔑国家干部！像一头瘸腿牲口一样！我不想再警告你第二遍，小心我去派出所拿了铐子，铐走你！"

瘸子听见骂他牲口，气得一动都不能动，一时没有力气冲上去厮打了，不然他一准冲上去厮打。

羊虎看见两个人都上了气，说出些嘴唇外头的话，都不好听，忙捉住瘸子的双臂，把他拖出大队门口，在泥地上留下一道被拖动的痕迹。

羊虎说："你说话小声一点行不行？这几天有北京来的大干部住在咱村考察呢，你能不能说话小声一点？让人家北京人听见了，要咋样笑话咱这老区人民哩？你可真能给咱穷人家脸上抹黑哩！"

其实教授从一开始起事，就都听见了。

教授临回北京时对羊虎说："羊虎大哥，我看到昨天乡里的干部来收农业税了。我当时心里就想，要是桃花村能创办一个集体企业，也不说发什么大财，多少能赢几个小利，替那些交不起公粮和农业税的人减轻一点负担，那也是一件好事呀！"

羊虎说："让你看见了。真是见笑。那也不是什么大事，每年都是那么熬磨过来的。政府也不会真的把人铐走，都是吓唬吓唬那些犟干倔脾性的人哩。不过没有就是没有，吓唬他也拿不出来，脱了他的裤子，他也拿不出来；杀吃了他，他也拿不出来。那几家，家里瓦瓮都是空的。要是家里有，谁愿意丢那号子人呀？他手里什么东西也没有握着呀！你说办企业，那敢情是好事，不过怕是都要依靠教授哩，我们又不咋懂得那回事。俺们村，只有二喜一家做起了生意，光景过得宽展些，不过，也就是那么一个私人买卖。"

"我在山上看见了，看起来规模还不错，管理得也不错，私人买卖能做到那个程度，已经很不错了。"

"是呀是呀，回了北京，有空了就多来信，忙就先紧忙你的工作，你们的工作才是头等国家大事。俺们这小村里的事情，不急不急。"

教授记不起什么地方，或是什么时候，能比他在桃花村留下的记忆更加深邃和复杂。他也记不起那些具体场景，但是他知道，当他在他人生的某个阶段回过头来，第一眼看到的，却一定是桃花川这里的风土和人情世故。他也从此，永远把这块土地带给他的宁静而明朗的色泽，和他内心的感情联系起来。

羊虎对他的到来同样快活，早就忘记了乡镇干部催粮要款的催逼，他告诉教授，不管到什么时候，桃花村都很欢迎他来，不拘好赖，有大家一口饭吃，就有教授你的饭吃，吃饱就好。对桃花村来说，吃饱不饿就是一件头等大事。

现在一切都很好，没什么可担忧的。

教授激动起来。对羊虎谢了又谢，对这次带着学生们回来打扰，使他更加了解这里，并请羊虎向东明转达他的感谢之意，因为时间关系，这次来，没有时间去东明工作的地方去看他。感谢那些岁月，东明给了他那些微小的陪伴。

教授离开桃花村时，羊虎照旧赶着牲口套的小平车来送他。二喜家的骡子大美驾辕，看着这一匹驾辕的骡子，却是一头负重、忍耐的好牲口，使教授的眼睛又变得潮湿，雾气蒙上来，得出一个结论："不拘一个人或是一匹牲口，活在哪里，在任何事情上，永远都不要卑劣，不要过度作假，不要残忍。那么，不管你曾经活在哪里，你都是一个好心人和一匹好牲口。"

第十二章

小村三两日，世上一千年。

东明跟着大河县委书记下乡搞社教工作。

这一次的社教工作与以往"文革"前的社教工作不同，是在一九八九年、一九九〇年间全省掀起的农村社会主义教育运动，简称农村社教。任务是宣传社会主义思想、保护和巩固农村大包干生产责任制成果，发展农村经济，如何发展乡镇主导产业。县委书记牵头，农工部部长挂帅，在每个乡镇设试点工作。每一个乡要一个副科干部蹲点当乡镇社教队队长，要求干部下乡搞社教，东明愿意下乡吃苦。县委书记就把他分到杏子乡出任社教队队长，一个村最少一名国家干部。东明去当队长，给他派了十几名队员，其中有县里各单位的三四名科级干部，归东明指挥。半年为试点，这时，农村经济刚起步，群众积极性高，动员群众，深入到每一个生产队和老百姓开会，同吃同住，不折不扣，和农家一起，吃糊糊汤洋芋饭，睡百姓家土炕，大修农田水利，修地修梯田，开展农田大会战。东明自己和村里的农民一起修地。晚上在土炕上核算，修一百亩农田需要出多少劳力。每天天不亮，就和大家炸坝造地，早出晚归，不离开工地。嘴上起了燎泡。为了提高大家的积极性，组织各大队的学生娃娃们，星期天不上学的时候，给修地的受苦人田间地头唱歌、跳舞。为此东明专门给县委书记打了一个报告，申请一百块钱，给青年学生社教文艺队买些扇子、绸子，到全乡各村文艺会演。县委书记批准，给了杏子乡社教队一百块钱，东明立即派人给文艺宣传队买了扇子、绸子、塑料花朵，学生娃娃们就到各村地头上唱歌跳舞。中午休息，在地头吃饭，都是自带干粮。文艺宣传队以学生为主，再加上年轻的回乡青年组成，给大家唱孩子们自编自演的文艺节目，也有东明亲自编写的歌词舞蹈，鼓舞士气。半年以后，县上来验收东明带队的杏子乡社教试验点，验收时县委书记亲自带头，主管农业的副县长陪同来现场验收。一验收，杏子乡全乡一百亩大坝地，满山遍野在杏子乡一行行排开。现场震惊了县委书记，他说："真没想到，杏子乡社教队这项工作搞得这么好，东明这个年轻娃娃工作能力很强嘛。"他都没想到，农田、造林、文化宣传，各项社教工作都率先完成了任务。参加这个现场验收会的全县各乡镇书记、县级部门的正职领导都参加了这个会，市委组织部副部长，是市委社教办主任，叫李世清，市社教办的几位科长也参加了现场验收会，大家都震惊了。李世清说："杏子乡这个社教试验点，不仅给大河县树立了榜样，而且给全市的社教工作开了个好头，树立了典范榜样。这次现场会对全市影响都很大，以后的社教工作，就照大河县杏子乡这个搞法，既实惠了农民，又宣传了党和政府的思想路线和惠民政策，这个工作，我看行！"

东明在杏子乡，吃住在农家，一心抓好社教工作，仿佛内心的其他苦恼，都随时间的溪流卷走了。他由于有了这个暂时的栖身之所，在某种程度上，成了覆盖他本身的一个保护层。他不必到户外呼吸新鲜空气，他除了夜晚睡觉的那几个小时，几乎都在户外。因而除了这里以外的一切，都成了他遥远的地平线，并且常常看到，太阳从山顶上突然跳出来的那个瞬间，它怎样在土地上空，脱去它纱幕般的幻影，悄悄地向四处照射。而草尖上的露珠，一直到大天亮，都还挂在上面。夜晚的乡村，正是那样，在某种矛盾和对抗中，有着夜晚所应有的一切宁静。红顶山雀在四周歌唱，从一个山边到另一个山边都能听到。像这样一个地方，在这样的时刻，最为宁静。清澈的月亮使深夜的黑暗一点点变亮，充满了神秘无语的光和倒影，光的暖，光的美，使黑夜变成一个不可缺少的罗网。在附近的一个山顶上，东明他们白天才在那里栽上了树苗，从那里朝南可以看见东明的老家桃花川。山和山之间的那个狭小豁口，正是桃花川的入口。川和川之间，彼此倾斜，令人怀想，在那个方向，应该有一条溪流，正向着东明，穿越山谷流淌而来。但是事实上并没有，东明知道，桃花川常年干旱，严重缺水，石头河只有干涸的河床。不过，高挂在云端的那些蓝色山脉，却没有一天从东明的心里消失，正好相反，每日都在增强。不管他远在哪里，正在做着什么工作，他总能看见，桃花村的一角，像是嵌在山川大地上的一枚铜板，闪闪发着光亮。

他总是一个人倾听黑夜。觉得人世并非连成一气，而是无数个碎片。

东明回到县里办公室的时候，突然多了一个嘴上挂着奶嘴的孩子。东明办公室的同事说，是翠平昨天下午送到办公室里来的，说是东明的二女儿。翠平放下孩子就走了。同事们没有办法，只好把孩子抱回家里，买了奶粉，先喂着。知道东明今天从下乡搞社教的杏子乡回来，就给他抱来了。

东明把奶粉钱还给同事，又多给了一些，对同事说，他也不会奶孩子，拜托同事的老婆帮忙先喂着孩子，等他回桃花村的时候，再给母亲带回去。

这件意想不到的事情，即便旁人不在他眼跟前耻笑他，他也不想在县里待了。他给县委书记打了申请报告，申请下基层工作。县委书记知道他是一块干工作的材料，提拔他到杏子乡任乡长。

杏子乡是大河县最偏远的乡镇，离县城最远，四十公里。不通车，不通路，不通电，二十三个行政村，地大人少，偏僻孤野。自行车道儿都没有，全是山路。上山下沟，每个村子走上一遍，十五天都走不完。

他开始驻村，一个村子一个村子过。他在这里刚搞过社教工作，群众基础好，他熟悉这里的情况，几个字概括：一穷二白三偏远。

他走进一个村子，天上下起蒙蒙细雨，他卷起裤腿，身上的衣服都湿透了。找到一根棍子拄上，一来用来扑打沿途草丛里的露珠，二来也撵走藏在草丛里的蛇虫。一个山里的驼背老人，背着一捆湿柴，从山上下来，一面走，一面唱：

> 泥瓦匠呀，住草房，
>
> 纺织娘呀，没衣裳，
>
> 卖盐的老婆喝淡汤，
>
> 种田的，吃米糠，
>
> 炒菜的，光闻香，
>
> 编席的，睡光炕，
>
> 做棺材的死路上。

杏子乡山大沟深，人口稀少，发展缓慢，东明上前问："大爷，您看现在小雨下个不停，我可以跟着您上您家里看看吗？您住在哪个村的？"

老人说："有啥不能来的？我还怕你偷了我不成？"

东明说："大爷，我替您把柴背上。您在前头给我引路。"老人大概是看到这个年轻人说话实诚，没有拒绝。东明从大爷肩上接过湿柴，背在身上，跟着老人转过一个山口，看见半山上有一间土窑，依山而立，没有门框，也没有门柱，几根湿柴扎在一起，挡着窑门。院子里长满杂草，也没有大街门，孤零零的一户人家，前后没靠头。东明跟着老人走进院子里，放下柴捆，问老人："大爷，您家里有几口人？"

老人说："加上俺的一头牛，一头老得不能动的老牛，还有俺孙女，还有俺得了神经病疯得到处跑的儿子，加上我，总共四口人。"

东明问："大爷，您的孙女在哪里？今年多大了？您儿子跑到哪里去了？"

"俺孙女没有多大，才三岁，在土窑里，苦命的孩子，她妈生下她，不到一岁上就跟着外村一个做买卖的跑了，俺儿受不了打击，神经了。也不知道流落到哪里了。苦了这个孩子，跟着我受罪。那你也得往下活呀？你说能咋办？"

东明揭开栅栏窑门，走进窑里，一进去，先见拴着一头老黄牛，正在慢吞吞地吃草。老人说："老黄牛很老了，牙口都掉了。不会说话了。以前是能跟俺说话的牲口，现在不行了。跟了俺一辈子，生产队大集体时，俺是队上的饲养员，就知道喂养这些牲口。联产承包责任制以后，俺从大集体那里，分到这头牛，到现在，是老得不能再老了。县里屠宰厂要来买了它拉去杀掉，卖了牛肉和骨头，俺不同意，跟了俺一辈子，受了一辈子苦，眼看着让人把它杀吃了，图那几个卖身钱，俺不忍心，就留下了，只知道吃草，上不了地了。"

再往窑里走，有一个大水缸，窑掌墙上，挂着一张毛主席像。旁边是一口做饭用的黑锅，黑锅没有盖，上面放着半个菜窝窝头。再往里，黑锅连着一盘彻间大土炕，炕上铺着一张光席子，席子已经分辨不出颜色，黑乌乌地发着亮光。炕上散乱地堆着一疙瘩破被子，黑乎乎的棉絮露在外头。东明揭开被子，一个小女孩蜷曲在里面，小脸上挂着泪珠和不安，门牙还没有完全长出来，缺了半颗，却不哭，呆呆地看着这个陌生人。她醒了，但是并没有起来玩耍，也没有东张西望，而是躺在被子里面吃着手指头发呆。

东明的眼泪一下子淌下来。东明自己也出生在穷人家，但没有这样穷，而且是他辖区里的百姓，真让他从心底里感到难过。东明抱起女孩，女孩很瘦，靠在东明的肩膀上，眼睛闪动着，望着东明，把手指头放在嘴里啃着。东明抱着这个孩子，一句话也说不出来。这个老人名字叫牛娃，孩子还没有正式名字，他爷爷叫她香草。

东明揭开瓦瓮，瓦瓮里有半缸粗玉米面，上面趴着几个米虫。另一个瓦瓮，有半缸小米。油瓶里没有一滴油，盐罐里也没有一粒盐。

东明问："大爷，平时家里没有盐吃吗？"

"基本上是没有。说起来害臊哩，儿子身体强壮、不疯不傻的时候，家里情况还算是好的，现在就过成这个样子了，家不成家、地不成地了……"

这个村子叫前沟村，散居在深沟深谷里，光是这样的孤寡困难户，就有好几户。东明叫来村干部，现场了解情况，当场发了火："你这是村干部吗？你有什么脸面当村干部？村里有这样的困难户，因为什么情况困难，要怎么解决，你了解吗？共产党要你当干部，是留着你杀吃呀？我们现在是新社会，和老黄牛住在一起的老人、孩子，你忍心吗？你说，你要怎么解决？你是不是成心要给咱大河县人民脸上抹黑呀？"

村干部说："这个情况我不是很了解，大集体解散了以后，各家过各家的，除了交粮纳税，他每年也是拖欠户，就是为了逃避农业税和交公粮，他才钻到这深山里的。村里每年的摊派任务，他家也交不上来，他那疯儿子要是在的话，还要和乡里来催粮要款的干部打架生气。我来他家一趟，要走上十二里山路，我们这一个村子，狭长沟深，长达十几里山路哩，我来得少了。我检讨，村上有几间原先集体盖的旧仓库，条件比这里好些，我打发人腾出来，先让他们爷孙两个搬过去住，再有其他方面的救济，村上也没有太大能力，大家经济上也都不宽裕。"

东明从自己身上掏出七十块钱，递给老人，说："给孩子买点吃的穿的。明日我回了乡里，民政上的干部会来给你解决生活上的困难。大爷，对不起。让香草好好长大成人。"

下午东明和村上干部开座谈会，让村上干部反映情况，自己在笔记本上做记录，前沟村一百零二户人家，家庭零收入、没能力养种土地、没盐吃的特等困难户十一户；家庭年收入三百元、地里种的粮食基本够吃，一年四季刚够吃喝零用的一般困难户三十一户；家庭总收入在五百元、有余粮的中等户五十三户；家庭总收入八百元以上，除了靠种地吃饭，又另外做些小买卖的富裕户不足三户。

东明走出前沟村时，对村干部说："最近我还会来落实解决情况，限期整改，拿出具体方案，困难户咋解决，中等户咋致富，村子里咋规划，咋发展，我要见人见事，不作为的村干部现场免职。你端着共产党这碗饭，不替这些老百姓着想，还想体面混日子，你啥实际事情也干不了，你就腾出共产党给你的官位子！"

接下来的时间，东明一个村子一个村子地往过走。经济落后和困难的情况，使东明对这个全县特困偏远乡镇，有了一个基本认识。山大沟深王沟村，土瘦地薄后渠村，一穷二白是潘家村。

牛沟村、野羊村，走了一圈。寺洼村有一户老红军的遗孀，在家乡一带和国民党打过仗，但是没有正式部队番号，国家不承认，不能按军烈属对待。听说新上任的年轻乡长来村里检查，上门找到他，反映自己生活上的困难情况。东明从自己身上掏出仅剩的几十块钱，给了她，把她的家庭情况记在自己的笔记本子上，安排乡里民政上每年按时补助米面油、衣服、几十块钱生活费。沙湾村罗万祥和他老婆，一个五保户，两个残疾人。边嘴村马有才，吴宝子，一儿一女，都是弱智，没有生活能力。庙山村刘生清的老婆，刘洼村的刘茂盛，家里没吃的没喝的没穿的，东明让乡里民政上救济，因为已经大概对全乡的贫困户有了一个统一的摸底，民政上全部给了救济，账上已经没钱了，东明就把自己的工资全部拿出来，分给还没有拿到救济的人家，天灾人祸，急灾急病，东明都现场解决，登记造册，交代民政部门，按期回访救济，自己定期回头抽查。

晚上在牛沟村住着，正值汛期，大暴雨下了两天一夜，山洪暴发，半夜里一整条沟，全部冒了水，牛沟村除了山顶子上的几户人家，几乎全淹了。家家都进了水，东明就在现场，帮村民搬东西，挡水，抗洪，现场指挥，弄了一晚上，第二天一看，如果再在大水中泡上几个小时，大半土窑都得垮塌，本来就穷得叮当响的村子，越发穷困不堪了。

在这个小山沟，越过山顶眺望沟底里的人家和草地，觉得在夜晚发大水的时候，土窑就像泥地上的莲蓬一样被抬高了，浮在水面上。直到第二天凌晨，大水才逐渐退去。可能昨天夜晚，杏子乡被水淹掉的不止这一个村子。他一面安排牛沟村的生产自救，一面了解其他各村情况，各村传来的都不是好消息，受灾情况都比较严重。

秋收以后，东明带着几个副乡长，下村催缴公粮、农业特产税。先去了南湾村，遇上村里两家地畔纠纷，闹了五年，闹到乡里，乡里推回村里，村里公断，两人不服，继续打闹。东明进村时，两家夫妻搅在一起纠缠谩骂，动手撕扯。东明和村干部拉开，叫上两家家长，到了村上，先查册子，各家有多少地，地畔界限在哪里，然后上地里实际丈量，谁家多占了谁家退地，两家纠纷自此解开，最后双方自愿写了协议，按了手印，互相致歉，各不相扰。

接着到上河村催粮收税，这个村子地处杏子乡的最偏远处，山路难走。东明他们吃了早饭出发，背着干粮，只能步行，到上河村里已是鸡叫头遍，天还没亮。几个人靠在草垛上打盹儿，东明是个好睡手，走到哪里，累了困了倒头就能睡着，不挑拣，好养活。天亮了才到家户做工作。第一户就遇上不好说话的，是一个外地人，来这里承包土地，种玉米，个子高大，一米八几，身体好，常常到树林子里偷盗砍伐树木，也没人敢管。碗口粗的木头一肩能扛好几根。性子火烈，每年都不按时交纳公粮，粮食都在架杆上晒着。东明带着的几个乡干部和村干部，都在架杆底下站着，突然，那汉子用一把斧头，砍断一根架杆，乡干部和村干部一时都傻了眼，几乎都要被活活砸倒。东明一肩膀扛住了半截的架杆，架杆上面铺着席子，晒满粮食，汉子家的土院子是个斜坡，架杆倒了，不仅会把几个乡干部和村干部全部压在底下，有生命危险，粮食也会顺坡而下，滚进泥沟。东明扛住架杆喊道："大家快散开！叫几个人过来帮忙扛住架杆，别让倒了，这么多粮食，跌进泥沟里多可惜！"

那汉子看见东明的架势，输了一口气，过来帮忙把架杆扛住，重新找了几根新架杆支柱，才算了事。东明问："为啥这么好的粮食，你宁可撒进泥沟，也不上交公粮？"

那人说："你算什么国家干部？每年就知道来催粮要款，老百姓有难的时候，啥时能看见你们半个身影儿？我就是不想交公粮，你要咋样？"

东明说："国有国法，家有家规，你不交公粮，就是不对。"

那人又一时恼怒，回家取了一把猎枪，举到手里，对准东明他们几个，轮流扫描，情况一度复杂紧张。

东明一步上前，举起他手里的猎枪，那人已经扣动了扳机，朝天打了一枪，子弹穿过树叶，击穿停留在树上的一只鸟儿，一只黑鸟，一头栽倒在地。

东明大喝一声："快放下土枪！你知道你这是在干什么？你这样无法无天，难道要故意犯法不可？"

"法律？法律是谁家的王法？谁违反了谁家的王法？王法治得天动弹，我就是不怕王法治！你要咋样？我年时、前年都交了公粮，三年的白条子都在我手里，我得到过一分钱的公粮款吗？白拿老百姓一年四季的辛苦汗水粮食，一年又一年，你倒是说说看，那又是谁犯了谁家的王法了？"

几个人一同上前，才算夺了那人手里的猎枪。

东明说："欠你的粮款，你拿出欠条来，我现场给你结清。不过，今年的公粮，你要按时交纳，我也给你保证，从今往后，我在杏子乡待一天，就绝不拖欠大家一分钱的公粮款，我打包票！你把你上几年的欠款白条都拿出来吧！我现在就想办法，马上给你结清！"

东明让几个村干部和乡干部把身上带的钱全部拿出来，不够的再想办法。

那人回屋里找了半天，走出来，拿出一张欠条，是去年乡里收购公粮打下的欠条，三百二十五块五毛钱。东明问："你不是说有三年的欠条吗？"

"我找不到了，就找到这么一张。你先把这一张欠条给我当场结清了，咱再说其他话。"

东明说："没问题。你以前的欠条，什么时间找到了，随时到乡里来找我，只要是实际情况，我随时给你兑付现钱。"说着，把大家身上凑起来的钱，三百块差一点，剩下不足的三十多块钱，让村支书回家去拿，回乡里报了账还他。

东明最后说："好好种地，你承包了这么多土地，是一件大好事呀！你有这么一膀子好力气，还愁不能致富吗？我就不相信！粮食晒干了，交到乡上来，今午的粮食款，一分钱也不会少了大家的，也不会再打一分钱的欠条。我说话算话。"

不到一个小时的时间，那汉子从一开始泼死亡命地和你干，到低头不语，转身想从乡干部手里要回他的猎枪。东明说："猎枪有伤人现象，就要当场没收，本身林子里打猎也是违法的，你知道不知道？遵纪守法才能心安理得地过上好日子，有理说理，蛮干怎么行？你的法律意识要加强呀！"

那人还想强辩，不过看到东明眼里丝毫不退缩、躲闪的目光，就转身走了。

交公粮的时候，他第一个按时带头交了，也拿到了第一笔预订的公粮现款。

尽管东明的视野是有限的，但是他的目光，距离他淳朴的理想和严峻的现实，都是那样切近。他所踏上的土地，和生他的那个小村子一样，没有什么两样。在自然界中占据着小小的某一个点，在星星和月亮的后面，在遥远而又更神圣、不受重视也少受干扰的地方，除了交公粮、农业税、计划生育、各种日常摊派、钱款任务，除了这些让人不愉快的交集，几乎不和外界发生联系，永世常旧又常新。

每天早上都是一个新的白天的邀请，都是一个重新出发的起点。他要从这个村子出发，带着他的记录本、密密麻麻记录着各村各户的具体情况：困难情况、致富情况。以便夜深人静的时候，直视他们。打草棍子和一身刚被自己的体温干透的衣服，像自然界一样不加掩饰的朴素，与大自然一样单纯。他的心中总有一种永恒的黎明。阳光普照总会结出果实，那是一定的。光明加上光明，孩子和女人，都会朝光明跑去。他只能从他的经历当中理解某种荣耀，用两条腿简略地记下它的过程。被沙子覆盖的荣耀，总会在时间后面，被显露出来。

收集完各村情况，他去了一趟县里，找到县委书记，把他在每一个村的实地调研情况，做了总结归纳，把杏子乡大致分为三个板块：

东川，山大沟深，发展圈养绵羊、肉牛养殖，绵羊、肉牛繁殖力强，不上山放养，长势快，不破坏草皮，也能发展经济。

西川，靠近杏子乡政府所在地，经济基础稍好，开展设施农业，他从报纸上收集了资料，地膜玉米，提高产量，要创吨斤田，也就是亩产两千斤。大棚菜种植，就近发展，扩大供应，改善经济状况，提高经济作物反季节生长出售有效期。

南川，黄土层地质深厚，坡势相对平缓，适合大面积推广种植经济作物核桃、沙棘、苹果和大红枣，效益好、收效快。

最后得出结论，申请扶贫支持。东明需要县里的资金。

大河县是有名的国家级贫困县，一年的地方财政也就三百万。一个三十几万人口的大县，可见有多困难。县里也是等着吃省里、吃国家的救济款。这东明是最清楚不过的，他也不想多要，但是他确实需要几万块钱启动资金。一方面他也正在发动群众，自己解决一部分资金问题。

县委书记说："县里没钱，计划我先放着。等县里啥时候有了钱，给你拨款支持。"

算是没有答应，也没有拒绝。这正是东明之前预料到的结果。但是，他知道书记没有正面批评他的调研报告，就是在一定程度上肯定了他的发展思路。

他认为他得到了最为珍贵的鼓舞。

他又回到了杏子乡。

他先从西川杨渠村开始抓起，建立大棚菜实验区和科学种田地膜玉米示范点。农户手里有地，但是不想出钱，觉得有风险，本身也没有几个钱，东明身上也早就没有一分钱的积蓄了。他就带着大家，自己动手干，不惜苦力，掘地三尺向下，建半地下式简易大棚，用塑料布搭棚保温。推广科学种田，引进良种玉米，地膜覆盖，先在杨渠搞起试验点，耕种，锄务，亲自下手。担上大粪，二百斤重的大粪担子，二十里山路不换肩。自己两条裤腿一挽，跳进茅坑淘大粪，其他乡镇干部看见，也跟着淘大粪。他自己天天吃住在地头，从杨渠坝上人工挖渠引水灌溉，夏季晚上都住在地里盯着，以前挖的水渠不行了，到处跑水，反而冲坏了庄稼，东明他们就重新挖，吃住在农家，主要种大田地膜玉米、大棚反季节蔬菜。一开始就从施肥上面抓起，每亩上够两千斤肥料，杨渠村川台地每人平均种植二亩地膜玉米。村子里的大粪不够用，就组织村里的三轮车去县上各机关单位去淘大粪，拉回杨渠村，撒到地里。之后东明在杏子乡的六个年头，大河县里的公共厕所，单位厕所，都是杏子乡的人来给免费淘。农民把县里各单位的大粪全包了。有的单位嫌农民淘厕所不打扫卫生，弄得脏的，不愿意让淘。东明就去一家单位一家单位说服，给人家说好话，自己下手打扫厕所，和淘大粪的农民签订协议，保证把厕所打扫干净。锄苗以后按时追肥，当时县里的化肥紧张，供应不足，除了县里星星点点的调拨，农业示范点上达不到预期效果，不够，东明把自己的工资拿出来，全部买了化肥，给农民补追化肥，每亩一百斤，玉米苗长到一尺左右，要再追第二遍化肥， 米多高的时候，要再追第三遍化肥。一年追三次肥。农家肥能赶上，化肥能赶上，杨渠人工灌溉能赶上，所以亩产要达到吨斤田，也就是亩产两千斤。到秋收，真的达到了。杨渠村农业示范点，取得了大丰收。成为大河县、成为市里、省里科学种田的参观示范点，省里、市里来大河县参观农业，必来杨渠村参观。一百五十多亩川台地，收获良种玉米一百五十多吨，除了农民自己吃用，剩余全部上交国家。东明在春季开始搞示范田的时候，专门请那位险些用猎枪和不满，对抗上交公粮、上河村的山里汉子来杨渠村观摩学习，让他回村自己搞地膜玉米示范田，也成了左近闻名的种粮大户。农民的收入第一年实现翻番，成为大河县农村工作的亮点。上交公粮的社员挤不透，东明站在粮食口袋上给大家发号排队。

县里奖励杏子乡政府十万块钱。

东明把这笔钱拿出来，补贴发展东川绵羊养殖和南川的经济作物核桃、沙棘、苹果和矮枝大红枣种植。

东明组织东川村干部，从外地引进绵羊、肉牛，和北京客商签订饲养买卖供应合同，供应牛羊肉，开发圈养，围上围栏，就地圈养，上膘快，繁殖快，不破坏植被，肥料集中，可用于科学农家肥种田，省钱。循环饲养，夏季时把草割下来，压缩成四方盒子一样的饲料饼，其他三季用作饲料。大面积草坡每年都能长出新草，促进自然界植被新陈代谢。

东明集中物力、财力，在寺坡村搞起试点，十几家农民集资，乡政府用县里发的奖金拿出一部分来补贴，五十头羊、五十头牛的天然试验示范点就建立了起来。东明亲自蹲点，围栏，割草，压草饼，天天和牛羊、农民吃住在一起。看到三个月以后十几只母羊前前后后产了几十只小羊羔，守了几个黑夜，眼都熬红了，几头母牛也产了小牛，第一批牛羊肉发往北京，连夜从寺坡撤回南川，引进苹果、核桃、矮枝红枣树苗。

比起养殖开发，这又是一块难啃的硬石头。

乡镇上每年的植树造林是个重头戏，东明提倡植树造林，造经济林，既节约了耕地面积，又能提高农民的家庭收入。发动农民承包荒山干沟，植树造林。造林时苗木不够，为了省钱，杏子乡本身也不通公共汽车，要雇驴车或者私人三轮车，都要花钱。步行回县里协调树苗子，一走就是一整天，脚上磨起了血泡，晚上回来开会，安排第二天的生产计划。起早贪黑，为了节约成本，不再掏钱买树苗，为了解决苗木短缺，东明从乡政府公家掏钱买树苗籽种，乡政府没钱，雇不起人，他自己带领干部，发动有积极性的农民，亲自育苗。乡政府的灶上炒个洋芋丝，馒头、稀饭，带到育苗地里吃饭，和几个副乡长一人分一片地，看哪个乡镇干部育苗育得好，有奖励，奖励一条擦汗用的大手巾。自己掏钱买了几根水管子，从河边上抽水灌溉育苗田，经常在地里就着风吃饭，和村里的农民在一起吃饭挺高兴的。育苗场成熟以后，转手让给农民自主经营，算是在杏子乡开办了第一个乡镇企业育苗厂，集中育苗，既解决树苗问题，又安置了就业问题，还创办了第一家乡镇企业，育苗厂效益很好，除了供应本地植树造林，还能向县里其他乡镇提供优质树苗。

以前，老人们常说，杏子乡里石头多，出门要爬坡；杏子乡里风沙多，十年灾旱九不收。而东明来之后，当年植树造林达到人均两亩，杏子乡全乡人口过万，两年的艰苦奋斗，全面实现人均两亩林。在全县范围内，甚至在全市范围内，实现排头。

一年四季，东明早上四五点起来下村，一双布鞋，两条好腿。杏子乡没有他没去过的山山峁峁。总结起来，春冬季农田大会战，一年四季计划生育，一年四季科学种田。

计划生育工作，是农村基层工作中最为头痛的一件工作。

有一位年轻母亲，前前后后，撇开腿连续生了两个女儿，不满意。为了生男孩，逃到外地躲藏起来，不回家。成了村里的计生钉子户。东明检查各村的计生情况，上门做那家人的思想工作时，发现那一家人，已经被拆散了。家不成家，院不成院，灰败破落。东明一问情况，才了解到：之前分管这个村计划生育的副乡长，带着村干部，来到这一家催要超生罚款。那家连生了两个女儿，不做结扎，属于双女户，为了躲避结扎，长年外逃，家里的地都撂荒了，自己的吃饭都成了问题，家里哪里还能搜检出一分钱来？计生干部随后带人上门拆房，溜瓦，抬门扭锁，把柴房里放的粮食、木料、上地耕作用的农具，羊圈里的一只老母羊，都拉上三轮车，装走了，厨房里的锅灶也都拉走充公，零星碗筷撒了一地，瓦缸里的半缸红薯面都被拉走了。这位年轻母亲不上节育环，也不做结扎手术，家也没有了，一夜之间，一家人都不知道失散到哪里去了。

东明看到这种情况，问跟在他身后，分管计划生育的副乡长："这家人房上的瓦哪里去了？"

"拉回咱乡政府盖厕所用了。"

"明日从公家的账上支款，买了新瓦赔给这家人家。房上的房梁哪里去了？"

"拉回乡政府盖了仓库了。"

"明日从公家的账上支款，买了新的赔给这家人家。柴房里的木料、农具、羊圈里的老母羊哪里去了？"

"拉回乡政府，木料做了政府办公桌子，还有乡镇干部宿舍的几块床板，乡长您现在吃饭、睡觉用的那桌椅板凳和旧床板，就是从这家搜缴回去的。农具当废铁贱卖了，老母羊大家杀了改善生活，吃了肉了。"

东明一下子陷入沉默，眼睛里仿佛有泪光闪烁。

副乡长低声又说："乡长您也不必难过吃惊，乡镇工作就是这么个情况。乡长您以前可能没有下过乡镇工作，各个乡镇，都是这么个情况。那些个超生户，眼里根本没有王法，不把他们搞得更穷，搞得家破人亡，根本管不住，一生一大堆，他们半夜回家搬个锅灶，给老母羊喂个草料，藏在哪个犄角圪崂里，挪个穷窝儿，还要超生。"

东明说："你说乡镇工作，就是这么个情况？你说那些个超生户，眼里没有王法？到底是谁眼里没有王法？我是比吃惊和难过，更难过。明日从公家账上支款，如数买了新的赔给这家人家。木料、农具、老母羊，原样赔偿。真是缴枪不杀呀！对待咱们的衣食父母老百姓，搞起对待日本鬼子的那一套来了。有多不像话！门和锁哪里去了？"

"当时拆了就扔了。"

"当时谁拆的，谁扔的，查清楚当时带头的是哪一个计生干部，挂在那个人的工资账上，从他的工资里扣除，买了新的赔给这家人家。灶上的锅灶哪里去了？柴房里的粮食拉到哪里去了？米缸里的半缸红薯面哪里去了？你看剩下的那一个底儿红薯面，都被虫子吃光了。"

"不知道，当时我记不清楚了。好像是包抓这个村计划生育的那个乡里干部，拉回他家里去，自己吃喝掉了。"

"调查清楚，是哪个计生干部拉回他自己家里去了。从他的工资里头扣除，买了粮食、米面赔给这家人家，对这个计生干部进行诫勉谈话，停职检查。把这家人家的老房院子、家里被强夺的财产，粮食米缸，恢复原样，请他们回家，恢复生产。不准打骂，不准侮辱，有理说理，宣传国家计生政策，联系各家实际，按各家情况，解决各家的实际困难，做通思想，配合乡里的计划生育工作。其他村里还有这种情况吗？"

"还有……这种情况，几乎每个村里都有几户不配合计生工作的死硬钉子户，就那样拆房溜瓦，抬门扭锁，瓮里装粮，牵走牲口，打碎锅灶，强制执行了……"

"每村每户，强行损毁、拉走超生户、双女户家里的东西，一律照价赔偿，不准作假。到时我会全乡清查落实。拆房、溜瓦，抬门扭锁的，恢复原样，拉走的粮食杂物、财产、牲口，计生干部亲自上门赔偿。政府充公的东西，政府公家赔偿，计生干部私自占有侵吞的，私人赔偿。你组织了解情况，一边了解，一边落实，我会随时监督抽查。一竿子插到底，这是死命令：违反政策吃拿卡要超生户、双女户的计生干部，一律要在近期召开的计生动员大会上公开检查，向受害家庭道歉，情况严重的，必须停职检查。"

"是，我知道了。"

全乡计生动员大会上，以前和计生干部产生摩擦对立、私自离家出走的，听说政府赔偿以前从家里被搜走的家庭财产，米面房梁，农具牲口，都纷纷回来，就像刚从地底下钻出来的一样，清点拿回财产。

长年在外躲避的双女户、超生户，在外面颠沛流离，居无定所，与亲人长期分散，家不成家，地不成地。受够了洋罪，都互相转告，回了家。经过说服，双女户结扎，除享受国家独生子女方面的优惠政策以外，乡政府在土地承包、进城务工工人指标、优等生奖学金政策上，都对双女户、超生户结扎家庭倾斜，优先照顾，大多数双女户、计生超标户，都回村生产自救，采取了计生措施，有的做了绝育手术。

东明就像是一头驴一样，忍耐，负重。活着，工作着。当一个好心人。如果他在这里，能留下一根柴火，他就留下一根柴火；能留下一棵庄稼，他就留下一棵庄稼；能留下一匹好牲口，他就留下一匹好牲口。他最好的能力，都集中在他的心上，因而他的四肢，也有了力量。

时间和泥土被他看作是最可靠的真理。虽然偶尔也会遇见阻挡前路的墙壁，但是假如没有预备退缩，紧跟着就会发现，它是那么低矮。那堵泥墙的后面，总能掘出一条路来。光明，就待在附近的某个地方。是的，无论何时何地，光明仍在。因而他凭借地上的泥土，根据泥土上升腾的光明做判断，他将在这里开始。

下雨阴天，杏子乡全是泥路、泥潭，出不了院门，不能下村，他就在办公室里学习。他的办公室和他的旧床板，都在一间房里，除了下村，吃饭、工作、睡觉都在一起。在报纸上看到农村、农业方面的科学进步消息，就抄写在自己的笔记本里。有时也从报纸上摘抄一些奋斗事迹勉励自己：

蒸汽机的发明者瓦特是个制表匠。
火车的发明家斯蒂芬逊是个青年采煤工人。

伟大的工人作曲家、《国际歌》的曲作者狄盖特是童工出身。

著名作家高尔基只读过三年小学，当过码头工人和轮船上的小工。

……

有时也记录一些在村子里下乡时，听来的山歌：

寒风吹

马走大路羊走山，

满肚子的话儿没说完。

吃一回豆角抽一回筋，

想一回小妹妹伤一回心。

杜梨子开花遭霜寒

闪了哥哥你另结缘。

今日三尺无情土，

又埋一个伤心人。

他的下雨天，就是这样熬过……

天一放晴，他就穿上他的一双布鞋，下村检查庄稼长势，各村的困难户家里瓦瓮里有没有余粮，油瓶里有没有吃的油，盐罐里有没有煮饭的食盐，在他的笔记本上都有记录。粮食补贴各种救济还不能多给，多给了，有几户户主就会拿出去变卖，然后出去赌钱，教育改造也不顶用。偶尔也有那样的村民。就是那样的人，也要让他们的瓦瓮里有米，油瓶里有油，盐罐里有盐，最起码要有饭吃，有衣穿。活着有人养，死了有人埋。所以他会按各家情况，按时进行不同程度的救济。身体结实健康有劳动能力的，就介绍到乡镇企业育苗场上班，做些力所能及的营生，让他们慢慢习惯自食其力。

反正他就像是一个光棍汉，所有的时间和精力，都用来考虑乡镇工作和这些问题。

时间总是那么公正和宽待他。东明调来杏子乡第二年年终，杏子乡的各项经济指标、全乡经济总量、目标考核、农业生产、计生工作、教育工作全县排名第一，一炮打响。综合评比排名，全县第一。

那不过是极其自然的现象。而且，很有可能仅仅是个开头。他以自己的方式，他走在山林里，是为了看见他自己。他走在村子里，是为了看见大人和孩子们。他们靠在打谷场上，大部分时间，听从命运和秩序安排，很少可以完全掌握自己的命运。他们在方便的地方搭起茅草棚，摆上一口锅，几件农具，几匹牲口，几只母羊，一群母鸡，老婆孩子，肩上扛着一袋玉米面或是刚脱了糠的小米，从村里的某个磨面房出来，径直向他们深藏在树林子里的那个温暖舒适的窑洞走去，把肩上的面口袋放进厨房，把牲口的围栏扎好扎牢固，把剩下的柴草捆扎起来，以备第二天以后使用。那就算得上是上等的好人家了。坡上的矮枝密植大红枣，株距和行距刚刚合适，刚刚使各自的树丫，采光充足，通风充足。它们身上的树枝刚刚展开，向阳的那一面儿，挂着稠密的红枣，太阳的光亮儿，正落在枣面上，一点一点、一片一片地涂上颜色，就像画布上一样。它的颜色的深浅变化，预示了自然界多少用意！尽管有时也会遇到狂风暴雨，不过，不管是从狂风中醒来，还是从晨曦中醒来，坏天气对自然界的破坏程度总是有限，树上失巢的鸟儿、坡上吹弯的树林，总会将它们修复。总之就是那样吧，好天气总是多过坏天气。草棚的主人，偶尔也会在最漆黑的夜晚，在两棵参天大树的空隙之间，这时牲口已经睡眠，母鸡已经上架，粮仓已经用草帘遮盖，土地正在夜间呼吸换气，草棚的主人梦游一般，抬起头来，将目光连接到天边，试图找寻以往时光的路径。

东明看到这些，看了一遍，又重看了一遍。把身体投向暗夜，他也曾感到真切和幸福。他对于自己的工作，是有荣誉心的，这使他可以直视山川。对于时间，他除了感激，仍是感激。

他以他自己希望的姿势，站立在那里，等待一颗自然之心。

第十三章

回了北京的教授给羊虎传来新消息：

他重新勘验了桃花村的底层土质结构，完全可以烧制一种耐高温耐火材料，属于钢厂铁厂使用的下游产品，他可以联系厂家和扶贫款，可以帮助桃花村，建一个小型的耐火材料厂。为了节省资金，桃花村拿出土地，村里人也可以以工代股，投工投酬，共同建厂。

羊虎自然高兴。这在桃花村来说，已经是天上掉馅饼，十足的大好事了。

教授写信给东明，向他请教桃花村谁可以出任耐火厂的厂长，东明正在杏子乡开展冬季农田大会战，抽不出身来回村，给教授回了一封信：

尊敬的教授您好！

您的来信收到，非常感激您对桃花村人民深厚的感情和大力支持，桃花村和其他村镇一样，现在经济还很落后，实行联产承包责任制以来，农民的温饱问题基本得到解决，这已经是很了不起的事情了！您也了解桃花村的情况，您能在工作之余，致力于建设落后山区桃花村，真不知该如何感谢您啊！您在信中提到的厂长人选，因为这几年我对桃花村的情况不是很了解，据我偶尔听村子里的人说，二喜家的养鸡场规模不小，管理得不错，在农村来说，是第一批致富起家的代表人物，经您考察之后，看是否适宜。另外也可以在村里年轻有文化的青年一代当中，搭配一些副手，后备新生力量，多锻炼他们，或许将来多年以后，可以在桃花村成材，也热情欢迎您来我们杏子乡考察调研!

　　　对您的真挚感情,再次表示最尊敬的感激!

　　　此致

　敬礼

　　　　　　　　　　　　　　　　　　　　东明敬上

　　翠平听说东明建议教授让二喜当厂长,气不打一处来,知道东明贼心不死,记挂蓝花,向他爹羊虎推荐村里的小山当厂长。羊虎本来内心也赞同东明的观点,偏向使用二喜。在桃花村,公平地讲,二喜毕竟有些管理经验,也有一定的经济基础,对于桃花村的第一个村办企业来说,可能更有好处,要在桃花村寻出这么一个合适的人选来,还真不容易。但是拗不过翠平哭闹,就决定起用小山当厂长,正式辟出地块,建起新厂房来。

　　翠平又提出要求,她要到厂子里当会计。反正自己的两个女儿,都甩给了东明他妈看着,管吃管喝。东明也长年四季不回来,她也没有好好照管过孩子们一天,对待活寡一样的自己,心里憋气,也无心上地,家里的农活营生,都推给东明他爹他妈,他们愿意干他们就干,他们不愿意干就拉倒,都和她没关系,她都不在乎。她就是一心要求到新建厂里上班。羊虎知道女儿受的憋屈,嘴上说不出来,只好硬着头皮答应了。

　　小山初中毕业回桃花村务农以后,一贯表现不好,游手好闲,不务正业,毁坏小树,毁坏庄稼。特别是近一两年来,一直进行偷盗,据说光是在桃花村,被他偷盗的就有六七户,衣服十几件,款三百多元,毁坏庄稼多次,致残家畜一头。在群众中造成极坏的影响,至今没有寻下对象。

　　有一次小山披了一块黄毛毡片,半夜伪装成黄鼠狼,去二喜家的养鸡场偷鸡,被二喜当场捉住。二喜要报案,蓝花说,给他说清以后不准再偷盗就行了,放了算了。都是小时候的伙伴,偷几只母鸡也不是多么大的罪恶,就把他放了。

　　翠平执意向他爹羊虎推荐小山,当桃花村新建耐火材料厂的厂长。

　　教授为桃花村争取来的扶贫款如期到账。这对于百年不遇的桃花村来说,真是个大事件。新厂地基开挖,搭起十间厂房,教授派来他的学生们,免费给桃花村当起技术监工，按技术要求起了三个新窑，总体容积达到五百多立方，算得上是有一些规模的村办企业了。将来主要制造耐火球和耐火砖。

谁知这些钱都不明不白砸在小山手里。这下可好，小山花了一河滩子钱，皇上他妈买马的钱他都敢用。教授要来的扶贫款花完了，村里村民入股的钱也花完了，最后，半截厂房撂在半块泥地里，羊虎到乡里信用社，用桃花村的集体资产，贷了十万元的现款，也很快花光了。

村民对羊虎偏听偏信、用人不当意见越来越大，夜黑在羊虎家的大街门上，贴了一张大字报，白纸上写了一段讽刺挖苦的话。羊虎的老婆早上倒尿盆出来看见，也不识字，揭下来给羊虎拿回家，羊虎躺在炕上看了，气不打一处来，大字报上用墨汁歪歪扭扭地写道：

> 支书用钱一句话，
> 会计用钱账上挂。
> 出纳用钱抽屉拿，
> 社员用钱求菩萨。
> 纸上公章碗口大，
> 不如熟人一句话。
> 集体的骡驹支书的娃，
> 村长的媳妇比天大，
> 会计他爹惹不下。

连无辜的铁石也被牵连进来，一并骂上了。厂子还没有建好，一块砖头也没有生产出来。倒是小山和乡里的干部们成了好朋友。一桌儿吃饭，一桌儿赌博，一桌儿招引村上几个梦想不劳而获的大闺女、小媳妇们，在厂房里日夜不停，喝酒作乱。

村里几个入了股的人，眼看自己的血汗钱都扔进了泥坑，几个人联合起来，上大河县里告状。县里组成调查组来调查，羊虎弄下个烂摊场，也不知道如何收场了。

调查组在桃花村住了半个月，挨门挨户调查，最后把吃喝嫖赌、偷偷倒卖集体财物的小山带回县里，关了禁闭。

翠平一个人趴在炕上恸哭。

秋兰忍不住气，质问翠平："小山关了禁闭，是你什么人，你哭谁哩？"

翠平也不甘示弱，抬起头来，直视秋兰："我哭谁哩？他关了禁闭，我没有关禁闭吗？我就活得比他体面吗？我哭一哭咋啦？你当我是一个人吗？我就不能哭一哭啦？你家不是我的禁闭场所吗？"

"谁家？"秋兰眼里冒了火，"可怜的你，你当这是谁家呀？难道说这家不是你自己的家？"

"我当不当是我自己的家，它就能是我自己的家了？你心里还不清楚？我这几年的光景是咋过的？我还是一个活人吗？我还是一个正常人吗？我是没有你那么能装，能在二喜他妈跟前装，明明眼气蓝花那个好媳妇，看见我就想咒骂上我两句，表面上好赖话都不说，都闷在心里，你咋不说出来呢？闷出个好歹长短来，我可是咋好呀？我可咋向您那做官的好儿交代呀？那还不得把我这个老婆娘们儿，也送去关了禁闭法办呀？"

"你、你，你可真是个赖鬼呀！人不当人，自己也不把自己当个人？你的脸面是不是装进裤裆里啦？"秋兰气得浑身哆嗦，嘴不跟心，第一回和翠平撕破脸面，说出这种连她自己都没有想到会说出来的话。

翠平抹了一把脸上的泪水，还嘴道："装不装到裤裆里头，不是都一样？你那大官体面儿子还没有给你装够门面？你还指望在我身上能出个什么彩头？"

"我没有指望，没有指望……这家里祖祖辈辈的好名誉，都让你给尽毁了……"

"你说谁家的好名誉？我这怨妇一样的好名誉，是让谁给我尽毁了？"

"你……你……你……"秋兰说着，扑出门去，一时没防住，头上一阵眩晕，一个没底跟头，脸朝前摔倒在院子里的石头台阶上。

秋兰病好了以后，很少在桃花村里露面儿了。

铁石和秋兰，包了村里二十几亩荒地，带着东明的两个女儿和东明大哥的两个孩子，住到深沟里，建起果园，栽上葡萄、南瓜、苹果、梨树、杏树。铁石知道东明在杏子乡有育苗圃，写信问东明要上几百苗优种树苗。东明起初不给，让他爹进城里到农业站上去买。都是一样花钱，在哪里买不是一样？东明他爹铁石火了，信上说：

"你这个昧了良心的，你老爹老娘替你养了几年孩子，没有功劳也有苦劳，

你啥时候交给过家里一分钱的工资了？我还不知道你把你的工资都贴到工作上
头了？你是不是一个乱花钱的儿子，我还不知道？我啥时候向你追问过？你不
沾国家的光我理解，你爹我，好赖也是一级村干部，能不体谅你想把工作做好
的心思？你给我捎些优质树苗子回来，树苗子钱先从你的工资里头扣除，等我
的果园子挂果了，如数还你！"

东明看见他爹火了，知道自己做得过火，从苗圃调了几百根树苗，托人捎
回去，树苗子钱用自己的工资结算了。

这样，铁石和秋兰的果园子，就建立起来了。第二年，新枝上有了挂果，
没有卖下几个钱，不过够给孩子们吃了。荒地上收拾出三间废旧土窑，扫刷干
净，却是一处好地方。清净不受打扰。院子里养了羊、猪、山鸡和鸽子，羊和
猪为了过年东明回来，自己家里杀了吃肉，奶羊一年产两只羊羔，寒假杀吃一
只，暑假杀吃一只，给孩子们改善生活。山鸡和鸽子，为了给孙子们玩耍。加
上东明大哥的孩子，四个孩子们住东窑，铁石秋兰住中间的窑洞，东明过年回
来住西窑。

孙子们到了上学的年龄，白天果园里就剩下铁石和秋兰，逐渐发展到三十
多亩果园，铁石自己学会了育苗，不再恳求东明要树苗子了。连续几个冬天，
铁石一个人修了两台地，加上原来的二十多亩，总共三十多亩果园，够他忙的
了。平时自己作务，秋天摘果子、卖果子忙不过来时，就在村里花钱请人帮忙。
卖的钱自给自足，有吃有喝，和秋兰两个，将养着东明的两个女儿，都长得那
么可爱动人了。

东明几乎每年年终，都会在杏子乡欠下一两千元的账，他把他自己的工资，
都捐给了有急难的穷人，自己欠了账。那些欠账，也都是他从旁人那里借来，
救济了生活上有困难的人。自己吃住在单位食堂、办公室，一分钱都没有时间
去花。一年到头，都是铁石拿出家里卖苹果的钱，来替儿子还上欠账。

土地并不能平白无故地养活他们，它要他们付出劳动，却总是对他们有益。
起码，可以使他们安然度日。时刻照耀在果园里的阳光，不仅照耀着铁石最初
的果实，也照耀着他将来的果实，并让孩子们成长，那都是他的理想。有时他
看不到秋鸟的翅膀，却能听到它飞翔的声音。那种声音，或许就是他的东明，
所传达给他的一种声音。使他落泪，也使他感到一种注定的荣耀。

翠平大部分时间都住在她的娘家。

时间的源头，总像是一条溪流，从容不迫地往前走。既不快，也不慢。

……

又是繁忙季节。二喜把鸡群赶到山上，秋季是鸡群产蛋高峰期。

二喜正在鸡舍前的坡上往出担鸡粪，他爹突然出现在眼前。二喜一时没有看清，他爹猫着腰，黑乎乎的，二喜以为是黄鼠狼，放下鸡粪担子，正要取出棍棒吆喝，才看清是他爹，奇怪地叫了一声："俺那亲爹，你上山来做什么？"要是在以前的话，二喜看见他爹来寻他，一定惊喜得掉泪，可是现在，二喜对他爹的心，似乎要冷掉了。甚至经过这么多年的隔阂，都对他爹有些莫名其妙的敌意和防备了。

二喜爹可不吃二喜的冷脸，理直气壮地问："你说你爹我来做什么？没有什么事情，我就不能上这座山上来了吗？你号住这座山啦？这座山是属于你的私有财产啦？你把你的山头地契拿出来让我看看？就是你的私人财产，你爹我也有权利来走走哩！"

"这座山可不是我的。我也不想看见你啦！你来做什么？你又不理俺妈，十年八年也不见你回一趟家。你有你自己的得意去处，还上我这里来干什么？"

"你妈她也没闲着呀！怎么啦，难道说通财也跑啦？不理你妈啦？"

"哎呀我哪里知道你们这些个陈年旧事？爹你快别说啦！"二喜一听这个事，更来脾气了，"你就消停消停吧！孙子都多大的人啦，嘴上还能轻率地说出那种不成体统的话来！"

"你还和你爹讲什么体统？真是笑话。"二喜爹突然转开话题，开始夸奖二喜的鸡群，"你那是开辟新鸡舍，让母鸡自己带小鸡吗？啧啧，啧啧，长势不赖！看这情况，你经营得着实不赖呀！听旁人说了多少回，我都死活不能相信哩，以为你又在山上日鬼捣棒槌干啥哩！当个好人可不容易呀！真是你媳妇把你调教过来啦？"

"我哪里知道我是个啥人？你自己问她去吧。"二喜冷冷地回答。

"问什么呀，我也没脸和你媳妇说一句话。我是上山来看看你的鸡场养得怎么样。嗯，总体说来，还不错。就是下了鸡蛋，也不给你爹送几个过来尝尝。再说，今年雨水大，我和三寡妇住的土窑，泡了水，快要垮塌了，住不成人了，我白白养了七狼八虎的八九个儿子闺女，要是再加上媳妇儿孙们，人数多得都要撑破天了，你们也不来过问过问我的死活？"

"你咋不早说？土窑窑垮塌了？你说的是实话？除开你，你说说看，谁有脸进三寡妇家的门？要是你一个人回来，那还好说，俺们现在住的新院子里，还有一间闲房，本来就是为你将来回来预备的，问题是你……"

"我当然不是一个人回来住……"

"我说俺爹你这个人可真是的！你要这样说话做事，我咋跟俺妈开口？窑快塌了？"

"嗯。看情况是快塌了。你要是不给我和三寡妇寻住的地方，我就来你这山头上，住到你的鸡窝里头来算啦，我和老母鸡们住在一起，你说咋样？说不定在你这座山上，能生几个大鸡蛋出来。"二喜爹说。

二喜听了这话，气得眼里金星直冒了，嘴唇颤抖着说："俺那亲爹！你可真会作践你儿！谁说忍心让你住到我的鸡窝里头啦？你认为，我也是和俺那亲爹你一样的做派呀？那你不行的话……我看……先回咱家旧窑里对付住上几年？俺们都搬到新窑住了，旧窑是空出来了，厨房、厕所也是现成的……我要是再能想到什么好办法的话，咱以后再说……现在要我重新给你另盖一处新院，眼前还不现实，我还没有那么大的气程……你看咋样？明日我让蓝花把旧窑打扫、拾掇出来，给你送上几只下蛋的母鸡……想吃炒鸡蛋你就尽情吃……"

说着说着，二喜看见，他爹渐渐地老了，腰也弯了，头发也白了。二喜低下头，口气也没有刚才那么僵硬了。

二喜爹和二喜离开几步远，坐在山坡上，看着鸡舍里的鸡群进进出出，时不时夸上二喜几句："听说咱村新建的厂房不行了，被小山糟蹋得垮台了，建不起来，支书想让你接手，是真的吗？"

在这件事情上，二喜本来内心就有些得意，听他爹这么一说，更扬扬自得了，挺了挺腰杆，仿佛找回了做儿子的尊严："我还没有考虑。现在接手，肩上有压力哩。蓝花说，以后攒够钱，就把那个厂子买下来好好干。蓝花不让我借钱，怕我思想上有压力。"

"哦，原来真有这么一回子事情啊！我还以为是我听差了哩，二喜子，你和你妈，还真挺了不起的，盖了新院，发了家，还把媳妇们都娶回家，歪嘴也罢，斜眼也罢，你媳妇看起来还整端些……你看看你的养鸡场，情况看起来是挺不错的，还添了几个小孩，你妈简直屁股都要撅到天上去了！"

"俺那亲爹你说的，斜眼、歪嘴也是爹你笑话的事情呀……还不都是你失散得早，家里情况不好造成的……你倒是嘴上笑话……真让人伤心……还有，爹呀，早年就一直想问来着，这么多年，你是咋过的？也不见你们咋上山劳动，也不见在村子里多走动……"

"能咋过，不就是这里添拣一点，那里添拣一点……我手里头做些小买卖，三寡妇……"二喜爹说到这里，咽回去了。停了几秒钟，又说，"我得回去了，就照你刚才的意思，俺们明日就搬回咱家以前的老旧院，你记得送来几只下蛋母鸡，要特别能下蛋的，另外再给我逮上几只吃肉的老母鸡，让我和三寡妇也跟上你沾点光，淡淡嘴……"

二喜说："说好了，明日给你送去。可别让俺妈知道。知道了一准又要哭哭啼啼闹伤心……弄得我也两头不好说话……你明白的，我也要担鸡粪了，白白浪费了半个下午，你看，我才担了两担鸡粪……"

"真不知道你要富到什么程度……你也给你妈说道说道，让你妈见了三寡妇的面儿，不要再甩脸子咒骂，摇晃着手上、脑袋上的金戒指、金耳环的摆阔气了，回了家磋磨你爹我哩……"二喜爹一面下坡，一面说。

远处桃花村二喜家的新房，几年过去了，还是桃花村里最美的一家。二喜爹眯起眼，隔远望了望那座新院子，眼里有些个湿润。虽然他一天也没有住过，也没有跨进那院子一步。但是，在他贫困潦倒的半生里，从未能料想到，被自己早早遗弃的那个穷家，能看到现在这么动人的景象，像是高远的天界一样。不过，孩子们却也调教得地道、孝顺，对他这个狼爹，还算得上慷慨大方。

二喜按照他在每一批母鸡下蛋频率上的记录，在每一批老母鸡的记号底下画出一条直线，标明进山和下蛋的日期。找到鸡场年纪最老的那一批母鸡，抓了几只，打算趁天黑以后，给他爹送去。蓝花和儿子，二喜妈和二喜，自己家都还没有舍得吃上过一只老母鸡呢。

又是新的一天。

接着，一天、又是一天。

东明工作的杏子乡下起入春以来的第一场细雨。

啊，真是一场好雨啊！雨水像一条条千姿百媚的丝线，使身子底下的土地湿润、打开、舒展，雾气倒映出壑谷和云彩，壑谷深邃，悬浮着湿漉漉的树叶，云彩挂上树梢的顶端。看哪，雨天里一个农夫披着杂草结成的雨衣，走过他耕作的土地，不管他走过哪一块土地，他都可以在那里存身。接着，走过春夏秋冬，使岁月离开……他自己的富裕程度，就是泥土的富裕程度，就是岁月的富裕程度。景色宜人，他就是那景色的所有者。那景色，随一年四季的变化重新展开一次，他就重新再拥有一次。是啊！除开他的贫困以外，他就是一个富裕人。拥有岁月，拥有四季，拥有泥土和狂风，就是他的美满人生。细雨过后，土地就可以播种，他现在还不足以让他的土地休耕、抛荒，但是他想，等他富裕了以后，等他的食物和用度都饱和了以后，一日三餐有了温饱，孩子上学政府负担，他自己年老有了依靠，他就让他的泥土一年，两年甚至是三年，大面积地休耕、抛荒，使它们有足够的时间，把他带到他的思想那么远的远方，山野以外的一切远方。他经常看见，一个披着雨衣的农夫，在享受了泥土带给他的全部宁静之后，逆水而上，走上土坡，走上山坳，看到他的土窑和牲口紧挨着一座山峰，春天会有蜜蜂飞来，成群结队，攀上树篱，构筑新巢，因为那里开满花蜜甜美的野刺玫。土院里的黄狗叫了一声，接着，又叫了一声，像是对他呼唤，又像是对他补偿。石头，泥土，野刺玫，黄狗，在相对空间中摇动，又在绝对空间中静止，恒久保持原状。那都是他的，永久都是。夜晚，他和它们都沉眠之后，鸡窝里的公鸡，总会在清晨把他们都唤醒。身上的被褥被露气沁湿，他睁开双眼，重新把泥土扛在肩上，狂风吹过山脊，吹过牲口棚子，和前一天、和之前的每一天一样，发出断断续续的声音，那都是他一年四季的优势和收成。他把它们，都交给时间去甄别，所有那一切。然后，再送还给他自己。

那是必然会发生的。

杏子乡不再是荒野中冷冷清清的一个偏僻乡镇。

杏子乡政府换届，顺理成章，东明被提名候选杏子乡党委书记。选举前夜，之前受过处分的失职计生干部，东明来杏子乡之后，在很多日常工作中失去个人甜头的部分乡镇干部，嘴上不说反对，心里却憋着一股子黑气，连成一气，秘密串联各村支书、村长，预备黑选，预备把东明这个外乡人，撵出杏子乡，使他们自己的势力重新掌权。

选举前夜，杏子乡牛沟村支书杨世刚，睡到半夜，怎么也睡不着。他也是被秘密串联过的一个人，他本来不愿意答应他们的要求，但又怕那些人暗地里报复，勉强答应，预备黑选，把东明拉下台，撵出杏子乡。深更半夜，他翻来覆去睡不着。他连夜起身，手电都没有来得及拿，脚上的两只布鞋都穿的不是一双，一只黑布鞋，一只灰布鞋，他都没有发觉，一个人行走在黑黝黝的山坳。

大步流星，到最后，几乎跑起来。他想，多少年以来，在他当小队队长、村主任、村支书以来，东明是他见过的唯一的一个好人干部。他不能让杏子乡失去这个好人。东明对牛沟村所有户数的富裕、贫困情况，比他都熟悉，比他都上心。哪一个村子的情况，他都熟悉，他都上心。他再没有遇到过那么热心工作和用心公正的干部。他确实很少遇到。这么好的干部要是被撵出杏子乡？不，绝对不能发生那样的事情。他走了一个多小时，满头大汗，叫开乡政府的大门，东明已经睡了，所有的人都睡了。他把东明的门叫开，告诉东明，明天那些人暗地里搞串联拉选票，铁了心要撵走东明的事。

东明觉得事情重大，连夜拨乡政府的手摇把子电话，向县委做了汇报。

第二天，县委县政府派驻调查组进驻杏子乡，监督民主选举。对个别私下串联破坏选举的受处分干部，进行了诫勉谈话。

选举照常进行。

东明高票当选杏子乡党委书记，主持杏子乡的全面工作。

关于杏子乡的未来发展，东明清楚地知道，以前因为这里太贫困，就像是一张白纸，有助于描画。卖力画上几笔，就能看见巨大的变化，各项经济指标和全面工作，一跃从全县倒数第一，变成现在的全县排头第一，那在事实上，只要吃苦扛硬，相对来说，是容易做到的。但是，要在现在的基础上更上一层楼，就不仅仅靠吃苦就能达到了。除了更要吃苦，还需要智慧、能力和魄力全面攻坚。那么从现在开始，杏子乡的攻坚战就要打响了，一来必须保住现有成果，二来更要开创未来经济发展新局面。

杏子乡政府出台规定，每一个乡镇干部正副职各包抓一个村，帮扶、监督、带领村民脱贫致富、改变村容村貌。东明包抓杨渠村，杨渠村支书尚迎满，知道东明包抓，必定要在这里大干一场，主动请缨，在杨渠村做试点，在科学种田示范基地的基础上，脱贫致富，彻底改变村容村貌。

一九九三年的杨渠村，黑灯瞎火，点的是煤油灯。二十世纪七十年代有一段时间，杏子乡各村用电，靠杏子河的水力发电，发电站规模小，根本不够用，几乎天天停电。过年过节，都靠煤油灯照明。一九八〇年到一九九三年以前，全乡半数以上的偏远村子，都是黑灯瞎火，没电。东明去县里争取资金，村里筹工酬劳，发动群众，栽电线杆子，拉电线，光杨渠村就栽了一百多根电线杆子，拉上电线，通上了电。虽然遇到刮风下雨，电线常常被刮断，电压不稳，但是比起以前来，几乎天天晚上能用上电灯了。尚迎满记得清清楚楚，孩子们能在电灯底下写作业，那真是一件幸福的事啊！杨渠一个行政村包括三个自然小村，八十八户人家，四百一十五口人，全部通上了电，不留一户死角。接着通路，通村路，通水。原来吃的水是到五里地以外的河里担水，担一担水，来回就是十里地。东明组织村民，农闲时自力更生，挖沟壕埋水管引水，在杨渠村打了两口深井，一口搞自来水，供人畜吃水，一口用来灌溉农田，解决了吃水问题。之后相当长的一段时间，杨渠村的吃水和灌溉，一直靠这两口深井。吃水井修了水塔，装上水泵，可以长年储存三百立方水，足够一年四季人畜饮用。自来水通过沟壕水管，直接引到每家每户厨房的水缸里，这在当时大河县的乡镇农村，也是首家。当时农业技术不行，东明发动大家种植大棚，他带着乡镇干部搞大棚示范，争取农业扶贫补贴资金，辟出几十亩地，除了出工出劳，不让农民投资冒险。大棚里种上西红柿、黄瓜、小菜、青菜、蒜苗、韭菜、菠菜，种出反季节销售的新鲜菜，销路很好，经济效益很好，示范成功了。接着给有条件发展的川道村推广，杨渠、沙湾、牛寨都成了大棚种植示范基地。杨渠村村民尝到经济上的甜头，接着搞了三十三个大棚，二十几个弓棚。大棚种植反季节蔬菜，弓棚供应青黄不接时的蔬菜。大棚在冬季生长成熟，露天大田在夏季生长成熟，弓棚负责春秋两季蔬菜供应。一年四季有了蔬菜吃，有了零钱花。大棚管理精细，弓棚管理粗放，都是东明从收音机里听来的办法，是从山东寿光引进的技术。东明自己写信，请教人家，请人家为自己详细说明，然后传授给农机工作人员，在全乡搞农民技术培训。一个大棚当年收益八千块钱，在农村说来，那是很大的一笔收益。弓棚收入三四千元，村里的收入一下子就提高了，杨渠村一年出现了十一个万元户，杨渠村成了杏子乡的万元户村，也成了大河县的明星村。东明给大家在地头算账，一个大棚占地七八分地，年收入八千，一个弓棚年收入三四千元，种一亩大田，地膜覆盖搞地膜玉米，亩产吨斤大田，年收入一千元，账怕细算啊。所以在水源充足，打了深井适合种植大棚蔬菜的村子里推广。杏子乡、张渠乡和候市乡的蔬菜，都是杨渠村和附近几个村的大棚蔬菜供应。

一年四季推广科学种田，让大家早早起床。每天早上，村民还没有起床，他已经来到村里的地里，穿着一件布衣，一双布鞋，脖子上挂着一个巴掌那么大的收音机，专门收听农业技术广播，然后给大家现场推广。从乡政府出发，二十几里山路，到了村里的地头，天还没有亮。他一个人坐在地头，等待临明前的那一阵黑暗过去。对面山坳过去，仍是山坳。哪一处，是他想望的地方？总是会有那么一处。他关掉夜间广播。那时的夜间广播，都是播放白天播放过的节目，他白天都在地里、土里，没有时间收听，他都是凌晨醒来起床，再也睡不着，趁着黑夜，走上山路，来到这个村庄，一路听着农业节目的重播，在山间，只有他的布鞋踩踏在泥路上、时有时无的回音……此刻，他一个人坐在山间，等待天亮。最后一颗星星，怯懦地闪烁，似乎在守持某种未知的远处的秩序。凌晨湿气袭人，他孤独吗？不，他没有觉得孤独，只是偶尔觉得悲伤。他悲伤吗？不，他也没有觉得悲伤，只是偶尔觉得宁静。他又记起往昔的一切过往……他挑过的木桶，背阴的河沟，树根和野菜……他以前所曾拥有的记忆，不管那记忆有多么遥不可及，也不管那记忆对他自己，怀有多少同情，多少慷慨，那些记忆，不要以为，转上一圈就够了。因为他没有贪婪地把它占有，所以只要他活着，就会围着那个记忆，转上一圈又一圈，甚至最后，可能也会在那记忆里头，使自己恒久。他看到在朝阳中，一条金色巨龙，闪着光芒，也闪着太阳赋予它的荣光，在那澄明的光晕里，遥相辉映，徐徐升空。那晨曦和他坐着的这个田间地头的距离，是他算不出的距离，但是，他保留了它，全部。

他的心上，失去一半，埋葬一半。他所遇到的工作和泥土，都是给他的抵补。

天亮以后，他走进村里，农民还在被窝里睡觉呢。到支书家把杨世刚叫起来，说他到地里转了一圈子，杨世刚不相信。东明说，牛沟村的哪一块地里种的什么，长得怎么样，是不是缺苗，起虫了没有，哪个沟沟渠渠里种的什么，他都知道。随便走在村民家里，饿了吃上一碗洋芋饭，最爱吃蒸洋芋、煮洋芋，生活上不讲究，认人上不分高低贵贱，和要饭的也能在一桌子上吃饭。对地位高低的人都一律真心对待，都希望对方是个好心人，特别爱接近老百姓。

杨渠示范村的经验成功以后，他就在全乡推广。自己三下铜川，通过县里的领导，借了六辆大卡车，把水泥杆子、电线、变压器都拉了回来。发动农民农闲出工出劳，打深井，修水塔，挖沟渠，铺设管线，全乡人通上了电，吃上了水，还可以灌溉农田，两个冬天，一共打了近百口深井，吃水灌溉，都解决了。随时记录种田日记，作物拣选优种，播种时间，发芽时间，移栽补苗办法，田间管理措施，收获最佳时间，每天气候变化，各种农产品和粮食价格，市场信息采集分析，都有记录。

由于长期缺水，节水灌溉工作常抓不懈，越缺水，越要抓节水，大田喷灌强调作物流灌。大棚浇灌，使用高标准节水工程，走高效节水灌溉之路。大面积农田灌溉，偏远山区解决缺水，推动社会发展的正确方向和重要途径，要继续紧抓，要充分利用天上水、地下水、地表水，大力发展灌溉大田。贫困山区户均发展两口水窖，人均半亩窖灌大田，配合改善农业生产大发展。发展庭院养殖种植经济，使贫困地区尽快解决温饱问题。加强旱秋作物田间管理，春播时期墒情好，旱秋作物苗齐苗壮，秋粮早期灌浆不错，充分利用收种前的间隙时间，做好田间管理，完成"三无"：无缺茬，无病虫，无反复。农业丰收，一靠优种，二靠肥料，农家肥和化肥间隔使用，效果更好。全乡实现统一供种，配方施肥，株距间隔播种，地膜覆盖等多种技术为一体的综合农业技术推广。虫害易发阶段，采取一喷三防：喷尿素水，磷酸二氢钾，抗旱剂，防病虫药剂防病、防虫，彻底防止和杜绝小灾一条线，大灾一大片。这些都是他在笔记中记录的事情。

接着，动员全乡农民，推进沙石通村路。

一到冬闲，动员全乡农民，沙石通村路修了三千多公里。因为没有钱，这些沙石路，都是一家一户、一肩一肩担出来的。给每村、每家分配任务，先从石窝炸出石头，再把石头用榔头敲碎，最后砸成石子儿。每家一百担石子儿，砸好以后，交到划好的路段内。每家出工出劳，农闲时节，黑来早晚，铺设石子沙路。因为几辈辈出行，都是两足泥水，能让汽车、三轮车、小平车走上沙石路，那是多大的幸运！大家的积极性异常高涨。农业示范杨渠村，以前没有沙石路的时候，生产、生活出行、学生上学都不方便。杨渠通往杏子乡的路上，杏子河就在眼前，以前没桥，要过这道河，不发大水的时候蹚水过，发大水的时候过不去，生产生活，农产品销售都受影响。东明号召杨渠村的种植大户和大棚大户，捐资捐款，村上人出工出劳，乡里争取县上扶贫补贴，架起一座四十二米的跨河大桥，杨渠村，成了县里、市里、省里的农业农村示范点。

以前的杏子乡，人无粮畜无草，背上口袋到处跑。闹粮、抗粮、乱粮的事情时有发生，借了粮不还，年荒年荒年年荒。现在，天上下一场雨，东明就去各村地里查看庄稼情况，看到谁家长得不好，下次来的时候会带上几袋化肥，让赶紧上到地里，自己的两条裤腿，永远是湿的，露水打湿了再干，干了再次被打湿。对穷人好，对穷人是说不尽的好。他当的是穷人的官。在生活上，他也是一个穷人。

东明来杏子乡以后，杏子乡的基础建设、党建、精神文明建设、计划生育、社会治安、生态建设、乡镇企业，各项事业在大河县经济社会发展综合考评中，连续五年排名第一。

乡镇企业从原来的二三十家发展到四五百家，中等规模的小型乡镇企业就有十几家。通过劳务输出，建筑工地，商业，饮食服务各个领域，使杏子乡基本群众收入大大增加。

东明当杏子乡党委书记时，为杏子乡搞三通。村村通电、村村通沙石路、乡乡通程控电话。实行县里干部包乡，乡镇干部包片，干部蹲村，村干部包户责任制。

杏子乡山大沟深，地广人稀，百分之五十的线路要离开公路，翻山越岭，跨沟过涧，地区行署副专员马卫东视察后说："杏子乡的三通在大河县任务最重，条件最差，困难最大。"

东明说："自打决战三通以来，不管走在哪个村，一看见拉电杆的车就觉得亲……"

东明自己包下乡里最贫困、偏远的两个村子的三通：牛村和庙沟两个自然村，路远坡陡，崖高险峻，村干部对拉电杆有畏难情绪，有些路段高压电杆要从悬崖往上吊，二十多根电杆要用绳索从六十多度的陡坡山道、八十多度的悬崖峭壁上，一根一根，一寸一寸拉上来。六百多斤的电杆吊在半崖上，手不能松，脚不能移，其难其险，自非寻常。东明第一个拖起大绳，走在最前头拉电杆，风餐露宿，肩膀磨得血烂也不吭一声。给村民和村干部做出表率，以点带面，一步步推进。由于各村居住分散，山大沟深，杏子乡十米至三十米以上的水泥电杆，超过二百多根，这些电杆，离开公路大道，硬是靠人工用最简单的运输工具，用最原始的劳动方式，肩拖手拽，运到测量地点深埋，杆杆浸透着东明和大家的血水和汗水。一根根为原先不再计划内的牛村和庙沟两个自然村都接通了高压线，完满实现了村村通电的美好愿望，杏子乡九十岁高龄的老人张茂才说："连牛村和庙沟两个自然村都能拉上电，这在老先人手上可是做梦都不敢想的事情啊！"

就这样，在包抓部门未给任何补贴的情况下，杏子乡二十三个行政村、九十一个村小组、一千九百七十八户农民终于在一九九六年六月三十日这一天，在大河县范围内，率先第一个乡镇全部通电。

东明在杏子乡三通以后，没有一分钱欠账，村民们除了出工出劳，拉电杆、埋电杆，没有向老百姓摊派一分钱。其他乡镇都有外欠，还向老百姓摊派钱款。羊毛出在羊身上，做一分钱的工作，给老百姓摊派两分钱的任务。

三通完毕后，大河县召开县委县政府表彰大会，杏子乡名列第一。受到三十万块钱的重奖。

东明又把这笔奖金拿出来，扶持圈养畜牧和矮枝大红枣的全面种植。

崔子美，县委党史办主任。东明在县委办的时候，崔子美在县经委。东明调到杏子乡，崔子美调到县广播电视局，开始搞采访。全县十六个乡镇，杏子乡工作搞得最好。比如说，省级文明乡镇，市级文明乡镇，都是东明任职期间创立的，省级科普乡镇也是他创建的。科学种田，高效农业，杏子乡杨渠村成为全市高效农业示范点，连续开全市高效农业现场会，县里、省里更是经常现场观摩。全县各乡镇工作里面，崔记者一周两次到杏子乡采访，几乎天天有报道，杏子乡工作太出色了。其他乡镇工作搞不上来。东明在杏子乡工作期间播出了多少条新闻都数不清了。崔记者给拍了多少新闻片子也数不清了，总之，杏子乡的新闻报道最多，其他乡镇领导都眼红了，就问崔子美："为什么杏子乡的新闻那么多？"

崔子美说："你们的工作比不上杏子乡，如果你们的工作做好了，我们也会宣传你们的。"

曾经有个县上领导问崔子美："大河县的新闻是不是成了杏子乡新闻了？"

崔子美说："杏子乡各项工作都搞得好，不信你去看一看。"那位县级领导是分管工业的，平时不下乡镇，听了崔子美的话，就去了一趟杏子乡。结果不去不知道，去了一看，原来荒秃秃的山岭变成了山川秀美的米粮川，感慨万千，当即回去组织工业系统的干部职工，去杏子乡学习东明那种埋头苦干的精神。一九九三年冬天，崔子美在杏子乡拍了一个专题片，叫《杏子川上好风光》，在县里电视台播放了以后，被选到市里播放，又被选送到省里播放，最后在省里得了当年的优秀新闻片奖。获奖之后，崔之美借调到市里电视台当记者，他再次回到杏子乡，拍了个《人民公仆刘东明》，当时在市里一套、二套节目都播了，反响非常大，专题片里面讲了三个故事：

　　第一个：民情日记。崔子美经常去杏子乡，对杏子乡非常熟悉，有一次过去起了个早，前一天下午采访完，第二天早上要回县里有活动呢。一大早去敲东明办公室的门，乡政府文书说，东明书记下村去了。每天早上五点钟起床，步行到东岭或者西岭下村去，是他的惯例，赶下午上班时间，就回来了。崔子美让文书把他的办公室门打开，坐在里面等他，发现他的办公桌上有五本民情日记。每一天到杨渠村查看农苗生长情况，到东山检查耕作防虫害情况，每到一地，都记录得清清楚楚。什么地方有什么问题，要怎么解决，其中写道：寺洼村有个残疾青年，叫牛怀斌，家庭生活困难，但是一个很有理想的文学青年，记住几天下乡回来后要带民政部门去慰问、帮助他。还有写道：小沟村妇女上访，啥原因，子女不好好管老人，已经让村干部去解决。然后又写道：我看见老人可怜，我给老人一百元。老人不要，我硬给了。记住过一段时间下村去小沟时要回访，看老人生活改善情况咋样。厚厚的五本，写得密密麻麻，今天开什么会，解决了什么问题，还有什么问题应该怎么解决，在思考每天干的事。

　　第二个：三通工程。给每一个行政村、自然村通沙石路、通水、通电。是全县二十世纪末跨世纪壮举，但是杏子乡在一九九五年全部实现。杏子乡上下川，东川西川南川，村村都通了。通村通组也就是小自然村的沙石路，通电，电都有了，埋了电杆，拉了电线，能正常使用了。他们来采访，杏子乡三通场面最大，乡镇干部都在现场干活，当时在茨塔坪村，正好到了初冬十一月，杏子乡这地方地理位置偏远，山大沟深川道急，初冬穿河沟风特别大。乡政府当时有一辆帆布车，拍专题片的时候发现一个细节，那时候没有现在农业机械这么发达，一根电杆放在一辆架子车上，二十几个人拿着几根绳子，在前面拉架子车上坡。坡陡，上不去，二十几个人喊着号子："嗨！嗨！嗨！"上坡呢，坡特别陡，记者拿着一个摄像机一照，拉近一看，东明肩膀上拖着一根粗绳，穿着一件烂夹克，东明是个近视眼，戴个眼镜，腰弯下，第一个拖着大绳，喊着号子，弯下腰："嗨呦！"喊一声，架子车上的电杆往前挪一寸地方，然后抬起头来，直一回腰，喘一口气，往肩上紧一下大绳，再弯下腰，再喊一声号子，"嗨呦！""嗨呦！"再继续往前挪。当时记者很感动，镜头不动，等着他们拖着电杆上了坡，记者拦住他，要采访，他不让，记者说："乡镇党委书记亲自拖大绳拉电杆，真是好新闻。"

　　东明说："这算什么好新闻，别采访。没什么可采访的。"

记者问："为什么？"

东明说："我是杏子乡的书记，我和大家一起干活是应该的，是我的工作。你要宣传就让我为难了。"拒绝采访，又弯下腰，拖着绳子，和大家一起拉着电杆走了。

第三个：二十世纪九十年代初，东明到杏子乡当乡长，两年后当杏子乡党委书记，在全县搞得最好，从全县最后一名变成了全县排名第一最富裕的乡镇。各村农民的农业特产税费、政府的各项钱款摊派任务，东明都采取乡镇企业富裕户拿一部分钱来帮助农民解决。贫困家庭缺少劳力的孤寡家庭乡政府都有记录，每年的学杂费都有补贴，特别困难的全免费上学。彻底减轻了农民负担，当时其他乡镇就没有这些条件和政策，农民负担特别重，税费负担，各种摊派。另外一个乡镇有一家，家里经济特别困难，家里没劳力，一家孤儿寡母和两个老人，很可怜，问东明能不能从其他乡镇迁移到杏子乡来生活，听说这里对特别困难的家庭，孩子可以免费上学，东明当即回答："没问题。来吧。"

三天之内就把那个特困家庭的迁移证给办好了。他遇到需要帮助的人，都会全力以赴帮忙，绝不回避后退。对百姓的事情，每天都在笔记本上记录，每天都要看他的笔记本，看几天以前记录的事情办了没，效果咋样，需要立即办的就立即办，需要回访的记录着什么时间要去回访。群众困难及时解决，果断干脆，说办就办。说一不二。牛沟村支书杨世刚说："走路不忘他开路，吃水不忘他打井，照明不忘他通电，种地不忘他修田。"

一九九三年杏子乡发大水，把一个烂沟渠填平以后，增加了十几亩地，东明就着手给农民建农产品交易市场。当时发大水的时候，上游乡镇的坝冲垮了，大水冲下来，非常大，平地三尺深，暴雨浇顶，浊水没膝，人在露天行走都有被大水卷走的危险。黑夜之中，白雨之下，东明带着乡镇干部挨家挨户查看灾情，裤腿往上一挽，往水里扑，救出一个被水冲走的小孩，当时情况非常危险，事后乡政府的厨师张增福问他："东明呀，你就不怕死？那么大的水，淹了你可咋办哩？救人也要有个限度哩！"

东明说："我怕啥呢？死了就算了。那个小孩要是有个什么闪失多可怜。"

这个厨师，也是因为家庭情况太困难，家里只有他一个孤寡老人，才安排到乡政府厨房做饭，东明经常下村，有时候赶回来，就后半夜了，还没有吃晚饭，厨师就起来蒸一碗洋芋焖饭给他吃。其他人都有家庭，只有厨师和东明没有家。节假日也不回家，两个人关系很好，节假日的时候，晚上灶上没人吃饭，只剩下东明和厨师的时候，东明会一个人默默地喝上二两白酒，然后回宿舍睡觉，不然他只能工作，睡不着。

睡着以前，他在他的笔记本上写道："民有所呼，我必有应。民呼我应，民需我为。杏子乡——自勉。""当官即不许发财。"

第二天一大早，五点钟起来，拿起扫帚，打扫了划分给自己的卫生区域。东明一个人爬上杏子乡政府斜对面的三姊妹山。三姊妹山有一个美丽的传说，天上王母娘娘的三个公主，结伴到民间游玩，落了难，从此落足于杏子河畔的一座高山，点化了此山，从此，山势俊逸秀美，巍峨婉转，荆棘圪针遍生，唯独却在山顶之上，端端正正长出三棵参天大树，东西走向，依次排成一排，向天而望，秋风沙沙，树叶相互缠绕，亲密无间，因此得名三姊妹山。谁知"文革"期间破四旧，有几个人生了邪心，合起伙来，带着斧头，上山砍掉最中间的一棵大树。从此，三姊妹山顶上，只剩下两颗大树。"文革"结束以后，东明来这里工作以前，当地人多次来到姊妹山上，在中间那一棵被砍掉的树坑里栽树，却没有一次成活。

数年前，东明在三姊妹山上植树造林、改造荒山时，看见中间的空土坑，问起根由，听说了三姊妹山的传说，心生怜悯。提上水桶，担上农家大粪，几个人在三姊妹山顶上，在原来的树坑里，栽上一棵杜梨树，之后偶尔有空，早上起来，担上清水，上山来浇，那棵杜梨小树苗，活了。

到此刻，六年时间过去了。东明爬上土坡，坐在那棵杜梨树下，杜梨树已长出三层树冠，状如顶上莲蓬，茂密可亲，眼看就要搭住旁边两棵大树的树冠，再成长一些，她们姊妹二个，就能像以往的岁月一样，微风吹动，沙沙回响，相互牵恋，亲密地成长在一起了。一棵树假如活得真诚，也会像一个步行者，总是比不劳而获的人花上更少的时间，得到更多的风景。

在这座姊妹山上，东明并不迷信，却心怀期盼。他只是一个步行者，好似有某一种命运安排，走到这里。某种看不见的东西，在东明这里，是存在的。正是那种存在，把他从众多人群中区分出来。他的宽阔的脊背，依靠着那棵他亲手种植的杜梨树，在清晨的空气里，在离开桃花村以后每一个永恒颤动的黎明中，靠近我，挨近我，他在心里说。杜梨树冠高高悬立，几片叶子，落在他的脸上、心上，落在他从不肯轻易淌下来的泪滴上。也许，只有天上的仙女，能看见他眼里、心里淌下的泪滴。他转过头来，比他的泪滴更为荣耀的，是那棵一分一秒都在生长的小树。如今的三姊妹山，已变成黑豆大田和杜梨园，熟杜梨染红了坡面，大黑豆叶子遮住一连串豆角秆，有几处黑豆大田已经开始收割了，这些都非常美丽。他和这些黑豆秸秆、杜梨叶叶，结成快意的旅伴，像一片羽毛一般，抛开狂风或是暴雨，只剩下永恒。还有那永在他身边，高于一切物体，指引他向上的过往岁月。

他把那一切，留在他走过的那些地方。他看见地里的农民，有时用锄头，有时用双手，一万次地挖开土地，但是，并不是为了把自己埋葬在那里，而是为了生计。使他痛切地感到，人活着是为了活着，而不是为了埋葬和死去。或许也可以尽力争取，活得有那么一丁点儿尊严和体面。在大气层中，地球和东明一样，和人类、土地、牲口、黄狗一样，在相对空间中转动，绝对空间中静止。即便有人不肯相信，或许始终不肯相信，那也算不了什么。但是，却就是有那么一股子光芒，始终照亮你。

在东明来杏子乡任乡长、乡党委书记一共六年之后，各项工作在全县综合排名五连冠之后，一九九七年三月，东明调往大河县政府任副县长，分管农业。那一年东明三十四岁，是大河县最年轻的副县级干部。

走的时候，杏子乡的百姓们，拿着熟鸡蛋和热馍来送他。受过他接济和帮助的村民，掉下热泪。牛娃的孙女香草，已经上了小学三年级，学费全免，生活上民政担负救济，香草的神经病爸爸，东明曾安排民政干部，接到乡卫生院看过几回病，好一阵坏一阵，一年四季都不知道跑到了哪里，这时，却破天荒地出现在送行的队伍中，挤出人群，递给东明一个皱了皮的苹果。苹果上面有一个虫眼，他用手把虫眼里的虫子挖掉了，留下一个缺口，两只手递给东明，断断续续地说："香草、香草……"在一个精神失常的人那里，他所能表达的，恐怕也只有这些……

东明对杏子乡的父老乡亲，深鞠一躬，不知为什么，止不住淌下热泪，转身离开……

杏子河，那一条潺潺淌过的大河呦！

第十四章

东明的两个女儿，从小时候起，就在秋兰和铁石的果园子里健康愉快地成长。现在大女儿十来岁，二女儿也七八岁了。虽然孩子们身上的穿戴，并不见得比桃花村的哪一个孩子更崭新，但是秋兰总是把孩子们打扮得干干净净、整整齐齐，像是两只美丽的蝴蝶，除了在桃花村的小学校里念书，就是在果园子里四处玩耍。每年过年，东明都会回来陪伴父母和孩子们过年，但是总是不等到破五，就匆匆地走了。回了他那时工作的杏子乡。平时无暇，基本上不回来。

那天下午，羊虎上山寻柴，走偏了道儿，走到铁石承包的果园子这边来了。铁石正在园子里面下果子。早熟的品种，正赶上这几天要上市。两亲家相遇，还和以前一样亲热。羊虎说："铁石兄弟，你搬到这偏僻的果园子里住，咱们见的面儿可少多啦！到我家咱们喝上一盅？"

铁石放下自己手里的苹果口袋，让秋兰和孩子们继续摘苹果，接过羊虎人哥肩上的湿柴担子，和羊虎一起到他家喝酒去了。

去了羊虎家，羊虎吩咐翠平妈，炒了四个鸡蛋，拌了一盆子酸菜，两个人就喝开了。

"翠平不在家？"铁石问。

"不在，跟她嫂子进城里赶集去了。说是黑夜回来。东明最近还是工作忙的？在杏子乡还是很好？"

"好像是吧。说是在搞三通什么的，没回来。他在那个乡里的工作，每年都是咱县里的先进。"

羊虎喝了一口酒，对铁石说："那对于东明，是不用说的。就因为是个好孩，才叫人割舍不下。我说亲家兄弟，俺对咱这两个冤家，想了一步棋儿，一步好棋儿，想和你商量商量，你看咋样？"

"啥好棋儿？你快说说看。"

"翠平就是那么一个孩子，家里就数她岁数小，嘴上不知道饶人，不懂事，实际上也不是一个赖孩，这两个孩子的事，咱们总还得给谋算谋算，你说是不是？"

"谁说来不是！羊虎大哥，我一辈子敬重你，没有啥话说，你说现在咱该咋办？都是东明不对，一年也不回几回家，不过，咱的孩子咱清楚，也不是有了赖心的孩子，你快说说你有啥好步骤？"

"依我看，让翠平搬到东明工作的杏子乡去住，咱再把这两个人，往一块儿撮合撮合，两个小孩都那么大了，你说咱这当大人的，能咋样处理哩？你看我想的这步棋咋样？"

"呃？你说什么？"铁石问。

羊虎又把自己的意见重说了一遍，铁石听了，想了一阵，觉得是个好办法，就说："我看行，大哥你说得对，等机会我和东明说说。"

"就是说呀，东明自始至终都没有说两个人不能过下去的话，我猜测是对这个家还有一份儿意思挽留……"

羊虎的话给了铁石信心："就是呀，就是。我估摸着也是。这个孩子，唉……真是对不住大哥你们一家的好意……"

"好我的铁石兄弟，你说的那是哪里的话，东明那孩子，是块好材料啊！说一句真心话……就怕咱家翠平这孩子水浅……养不住他……"

"大哥你放心，我活着一天就能扛住这件事，东明这孩子，心里吃劲归吃劲，唉！不过骨头里还算是个听话的，没有驳斥过我的大小意见，除了这件事对我有些看法，那他也翻不了个天。他对我和他妈，心里还是有股子怕劲儿哩……"

他们谈话的范围慢慢扩大，从孩子们的事情说到庄稼，说到果园，说到天气变化，说到日子光景，岁月时光。一面喝酒，一面聊天，一直聊到天色已黑，口气慢慢松弛下来。在桃花村，这两个性子刚烈、说一不二的人，因为孩子们的事情，也没有少受憋屈。

　　两个人喝得满脸通红，自从孩子们的事闹成这个样子以来，虽然两家人嘴上都没有磕碰，但是心里都不遂顺，难得今天想到这么好的办法，他们两个，喝着喝着，都有些醉了。

　　一个小孩子跑进来，是东明的大女儿。叫了羊虎一声"姥爷"，然后拽着铁石的衣裳小声说："爷爷，俺奶奶让你回家。收苹果的人来了，让明天一大早，把卸下来的苹果送到乡里的汽车上去，不然，汽车就开走了。不等人。"

　　铁石起身，抱起孙女，踉踉跄跄地告别，回家去了。

　　回到果园，也没有去地里，直接回土窑睡觉去了。路上让凉风一吹，他觉得头重脚轻，说实在的，他喝的那点儿酒，并不算多。但是因为东明这个家庭情况，和翠平一家这种苦恼的关系，像是一座大山，快把他压垮了。秋兰卸了几口袋苹果回来，看见铁石喝醉了，替他脱了脚上的两只泥鞋，扶他上炕。铁石翻了一个身，在沉睡之前的一秒钟里，如释重负地说："羊虎大哥想到一个好办法，让翠平跟上东明，到他工作的杏子乡里去住。"说完，像是刨去了他肚子里的一块心病，倒头睡着了。

　　秋兰手里提着东明爹的两只泥鞋，听了这话，停了半晌，说："你想得倒是简单，怕是你的心思，是竹篮打水，一场空哩。唉。"

　　秋兰想，要是东明能答应，那就不会是现在这个样子了。从外表上看，东明对家里提出的意见，一准是不反对。但是他心里，却有他的老主意。东明本身的条件，心地本事，都是那么全面的一个孩子，因为家里人的贪图，真像二喜他妈当初耻笑的一样，羊虎家的权势，是个多大的权势呀？还为了大人们的情义，搭上孩子们，作害了那个孩子，到现在过得眼见比任何人都难过。想到这些，秋兰腔子里的心，都会揪疼。

　　不过，眼下的问题是，恐怕明天一大早，看东明他爹醉得这个程度，是不能往乡里送苹果了。

　　一大早，秋兰在小平板车上，套了借来的牲口。装了五口袋苹果，去叫醒铁石。谁知道铁石的心好像还在另外一个世界里沉睡，像是几万年都没有睡过一个省心觉一样，任凭咋样也推不醒。

　　"可是苹果一定要送去呀，收苹果的汽车要是开走了，这些早熟的苹果烂在口袋里，谁还会要？"

　　秋兰推醒东明的大女儿，叫上孙女和自己做伴，赶上牲口去乡里送苹果。

外面的天色还早，最后一颗星星还没有完全退却，秋兰一辈子没有赶过牲口车，也不知道能不能拉到乡里。但是眼看着五口袋苹果砸到手里，于心不忍。给孙女穿好衣服，脸也没顾上洗，两个人坐上驴车，出了果园。

那一头拉车的毛驴，是铁石从别的小队借来的。他们二队，现在喂养牲口的人家少，除了二喜家的骡子大美，再没有了。虽然那时，二喜家的大美还在牲口棚子里拴着，还很健美结实，但是，秋兰是不会借二喜家的牲口的。

小毛驴看看天气，看看小平板车，看看车把前头坐着的秋兰和孙女，几乎不能相信，她们两个可以赶着它走到十二里山路以外的乡里。东明的女儿坐在车上，半睡半醒，靠在秋兰的身上打盹儿。遇上上坡的时候，秋兰就下车，帮着小驴推车，走上平路，才能再坐到车上。她们走上通往外界的山路，两旁茅草覆盖的水沟，时隐时现，高处的山脊，似乎都在沉睡，湿漉漉地伸向远处。小毛驴的四只驴蹄子，都被露水打湿了。东明的女儿坐在车上，晃晃悠悠，靠着秋兰，二指宽的土路，只够一辆驴车走过去，颠簸不平。小女孩终于被颠醒了，暂时撵走了瞌睡，婆孙两个，静默了一会儿，孙女叫了一声："奶奶！"

"怎么啦，麦芽儿？"

"麦芽儿"是奶奶给她取的小名儿。她没有大名，爸爸和妈妈都没有顾上给她取名。在她念五年级以前，作业本子上，都写的是麦芽儿，上了五年级以后，她看见别的孩子都有大名儿，她就给自己取了一个大名，叫作刘朵，就像自家苹果地上，刚刚结出的花朵。

"奶奶，俺爸爸什么时候回来呀？别的小孩，天天都能见到他爸爸。"

"你说什么？"秋兰把头一抬，这个孩子头一回问她这样的问题。

"俺爸爸，我其实很想念他。"

秋兰一声不响，把孩子搂住，刚强地说："过年就回来看你和妹妹来了，你爸爸工作忙。是比别人的爸爸都有出息的爸爸。"不过，声调儿听起来却有些颤抖。

"哦，我也这么认为。我也觉着，俺爸爸就像是咱们家的苹果树上，结在树顶最尖尖上的那个苹果一样，照得太阳最多，苹果面上最红，最好看、最透亮的那一个，谁也够不着，可是谁都觉得高大好看。"

"嗯，就是。"小驴车摇晃了一下，车轮子差一点陷进泥坑，毛驴脊背上打了一个颤儿，又走起来了。

"俺爸爸，长得最好看，对不对？就像是童话里头救了公主的王子，对不对？谁也比不上他！"麦芽儿把这个问题想了一遍，接着，又想了一遍，觉得很真实完美，所以又给奶奶重复了一遍。

"嗯，就是。"秋兰又说。

麦芽儿自己冥想了一会儿，瞌睡又上来了，秋兰让她靠着苹果口袋，打起盹儿来。秋兰第一回驾车，也不知道怎么握住缰绳，都由着小毛驴自己走，路上也没有岔道，一直走就是了。两旁退后去的树木和杂草，一行一行，不言不语，却像是藤萝，牵绊住秋兰的心。呼呼刮过的凉风，似乎也在对她作出提示，她细细琢磨起自己一生的前尘往事，悔不该包办了儿子的婚姻，现在让孩子们子子孙孙都承受不幸，也跟着受罪。那样也就罢了，让这个十来岁的孩子，都那样吞也吞不下，吐也吐不出。她也不知道东明的时间，是怎么熬过的。怎么想，可能都不是一个好过的时光。唉！她深深地叹息一声，想把麦芽儿的两条腿从车子底下收上来，让孩子坐得舒服一点，免得摇晃的时候掉下车去。可是就在她低头弯腰的时候，可怕的事情发生了，车轱辘突然碰上一块大石头，小毛驴失了前蹄，被缰绳缠住，一头栽倒在地，车上的苹果撒了一地，秋兰和麦芽儿，都跌出车子外头了！

在秋兰安顿麦芽儿的时候，不小心把两股子驴缰绳拖到地上，绊住毛驴的两条前蹄了。

秋兰抱起麦芽儿，麦芽儿被磕醒了，头上碰出一个血窟窿，哭了几声，看见奶奶头上也有血，被吓住了。掏出自己的小手绢，给奶奶捂住额头，她自己头上的伤口，也不停地往外渗血。毛驴瘫在路上，它腿上磕破两块子，不过伤口看起来并不严重，半天才挣扎着起了身，苹果口袋被摔破了，大部分苹果，都滚落到河沟里去了。

秋兰吓得脸色灰白，眼前一黑，小死了一回似的。抱起麦芽儿，仔细辨认了一下方向，看到她们走出桃花村并不很远，便赶紧回身往村子里跑去。跑了几步，她的两条腿也不听使唤了，不住地打战，头上有血迹淌下来，慌汗直冒，心慌意乱，气喘吁吁，再也走不动，几乎要摔倒。

就在这时，蓝花赶着大美，一早往乡里去送鸡蛋，看见是秋兰抱着麦芽儿，急忙停下骡子车，把秋兰和孩子抱上车，掉转车头，握紧大美身上的缰绳，向村子里的卫生站跑去。孩子的伤口，已经结了痂，不过还在不停地往外渗着血珠，蓝花问："孩子这是怎么了？大妈你头上也有伤口，快用我的手绢捂上，看伤了风。"

"我不怕。"秋兰说，"主要是孩子。去乡里送苹果，赶着驴车翻了。"

麦芽儿靠在奶奶的怀里，用手绢捂着自己的伤口，也不哭。晨曦的阳光，普照上来，金灿灿的，澄明又光亮，全部照在这些个奔跑的车影儿和人影儿身上。

在村里卫生站门口，蓝花停住骡子车，跑去村里叫了赤脚医生来，给麦芽儿和秋兰包扎好伤口。蓝花抱起麦芽儿，顺着村里的小路，和秋兰一道，往秋兰家的果园子里走去。一路上蓝花和秋兰，都没有怎么说话。阳光大片大片地升上来，照得山路上的树丛一片白。蓝花走进秋兰家的果园子里，走进果园子后面的旧土窑，把孩子放在炕上，湿了一条热毛巾，给孩子敷在额头上，对秋兰说："热毛巾好给孩子压压惊。"又在水盆子里摆了一块湿手巾，替秋兰擦了脸上的血迹，对秋兰说，"大妈，不要心慌，大人小孩都没事，让孩子睡上一觉压压惊，就好了，伤口不大。你也上炕歇着，我去叫人把驴车赶回来。"

"蓝花。"秋兰叫了一声。

"哦，是我。我刚好要去送鸡蛋。"

"哦，你劝劝东明，让他多回来看看麦芽儿。"

"哦，我要是见着他，一准说。不要太操心，东明一准也记挂着孩子们。"

"哦。"

"那我走啦，大妈你歇着。孩子醒了给她抚摸抚摸手掌心和心口窝，和她说说话，压压惊，没事的，小孩子家，磕碰个伤口也是难免的。我回了。驴车我让二喜给您送回来。"

晌午以前，二喜赶着空驴车，送回秋兰家的苹果园子里。驴腿上的伤口，二喜包扎好了，只是受了一点轻伤，没啥大影响。撒在路上的苹果，收拾了四袋子，剩下的有的摔烂了，有的藏在草丛里被虫子啃伤了，损失了一袋子。其余的送到乡里拉苹果的车上，按时交上了。二喜把收回来的苹果钱，放在秋兰家的炕桌上，招呼了一声，走了。

晌午时分，铁石才从醉梦中苏醒过来。醒了以后，没有看见炕桌上的苹果钱，他早就把家里卖苹果的事，忘得一干二净。他径直跑到乡里邮电局，给东明挂了一个长途电话，告诉他羊虎给他出的好主意，建议翠平到他工作的杏子乡去找他，和他一起住在那里。

东明说乡里工作太忙，自己天天下村，乡政府干部里头，没有一个带家属的，一口回绝了。

唉，他们这一个家庭呀。

二喜家的养鸡场聘请了几个帮手。

二喜把鸡群赶进鸡舍，天快黑了，阴沉沉的，好像要下雨。他把玉米粒在小型机器上粉碎，为下一个季节做准备。他一年四季的生活，都是跟着天气走，跟着季节走，跟着母鸡们的鸡屁股走。等到鸡屁股朝前，翘起尾巴寻找草窝，那就意味着下蛋高峰期要到来了。等到秋风乍起凉意袭来时，他就要准备母鸡们的冬粮了。

好在母鸡们一切安好。

他的养鸡场规模越来越大，收入稳定，他整天不停地干活，至于每天干什么，则都是围着他的养鸡场转悠。每天天不明，他就从家里走到他的养鸡场，深夜的时候，再从养鸡场回家。蓝花每天在家里做饭洗衣，照顾孩子们和二喜妈的饮食起居，二喜妈越来越风光，常常从县里给二喜家的两个儿子，买回来县里的莜麦削面，看得村里的小孩子们，都眼馋啦！

天开晴以后，二喜仍在鸡场忙活。只要这个雨季雨水不要过多，形成灾害，二喜家的养鸡场，就会这样一直好好地经营下去。养鸡场最怕潮湿、阴暗的雨季形成水涝，鸡舍里潮气不散，鸡群又多，越是下雨阴天，越喜欢挤在一起取暖，鸡群容易生病，也影响产蛋。但是，当初就已经考虑到这些因素，二喜毕竟把鸡舍都建在高于水沟的坡面上，历年来的雨季也都挺过来了，没有什么大损失。山顶上空的云彩，也和往常一样和善，不停地变换着姿势，一脸怜悯地注视着二喜和他的养鸡场。但是老天爷的变化，谁又能知道呢，对于依靠自然界吃饭度日的农民来说，谁又能斗得过大自然呢？不错，对二喜来说，大自然就是这样的大人物，神圣不可侵犯。不过还好，一切都很顺利。

二喜回家后，照例洗干净手准备吃饭。热饭已经放在小炕桌子上了。

蓝花在院子里照料大美，大美已经很老了，一直在院子里溜达，早在前几年，就已经不能负重了。一直在二喜给它翻修的新牲口棚里，吃着闲草闲料，安度着它的晚年，就像是二喜家里的一口人，一辈子守在它自己固定不变的位置上。最近，似乎连溜达的力气都快没有了。蓝花把清水放进大美的食槽，从二喜手里接过鸡蛋筐子，夸奖母鸡们最近产蛋不错，把孩子们也叫回来，和二喜一起吃饭。

蓝花说："二喜，刚才有人来找你了。"

"谁来找我呀？什么事情？怎么会有人来找我？"

"咱村里的支书羊虎大爷，刚来找你了，我告诉他你在鸡场，没有去鸡场去找你？"

"没有，找我有什么事？"

"好像是说让你接手村里的耐火材料厂，小山关了禁闭以后，村里的耐火材料厂建了一半，一直荒在那里。"

"哦，找我接手？你看我行吗？"二喜问蓝花。

蓝花说："我也吃不准。你自己看呢？"

"是的，我也吃不准。"二喜说。

"怎么啦，也许你自己有什么打算，不过我已经很满足啦。安安稳稳的日子，其实也挺好的。"蓝花说。

"哦，是呀。就是那样。"

二喜变成真正的一家之主以来，话变得比以前少了。说一句是一句的。他心里一直默默地盘算着这些，说起他的养鸡场最近发生的事情，自从雇了二十几个帮手以来，他感觉好多了，鸡场各方面的管理顺利多了。收入也变多了。

村支书羊虎现在怎么样了？他从二喜家出来以后，直接去了耐火材料厂的场址上。黑暗中，羊虎蹲在一片瓦砾废墟中，默默地吸了一袋老旱烟。接着，又吸了一袋。旱烟烟袋在空气中发出吱吱的声音，烟雾弥漫。他第一次上门去找二喜，二喜不在，跟蓝花提起荒废了的耐火材料厂，教授来信问建厂情况，他可真是没脸回答。搭进去村里人那么多集资款，那么多扶贫款，还有银行的贷款，真不知道眼下这个烂摊场要如何收场。关禁闭的关禁闭，告状的告状，投资的几个人都和羊虎闹翻了，难道打算就这么不来往了？一年过去了，他还是没有想出什么好办法来。也许东明当时建议得对，村里有经济基础和管理经验的人，大概只有二喜差不多。可是要他上门去求二喜，承包这半个厂子吗？他上门说了他的意图，不过接下来，他希望二喜，没准哪天会自己找上门来求他。

不过二喜并没有来找他，真是意想不到。难道二喜看不起这个厂子吗？他在上山砍柴的路上，遇见二喜，二喜简单地打了个招呼，就向他的养鸡场去了。

第二天，羊虎上山，没有去砍柴，他去了二喜的养鸡场。二喜看到他来了，说：

"上山来了？"

羊虎说："哦，路过，路过，来看看你的养鸡场。看起来真不赖，摊场越铺越大了。"

"也没有多大。"二喜说。好像他们之间什么事情都没有发生过。二喜甚至说起他的母鸡们刚好进入产蛋期，一天要捡两回蛋。

"我就是来看看你的养鸡场经营的咋样了。"羊虎搓着一袋老旱烟，继续说。他等着二喜向他提起承包耐火材料厂的事情，但是二喜一直没有提。二喜雇的捡蛋帮工，正在捡蛋和修补铁丝网。

看来二喜没有接手耐火材料厂的打算。

"二喜，你不打算把你的生意再扩大一些吗？咱村新建的耐火材料厂，教授说，前途一准不赖，正好是个机会哩。"羊虎搓着老旱烟说。

"我怕是吃不准。"二喜应答着，"养鸡场现在扩大了人手，也是重要时期哩。"

二喜自然感激支书看得起自己，谢过了他。

"你考虑考虑吧。也是为了全村人的福利，把这个厂子撑起来，于公于私，都是一件好事哩，也是一件大事情。"

"正因为是一件大事情，我才吃不准。怕是给咱村长不了这个脸哩。"

"怎么了，蓝花不同意？"

"没有，蓝花没有发表意见。是我自己心里吃不准。"

羊虎卷了一支旱烟，包好，递给二喜。二喜接过来，点着。两个人吸了几口烟，二喜起身去担鸡粪。羊虎瘸着一条腿，也跟着下了坡，站在土坡上，看到二喜担上鸡粪担子，他没有恳求，也没有抱怨，只是说道："二喜子，那些个瓦砾，都快被风吹垮了。"

"我知道。"

"那你不再考虑考虑？"

"我怕我是空闷糠立不起口袋，鸡毛压不住秤砣呀。"

"不怕，咱就像钉钉子一样，一锤一锤地来。"

"我也不确定，怕是我吃不准。但是不管咋样……以后我会看情况，或许吧……没准有一天……我也不大确定……能不能扛得起来……"

可是现在二喜能扛得起来吗？恐怕是不敢吧。但是羊虎还是加了一句："恐怕这个厂子，迟早你得考虑……"

二喜……唉，羊虎当然知道，只是他不愿意承认，青蛙一样的二喜，现在从里到外，加上说话做事，好像肚子里的肠肠肚肚，都和以前不一样了。

羊虎表情暗淡地回到家里，对羊虎来说，这真是一个极大的打击。他站在院子里，不禁失声说道："二喜凭什么拒绝我的提议呀？他到底有啥了不起的？"

"他拒绝了吗？"翠平问他爹。

"是啊，他拒绝了。"羊虎回答。

"他凭什么拒绝呀？一家破落户儿！"

羊虎感觉自己身处黑暗之中，整个人仿佛被钉子钉住了一样，待在原地动都不能动一下。一辈子对村里的工作兢兢业业，农业地，配合乡里的干部，催粮要款，刮宫流产，咋样难缠的事情没处理过？伤透脑筋。自己贴赔了多少工夫心力不说，就连自己在农业地里的一点收入，也都贴赔进去，没有一丝私心杂念。北京的教授好心，看见桃花村经济困难，家家户户，没有家庭副业，光靠几亩口粮地将养，吃的是基本解决了，不过，大部分人家连农业税都交不起，乡里干部来收一回税，淘一回气，为了这些个税收，打架生气是平常惯有的事情，谁家要是有钱了，能不交呢？都是因为没有才生了冤气，更别说光景富裕。想帮助桃花村开办一个村办企业，现在却眼看砸在羊虎手里，成了败家的根本。只有这一件事情，一起头就不该听从女儿翠平的唆使，起用小山，用人不当，害人害己，发生了这样不可挽回的事情，真是太不应该了。但愿以后这个厂子，在什么时间，能有个转机……

光阴似箭。

傍晚，天擦黑的时候，二喜赶了老、中、青三代母鸡，吃肉的、下蛋的、后备生长的，都齐了。想赶进二喜爹和三寡妇住的旧土院。三寡妇家的土窑已经垮塌，埋盖了大半个院子，人都进不去了。三寡妇和二喜他爹，搬到二喜家以前的旧窑里。二喜妈哭闹了几天，上气不接下气地说：

"蓝花子你看看你看看，三寡妇扭着她那大屁股，故意从我眼跟前走过去的表情，是不是在眼气我哩？我儿孙满堂的，我不比她强吗？她不过就是一匹任人骑跨的母驴，说到究竟，就连一匹有情有义的骡子都不如哩！她有什么好眼气人的？"

家里人没法儿劝，都不作声。最后，二喜妈也认了："撵不出去就算了，就让那匹母驴扭着她的大屁股，睡俺的旧土窑去，看她心里能睡得安稳！"

谁知道三寡妇和二喜爹，搬进二喜家的旧土窑里以后，夜夜睡得安稳。院子里还时不时传出三寡妇在二喜妈以前睡过的土炕上，夸张、爽朗的叫声，"啊呦。""啊呦。""啊呦。"乍一听，杀猪似的。隔着一道新院墙，一股狂风一股狂风似的，钻进二喜妈的耳朵里，咬住二喜妈的心脏不放。

二喜妈身上、心里气不过，夜夜不能安睡，脸上烧燥、羞耻得不行，又没奈何，也扭着屁股，进县里寻通财卖油糕去了。

二喜爹从地里回来，看到土院栅栏里的母鸡，大的、小的、老的都有，知道是二喜送来的，心里突然多出一些感伤。头一回没有看那群母鸡们一眼，回窑里去了。是的，可能当一个人老了的时候，他就容易感伤。要是在以往，他看到那些母鸡，一定会先挑一只肥大的，当即杀吃了下酒。这些年对他来说，仿佛是一种讽刺。他又提着杂物、农具、铺盖卷儿，重新搬回祖上留给他的那两间旧土窑，旧土院。羊圈还是以前的羊圈，猪圈也是以前的猪圈，牲口棚子还是以前的牲口棚子，不过，和原来住在这里的心境，却大不一样了。那些个母鸡，他在掀起土窑门帘以前，回头看了一眼，眼里满是惆怅，淡淡地说："哎呀，咋没心思看上一眼了呢！也没心思杀吃了它们。就随它们生长、下蛋吧。"

刚爬上土炕，蓝花的大儿子送来两碗热饸饹，三寡妇接过饭，自己吃了一碗，然后叫二喜爹起来，趁热吃了再睡。

二喜爹睡在炕上，脸朝里头，没有和孙子打招呼，身子也没有动弹。

半夜，三寡妇的一只手搭在二喜爹身上。二喜爹一直没有睡着，停顿了几秒钟，二喜爹挪开那只手，翻了一个身，轻叹了一口气，身上发出一种冷淡的气味。要是在以前，一准是饿狼扑食似的。三寡妇不屑地拧过身去，回手在二喜爹的屁股上"啪啪"打了两个巴掌，嘴里含混不清地说："黑驴一样的货……你这黑驴，倒撅起屁股来，今黑夜你是咋啦？"

"嗯。我想起以前的老祖宗，觉着没脸睡在这盘土炕上。"二喜爹的眼睛，在黑暗中闪躲不定地说。

"哼，哼，哼！"三寡妇鼻子里冷笑了几声，嘴上说，"不睡白不睡。你不睡我睡啦！"

脸扭向一边，睡着了。

唉，可真是个寡妇。在哪里都能吃能睡。

二喜爹又翻了一个身，想起他的大半生。大半生吗？仿佛二喜爹，不是从前那个人了。在一头扎进稀泥的同时，第一次向回看，向回看。折了一个跟头，身上突然闪耀出天使一般的怜悯。仿佛满天的耻笑，都落在他身上，二喜妈一百张嘴的谴责，也都倾泻在他身上，他似乎感觉到心里的那根刺了。

不过随即，他又闭起眼睛，使劲摇起头来，"呸呸呸！"他在心里咒骂自己，"都这把岁数了，瞎想些什么呢？难道我还能变成一个正经老男人不成？那可称了二喜他妈的心了！全忘了吧，全忘了。"

窗外的天空，劈了一个响雷，但是从来没有劈到他。就在随之而来的闪电中，他看见二喜妈拖着一支长矛走向他。二喜妈是不能轻饶了他的。那是自然。世人的耻笑和轻蔑态度，也像是一阵寒风，刺瞎他的双眼和内心。使他重新回到以前的暗淡思想。起了一种困兽般的心情，"谁说的，是我葬了良心？等我发了大财，发了大财？一准想办法补救，不过，等发了大财以后，再说发了大财以后的事吧。"接着又是一阵憨笑，仿佛自己也不相信自己所说的这句话。他转过身来，抱住三寡妇的后背，对他来说，岁月太过漫长，他还没老，也没有削减当年的力气。闪电和黑夜，恢复了以前他在三寡妇身上留下的痕迹，他无法分割的岁月和钟点，又连成一气，他又趴上三寡妇的身上。三寡妇的身上，又闪现出当年的二喜爹，失足跌进三寡妇洗身盆里的景象，洗身水冒起一股子热气，三寡妇仰面躺在木头盆子里，两条腿劈开，全身鲜嫩欲滴，湿漉漉地，浑身是露，晃了二喜爹的两只眼睛，瞎了似的。因为事情发生得突如其来，三寡妇起初，极力克制着寡妇特有的那种傲慢和惊奇、孤僻的眼神，不过很快，她就向二喜他爹，显示出一个寡妇货真价实的那一面儿来了。为此，二喜爹贴赔上了自己大半生的苦力和情欲。又是该死的大半生。二喜爹脑子里稀里糊涂地想，总而言之，不管是下雨天还是大晴天，他就是那样一个人，贪图自己身上快活，抛下二喜妈和二喜他们，在三寡妇的身上度过。现在的一切，都像是留给他的一项苦涩和虚耗，他一半出于悔恨，也不清楚悔恨什么，一半出于感激，也不清楚感激什么，哼哼吱吱，把三寡妇弄醒了。

唉！那群母鸡又有什么好留恋的呢？既然二喜送上门来，心安理得地褪了鸡毛，杀吃了它就是了。

他的思想，也只能走到这一步。

一切又恢复原样。

夜晚，墙上的挂钟敲了三下。二喜出了一身慌汗，从土炕上一跃而起。大美对二喜说："二喜，我走了。"大美说，"人生是一种反抗。不像我，只有接受。二喜，我走了。"

大美在它的牲口棚子里，安安静静地走到它的终点。

这匹骡子，跟着二喜，经过了它的青年和壮年，以及老年，最后走向衰亡，同时也看见了二喜的成长。旧牲口棚子塌了一个角，一个杆子斜刺倒下来，时时碰到大美的头，二喜把它修好了。划出一块新地，给它修了新牲口棚子。大美的牲口棚子，就是那样崭新的一间。一匹牲口，走到牲口棚子的尽头，正如走到它生命的尽头，都非得慢慢卧倒不可。它没有体力了，再也不能上地。蓝花偶尔把它牵出来，到院子里晒晒太阳，给它刷干净身上的杂草灰尘，或者是上山道上溜达一阵，和孩子们玩耍，在闲坡上吃草，就是它的全部公干。牲口棚里只剩下它的食槽和饮水盆子，一捆新麦草，是二喜刚给他割回来的，半口袋料豆，是蓝花刚给它拌好的。它还没有来得及吃完。牲口也要留福给它的主人，不愿意把它的衣饭全都带走。它以前脊背上驮了一辈子的柳条粪垛，拉过的木头平车，放在院子的一角，因为时间太久，已经被狂风吹散。它常常走到它们跟前，嗅一嗅过往熟悉的味道，健壮的味道。也许是不经意，也许是自然而然，它吃得越来越少，这可以在它缓慢移动的嘴唇上表现出来。它怀念那些驮粪垛和拉重车的时间，路边的蝴蝶和它争先恐后，使它出力流汗，除了夜晚睡觉，没有一刻停顿，它在山路上负重，时常遇见它们，在斜坡上吃草，也时常遇见它们，它的眼睛亮得出奇，并且蹄子因为铁掌磨薄常常隐隐作痛，但是它从来没有发出过一句怨言。每天除了吃草睡觉，都在负重，不管天有多冷，路有多远，它都有它的主人陪伴，它都会走上它的路途。大美抬起头，挺起胸膛，蹄子在牲口棚里刨着，刨出一个深坑。它用它自己的方式，和它的一生告别。它并不觉得自己是一匹垂死的牲口。它忽然变得更美了，就像是它的名字一样——大美。有那么一会儿，它停下刨土的蹄子，轻轻触碰它的食槽，它的水盆，它的草料口袋，那些东西，都有它和它主人的温度，都是它的伙伴。

二喜和蓝花打着手电，披上衣服，到牲口棚子里查看大美。大美已经逝去了。大美躺在食槽跟前，身段优美，姿势平和，眼睛安静地闭着，就像它的生前一样，像是一个哲人，好像在做着某种思考。

二喜把它的两只眼睛和身体，用七尺红布，蒙上。

二喜把大美，埋葬在自己的鸡舍旁边，狼母堰的阳坡地里。他掘了一个深坑，足以把几匹牲口埋下。他为大美割了最后一筐它爱吃的蒿草、野花，覆在它身上。为二喜下了一辈子重苦的大美，复归自然界。湿润的泥土，它行走过、踩踏过、低嗅过，将养过它一千遍一万遍的泥土，覆盖它。

陪伴二喜半生的大美，从前，它闭着眼睛都知道，二喜什么时候、从哪一侧、用哪种姿态说话、做事，以及什么时候、从哪一侧、用哪种心境惶恐或是退缩，前进或是思考，它都知道。大美——二喜的大美。二喜的眼里，止不住淌下泪水。牲口棚里的一切一如从前，食槽，水盆，半口袋大美吃剩的草料，蓝花给它新缝制的套脖，为它新打的铁掌，它的铜铃，都挂在原来的地方，它的皮毛，它的肉身，它甩动的尾巴，它拥有的和它没有的，都在这里。

大美，大美。

仿佛是最后一次叫它，愿它多福，愿它顺遂，愿它称心。

大美始终都是一匹好牲口。

第十五章

二喜的养鸡场发生了一件事情。

起初只是一只鸡丢了。鸡舍旁的泥土里，起了一层鸡毛，先是被黄土覆盖，后来被夜风吹散，刮到二喜的鼻子底下，二喜嗅到了味道，二喜发现了它。第二天夜里，又丢了一只母鸡，河沟的石头缝里渗印了些许母鸡的血迹。二喜仔细观察，从鸡舍到河边，用脚步丈量，知道一个人手上抓着一只母鸡，走到河边需要多少步。跟着母鸡血迹的气味，走到一间工人房的门口，正好需要三十八步，也就是一个醉汉所能抵达的路途。门口放着三个喝空了的烧酒瓶子，酒瓶子底儿上，沾着几滴母鸡的血迹。

二喜把所有的工人都叫出来，说，快过八月十五了，大节日的，他想给大家每人分三只不能下蛋的老母鸡，作为过节的奖励。他郑重其事，翻开他记录母鸡们生长的旧草纸记录本，找到最老迈的那一批母鸡，除了前前后后送给他爹和三寡妇的那几十只以外，卖掉过几百只。现在还有最后的一些，他舍不得卖了。他觉得这些个母鸡们，是他在狼母堰坝上养出来的母鸡，都是给他立下过汗马功劳的母鸡，现在老了，跑不动了，动不动就立在阳坡地里打瞌睡。逢年过节，他想作为礼物分送给大家。

他开始给大家发放母鸡。每人三只，自己挑选。母鸡扑棱棱飞出鸡窝，脚上都拴上了一根红头绳，送给大家。轮到最后一个工人，偷吃母鸡的那一个，二喜手里的三只红母鸡，迟疑了一下，那人背过两只手，是个外村人，来二喜这里做短工，平时憨厚老实，营生也做得扎实，从不偷懒。大概是喝了几口闷酒，嘴上馋了，抓了几只母鸡去河边杀了，回工人房里下酒吃。

那人脸红了一下，对二喜说："二喜哥，我的就不要了，过节我也不回家，家里没什么人了。"

二喜说："咋能那样，你平时营生和大家做得一样好，奖励你是应该的。"

说着，把三只拴了红头绳的老母鸡送给了他。

从此以后，偷鸡的事情，再没有发生了。

二喜黑夜回到家里，洗刷干净，睡到炕上以后，对蓝花说："蓝花，我准备承包咱村的耐火材料厂子呀，你看咋样？我想先征求、征求你的意见。"

蓝花说："这事我可不知道，我估摸不来。办厂子的事在咱村都是个新鲜事情，都没见过那阵势。你自己觉得咋样？"

"我觉得我想弄。"二喜迟疑了一下，说。

"你觉得想弄，你就好好弄，都尽你的本事，别人的意见都只是个参考，深一足浅一足的，都参不了言。主要是看你自己的心思。"

"我想弄。想了好久，最近才下的决心。"二喜说。

"那就好，你要是自己下了决心，你就弄。"蓝花从被窝里起身，把藏在柜子里的存折拿出来，两只手递给二喜说，"这是咱们家里多年的积蓄，都是从母鸡们的屁股底下生出来的。都带着咱狼母堰坝的鸡粪味儿呢。不信你闻闻。除开孩子们念书成人的教育费和爹娘他们老了以后的大致花销，我预留了一些，在农村说来，大概也算是富足超余了。咱们这一家子，饿不死冻不死就行。你不用太多操心，剩下的都给你。你看着发展。说上一千句一万句，我还是那句老话，老老实实做人、做事。你有多大的身，你就穿多大的袍，咱不过是个平常小户人家。"

"嗯，我记下了。"二喜伸出打炭锤一样的两只黑手，虽然每天黑夜，二喜都会用家里的肥皂搓上个七八遍，不过，他手上的黑泥和鸡粪味儿，还是没有清洗干净。二喜用两只黑手，把存折拿到手里，目光颤抖了一下，对蓝花红了红眼，全身上下埋进被窝里头去了。

二喜从村支书羊虎手里，承包下建了一多半、快要散架的耐火材料厂。和村里签了合同。合同很优惠，因为在羊虎手里，几乎是个烫手山芋。群众意见大，破砖烂瓦，撂在荒地，首先对不住北京的教授，也对不住村里投资的人。羊虎看着心疼，二喜有心扛起来，总是一件好事。给二喜几年的发展时间，教授也很支持，重新派来自己的学生做技术指导，三年盈利以后，再给村里交承包费。羊虎拍着二喜的肩膀子说："二喜你这个货，先别想旁的，先把这事给咱村弄起来再说。弄好了，对大家都好哩！"

二喜妈听说二喜承包了桃花村里的新厂子，兴奋得受不了。连夜从县里跑回桃花村，把她和通财攒下的私房钱，都悄悄塞给二喜。数目比起世界上的任何一笔投资，都微不足道，但是在桃花村说起来，绝对不算少。二喜妈最后咬住二喜的耳朵说："二喜呀，你知道不知道，你媳妇蓝花手里，不是还藏着陈五类那个家人给她的那一大笔外国钱哩？多少年都没见她打动过，现在这个节骨眼儿上，你也说上一句硬话，让她拿出来给你投资用呀。"

这件事戳到二喜一生的疼处，对他妈黑了脸，说："你说谁藏什么了呀？你尽是能平地里生事。蓝花没有拿出来给我的钱，就是我不能花的钱。你咋啥样的贪心都敢起呀，俺那亲妈！你快回你的大河县城里享福去，小心俺那亲爹又好端端地，掀了你头上的烫发头，把你给气哭了。"

"哎呀哎呀！我给你捎这个话，还不是出于一片好心？你现在的事业上，正是要紧圪节上哩，你媳妇帮上你一把，还不是应该的？"

"俺那亲妈，我这算是个什么事业呀，快别让旁人听见了，人家要笑话咱眼小心浅哩……你快回，你快回，小心你那新皮鞋沾了灰。"

"哈哈，哈哈。"二喜妈捂着半张嘴，扬扬得意又气势宏大地大笑了几声，这才迈着碎步，扭着屁股，离开二喜的新厂房。以前在桃花村，走路一左一右，大幅度扭动屁股的，是三寡妇的专利，现在也传染到二喜妈身上了。可见好传教和赖传教，都具有传染性。

二喜的厂房，基本上建起来了，剩下的扫尾工程，二喜一边雇人完成它，一边给几个接受过教授学生培训的技术工人，分配了砖窑，一号、二号、三号，分成三个小组。泥胎砖刻上自己的技术编号，每一道工序，都严密细致。烧窑技工实行承包制，自己烧制出来的耐火砖，一竿子负责到底，根据买家的评定记工分，成色、质地、硬度、火候，有一有二，奖惩分明，倒是激起了工人们的职业荣誉心，仿佛一夜之间，他们已经从普通技工变成了一个手艺人。砖胎制好，都想把刻着自己工号的耐火砖烧制好。不然，工分挣不到，还要负责赔偿一部分材料、手工费哩。

又是一个月满之夜。

二喜带上村支书羊虎，还有桃花村岁数最大、满百岁的喜来大爷。喜来大爷不愿意让人知道他过了百岁，谁问他的岁数，他总是说："九十九，九十九，九十九岁啦。"九十九岁这一年，他过了好几年。

喜来大爷手里点上火把，握在手里，这在桃花村来说，从民国到现在，算是桃花川的第一把烈火。喜来大爷的手有点儿颤抖，看了二喜一眼，想不到这个出了名的赖孩，能有今日。虽然这件事，将来是不是会成为桃花村的美点，他也估计不来。固然这些东西，一到桃花川，就显示出它的庄严肃穆来。手里的窑火仿佛也是那样，喜来大爷觉出自己的庄重来。他的额头上，除了老年的皱纹，遇到这样的新鲜事物，又添了几条激烈颤抖的皱纹，两颊发烧，像是喝了二斤烧酒一样，他举起火把，停顿了半晌，抬头望了望没有尽头的苍穹，说："咱们三个，二喜和羊虎，咱们三个，都握住这只火把，一起点着它吧。毕竟也是咱村里和二喜子，几百年以来的大事情。听说在咱这桃花川的祖上，只有开洋烟馆子的那家地主富农家，起过烟窑，说是烧制土洋烟，往北京城里和远地里的外国，偷运出口哩，那是多大的生意和买卖呀！不过，那可都是作害乡邻的事物哩，说到终究，都是要被日月草芥，铲除、消灭了的。二喜你说对不对？二喜子呀，今日你可要记下，不是我疑心多嘴，你今日起了这窑口火把，不拘生意、买卖大小，哪怕终究是不能为乡邻们争脸、沾光，也不要作害、祸事旁人……才是你立窑的根本哩！大爷我老了，过了百岁了，见得世事不多，九九归一，好赖都是一理，自知自受哩……旁人呀……谁都顶替不了谁……"

说到这里，喜来大爷第一回承认他过了百岁。

谁说他记不清自己的岁数了呢？

二喜和羊虎想了一想，立刻听了他的话，每个窑口，都洒上三杯烧酒，挂上三尺红布。烧酒一泼进土里，烧酒沫子就渗进泥土里去了。

三个人在夜深人静之时，同心一意，点着桃花川的第一口砖窑。他们三个，举着火把的两面，站在一片火光之中。

他要把过去的事情都送回过去。他要把最后一文钱的欠债，都记在这口窑火里。就在那个地方，就在那个时候。他的眼睛正瞧着窑火，泥胎正在那里炙炼。就像是二喜本身一样。烧好烧歪，都尽是他的事。他本来一直饱尝命运的苦味，他本来不配这样庄严的优待。然而，他却又竟是中选的人。在旁人那里，或许是自然而然的事，在二喜这里，却不是一句戏言，命运把他看得太高了。他把话头放在这儿，或许早就应该这么认为，不该拖延到这会儿才说。他要是占尽便宜，一点力气活儿都不想出，那可真就没什么可说的事情了。

这件事情真是奇怪啊。看他这种情况，或许曲折、离奇的命运，和他才是一对儿。他以前没对任何人说过，现在也只对闪烁不定的窑火诉说。因为他恐怕他早说出来，它就不理会他了。可能旁人的荣光，都是在他们人生的旅程中依次得来的，而他的，却恐怕要在他还没有走过的未来里得到，好杜绝他最后一个摆脱恐惧的机会。就算他掩藏住内心的惊慌，惧怕失去现有的一切，惧怕退回到可怕、黑暗的幼年，时时和那一种恐惧在一起纠缠，就算是那样，为了不说一句错话，他宁可沉默。这就是他现在，沉默多于开口的原因。但是，那又算得了什么？对他来说，任何虚耗和带累，他都情愿。尽管小时候因为前途渺茫，事不顺手，曾经常常胡作非为，不止惹来一桩罪恶。虽然会使正大光明的人意想不到，不过，他觉出有希望。他始终一心认为，他得了最为美好的想望。

他就那样下了决心。

他又往窑口里加了一把火炬。

山川大地上的窑火，争不过无限苍穹熊熊燃烧的火光，只在大地上点点闪耀。

现在，窑火里的火焰被泥胎吸住了。接着，它所发出来的稳定光辉，把二喜的新厂房、泥胎架、搅拌车、两股看起来合不到一股子的钢筋火钳，出窑用的钢锹，都一齐染上深红色的光晕。对面山峰上的绿树篱，也叫它映得火红，在暗夜里闪烁光辉。并且日夜等待，天上的月光一跳动，它就跟着一齐变换姿势。

世上的事物，总是比我们看到的情况，更深邃。他仿佛看到，命运短暂显示给他的，那多于和大于这三处窑口的东西是什么，它沉潜在地底。他没有能力把它描述出来，但是，他开启了它。

他把它当作是立窑的起点。

二喜算是起了窑口了。

炉膛底下的煤灰，叫炉火从上往下沉降，又从下往上煅烧，循环往复。显得好像是一片火红的森林。煤炭的火焰，透进桃花山川的地底，这种火焰，叫炉膛里的泥胎，都跟着闪烁一下，横亘在那里。接着，根据前因后果，滤掉之前的泥质，刺穿命运给定的可能性，承受那火光的投注、打量和停留，自我锻造和衡量，一个时段一个时段，一个层级一个层级，逐渐变换它身上的色彩。

第一批耐火砖煅烧出来。一块一块出了窑，装上铁皮翻斗大卡车。二喜根据教授推荐的销路，自己押运，把第一批砖送到千里以外的小型钢铁厂。根据对方检验，除了几百块装在三号窑窑口的一小部分耐火砖，上色不均匀以外，全部达标。

二喜拿到第一张转账支票，是他卖了三窑耐火砖的货款，扣除这三窑各种工艺成本，他还略有净余。当然离修建厂房的投资，那还差得太远。

他还和以前一样，当月先给伙计们结清了工资。

接着，第二窑、第三窑，都烧出来了。

还好，目前看起来，一切顺利。

早春，蓝花穿着一件上地穿的粗布罩衫，碰上阴沉天气，说不定会落上一场春雨。蓝花手提箩筐，筐子里放着一个瓦罐，瓦罐里盛满胡萝卜籽儿，站在一片单调的萝卜地里，用大锄翻开泥土，撒上胡萝卜籽儿。蓝花身外的各种季节，都根据它们自有的节气变化，在她播撒胡萝卜籽儿的过程中，就连土地的外貌，都起了一层变化。这些色彩、泥土、胡萝卜籽儿、箩筐、大锄，看得习惯了，都仿佛是她的直觉盲区，就如同大地的颜色，都和她的肌肤一样，如风而过。都使她迷迷糊糊，有时候感觉得到，有时候感觉不到。

要紧吗？似乎也没什么要紧。

乡里来的计生专干，来萝卜地里找到她，劝说蓝花去县里的大医院做结扎手术。这位计生专干是一名女干部。每个季节一起始，都要来桃花村几回。每回来了，都会挑在蓝花家吃派饭，吃住在蓝花家。蓝花家里干净整洁，饭也做得好吃。蓝花看见这些乡里的干部，都觉得亲近，都觉得是和东明一样重要、优秀。虽然东明不在这一乡工作，但在蓝花眼里，却都像是在这一乡工作一样。她把这些长得干眉净眼的干部们，都当作是东明的伙伴，都信任他们，觉得他们所说的每一句话，都一定自有几分道理。计生女干部说："生了二胎的人，都要做绝育手术，那就是咱们国家的王法，逃脱不了，是必定的。头十天做手术，是县里的头等好医生给你做，第二个十天做手术，是乡里的二等赖医生给你做，拖到最后十天做手术，是村里给公猪、母猪做绝育手术的兽医给你做。反正都是要做，自然是县里的头等医生做得好些，没有肚子疼的后遗症。听说外村的一个双女计生户，坚决不肯做绝育手术，拖了几年，最后被以前的计生专干和村里劁猪的兽医摁住，做了绝育手术。一不小心，把另一根肠子一类的东西，和输卵管一起铰掉了，落下肚子疼的毛病。长年上访，也没人理。蓝花，我今日说的这些，可都是实话，这可都是铁的事实，我可没有吓唬你的意思，你自己仔细琢磨琢磨。"

这个反面教材，成了吓唬村里这些育龄女人们的实证。蓝花听了，胆战心惊。心里想，做就做了吧，反正也不会再生了，彻底做了也省心省事。就上了计生专干在桃花村征用的拖拉机翻斗上。拖拉机上已经坐了十几个二胎结扎户，都怕落到劁猪的兽医手里，都同意上县里的大医院检查、做手术了。听说第一批老老实实做了绝育手术的，还给每人发两袋营养奶粉。

二喜正在外地的小钢铁厂出差。砖窑扩大生产了，厂里的工人们早晚两班倒，反正都是计件挣工分，倒是没人偷懒。二喜又在开辟新销路和要货款的事情，没回来。蓝花给兄弟媳妇安顿好自己两个孩子的吃饭问题，就跟着拖拉机，到县里的中心医院来了。她想，等她做完了身体检查，明天上手术台的时候，叫来在县里卖油糕的二喜妈侍候她就行了，也不是个什么扛拌不过去的大手术。

拖拉机上拉着一群女人。计生女干部也坐在车上押送。怕这些狡猾的妇女们，半路脱队跑了。要是有一个带头跑了，一准都会跟着跑了，一刻半会儿，就会藏得无影无踪，就像是钻进地缝里头一样，再也别想轻易寻出来。

一群就要上手术台绝育的妇女，有的哭哭啼啼，不愿意做，怕疼，又怕罚款，又怕劁猪的兽医在她的肚子里瞎掏腾，只好来了，坐在车尾，一直哭哭啼啼，也没办法。有的倒不在乎，流过产的，生的泼烦了，倒想一了百了。再用不着这里埋个管儿，那里埋个管儿，这趟儿吃药那趟儿又烦忧，折腾得没个穷尽，提心吊胆，倒不如是个牲口活得恣意痛快，一刀子下去，割了就好了。也用不着瞎操心，尽想这个办法那个办法的躲避了。

蓝花最后一个检查出来。排好了第二天的手术时间，手里拿着一个小布包。她很少来县里，所以布包上手绣的花朵特别显眼。是她自己手工缝制、绣上的花朵。一般她绣的花朵，都是两朵以上，她在布子面儿上画出的花儿朵儿，都不是单个的，都没有半棵树、半间房之类冷清的画面儿。都尽是成双成对。她自己认为，即便那样，看起来仍是孤单生分的，更别说拆开人世的一半儿了。

蓝花安排好了手术时间，和村里的姊妹们告别。她们还要搭乘拖拉机回村里，明天或是后天根据她们自己的手术安排，再来县里。蓝花准备到县里去找二喜妈，住上一个晚上，等着第二天做手术。

刚要扭身离开，突然，在绝育手术室门口，遇到躺在病床上，刚从绝育手术室里推出来的东明。

东明劈开腿，躺在病床上，一动都不能动。

"东明，是你吗？你为什么会这样？你们杏子乡计生也抓得紧的？为什么翠平不来做绝育手术？"蓝花小声地问，泪水一下子止不住淌下来。她本来是不想问的。可是她至死也想象不来，在东明身上发生的一切。

"没有，她不来，她不愿意。没事的，就是个小手术。明天就出院回杏子乡了，我在那里工作忙。俺们杏子乡镇的工作，连续好几年，都是咱县里的先进乡镇，排名第一。蓝花，你还不了解我？你哭啥呀？"

"嗯。"蓝花擦掉眼里的泪珠。可是，擦也擦不完。

病房里都是其他各乡镇来的绝育妇女，不认识东明，也不认识蓝花。一黑夜，蓝花伏在东明的胸口上，就像是伏在桃花川的山川大地上，两只手握着。度过了他们两个，此生唯一在一起的一个夜晚。蓝花想，自己十八岁时的软弱和退却，舍弃和接受命定。扔下东明，只是后退了一步。想要默默地看着他微笑和脸红，却让他一个人站在原地受苦，是不是对的呢？

东明因为麻药和止疼药的关系，渐渐沉沉睡去。东明脸上的表情，是平和的。他终于在梦里，真切地握住蓝花的两只手。

他们两个，多少年没有脸对脸地照过面了？是啊，多久没有脸对脸地碰面儿了？

碰不碰面儿，要紧吗？似乎也没什么要紧。

自从东明十八岁考上县里的师范学校，念书走的时候，在山上见过一面，就再也没有脸对脸地照过面。

谁也没有再提起过谁，谁也没有再打听过谁，完全劈成两半。不过，谁也没有从谁的心里离开过。就像是长在彼此身上的一块肉，难以分割。那是一定的，仿佛命定就是如此。

谁也不知道，谁在替谁挨刀。

谁替谁挨刀，要紧吗？也没什么要紧。

和旁人眼里一样，蓝花一直认为，东明从来都是命定的强者，是那么帅气又从容的人。她在东明那里，一生都在剥削和榨取。她甚至认为，或者事实上认定，不仅理论上应该，事实上也需要，偶尔抛弃和伤害东明，都没有关系，他都能挨得住。她是那么安慰着自己往前走的。可是今天，直到此刻，她才真切地感受得到，他身上的疼痛，那么深邃，无法揭开，无法直视，无法破解。

他们从前的岁月，就好像一直在他们脑子里的某个角落，沉潜、隐匿，时时在那儿反复重念，反复提示，他们从前的岁月，都留在岁月那里。

时间对他来说，一天等于一年，一年等于一天。他把时间留给自己，和自己独处。失去蓝花以后，他重新理解了时间。

蓝花握住东明的手，眼睛里恍恍惚惚地虚应，看着他亲爱的脸颊和深刻的嘴唇，内心瘫痪了一样。她的两只手，在他的手上反复地用力紧握，想要把心里的杂念驱赶。她是一个老实女人，没有能力虚构生活。但是，她能从普通的生活上，看出它的意义来。她见到的那一点，以前，她认为那就是对的。她是不是哪里出错了？她觉得她从前害怕的结果，现在都应验了。她还有勇气说她是他的人吗？她茫无目的，头晕眼花地说："东明，我弃绝了你，夺走了你的一切。"

东明在梦里笑了，他说："随你怎么说，我握住你的手，我的身上就不疼了。"

"嗯。"她几乎没看见，一颗眼泪，从东明梦里的眼里，慢慢地淌下来。

隐约的命定，把他指向别处。那里，隐秘又险要。

蓝花觉得，在东明身上，至死也免不了自己的罪。她发现，她从来都没有能力爱他。比起十八岁时，她更没能力搭救他了。十八岁以前，她没有全世界，却有她自己。现在，她是不是有了全世界？她不清楚。似乎是有的，那就是二喜和她的孩子们，她的公公婆婆，她的大姑子大伯子，她的那一个大家庭，这仿佛都是她比东明多出来的东西。不过，她自己的面目，仿佛是面目不清了。她只是把他深藏在心里，陪伴自己，她是多么幸福和幸运啊。他却一个人在黑夜中守持，离她八丈二尺远，被丢弃在冰冷的岩石上。黑暗时间，记住了他的强大。她也曾唤醒了他，星星依然在闪烁，守望。也许他比她想象的还要更美，更深邃。他告诉了她宇宙观念，天体聚合过后，恒星直列状态结束，人与人之间的疆界混淆。她把一身重负，都移到他肩上。仿佛他得到魔力，她得到信任。仿佛他们各自，是同一样式，都为命定的荣耀而活，假如他们配得上对方。

遥远地挨近他，她并没有觉得东明远离她，虽然事实上也是如此。以前，他们走得很慢，又没一定的方向，他的形体和她的形体一比，显得那么合适和自然。但是，直到现在，直到此刻，她才知道，那种挨近，事实上有多残忍，损害了他的一生，夺走了他的一切。

"东明！"蓝花心里叫了那么一声，又停下了，好似字音里都沾着泪花。暗夜将尽，一片微暗的晨曦，从病房的窗户上透进来。

顺着那道晨曦，蓝花从东明紧握着的手里，抽出一只手来。一整个夜晚，她的两只手，都被他紧紧地握着。偶尔松弛那么半秒钟，或许就连半秒钟都没有，他就会一阵惊颤，仿佛是在梦里，又重新握紧。一整个夜晚，都是那样度过。蓝花伸出一只手，轻轻触碰他的嘴唇，轻得好像看不见的微风。把自己的嘴唇，也向着他的那一面儿，转过来。仿佛不能确信，这个沉睡的嘴唇，就是她过往东明的身体。半干的泪痕，干了又湿掉，湿掉又干了。

他们两个以前，两个嘴唇一要遇见，就没有方法分开。她老是想和他亲嘴，老是欢欢喜喜地告诉他说，她亲了他的嘴唇，他的嘴唇，他的身体，他身体里的体面和帅气，他的恩情和甜蜜，就都转到她的嘴唇里面来了。

她的嗓音都哑了。

他们两个这一夜，从黄昏到晨曦，或者时光再倒数回去，从晨曦退回到黄昏，都过得跟以往的每一次在一起一样，澄明透彻，一点儿也不差。

黎明到来之前，蓝花离开熟睡的东明，一个人在县里的大街上徘徊。她跨过一段小巷，跨过一段石桥，又往前走。在石桥上站了一下，下面是奔腾不息的大河，直流到黄河的入口，直流到大海的深处。有那么一个闪念，后悔没有再多亲他一回。接着，跨过一段小巷，跨过一段石桥，又往前走，再徘徊。

每一条大街，都洒下上天的垂顾。

街上，车子和行人清冷的脚步印儿里，满是积水。雨下得不是很大，却没有停顿的意思。把那些小坑小洼儿，都填满了。她从那上面走过去。她的脚步，在那些水坑儿上面，如风而过。她要是没有看见，这些小坑小洼里面，过去岁月的影子，她就不会知道，那种永久的感情，投射、反映在那些卑微水坑儿里的微光，就在她的头上闪耀。而她，虽然时时迟疑，因为东明，偶尔也会分心转意，最终却只是老老实实，跟在那些时光后面。仿佛那一切时光到来以前，谁要是自作主张想要穿越它，都非得被连根儿摧折了似的。

最后，直至医院为自己安排的手术时间快要到的时候，才向二喜妈的住地走去。

蓝花被推出绝育手术室。手术良好，是县里头等医生给她做的手术。谢天谢地，不是村里劁猪的兽医给做的。蓝花躺在病床上，承受着身上的疼痛，不知不觉淌下泪水。

"疼吗？"二喜妈问。

"嗯。"

"不是上了麻药吗？"

"嗯。"

"那还疼得哭？"

"嗯。"

"我刚看见东明出院了，你看见他了？"

"嗯。"

二喜妈说："不哭，不哭。"

"嗯。"蓝花说。不过，她眼里滚烫的热泪，却怎么也止不住，"哗啦""哗啦"往下淌。

"蓝花，我给你唱个山歌吧？行不？你别哭了，哦？你哭得我这心里，都没个正主意了。"

"嗯。"蓝花说。

"好呀！那我可给你唱开了。唱得不正规你可别耻笑你婆婆……你听好了：荞麦皮皮驾墙墙飞，俺看你就是个不要命的鬼，心里有谁就有谁，亲嘴嘴亲了一口荞麦皮，哎呀呀，亲嘴嘴那个，亲了一口荞麦皮……"

二喜妈唱到"亲嘴嘴"的时候，故意噘起自己的嘴唇，咬字纯真，气息里带着喜气，丝拉丝拉的，仿佛绸缎摩擦的声音，故意对着蓝花的脸儿，把"亲嘴嘴"三个字反复地唱出来……

"哎呀！妈你唱的这是啥山歌呀……"蓝花羞得笑了。

　　"哎呀！你笑了。你看看，你看看，俺唱的山歌，一准能去了你身上的疼痛，是吧？你真的笑啦……"

　　唉，二喜妈这个赖活娘们儿。表面上看起来糊里糊涂的，根本就是在装傻吧。这样给儿媳妇唱歌逗哄的，恐怕只有二喜妈一个啦。

第十六章

　　一个亮晌午，桃花川后山的蛇梁上，虫子不叫，鸟儿不飞，自然界的一切仿佛都被静籁、祥和之音填满。突然，从天上落下一架直升机。在蛇梁上空盘旋了几个圈子，最后，飞机身上的螺旋桨和大翅膀，披荆斩棘，降落在蛇梁顶上。直升机身上，缠满掩体植物，绿油油的，和山川树篱一个颜色。不过，在蛇梁对面山头上挖红薯地的二喜爹和三寡妇，还是看见了它。它降落时机翼和高速旋转的螺旋桨，呈椭圆状，扫掉一片树枝和树叶，巨大的风速和扩张力，使飞机降落时周身的树木，都连根儿斩断或是拔起。随即，飞机上下来一批人员，穿戴整齐、怪异，一身皮夹克，和桃花川周围的风景一点都不搭调儿，咋看都觉得失真和刺眼。每一个人身上，都仿佛背着摄像机、小型挖掘、钻探器材，手里拿着望远镜和地图。从颜色上看，似乎也是草绿色的，拿在手里展开，比画着，坡上梁上，这里钻一个窟窿眼儿，那里钻一个窟窿眼儿。钻探出来的东西，都装进一个箱子里提走，搬上飞机。一切景象，都像是十几年以后美国大片里的架势，一点都不像是当时真实生活里的情况。那时候的桃花村很少放一场电影，像那种具有现代电影片子里的场面，更是绝无仅有。可见桃花村和外界关于时间的联系，本身就短了一大截尺寸。凡此种种，都完全百倍千倍地超出了二喜爹和三寡妇的眼界和想象力，吓得他们魂飞魄散。以为自己看花了眼，两个人先是闭上眼睛，黑暗中过了几秒钟，然后"唰啦"一声，一下子睁开，以为眼前会什么都看不见。可是，等他们定了定神，发现刚才看到的那一切，都仍是真实发生和依然存在的实体。他们互相对望了一眼，交换了一下眼神，二喜爹毕竟是当过桃花村大队会计的人，"文革"时还给现在的村支书羊虎设过批斗台，戴过白纸高帽。二喜爹自认为是见过大世面的人物，毫不怯场。他当即扔了锄头，决定带着三寡妇，好给他壮胆，预备翻过眼前这道深沟，到蛇梁上去看个究竟，看看究竟是他眼花出了问题，还是当真发生了什么不可预估的事情。

二喜爹和三寡妇，翻山越岭，连惊带吓。二喜爹大度地走在前头，好显示出一点男人的气派，结果差一点被圪针挂住，跌下悬崖深沟，多亏身后的三寡妇搡了他一把，才勉强定住。唉，这两个人，前途险峻，倒真是患难的一对儿了。费了大半日功夫，太阳快要落山时，才气喘吁吁，跌跌撞撞爬上蛇梁。飞机跟前那些装束怪异的人，忙乎了一个下午，把东西装上飞机，正预备要飞走了，突然看到山崂底下，钻出两颗黄土疙瘩一样的脑袋来。为了保险起见，二喜爹给自己和三寡妇，做了一些伪装，给自己和三寡妇脸上，抹了三道沟溪里的黄泥，像是两只刚从泥地里钻出来的乌龟似的。这样，双方一照面，都吓了对方一跳。彼此都没说话，一个站在飞机跟前的人，向左边的山峰摆手示意，意思是赶二喜爹和三寡妇走开。二喜爹看见对方的手势，似乎有些不确定和胆怯的成分在里头，越发给自己壮了胆，挺了挺胸，睁大眼睛，不再躲闪不定，直视对方。双方都没有先开口说话。

过了一秒钟，短暂失控的一秒钟。

其中一个从气势上看起来，像是领头儿模样的年轻人，打开一只黑皮箱。二喜爹眼尖，看见里面整整齐齐码着一捆一捆崭新的百元大钞，立即用两只手重重地捂住自己的嘴唇，生怕自己忍不住贪心大叫出来。仿佛喉咙里的声音，被地底下的泥土给吸住了，想叫唤也叫唤不出来。那人拿起里面最不起眼的一捆子，扔给二喜爹，然后头一摆，手一挥，带着其他人，钻进飞机，飞走了。

二喜爹和三寡妇呆立在山顶，偶尔大起胆子来抬头张望，直升机展开翅膀，鸟儿一样旋转了大半个圆圈儿，飞走了。螺旋桨的风速和气流，卷起树叶和树枝，狂风一样横扫过来，差一点把二喜爹和三寡妇身上的衣服剥光。

当天黑夜，羊虎听二喜爹添油加醋诉说了这件事。起初说成个什么都不相信，咱这荒村野地，怎么会有这种事情？开天辟地都没听说过的事情！二喜爹你可真会瞎编乱造！不过，二喜爹似乎早有预备，知道没人能够相信他的话，除非对方也亲眼见过，否则谁吃疯了会相信呢？二喜爹扛回来一根被飞机机翼折断的碗口粗的齐茬树根，一遍又一遍数说了当时这棵树被齐腰斩断时，"咔嚓"倒地的声音。被二喜爹说的回数多了，羊虎半信半疑，仔细检查起二喜爹带回来的树根，茬口确实可疑，既非人力，也非钢锯。难道真像二喜爹描述的，是天外来客？羊虎一黑夜没睡着，第二天一大早，和二喜爹上了蛇梁，确实看到，被飞机起飞降落时碾压过的树根草痕，一个椭圆形的大旋涡似的，还有装箱子时掉下来的土渣儿和石头渣子。羊虎两个手指头轻轻一捻，那还用说，确实是桃花川上再熟悉不过的土渣、石头渣儿。

当然二喜爹没有向羊虎报告，他侥幸得了一大笔钱的事。那件事，他对谁都不会说。反正现在也死无对证。飞机已经飞走了，谁知道他得了那一笔钱呢？连他自己到现在，都不能相信那是真的。

羊虎当了一辈子村干部，组织观念强。步行到乡政府报告，乡政府的领导说，俺也不知道是咋回事，是不是亮晌午的，二喜他爹眼睛看花了。以前不是也有人亮晌午去地里出工，看花了眼，看见两只黑熊和野豹，在野地里杂交来的。你都能当句句是真话？快别轻信那些个传闻啦。乡里干部劝说羊虎，回村里好好养种土地，好好发展村办企业，看好村里的村民，别出什么大事情就是个天大的好差事。

有多少事情，是日夜发生着，而人们知之甚少呢？人们大部分时间，都只活在某一种层级很小的世界里，没有宇宙观念。当然也无法窥探。对其他层级，大部分时间，都看不清，也看不见，并不是它本身或者是和其他层级重叠、遮盖起来，而是人们目不所及。

这件小事，就像是一阵旋风一样，刮过去了。

又过了几年。

小山从外地的监狱里被释放出来，回到了桃花村。多年以前，小山在桃花村倒卖集体财产，犯了法。先是在大河县里被关了几个月的禁闭，后来又牵扯出他以前的盗窃、抢劫案件，被判了几年有期徒刑。关押到其他地方服刑去了。到底去了哪里服刑，谁也不知道。反正一准不是什么好地方。桃花村的大人小孩，往常平时所得的教育，都很忌讳这些不好的言语行为，纵然好奇，也没人仔细打听。

小山出来以后，雇用一批流氓地痞，回到桃花村。招引来外头大批的流氓，纠集成群，横行霸道，横竖不说理，在桃花川揭开地皮，昼伏夜出，秘密地在桃花川的后山后梁里，挖山采矿，偷运出川，发了横财。穿戴起来，也不像是刚从监狱里出来的人了。说话粗声大气，开来十几辆推土机和挖掘机，但是，谁也不知道他在挖掘什么样的矿石。谁要是阻拦，石头瓦块就砸上了头。成了一条没人敢惹的地头蛇。桃花村人安分守己的为多数，没人敢说话了。一时间也曾流言四起，说是有人偷告到乡里、县里，也没人敢明告，怕丢了脑袋。乡里、县里来检查的干部，小山给那些人口袋里揣了些油腻腻的钞票，也就没人作声了。

桃花川一度满目疮痍，地皮陷下去几块。二喜他妈看见了，绕着那几个土坑说：

"世上敢揭开地皮的人，那是没几个。吃了熊心豹子胆都不够数。俺家窗台上拴着的小喇叭上广播啦：一百万年以后，经过地震和火山，把人的骨头和血液，树木和杂草，都熬炼成煤炭和石油，地球就自我恢复啦。地球活了四十五亿年，就是那么活过来的。你能活得过它呀？有罪的是贪心没够的人呀。有一天总会跌进自己挖的泥坑里，把你炼成一块子黄金疙瘩。"

"小山、小山！"二喜妈见没人理会她，冲着小山的背影子呐喊道，"你妈是咋生出你来的？俺那不称心的老嫂子，你可比阎王爷还野蛮哩！敢揭了咱这桃花川的地皮。俺可听说地球那个长得像是个椭圆形鸡蛋的东西，迟早要惩罚你哩！是不是俺说啥你都一准不相信？这可不是俺瞎说，俺都是听窗户台上的小喇叭上说的。是真的！俺家小喇叭上广播过好几遍哩！"二喜妈郑重其事地说。

不过，小山理也没理会，扭身走开了。

小山家姓窦，说是窦大人的后代。窦大人是古代有名的官宦，据说清廉爱民。到了小山这一辈，靠山吃山，挖山偷山，常常被村里人暗地里耻笑，别说为官爱民，倒像是个货真价实的吃差。

事实上在桃花村，不管他是发了横财，还是被关进监狱，都没人当他是个人。这就是他在他身上，所得到的结论。不过翠平偶尔在山道上遇见他，当他是个人，会和他说上几句话。

事实上在桃花村，因为长年不受她男人待见，也没人当翠平是个人。不过小山当她是个人。偶尔在山道上遇见，也会站下来和她说上几句话。

　　但是精明的二喜爹始终认为，小山这种冷漠、孤僻、怪诞的异常行为，和那架神秘而来，又神秘失踪的直升机有关。不过，村里人都不相信二喜爹说的鬼话，都认为二喜爹是眼红二喜妈跟着二喜起了窑口烧砖头发了横财，烧坏脑子了，说胡话哩。也没有人费心想得那么远。

　　二喜爹在那个蹊跷的大晌午，得来的那笔百元大钞，二喜爹不敢花。每天晚上和三寡妇拿出来，瞧上一两个钟头。两个人一言不发，翻过来数一遍，倒过去数一遍，一百块大钞，一百张。那时一百块的大钞，虽说发行有几年了，不过，桃花村经济落后，小村子的市面上还不多见。桃花村里流通使唤的钱，都是翻过来倒过去磨毛了边儿的油腻腻的小面额钞票。二喜的新厂子里收的货款，偶尔用现金结算的，也大都是十元一捆的小面额钞票。没有多少人见过这么崭新的一捆新钱，崭新崭新的。二喜爹不敢拿出来花，也不敢告诉任何人，除开三寡妇以外，就连家里人都不告诉。其中的原因，有一个更为深邃的理由，那就是怕人说自己当了汉奸卖国贼。一万块钱把桃花村的山川给卖了，卖给了谁自己也不晓得。平常背叛了二喜他妈，胡乱睡个女人那倒也罢了，要是当了汉奸卖国贼，那可真是挖了祖坟的根儿。感觉这笔钱，至死都不敢拿出来体体面面地花。只能藏进破鞋盒子里，放在黑乎乎的旧洋柜顶子上。每天夜黑，关了鸡关了猪以后，回到旧窑里的土炕上，脱光身上钻到被窝里，和三寡妇悄无声息地打开鞋盒子，欣赏一番。结果有一天，夜黑钻进被窝，再打开鞋盒子时，发现那一捆崭新的百元大钞，被鞋盒子里的老鼠给偷吃了。吃得渣渣末末的，只剩下几捻子纸灰。二喜爹和三寡妇，同时长出了一口热气，精神状态，也跟着恢复正常了，倒觉得心里头宽展无事了。早早钻进被窝儿，和以前一样，两个人一齐翻葫芦倒马，睡上了。一黑夜又是嚎叫又是蹬挑，杀猪似的。倒是睡了个好觉。

　　多亏有机灵的老鼠看出二喜爹的心思，替他偷吃了那笔莫名其妙的横财。他自己命浅，得不来。于上拿着，滚油烧心，仿佛脑子里被灌进了滚水似的。

　　小山在山道上悄悄对翠平说："这可是一个国家机密。咱这桃花川的地底下，有一种罕见的金属矿，连北京的教授都认不出来，都不知道是一种什么金属矿。我听走私这种矿物质的小头儿们私下议论说，这种物质，能提炼铀。这种铀是能吃的还是能喝的，我也不知道，铀。你知道吗？"

翠平说："我不知道。你都不知道，我哪里能知道？"

"那就对了，大概就是一种奶油味道吧。说是集中起来，砰的一声，能炸出一朵蘑菇来。我估摸，大概就是一种奶油味道。"

"大概是吧。不过，小山呀，那是不是触犯国家王法的事情？不然你为啥不能光明大亮地做买卖呀？我看见你尽是夜半来天明去的，倒像是游荡在山野里的孤魂野鬼似的。小山，你都关了几年禁闭，也该醒悟了，可别再做触犯王法的事情。除开是我，我看也没人好心劝说你几句。"翠平说。

"说实话，我也不知道，不过咱这算啥呀，俺们都不过是挣个苦力钱。大钱都是好几个层级以上的旁人挣哩。俺们这些下苦力抢矿夺地的，连上头几层人的影子也见不着。就是混一口饭吃。本身也没人把咱当个好人看待。"

"那你自己也要思量思量。其他人都不露个面儿，就是你领头暴露在外面儿上，我看那个情况，怕是迟早有风险的事情哩。不然，你这样把咱这桃花山川吃干喝尽了，你也就是换了个骨灰钱，剩下的可尽是被人利用。"

祖宗庇佑。

桃花川一年一度的庙会在桃花村里举行。说是庙会，也就是附近村里的人带上自己家的葱呀、蒜呀的土特产，这个时节上这一个村里赶庙会，那个时节上哪个村里赶庙会，都预定一个日期，农历逢一或是逢五，交换农作物和生产生活用具的一个农贸交易场所。

蓝花在县里做完绝育手术，刀口恢复得不好。一碰上下雨阴天，或者是偶尔想起医院里的一切，刀口就会隐隐作痛。她在庙会上买了几包菠菜籽儿，预备冬天下进地里，等到来年一开春，嫩芽儿就能钻出土皮。蓝花的生活简单又实用。她以前所受到的教育和训练，就只是了解她自身的这个小天地。还有什么比这更好呢？到了一年收获或是播种季节，她就随着季节，用不着费心，播种或是收获。过完一年，再倒回来重过一年。就是那样。她在庙会上慢慢地往前走。遇见翠平，她没有看见。翠平故意走过来，扛了她一膀子，把她篮子里的菠菜籽儿撒了一地。蓝花说："翠平，你也来啦。"

"嗯，我来啦。我来碍着你啥事啦？"

"我没有说你啥呀？"蓝花说。

"嗯，你是没有说我啥，可是我眼里看见是你，心里就是有老大的一股子怨气，我这心里，就是不宽展！我听说你在县里做绝育手术的时候，见着俺男人啦？俺男人做什么事，碍着你啥事情啦？听说你还当着俺男人的面儿，哭哭啼啼的。你有什么资格，当着他的面儿哭哭啼啼的呀？"

"我没有说你男人碍着我什么事呀！"蓝花小声争辩。

"你还尽说好听话，你在俺男人跟前，还做什么不体面的事情啦？"

"我没有做什么不体面的事情呀！"蓝花进一步抗争。

翠平越说越来气："咱村有人看见你，和俺男人在县里医院碰面儿说话啦！你以为咱村里的人，眼睛都瞎啦？还是以为她们都会为你的事情保密？你有什么资格和俺男人碰面儿说话？你不过就是在这桃花村里，小鬼头一样打炭锤二喜家的老婆，你有什么资格偷看俺男人呀？我说你几句，你还不承认，你尽是红口白牙说瞎话！"

"谁偷看你男人了？"

翠平火了，一把夺过蓝花胳膊上的篮子，摔到地上，上去揪住蓝花的头发就要厮打。二喜妈冲过来，劈手捉住翠平的两只手，从蓝花身上移开，二喜妈和翠平两个火气十足的身体，顿时滚战在一起。二喜妈张嘴骂道："翠平你这个石头女人！"村里人骂一个女人是石头人，是极端侮辱和鄙视的骂法。翠平听了，本来就窝火，更像是疯了一般扑过来。两个发了狂的女人，结结实实地厮打在一起。

这种事情，可是二喜妈的长项。她一边揪住翠平的头发，一边大骂："翠平你也不拿镜子照一照，你敢骂俺那好媳妇蓝花，你连她身上的一根寒毛都不如哩，这是河里的黑鱼不知道的事，还是天上的麻雀不知道的事？你还强辩，你男人不睡你，你身上烧燎得四下乱窜咬人，你怪怨哪个呀？俺蓝花和你男人，在县里做绝育手术遇见过是没差，一个刚下手术台，一个刚上手术台，我两只眼睛看得清清楚楚，就是说了几句平常礼节问候的话，连嘴都没亲一个呀！我这两只眼睛可是看得清清楚楚！我说翠平你听见了没有？本是该割了你这个石头女人小肚里那根多余管子，你倒是撅起屁股装清闲，我看全县就你这么一个可怜女人哩，你还想和俺蓝花比？就拿你们两个女人相比吗？你连俺蓝花足后跟上的黑泥都不如！尽给你那好男人脸上抹黑！你要是俺二喜的女人，早就甩了你二十几个来回啦，也就是你那好男人和你那好婆婆秋兰，能容忍你！老天爷可真是瞎了眼啦，你看看你那好男人，让你这破落女人给败坏的，可真是一个冤桶……"

东明妈秋兰也来赶庙，听了这话，浑身颤抖，手里的胡麻籽儿撒了一地。秋兰弯下腰，把蓝花的篮子捡起来，递给蓝花。没有拉架，也没有多看二喜妈和翠平一眼，走出庙会了。

二喜妈和翠平，一人揪了对方一缕头发，谁也没吃亏。眼见看热闹的人围得里三层外三层，没人帮腔，都灰溜溜地住了手，都把甩掉的一只旧鞋穿上，各自散了。

翠平一个人灰溜溜地走上回家的路。她大部分时间还是住在娘家，这可简直是一桩难堪的事情。不过比起让她回婆家看东明他妈那张没有表情的冷脸，她宁可选择住在娘家。

她知道婆婆秋兰讨厌她，她也讨厌她婆婆秋兰。得不到她男人的心也就算了，在这世上的人都和她为敌，连她婆婆都看不起她，不当她是一个人看待。

或许人的一辈子，不拥有那一种东西，就理解不了那一种东西。不痛失那一种东西，也看不清那一种东西。哦，原来它是那么一种情况。可是，她男人对翠平来说，她既没有拥有过他，也没有痛失过他。他们两个，只是有那么一些不得已的交错和交叉。她男人对她，没仇也没恨。可能她婆婆秋兰对她，也没仇没恨，可是她有。她对他们有仇恨，因为他们都是一个样式，就是彻底无视她。

蓝花上地的时候，秋兰等在路边。秋兰以前是从不来蓝花家这一沟地里的。远远看见了，也会各自走开，免得照面儿。今日却特地等在那里。秋兰问蓝花："蓝花，你告诉我实话，东明他真的……"

"没事的，就是一件小事。东明说他没事，您别操心啦……"

可是，这样的话说着，两个女人的眼里，却都淌下了热泪。秋兰说："以前都是我不对，贪图翠平家的权势地位，害了俺那好孩一辈子……"

"没事的，没事的。忍一忍，一辈子就都过去啦……您快回家吧，风地里冷……"

蓝花不想再谈论这件事情。再谈论，也就是那么一件事情。她把秋兰手上的柴捆接过来，替她扛到他们家住的果园子门口，看着她进门了，自己才回去。

日月如草芥。

　　羊虎回到家，看见翠平又在院子里的石头上坐着，垂头丧气，哭哭啼啼的。知道她又遇到什么不顺心的事情了，也没有追问。他一看见翠平，就觉得她的那番道理，无法辩驳。他几乎害怕，她又提起她的不幸，又要来责备他。他本身是看着她的不幸发生的人。因为贪心，他却一直指望，能在自己的女儿身上，有奇迹发生。他并不认为，女儿现在身上的不幸，是永远不能变更的事实。翠平和东明，他们还有一对女儿。他看着东明长大，了解东明，他不会把自己身上感到的辛酸，移到孩子们身上。一想到这一层，羊虎总是会像大部分父母一样，把自己从女儿翠平身上看到的缺点，全部都消灭，不但不忍心再揭女儿的短处，进而还希望自己心里的空想，能达到不切实际的地步。

　　羊虎倒背着两只手，不动声色，披上他的黑色大氅，返回身，走出自己家的大街门。

　　羊虎在村子里，习惯性地转悠着。

　　天渐渐地变黑。村子里还像以往一样，每一个黄昏，都散发出相同的气息。都是同一个样式，宁静又喧闹的微光，透过窑顶上的刺蓬、柿子树间的缝隙、牲口身上磕碰出的伤痕，透过那些，和前一天一样，重洒下来。鸟儿在干草丛里求偶，顺带觅食，孩子们在打谷场上追逐，嬉闹。一会儿哭了，一会儿笑了。就像是东明、蓝花和小山、翠平他们小时候一样。

　　他耸了耸肩膀，重新抖了抖他身上的黑色大氅。黑大氅是北京的教授送给他的礼物，一年三季，除开大夏天，时时都披在身上。在桃花村的山川道儿上，先是漫无目标地绕了一圈，接着，又绕了一圈。最后，风向一转，向背静拐弯处的豆腐西施家走去。

　　被羊虎称作豆腐西施的，是桃花村祖辈做豆腐的长寿家老婆。

　　位于桃花村南坡最里面的一家，紧挨着山谷和溪水的长寿家，每天一大早，早起的人们都能看见，两大水瓮桃花川产的小黄豆，在烧木柴的黏土灶上"滋滋"地冒着热气。长寿家往上数十九代祖上起，就一直为村邻四舍制作豆腐。现在的豆腐土窑，还在那个老位置上，手艺也基本上没有变化。长寿家的第十九代豆腐传人长寿，一边在水瓮边上装豆腐，一边慨叹保护祖上传教有多么重要。长寿家做的豆腐，要使用直接从山顶上取下来的上泉山水，海拔在两千米以上。每天用陶瓷水桶担挑，避免接触铁质。上泉清水挑回家以后，用本处土瓷水瓮盛放。坚持使用桃花山川产出来的小黄豆、绿豆、豌豆做原料。桃花山川昼夜温差大，黄豆、绿豆、豌豆生长期长，生长慢，豆粒小，产量低，但是，做出来的豆腐，却是本处一绝。用苦汁，即卤水点浆成块，为的是吃到嘴里那淡淡的清甜味。尽管其效果，随着四季温度的变化难以预测，特别是在炎热的气候里，甜味会加重。然后用黏土灶煮制豆浆，火力更加微缓，长寿家的老婆，桃花村上了岁数、头发蓬乱的老豆腐西施，嘴里常常念叨说："一板一眼，古法炮制，才是俺祖上的传教、规程。"

她蹲坐在她男人长寿身边，湿泥地上的一张旧木凳上，正在拨弄秤砣，称量一堆堆豆腐渣和豆皮，以及在豆腐制作过程中，豆奶里过滤下来的豆糠，预备卖给隔壁村子里养猪的老牛家。长寿家豆腐以前是沿村沿街叫卖，跑村串户，现在却是做好以后，就叫长寿老婆去村部找到羊虎，或是要来广播室的钥匙，在大喇叭上呐喊一声，村里割豆腐的就来了。东家一斤，西家一斤，遇上谁家有红白喜事，更要提前三天预订。百八十斤、两三百斤豆腐，长寿家都能如法制作出来。逢年过节，或是隔三岔五，长寿就会像十九代祖上一样，挨家挨户去卖，这几乎成了一种生活习惯。长寿依旧拉着一辆老旧褪色的木推车，就像他的父亲和祖父一样，走村串户，将如同丝绸、绢制一般的新鲜上泉山水豆腐，卖给村上的老老少少。不然那些上了岁数的老人，出门买东西可能会很困难。时至今日，我们所熟知的长寿家豆腐的传说是这样的：古上有一位朝廷命官，曾因事被贬，后上京复职，八抬大轿来迎，他却偏是不坐，执意和轿夫们一路同行。行至桃花村，口渴饥饿，路遇长寿家祖上，请他饮上泉山水，吃卤水豆腐，不拘大人、轿夫，一律管饱，不收分文。路遇饥馑之人，双手赠上食物，山野清泉，农家粗食，天赐之物，路人相用，自来就是长寿家豆腐古传的祖制。这位大人，看见长寿家的祖上，因为长年挑水捞浆，肩上起茧，手中脱皮，食之甘苦，遂口出感叹：长寿豆腐，又勤勉，又正直，又温柔体贴。这些既是豆腐的特点，也是人世值得称赞的品质。故赐其匾额，以示赞益。不过此方匾额，在"文革"中被红卫兵小将们破四旧，焚烧了。

到了长寿这一代，每天做好豆腐，隔上几天，都会担上一担，出村去卖，留下一担，用作村里人上门去买。

每天天不亮，凌晨起炕，长寿家的老婆，便开始用石磨磨豆浆。磨豆浆加上过滤，每天需要两到三个钟头。豆腐的原料多是本处产的黄豆、绿豆，或是豌豆，先把豆粒去壳筛净，洗净后放入水中，浸泡半晚上时间，随着豆子依水打开，再加一定比例的清泉，磨成生汁豆浆。接着用特制的布袋将磨出的浆液装好，收好袋口，用力挤压，将豆浆榨出布袋。一般榨浆会榨两次，在榨完第一次后将袋口打开，放入清水，收好袋口后再榨一次。这样浆洗出来的豆腐，肌白如肤，细致入里。接着，开始煮浆和点卤。生豆浆榨好后，放入锅内煮沸，长寿老婆站在炉前，边煮边撇去面上浮着的泡沫。煮的温度保持在九十至一百一十摄氏度之间，并且时时添柴加火，慢火细烧。几根柴火和几根柴火之间，都有讲究说道。柴火不宜太细，太细欠火；也不宜太粗，太粗过烧，都为大忌。煮好的豆浆，方及至最为关键的一步，卤水点浆凝块。卤水点进豆汁，汁水之间，缝隙变化，由深及浅，逢白凝聚，逶迤而至。凝结约一刻钟工夫，用勺子轻舀进已铺好包布的木托盆里，及至盛满，再用包布将豆腐包起，盖上木板，压至一个钟头，即成豆腐。若要制豆腐干，则须将豆腐花舀进木托盆里，用布包好，盖上木板。在板上堆上石头，压尽水分，即成豆腐干。

长寿家的豆腐，豆汁细腻，豆块瓷实，常温之下，三五日不腐，食之口中甘甜如饴。做豆腐剩下的豆渣、豆皮，和上细玉米面，蒸成豆渣、豆皮窝窝头，也非常好吃。

羊虎自小苦寒，爱吃豆皮窝窝头。

羊虎和豆腐西施长寿家老婆的事，恐怕先要从这豆皮窝窝上说起。

长寿家的老婆，五十多岁年纪，比起羊虎，还要大上几岁，称得上是老豆腐西施了。

黄昏，长寿出村卖豆腐还没有回来。如果卖不完，长寿会在外村投宿，卖完了豆腐，才捎了各种家用，依然是重担而回。

长寿家做豆腐和人住的地方，是分开的。前后两个土院，隔得不远。不过，算是隔开了的。

羊虎披着黑大氅，倒背着双手，走进豆腐西施家的豆腐房。

长寿家的老婆，习惯在每天做完豆腐以后，打发其他人回家，她借口收拾豆腐房里的杂事，坐在磨豆腐的石磨磨道里，暗地里等着羊虎。

羊虎在压豆腐用的木头板凳上坐下，长寿老婆拿出一个刚出锅的豆皮窝窝头，递到羊虎手上。

失去银妮以后，羊虎四十岁上得了糖尿病。直到现在，都不能多吃带糖分的食物，但是豆皮窝窝头，却是他一直钟爱和离不开的食物。

　　黄昏静悄悄地走来，又静悄悄地离去。暗夜也是同一个样式。羊虎先是坐在磨道的板凳上，吃了一个豆皮窝窝，和长寿老婆说了几句话。然后，时间过了七点多钟。在乡村来说，算得上是黑夜时间了。从这个时间算起，长寿可能外宿不回村了。羊虎和长寿家老婆，上了黏土灶边上的半盘土炕。土炕连接着煮豆浆的黏土灶火，炕上热腾腾的，熏得人脸红。

　　羊虎和长寿家老婆脱光了衣服。豆腐西施的奶头垂下来，松松垮垮，团在羊虎手上。羊虎把嘴唇埋进豆腐西施赤裸、干瘪的怀里。他挺动壮实的骨架，滚热的身体，在这个上了岁数的女人身上奔驰、翻滚，觉得失去银妮以后的身体和精神，都得到释放。他拿眼瞅了一眼她的奶头，他在这个奶头上，可没有少消耗体力和时光！于是，他又把身子俯得更低，伏在她松弛的奶头上，如饥似渴，感到安宁和激荡。他就这样，在这个空旷的女人这里，找寻忘却和记忆。他们这两个人，对于他们的行为，都感到离奇。他们预备搂在一起睡觉，却又假装分开。他们在人前假装分开，又时时预备搂在一起睡觉。比作种种猜想，他们互相牵引的那种力量，那种力量，随着日久天长，并没有暗淡下去，反而日渐生长。他觉得，在长寿家老婆身上，新的事物，不知不觉地生长出来，把他的身体，牢牢地固定在她身上，把他心里空出来的地方填满，这意外的收获，冲淡了旧有的打算和时光，他快要把银妮忘记了。

　　长寿家的豆腐房，此刻只是一座被夜色遮蔽的土窑。半夜以后，墙上的挂钟，突然打了三下。长寿家挂在豆腐房老墙上的旧式挂钟，一天二十四个小时，永远指向五点钟方向，一动都不动。是长寿家老婆起炕磨豆腐的时间。但是，每当羊虎和长寿家老婆睡到一起，墙上的挂钟就会在夜半时分，突然敲出惊心动魄的三下。时间久了，他们都习惯了。假如那个已经损坏了的挂钟，穿过一道明亮的月光，敲上三下，那就意味着，凌晨快要到了。山上的清泉，会自然而然地顺流而下，羊虎和长寿家的紧紧搂在一起，他在她的嘴唇上，亲了一下，接着，再亲了一下。然后，又把她重新搂在怀里。

　　他紧抱着长寿家的老婆，睡了又醒过来，醒过来又睡了。他们在彼此身上，又是奔腾，又是打旋儿。月亮照在他们身上的影子，一会儿拉长，一会儿颤抖，一会儿又上下翻搅，不管是醒来还是睡着，他们对于对方，都不会生出分心来。

　　他和长寿家老婆的第一回，是如何睡到一起的？在桃花村大队的广播室里，豆腐西施头一回让羊虎替她在广播里呐喊叫卖新出锅的烧豆腐的时候，长寿家老婆，第一次从羊虎背后，抱住了他。实话说起来，也真是奇怪。他在一番抗拒之后，意想不到，顺从了她。他把她抱在怀里，这个不论样貌还是年龄上，都比羊虎大出几岁的女人，在他的怀里，生出另外一番情致，就在广播室脱了皮的老式木头凳子上，她身上迟暮从容的火热，把他身上岁月的潮气烘干，使他认出她的特定，都令他吃惊和销魂。

他们这样一睡，就是十几年。

他在这个日渐老去的女人身上，差不多毫无痛苦，甚至感到从未有过的纯净和欢乐，甚至可以在这个身体上，伏在她日渐干瘪的奶头上，与世长辞。

他有时候困了累了，都要在这个奶头上躺一躺。仿佛获得新生出来的力气，永恒都不觉得疲倦，上下左右驰骋上一番，在滋长又消退、消退又滋长的滋味里，得来开心。反复测试和验证，他身体的壮实。他在她微张的嘴唇上，在时时迎接他的嘴唇上，和着豌豆、绿豆和黄豆豆浆的气息，和着豆渣和豆皮窝窝头的气息，亲上她一下。接着，再亲上一下。

他在他自己的家里，却很少和他的童养媳同炕。一直以来，都是一个人睡一盘土炕。他就那样，反抗、拒绝着他的一生和一切。他把自己看得是轻是重，都不重要了。

羊虎家里的童养媳，就像是挂在墙上的一串干辣椒。按着自然规律，虽然它自己，也曾在阳光底下绿过，红过，也曾用期待的虚妄，在灰色的晨光里等候。接着，被赤裸裸地晒干，失去最后一滴水分，永远钉到墙上了。

墙上蒙尘的钉子，即便分明存在，却不过是一件实事，一具废骨，几样零碎东西。剩下的其他生物，时光都把它们载走了，一点儿也没有给羊虎的童养媳留下。她除了给羊虎生出翠平他们几个儿女来，剩余的时间，就像是一个没嘴的葫芦，一辈子也没有来得及开口。不过，对她来说，她认为那也是很划算的了。

山上的溪流，清澈地流过山间的背后。河水从豆腐房的黎明前经过，不循轨迹，曲曲折折，两股子清水，时左时右，时上时下，时而分流，各自环抱沙土，时而合体，汇成一股，在被岁月磨出刺花的石头上，又是奔腾，又是打旋儿，无从拆开。天快亮的时候，羊虎仍然披着他的黑大氅，倒背着两只手，从豆腐房里长寿家老婆的热奶头上，走出来，把头一足踩进松软的枯树叶子上，拣了一条背静的山路，慢慢走去。

桃花川的清晨，冷飕飕，凉沁沁的。豆腐房很偏僻，在那儿把羊虎一黑夜一黑夜地掩藏、隐匿起来，是很容易的。

从这个院落，可以看见，当日豆腐西施日夜洗磨豆腐的时间，从早到晚，又从晚到早。可以看见，他们在对方身上迷惑、消耗的时间，可以看见，磨坊磨道后面的石头上，他们一回回搂抱、翻滚的炕墙、木凳和瓷水瓮。木盆里的豆腐，被岁月染成金黄色，连着种黄豆的田地和泥泞，都是他们的旧伙伴。

在桃花村，假如羊虎愿意接受，自然羊虎睡过的女人，不止豆腐西施一个。羊虎在桃花村当了一辈子的一把手。他的手里，难免有些个蹄头下水之类的蝇头小利。在二喜承包村里的耐火材料厂以前，村里的财务上，穷得连开裆裤都没有多余一条，也就是有一些上级拨下来的扶贫款项之类的。不过，这些个款项，羊虎是有分寸良心的，尽量不偏东向西，尽量照顾那些贫寒人家、孤老寡独、失学失养的孤儿们身上。他自己本身的性格，也不恃强凌弱。甚至在大部分村务中，还是比较能够做到合理公平，主持公道。所以，事实上他在桃花村的妇女们中间，是隐约有些威信的。抛开其他，单就一个男人来说，羊虎除开年轻时炸坝修地，为了救铁石，被石窝里的炸药炸断一条腿，稍微有一点儿瘸以外，身材高大结实，一头驴一样壮实。更不用说，头上还顶着一顶村干部的官帽，自然在桃花村的女人们中间，是暗受欢迎的。凡是他高看两眼，和他睡过的女人，都再离不开他的身体。据说，那是在暗地里流传的事实。

谁要是和他睡了，就有说不出的虚荣和得意，在村子里走路的姿势，都变得不一般起来。

但他从不作害大姑娘小媳妇们，是他从年轻失去银妮的时候起，给自己立下的规矩。

他仿佛宁愿展翅高飞，和世人分站两边。几乎三天两头，到年老的豆腐西施家的老豆腐房里点卯，不知道是因为地心引力，还是其他什么根由。不过，有一点他得承认，她身上的它太美了。在豆腐房老式挂钟的五点钟方向，那是一个斜划线，他会想念她的。她会看见桃花村石头河边上的太阳，它太美了。豆腐西施的头发，常年打结，她不喜欢梳头，看起来也不年轻。浑身上下，一股黄豆、绿豆味儿，一股豆渣和豆皮味儿。种种非深即浅的猜想，引逗得村里几个不安分的年轻小媳妇们，斗嘴打趣，暗自猜度，屁股底下，都坐不住了。私底下鸡一嘴鹅一嘴的，议论起来，都认为豆腐西施得不到好结果。但是咋样招引，背后偷袭，还是当脸撩逗，随她们几个，变出什么戏法儿来，羊虎都使出巧计，远远避开，既不伤人的脸面，又不吃那一套勾连。和她们那些个暗地里不想遵守妇道的年轻媳妇们，永远都隔得像南北那么远。

羊虎一生，逢山开路，遇水架桥。除了银妮，就没遇上过什么难事。

豆腐西施家的儿媳妇，就是其中一个。她发现了婆婆的秘密，她感觉到婆婆身上的淡定和傲气，使她暗自吃惊。那种淡定和傲气，使人一开始迷惑，接着不解。实际上，就是那么一种情况。她背过婆婆，撩开身上的衣服奶孩子，脸对着羊虎，目光四顾，身上抖颤，奶头向上，挤出奶来，引逗了羊虎几回。不过，一回也没有得逞。

凌晨的时光里，羊虎披着黑色大氅的身影，推开自己家的大街门。翠平她妈躺在西窑的炕上装睡，尽量不弄出一点儿声音。她隔三岔五，听到羊虎的脚步声从大门以外传来，真是万箭钻心。但是，她又耸了耸肩膀，她已经习以为常了，她从来没有跟他辩驳过。她只是把她的每一天，都跟着前一天，一模一样地重复一遍。养儿育女，操持家务，下地受苦干活，收割或是播种，回家做饭洗碗，缝缝补补，就像是她命定的一样。假如她晕倒一场，或是在儿女们跟前哭诉一番，不知道会有什么下场。不过，她一次也没有那样试验过。她带到这个世上的东西，就是她的儿女们。于是她和羊虎两个，就在这个命定的院落，就在那些个命定时刻，短暂交叉，又永恒分开了。从自小十几岁上，当了羊虎家的童养媳后，耳濡目染的岁月和景物，都在她的身边依次展开。

大街门缓慢地启开，又缓慢地闭合。翠平妈一面凝听羊虎的脚步声，一面不期而然地指望，他能往她的西窑炕上望上那么一两眼。这种暗藏的不真切的盼望，每次都在这样天籁般的凌晨，把她折磨得快要晕厥了一样。但是他的脚步，和她的期盼，撞了个正面儿，避开她的目光，跟以往任何一次一样，眼看着向他平时睡的东窑走过去了。翠平妈的心里，不由得一阵难过至极，把头伏在枕头上，呜咽了一两声，流起泪来。她的眼里看到，不仅她指出来的那一半命定是真实的，就连另一半她没指出来的命定也是真实的。嘴里把一句旧话，按照她自己的意思，反复念叨出来，几乎每个凌晨，听到羊虎的脚步声从远处传来，又向远处走去，她都要重复念叨一遍："祖宗庇佑，祖宗庇佑。百年以后，祖坟里羊虎身边的那一半空地儿，总是俺的，总是俺的。谁还能占得了去？那俺就挨上他睡了。"

　　翠平在厢房的另一盘土炕上睡不着，嘴里哼起小调儿。她知道她爹她妈的情况，那是自然，也没什么可说的。她从她爹她妈身上，联想起自己的身世婚姻，难免失望。不过，那种失望的念头，一秒钟儿就闪过去了。她把这些个事情，看作是下雨阴天、庄稼歉收一样，平常那些不如意，就只当作是一种偶然，并不当作是一种打击和教训。她妈从隔壁起了身，出门的时候，被放在院子里的洗衣盆绊了一下，溅了满身泥水，差一点儿跌倒，隔着窗户，对翠平说："翠平，起来吧。你夜黑泡在水里的炕单，要起绿毛，该拧出来了。"

　　翠平隔着窗户说："我知道啦。大清早的，喊得人心慌意乱的，别再喊啦！"

　　一只母鸡的两条腿被绑住，在鸡窝旁边的鸡架子底下，放了一黑夜。"扑棱""扑棱"，还在挣扎。那只母鸡，总是出去撂蛋，也不知道把一年四季的鸡蛋，都撂到哪个鸡窝里头了。她看了两眼，接着，又看了两眼。鸡屁股还是撅得那么老高，仿佛随时都要下出一只鸡蛋来似的。但是在自己家的鸡窝里，它就是一个鸡蛋也下不出来。她知道把它绑住双腿，惩罚上一黑夜，或者是惩罚上两黑夜，它还是记不住回家下蛋的路径。仿佛它就是觉得在哪里该下蛋，哪里就下了。可能是生就的秉性吧。最后，就把那只母鸡腿上的麻绳解开，放了。

　　那只母鸡，在原地"扑棱""扑棱"几下，站起来，试验了几下被捆麻的双腿，抖动一阵，接着，昂头走开了。

　　翠平的两个哥哥，都搬出去另过了。他们一家子的这一天，就这样重新开了头。

　　二番重过一遍，会是咋样呢？

第十七章

又一年过往。

东明从杏子乡调往大河县任副县长，分管农业。二〇〇一年一月上旬，上任第四个年头，和往常一样，他没有打算在办公室里面待。一大早，五点钟起床，他把各乡镇的农业数据，今年的和往年的、历年的，都看了一遍，作了一番比较。往年的数据，今年的任务，设施农业，弓棚，大棚数量，农机服务，树苗苗圃，县上给的农业扶贫资金，还有可能从省里的项目争取来的资金，农药配备情况，牧畜养殖情况，农田基本建设数据，他都一目了然。没有在县里吃早饭，叫上司机，开出他从杏子乡带过来的帆布篷篷车，叫上农技站站长和技术员，下乡了。他要一个乡镇一个乡镇挨着检查以前的农业情况和安排今年的实施情况。

第一个到了冯家坪乡。上班时间已过半个多钟头，乡政府除了一个看门的老头，办公室里都是空的。

东明挨个打电话叫回来。一个多小时以后，乡镇干部才陆陆续续到场，东明当场发了火："上班时间不到岗，心思都花到哪里去了？不热心工作就不要选择当国家干部！迟到早退、工作懈怠一律计入干部年终综合考评。"

坡头村退耕还林植树不合格。二百三十亩沙棘经济作物没按规定栽好，树根外露，夯土不实，虚报成活率，国家补助的苗木浪费，存在弄虚作假套取国家扶贫资金问题。村干部现场做检查。计入乡镇主要干部和专管包片干部年终考核记过、扣分。农技站站长现场示范树苗栽种方法，限期重栽，要保证坑圆、根稳、压实、浇水、浮土，爱惜树苗，保证成活率，按成活率计数补贴。

　　枣庄村矮枝枣示范园建设情况，示范园建成，达到九十分以上奖励五百元，按百分比考核。品种优化十五分，密度二十五分，整地二十分，成活四十分。红枣园育苗、嫁接考核办法：二十亩以上规模算一级建设标准，每亩给予二百元农业资金补贴和扶持。

　　沙金村"坡改梯"工程问题，山坡上植树造梯形经济林，保土保墒。现场村民反映，沙棘和桥条能否对调，目前项目资金还未到位。东明现场承诺：启动资金按百分之二十五预付，再按项目质量和进度拨付补贴树苗实物，折算资金，部门负责人责任制要健全，随时抽查。期限内坡改梯要见成效，要有任务量，时间表，苗木尽量用本地苗木。

　　万菊镇设施农业建设逐村检查。全镇目前共建成弓棚二百六十七个，其中大弓棚四十三个，小弓棚二百二十四个，在建的一百三十个。未动工的一百零三个。计划三月二十五日建五百四十六棚。全镇共育苗一百二十三床，五个品种，可产苗十六万株，可供五百四十个大棚栽植。目前共调运竹竿六点五万根，草帘一百块，农膜一点六万公斤，农药二百公斤，化肥八十一吨，农家肥一千零八十吨。现投入二十七万元，还需十一万元。农业贷款六万元，农民自筹五万元。账面标注有农民签字投放实物资金二十三万元多，另有三万多元资金、物资下落不明。限期乡政府查明去向，乡镇主要领导负全责。实物到位，随时抽查。

　　连续一周抽查总结，农技站技术员全程跟踪，建议：西红柿栽培，种植结构存在不合理。棚架结构不合理，后块再高些，便于通风采光。地膜种植膜下积水，需要定期换茬种植，土壤处理。有些大棚硬件设施差，育苗差，管理技术差，棚户思想认识差。处理办法：县上农口单位负责协调，立即聘请市里农科技术人员下乡下村集中棚户培训。新推广的棚形加高，密度适中，高三点五米，宽七点七米左右，采光温度提高到二十九摄氏度。选址上依阳坡可保温，且便于操作。棚内种植品种改进要加快。农口干部和技术人员要放下架子，每周三个工作日下乡下村现场指导。包点包片要吃苦，加强三防意识，帮助农民防虫、防灾、防水土流失。目前农业税百分之七，农业特产税百分之八，农民负担重。各项工作跟踪检查，农口单位十九人抽调驻乡，由县农业局对口管理，每天每组都要有工作记录，农业局建立跟踪卡，每乡镇到村、到组、到片、到点不得低于二十个现场记录,县上随时抽查。

东明在南河乡养殖户家召开全县养殖现场会,请户主为其他小型养殖户讲解长毛兔养殖,县农口部门拉帮传带发挥了作用,可以在全县推广。最近几天下了一场保墒雨,抓好以下几项工作:一是保墒播种晚秋作物。二是抓好种草工作,雨季抓紧种苜蓿、桥条。专业户专业村抢墒种植加密玉米、高粱。三是抓好安全生产,四轮车县上免费挂牌保户,严禁超载拉人。危窑危房各乡镇主要领导负全责,限期改进。目前危户已全部撤出搬迁。四是做好秋播准备工作,动员群众准备肥料、籽种,县上按国家扶贫政策补助到位。凡发现各乡镇中途克扣、挪用扶贫农资物品,一律依法查办,严惩不贷。

东明在田间总结,七月十三日农田现场会后,冯家坪乡安全生产抓得比较扎实,但是农业生产抓得不紧,处于农民自发状态,村里存在不少欠粮欠款户。当前工作:第一,安全生产。汛期滑坡崩塌地段、路段、危窑,彻底清查解决,保证农民生命和粮食安全;土制炸药、土枪尽快没收处理,禁止上山偷猎偷伐野兽林木;农用车安全生产常抓不懈,保护农民生命财产;防汛工作不能松懈,要落实抓好。第二,抗灾自救工作。搞好晚秋作物抢播。抓紧大棚建设。协调好温棚与弓棚和秋播作物的争地关系。八月底完成土建工程,抓紧进行棚架建造技术培训。加强育苗工作,对农民的农用物资补助要跟上进度,确实分解到户。县上随时抽查。发现中间克扣和对农民吃拿卡要现象,包片包村干部一票否决,绝不宽待。今年秋冬培训农民工作要扎实开展,需要什么技术培训什么。一百五十棚任务不能少。种草养畜,草饲配套。加大加密玉米的种植,提高产量。辟出一名农口干部和技术员,组成工作小组,逐村逐户普查欠粮欠款户,列入农业重点扶持对象,今年内必须帮助他们真实脱困。

八月六日,下川村常年无党支部书记,村长田胜利,全村二十个党员,年龄最大的七十五岁,村委员有两个,党支部有两个委员,村里派系争斗严重。拨出专职干部一名,配合各村、支两委,普查全县农村干部任职情况,人员,素质,工作能力,群众热点关心问题,详细记录各村情况,以备换届摸底。具体实际问题,现场解决落实。

八月十五日,杨镇上张家河特困村,七个自然小组组成,一百四十户,五百八十人,农田未搞,打坝未搞。可淤地七十亩。退耕地造林一千亩,验收补助兑现五百零二亩。种草二千八百亩,验收补助兑现二千四百。完成畜牧园地三百亩。种桥条五百亩。圈养羊一百只，牛八十头，打水窖三个。县上补贴兑现拨付到户。现有川坝地五百多亩，人均不足一亩。环山沙石路两条，全长五公里。去年贷款五万元，未还上，属于欠款村。除上交国家公粮和农业税收以外，粮食基本够吃。

去年统计局给该村捐助一千元。刘文星农口技术干部来村次数少，计入年终工作考评，扣除三个月奖金和补助。

一度电九毛钱，农民负担重。县里文化局捐助订报三份，未使用。重新调整农口干部，派驻优秀农口技术员，对全县特困欠粮、欠款村全天候派驻，抓好生产和设施农业配套补助，协助农民实际脱困。

东明对几个乡镇工作现场总结，三个包建单位对工作比较负责，但离目标任务差距较大：一是包片干部和技术人员对村子情况不太清楚，欠粮欠款特困村普遍存在。二是任务拖欠大，农田拖欠大。除拓家川打了三座坝以外，其他村任务没动。养殖业拖欠任务大。三是林草合格率不高，苗木草籽儿浪费严重，不符合标准林草。计入各乡镇主要干部和包抓干部年终考核，总分内扣掉三分，扣除三个月奖金和补助。限期整改，县上随时抽查。整改到位的，给予奖励。

减负工作，控制中小学乱收费。电价太高，进行电价整顿，确实减轻农民负担。存在的问题：乡镇对发放农业物资、补助兑现，给农民开出的专用票据不规范，部分包片干部存在吃拿卡要现象，已通报扣分，情节严重的已诫勉谈话，停职反省。

十月二十五日，刘家沟村选举村主任，在小学教师办公室召开选前选举委员会会议。村支书说明注意事项。选民四百九十三人，在家二百二十四人，在外二百六十九人。坚持公开、公正、公平原则。候选人：师平生，宋小平，言成。乡长白建虎向选举委员会强调选举有关问题。东明肯定前一段工作成效，要求依法办事，认真负责，一心为村。选出村主任一名。正式任命。

十一月十六日，省上农业专家李立科教授考察土岗乡红枣受旱问题，研究解决此问题。就留茬免耕秸秆覆盖技术，举例说明榆林海子沟形成过程。祖先用耕犁耙磨方式解决陕北干旱问题。核心问题是蓄住蒸发。两米厚的土层能蓄住五百到六百毫米水分。蒸腾也是一个重要的受旱问题因素。

东明在枣园地里总结：栽植不留死角，秸秆蓄水，产权要落实好，保证农民受益。苗木管理要严格。凡是发现干部和农技人员参与贩苗，损害农民利益，一票否决，不留情面。栽植质量要提高，节约苗地。退耕以粮代赈的补植，必须向农民将国家政策交代清楚，宣传到户，消除群众疑虑，尽快搞好补植。同时搞好大棚栽植，尽快育好苗子。明年三月底以前，必须向农民兑现钱粮。不准再拖欠农民一颗粮一分钱，明年以后逐步实施当年兑付。

东明写给市秀美办的汇报函：

市秀美办：

现将我县秀美山川建设的大户承包治理及封山育林禁牧有关数据汇报如下：

一、截至二〇〇一年底，全县共有一百亩以上承包治理大户二百一十五户，累计承包面积二万二千七百九十亩，大概投入资金二百九十万元，完成治理面积一万八千二百三十二亩；另外现有四个企业、经济组织和社会团体参与承包治理，累计承包面积二万九千二百零三亩，引进治理开发资金二百四十六万元，已治理面积一万七千五百二十亩。

二、截至十二月底，全县十七个乡镇全部实行了村山禁牧。羊子存栏二点二万只，全部为圈舍饲养。

二〇〇一年十二月二十六日

日期上端端正正，覆盖着大河县人民政府官印。

就是这样。

风里雨里，就是东明的四季。县里看不见他的身影，因为他在乡里、村里。乡里、村里也看不见他的身影，因为他在坡里、地里。

年底作为全省优秀农口干部，东明到省里学习培训。结束以后，就去新华书店，给自己和两个女儿买书。他常常会给自己买一些书籍。他自己看的书，主要是社会、经济、政治、农业、科技方面的。为两个女儿买了《格林童话》《伊索语言》，还有一本励志书籍：《要成为一个什么样的人》。是啊，要成为一个什么样的人？为两个女儿买的书，他直接步行到邮局，工工整整地写上两个女儿的名字：刘朵、刘花。都不是他自己给取的名字。他只叫她们小名，"麦芽儿"，"豆芽儿"。寄回桃花村。麦芽儿来信说，是她为自己和妹妹取的官名，在农村说起来，除开"麦芽儿""豆芽儿"这样的小名，上学念书作业本上写的大名，都叫作官名：刘朵、刘花，像是苹果树上最高的那朵鲜花，陪伴和结出最高、最好看的那个苹果，就像是村里人都羡慕、都想高攀的她们的爸爸一样。

他的眼里不知不觉，淌下眼泪。走在省城的每一条大街上，他都觉得陌生和亲近。他目光的远处，远处的远处，遥远又挨近，沉默又如诉。一个人独处的时候，他时时想哭。他想哭的事情可多啦。他觉得她爱他，她们都爱他，就又骄傲又想哭。和最亲的人彼此不能分担却只能远离，就又想哭又心疼。刀刺到他身上，他都不知道疼。但是，偶尔独处的时候，却会淌下热泪。喉咙有一种东西哽住，仿佛是一种呜咽，悬在那里，凝成一个硬块，傻瓜一样，一匹牲口一样。就好好学习、好好工作。东明就像是匍匐在山川大地上的一匹壮驴和大地一个颜色，他一直在同农民的贫困作斗争。因为，那是真正的贫困。可能因为老天爷少下一场雨，或是多下一场雨，他们，就又接着贫困。所以，他时时要和他们在一起，和老天爷抢道儿，和老天爷抢墒、抢播、抢苗、抢收，抢晒、抢入仓。他们有时抢不过老天爷，有时抢得过老天爷，就是那样。

夜晚，他一个人仍在漫步。在省城的某一条街道上漫步。肚子饿了也不知道。人在饥饿时，视野会模糊。像是一个匿名者。脱离开他既有的氛围，进入匿名状态。使自己变成一个陌生人。全面修改了一个人的面貌，秘密藏在心里。疆界得到扩展。在这条街上，或许这个饭盆是张铁匠打的，是一个老铺子，那个锄头是李铁匠家卖的。他都不清楚。面目模糊。陌生人构成了他的世界，他发现了陌生人。也发现了陌生的他自己。仿佛和陌生的自己、淌泪的自己，迎头撞上，迫近他，集中又尖锐，醒目又短暂地闪现和展示，反复回响，脆弱或者是纠正、归约或者是拉倒、审视或者是统领他的，都是他的生活。他不具备把自己化引出来的能力。他仍将一千次一万次，独自走向一切远处。或许万事万物深刻平静，人和其他东西之间，庄稼和土地之间，神秘莫测。他时常独自回忆春天，什么时候来过雨露，什么时候阳光曝晒，什么时候抢播，什么时候防虫。担心与庄稼相关的，在土地上停留得那么久，仿佛忘记了土地以外的东西。

刀凿斧劈之下，他有时是一个面目模糊不清的人，有时像是一匹受苦的牲口。观察世情，世情也在观察他。他面对自己，为自己一个人活着？面对一个人群，为一个层级活着？不。都不是。他面对一切活着。把一切看成是超出自己想象力的事物，看成是高于具体生活的活着。除了他自己以外，那更为开阔的，不为人了解和理解的。一根树枝，一株草苗，一粒野生浆果，都始终有一个非常细小的联系，勾到他。全部。原来一个人活着的表达，在生活底下。他的未来虽然还没有启开，却预先传来了某种预知。

他的时间重合。一切块垒消解。软掉、化掉。他从那里面感受到一种光芒。风物过于明显，埋下了光和热。刺着他的心。光的力量，光的震慑力，使他对生活的认知抽出生活以外。这个时候，桃花川就是他人世的背景。是世情、世故、变故，也是秩序，更是他自身。和他无法掌握的那一切相关，他不由得又淌下热泪。进入自然而然之境，自然而然告诉他，他生活着的某处，并非某处。

没人确知。人间秩序。他活在这个层级，比别人多看见什么？对世间谦卑的认识态度，对众生的谦卑。不愿去多看一眼众生，那样好吗？他需要更谦卑地走近世界。走近土地。那一粒黄土里面，都饱含众生。众生充满。就算是一粒黄土，那么小的东西，都有待于重新打开。一条莽荡的大河奔腾而下，在于它清浊，在于它奔腾。或许可以，面对人世和人世、自然以外的宇宙，有所见识，有所表达，也有所指向。

对东明来说，不是自己打败自己，就是石头压住自己。

第十八章

二喜的村办企业，带动了桃花村里的一些产业，那是不言而喻的。自从二喜的厂子开业以来，村里开了三间小卖部，一个小饭店。有几户人家，倾其所有，买了大卡车，在二喜这里拉黏土、拉砖，挣些运费。

二喜又起了一座新窑口。又招了一批工人，每天下班以后，都要拿出两个钟头的时间，接受老工人的培训。毫无疑问，他有他自己的打算。

秋天刚过，太阳高挂，明晃晃的，晒着裸露的石头和黄土。黄树叶和黄草茎，被风吹得到处都是。再过几个月，就到年终了。二喜要预备一些资金，打算给工人们发年终奖金了。一大早，二喜从厂子里转了一圈，看了一座座旧窑口和新窑口，和以前的每一天一样，检视了一遍，接着，又检视了一遍，才回家吃早饭。二喜早饭吃得特别多，吃了两个窝窝头，一大碗红豆小米稀饭，六颗红枣，半洋瓷盆酸菜炒洋芋丝丝。临出门的时候，带了两个白面馒头。蓝花说，出门以后要吃白面馒头，免得城里人耻笑他爱吃窝窝头。然后背上他的人造革黑提包，里头装满销售耐火砖的单据账目，动身前往外省，他要去催要耐火砖的欠账。

"回来的时候顺道去一趟城里的书店，按我给你纸条上写的，给孩子们买上几本书，是学校老师开的书目，你可要记下。"蓝花扫了他身上的砖灰，替他多装了两个馒头，嘱咐道。

"那是当然啦。"二喜回答。

二喜现在不论在家里还是在厂里，都说话很少，说一句是一句的。

二喜已经走远。看起来像一个临阵出发的将军。蓝花在家，每天都关注天气如何，会不会下雨，狼母堰的鸡窝会不会受潮，产蛋期会不会受影响。黄昏以前她都会出门查看鸡舍，检查一遍养鸡场的情况。

过了几天，二喜回来了。开了一辆和东明的一样，帆布篷篷样式的半旧吉普车。有一个厂子，要不来货款，顶账顶回来了。二喜以前开过拖拉机，开这个没问题。没有驾照，就一路偷开回来了。

二喜使劲踩了一脚刹车，"嘎吱"一声，稳稳当当停在自己家的大街门口。多亏是个破吉普，一般的车，还走不了这拐枣一般的沙石土路。院子里没出来人，蓝花在给鸡蛋装箱子，没有想到门口外头的刹车声和自己有关。二喜又按了三声喇叭，叭叭叭，车窗玻璃坏了，摇不上去，他把脑袋伸出窗外，粗声大气地喊道："蓝花，你在忙什么呢？快过来帮我开一下车门子，我被咱家的新吉普车门子夹住啦！"

"哎呀，是二喜回来啦，我就听见像是你的声音。你咋啦？这是谁家的吉普车呀，你咋把别人家的车开回来啦？"

"你说这是谁家的车？当然是咱家的车啦。我开着这辆车，可真不方便，你知道，我又没有驾驶执照，又要翻山越岭，还要躲避交警，可真够我呛的！绕绕弯弯，还要给它找一条好一点的沙石路，才配得上它！你说是不是？蓝花，你帮我开一下车门子行吗？"

"咱家的吉普车？你从哪里弄回来的？"

二喜起初不吭声，他有一肚子得意没说出来。他转身把吉普车副驾驶座上的几本书拿到手里，是他按照蓝花的指示，给孩子们买回来的。把车门打开，下了车。

"孩子们念书去了？"

"嗯，念书去了。你买了这辆吉普车？看起来还挺新的。你可真有眼力。以后跑进跑出的，倒是能省些力气和工夫了。"蓝花把快要掉下来的车门子关上，扭头对二喜说。她永远都是夸奖二喜，永远都看见他好的那一面儿。

二喜不声不响，沉默显得他永远是这个家、这个院子、这个大街门和这一切里头，一家之主的架势。他看了蓝花一眼，又忙起自己的事来。一边查看哪里能存放这个新入伙的大家伙。在哪里存放好呢？以前大街门修得小气，按现在这个尺寸，显然是开不进院子里的。对，大美住过的牲口棚子正好合适。以后使用起来，进出也方便。把大美用过的东西，往靠墙里头规整一下，就能把这个铁家伙倒着开进去了。不过他还不急于把车开进去，他自己还没有看过瘾。顺带他也想让过来过去听见他吉普车喇叭声的村里人，艳羡赞叹上那么一阵子。

二喜站在吉普车旁边，把吉普车身上的铁锈，擦了又擦。

听到吉普车喇叭声的人，扛着锄头，担着粪担，都走过来和他打招呼，挨近吉普车看个究竟，赞不绝口，"哦！原来那个远处看起来威风凛凛的铁家伙，就是这么个样子的呀。二喜哥，你看看那四个轱辘子，看起来可真有劲儿！恐怕是泥里草里都陷不住。"

真是农村人！这有什么可稀罕的？吉普车的轱辘子，当然有劲儿了，不然怎么爬坡下河沟的？二喜鼻子里哼了一声，清理了清理嗓子，没有说话。

"不过，声音听起来突突突突地，和拖拉机也差不多呀！"又有人放下肩上的粪担子议论。

"拖拉机哪里能比得上这个铁家伙呀！根本就不在一个档次上！"

二喜站在那里，脊背挺拔，不再像以往那样，低头不语。而是和每一个来看热闹的人说上几句话。揭开引擎盖子，跑了不少山路土路，水缸里的水滚开了，哗啦哗啦的，一时半会儿冷却不下来。他必须揭开盖子，让它凉下来。二喜不再感到卑微，他认为他的付出得到了回报。

夜黑的时候，最后一批端着饭碗来看车的村人逐渐散去。二喜才把吉普车倒进大美的牲口棚子里。倒了几回，蹭了左边一块栏杆的树皮。不过不要紧，最后他还是稳稳当当地倒进去了。他把吉普车的水缸里加满了水，在它身上抚摸了几下，就像以前抚摸大美一样。大美，就叫它大美好了。就像是以前的骡子大美，又以另外一种方式回来了一样。就连骨架和牲口棚子展开的宽度，都一模一样！二喜的眼睛有些湿润了。开回这辆吉普车来，对二喜来说，可是意义非凡，算算那些失去的账款，虽然心疼，不过不用担心，他会再努力挣钱的。他身上有的是劲头，时间也有的是。为了能在村里扬眉吐气，重新做人，受点罪那也值当了。

时间一天一天过去，新窑口和新招来的工人，都很争气，出了一窑又一窑的耐火砖。他又盖起几间新厂房，用于安放制砖机器和仓库存放。仿佛他从一开始，就是个做买卖的人。他想再等上几天，等到这一批货攒齐了，不再用卡车拉运。卡车拉运，成本会增加很多。但是他以前的货物太零散，够不上一节火车皮，这一次，他要用几节火车皮来拉运货物了。

二喜在窑口前站定。桃花山川庇佑，他的确是个买卖人。砖厂开得不错，有了些盈余。他每一步都走得谨慎小心，时刻记住蓝花对他的劝告：任何时候，都不要欠债，不要偷盗，不要欺诈。是啊，这些细微的灰尘，都飘浮在砖窑的每一个缝隙，每一个铁锹把上。仿佛世界上每一个买卖人都是如此，不论是远处还是近处，还是在桃花村，都一样。那些细微的灰尘，砌成窑口，打成泥胎，烧成火红色的耐火砖，一窑接着一窑，像是某种季节，启示着即将到来的一切。

又是装运时节，几节火车皮都装运好，拉走了。

二喜现在不用长途跟车押运了，他现在在厂里安心指挥生产。他把三个窑口都装得满满的，添上窑火，窑火里的煤炭，也攒足了劲头，"呼啦""呼啦"煅烧起来。

蓝花对养鸡场的产蛋也很满意。蓝花倒是容易满足。比如说鸡群产的鸡蛋，能维持住家用开销，或者还能够略有盈余，就满足了。鸡舍铁丝网刚刚修补过，不用担心母鸡们被黄鼠狼吃掉了。二喜天天在厂子里，一切顺利，没遇到什么困难。蓝花嘴上没说什么，一心绑在鸡场和孩子们身上。入冬以后母鸡们的产蛋量会下降，不过，一切正常，看起来没什么可担心的。

二喜的雄心越来越大，他需要扩张。他害怕孤立，总怕被排除在外。他现在已经没什么兴致在厂子里转圈了。他又扩建了厂房，又起了新窑。也没兴趣摆出一副蓝花男人的姿态了，他要征服更多更广阔的东西。那是什么？他也没有完全弄清楚。只是开着他的吉普车疯狂地奔跑着。烧窑，出砖，装砖，发火车皮。他买了几辆大卡车，用来上火车皮。大卡车非常漂亮威武，不过，那和他有什么关系？他自己一直开着他的大美，这就是二喜。或许二喜真的认为，这辆牲口一样跟随他终日奔波劳苦的旧吉普车，就是他的大美托生给他的。

那个晚上，看起来和以前的每一个夜晚，也没有什么两样。

"厂子还要扩建吗？"蓝花问。

"为什么不扩建？现在正是扩张的好时候。"二喜反驳。

"哦，是吗？"

"咱们的厂子，会越来越大的。你看着吧。"

"哦，是吗？"蓝花翻了一个身。

现在一切都在好转，上游大型钢厂、铁厂大批量需要耐火材料。一批批耐火材料，源源不断地运往外省。因为赶上钢厂和铁厂大发展，买方市场大于卖方市场，二喜手里的耐火砖越来越吃香。以前拖欠积压的货款也都要回来了。有的甚至带着现金支票来厂里拉砖。二喜的买卖，做大了。

又是一年丰收年。有一天，二喜正在新起的窑口跟前看着工人们出窑，他看见工人干活，自己也忍不住，他只要在厂子里的时候，都在窑里。装窑，出窑，打泥胎，他都是好手。身上的大哥大响了，那时的桃花村，只有二喜有这个玩意儿，连村支书羊虎，都没有呢。电话那头的人他不认识，是外省火车站的一名工作人员，那名工作人员在电话里告诉他，他的两个火车皮，被对方收货单位，拒付了。滞留在火车站卸货场，要火速前来处理。不然，光是货场存放费，都会要了二喜的小命。

二喜背着他的黑提包，赶到外省火车站时，他的货物被堆放在废弃站台上，被对方钢厂拒付。存放在这里的货物，一天要交三万块钱存放费。

这对二喜来说，无疑是个沉重的打击。处理不好，或许有可能再也爬不起来。二喜一下子慌了神。不知道要怎么处理。他背着他的黑提包，去了对方钢厂。钢厂的销售处长换人了，不再是北京的教授推荐的那位领导。二喜现在谁也不认识，在厂子里转悠打问了两天，没有一个人理会他，鬼都找不到一个。

他背着黑提包回了大河县。

天快擦黑的时候，二喜才一个人走上回桃花村的山路。多少年没有走这条山路了？自从有了大美那个铁家伙以来，他的二大美——他习惯这样称呼它，就像是大美的另外一个显身，他就再没有闲工夫走在这条沙石土路上了。

这时，二喜身上的大哥大又响了。二喜把它掏出来，像是一块砖头，附近能用得起这玩意儿的人不多。除了公社书记和乡长以外，其他人都没有。二喜以前也曾为它感到荣耀。但是现在，一听到它响，反而感到无比的心惊肉跳。果然，电话里的人通知他说，先把货物存放费十五万块钱，打到存货场账上。因为货物存放，已经超过五天了。不然，他的价值二百多万块钱的砖头，就让推土机撂进河沟里头了。就算是撂进河沟，清理费和占地费，都得他二喜掏。那些个砖头，销毁都没办法销毁，到死都咬住他的脖子了。

二喜现在完全塌了台，栽了跟头。毛病出在哪里，他还不知道。连走在这条山路上的安静，都不能解救他。真想不到，折腾了半辈子，闹了这么一个下场！不用说，他又要被人看不起啦！又要被人踩在脚下，永远都翻不了身啦！

这个跟头，可栽得有点太大了！应该寻个短见吗？命都保不住了吗？可是，比方说蓝花，我剩下的这些个情况，她要怎么处理呢？二喜自己呢？好像是给自己做了个替死鬼，按说是应该付得起这个责任。以前的改正，都不过是补报蓝花对他的信任以及跟着他一起过的寒碜罢了。不过，蓝花跟着他，觉得寒碜吗？这样想着的时候，二喜大模大样走进他的厂子，眼见得到现在，要损失二三百万，对二喜来说，几乎挖了他的命根子。他还能再重新爬得起来吗？

厂子里的景象，在他看来，和以前不一样了。炉火尽熄，又快要出窑了。如果这家客户处理不好，这些个砖头，要销售到哪里去呢？原来现实并非他痴心梦想的那样。这种迟来的认识，叫他感到锥心之痛。时间一分一秒过去。他围着他的窑口，转了一圈又一圈。像是磨道里的一匹老牲口。这里的每一块砖头、泥瓦、灰尘，都是他用自己的汗水换来的。他在这里，认出了在平常看不见的地方，默默付出努力的泥土和大地，认出了活在这个泥土之上的好处。种庄稼也好，养鸡也好，开厂子也好，任何一种方式，似乎都不成问题。

他这一辈子，尽是想方设法，不要辱没了蓝花这个当老婆的，那本来是没有问题的。可是此刻，一想到蓝花，却更是如鲠在喉。

夜色更加黑些的时候，二喜才磨磨蹭蹭回到家里。蓝花没有发现二喜的异常，她照旧把洗脸盆子端到院子里，手巾搭到洗脸盆子架上，伺候二喜洗了手和脸。倒了洗脸的脏水，用清水摆干净二喜的毛巾，归置好洗脸盆子。把饭端出来，递到二喜手上。是二喜最爱吃的洋芋擦擦和眉豆麦饭。蓝花每天总是不等星辰沉没，黎明照耀大地，她就起炕，给孩子们做饭，给二喜预备洗脸、刷牙、刮胡子的肥皂和温水。把好吃的东西，分给家里的每一个人。二喜他爹和三寡妇不想做饭了，隔着墙壁，喊蓝花多添上两碗水，她也一准照办。给鸡场的母鸡们磨饲料，给二喜妈纳个鞋垫儿，炕上的热量终夜不灭，世上有福有禄的女人很多，她是最好的一个。完善的女人，是留意眷顾亲人的女人，不是好吃懒做、尽顾自己吃闲饭的女人。

深夜，二喜把脸埋进被窝里，彻夜未眠，一颗一颗的泪珠，好像熔铸了的钢水，把他的眼睛灼伤。

二喜从背后抱住蓝花，他们需要彼此。

仿佛暗夜，重申了自然法则，最好的时光过去了，最坏的时光，不知道能不能过去。

以前的二喜是个铁嘴的郭怀，哪怕浑身哆嗦，就剩下嘴硬，那也要嘴硬。他现在是怎么了？二喜，像是别的人了，不是二喜了吗？

二喜对着蓝花的脊背，低声说："蓝花，我做的买卖，可能要贴赔干净了。"

蓝花翻了一个身，又睡过去。

"蓝花，我做的买卖，可能要贴赔干净了。五分钱也不剩。"二喜又说，他希望蓝花听不见他的说话。

"二喜你快睡吧。别念叨了……拉灭电灯，照得孩子睡不稳……母鸡们……母鸡们都在下蛋。家里我养……饿不死人……饿不死……睡吧。睡吧。好好睡……"蓝花又翻了一个身，迷迷糊糊，搂着孩子，又睡着了。

二喜的老婆蓝花，还真是经得起追问。有了这一层关系，二喜的魂灵大概定住了。说到究竟，或许他一进这个门儿，蓝花就猜出他目光躲闪的根源来了。好让他记起来一起头做这些事情的根由，本身就只是享个低等福，往个宽处走。使他连带想起，做个买卖，赔了挣了，都正常。他总是在世上扑腾过的人。他竟然在那个外省，那么害怕，那么恐惧。看不见一条能走的道儿，一句话也说不出来。他本是一心想把事情做到体面的地步，谁料想事不由人，差点把他一生的事业都毁尽了的。他本是准备好了，回来桃花川，是想择个好天气，寻个自尽，找一根结实一点的麻绳，上个吊什么的。要是让他客死外省异乡，那有点儿孤单。本是以为，门头的炊烟，都被狂风吹散了的。他绝不能看见他的老婆蓝花对他失望和轻视、责问的表情。不过，现在看来，他逃回来的路径，是对的。他几乎对着蓝花的脊背，倾诉起来，仿佛那是蓝花的脸面似的。他在黑暗中分辨，哪一部分是她柔软的嘴唇，哪一部分是她挺拔的奶头，触抵他的额头。仿佛他们两个的头顶，有一层光晕，比起他眼里看见的还要深沉。谁说他的一条小命是预定和预知了的？谁说他就只有自寻短见那一条道儿了？即便他再也翻不了身，那又怎么样？他还有老婆孩子恩养接受他，他就可以再滚上两滚。蓝花可真是个能人，总是用二喜缺乏的那一方面，指出他具备的那一方面。

第二天吃早饭的时候，二喜照旧吃得很多。一大碗红豆稀饭，半洋瓷盆炒酸菜，两个荞麦面窝窝头。荞麦面这一种东西，不论颜色还是样式，都和泥土一体，像是注定要从泥土里生出来、钻出来的一样，吃了它，就像是吃了一块铁秤砣一样压心。那个东西吃多了，有一点难以消化，所以不会觉得饿。使他在短时间内不用考虑吃东西的问题。然后又背上他的黑提包，上路了。

他又去了那个钢厂，找到原来的销售处长，请他替他联系新上任的销售处长，他想把货物拒付的缘由问问清楚。

新上任的销售处长不见他。

他在处长家的楼道门口，蹲守了三天三夜。最后在楼道里照不见太阳的阴暗处，逮住那个处长。那个处长，长得是有些难看，不像是个好男人似的。比起桃花村里人人躲避的地头蛇小山，还要猥琐。难怪那么难以说话。二喜看见他胳膊上挎着的女人，三天里头更换了两个。心里暗想："难怪这个可悲的处长，为人处世没个底账分寸。"

二喜心里暗暗讽刺，不过讽刺也不顶事。二喜嘴快，伸出手上的黑提包，假装惊慌，上前拽住处长的袖子打问："处座呀！夜来黑夜您挎的那个女人，刚来寻您啦！我看见是还没走远，正藏在隐蔽处等着逮您哩！一会子出了大事，您可别说我没提示您！"

二喜一时心慌嘴急，本来是要格外亲热地叫上一声处长，谁知道一张嘴，却按照电影里国民党的叫法，叫成处座了。

处长抢先黑了脸，答应见他一面儿。给他五分钟的时间陈诉。二喜一个人，确是苦恼到了极点，时不时冒出各种狂乱危险的念头，不过真的站在新处长眼前的时候，他的目光也不再躲避了。除开两面的墙壁，他也没地方躲避了。眼前这一关，他非得扛过去不可。

销售处长也不是非要看见二喜死到他跟前。他主要是针对以前厂里的下游供应商不熟，他要把这些个供应商们，重新梳理一遍。他手上这一趟梳理，到了二喜这里，就是缠到脖子上的物件，变成上吊用的一根麻绳，像是给野兽熟皮似的，仿佛要从足跟往上，倒着扒皮了。

二喜拿出黑提包里时时装着的各种质量检验报告单，产品历年销售情况，质量跟踪管理情况，没有退货，也没有出现过质量事故，桃花村的黏土，按照北京教授的分析，最适宜做耐火材料，是上等品质的黏土。恳求销售处长看上一眼。

销售处长勉强看了几眼，沉默了一下，训斥了二喜几句，对二喜说："这可都是你自己硬要找上门来的事情。以后有什么闪失损害，可不要倒找事！"说完，沉默了一下，对着二喜的脸面，吸了三支香烟，吐了足足有上千个烟圈儿，接着，又沉默了一下，最后，才抬起刚闲下来的嘴唇，向二喜暗示了一些质量以外的问题。含含混混，目光四顾，大意就是说，以后可能会有那么些个现金，不从账面上和银行走，直接从二喜手上提出来。

二喜也只有满口答应。这些个小企业的账面，谁知道他们是怎么走账的？也没人理会。被这些上游大厂商的领导们克扣，说好听一点是克扣，倒成了正事，其他的买卖，都成附带产品了。

"不过，"销售处长最后总结说，"价格上我还要杀掉一半。现在的钢厂，没有以前日子好过了。以后你们要做好思想准备。"销售处长说话的时候，眼睛掩藏在烟圈儿后面，看都不看二喜一眼。

杀掉一半就杀掉一半，总比把好端端的东西，都撂进河沟里头强。

二喜折掉半壁家当，不过还好，没有把裤衩子赔掉，总算逃了个活命。以前急于扩张得来的那一半，又送回命定的那个地方去了。

从那以后，二喜的经营就没那么顺畅了。时常磕磕绊绊，有时要陪大厂子的领导去那些个特定场合洗澡，心里不想去也没办法。每次二喜总是把人带进去交了费，自己就先出来了。躲进自己的吉普车里头抽烟苦等。大美老了，也没空调，就像是站在冷风地里，一等就是几个钟头。别人都说他的大美老了，不过他却舍不得放弃。他把大美重新刷了一遍油漆，大美看起来，也容光焕发了。二喜一直钻在车里抽烟，别把自己的嘴唇冻僵。却看见另外一辆吉普车里，坐着东明。二喜下了车，东明也看见了二喜，立即下了车。

东明问二喜："是你呀？二喜，你在这里干什么？"

二喜说："等人呀。大企业里管销售的领导，要来这里洗澡。洗个什么澡呀？还不尽是五鬼作乱！你呢？东明，你在这里干啥？你不是当了咱大河县的副县长了吗？你可是咱村里出来的第一个父母官呀！真威风！"

"看你说的，威风什么呀，还差得远呢。"东明说，"站在冷风地里傻等，你咋不找个地方暖和暖和？"

二喜说："车上不冷。咱都有吉普车了。不比咱小时候在狼母堰上逮吊死鬼虫子吃强？你也在等人吗？"

东明比起二喜来，自然是有组织纪律性的。他可不方便对二喜说，他也是在冷风地里等人呢。他和二喜两个，可真够窝囊的。不过，二喜和东明两个，至少都没有走上歪路。那些个表面上装腔作势的人，尽是在里头五鬼作乱。要不是五鬼作乱，来这种地方干什么呢？洗个澡在家里就洗不干净了？二喜的隐情，东明是猜着了。不过东明的隐情，可不能让二喜猜着。

"家里人都好吗？"东明把话题打了个岔，给二喜点上一支烟。东明自己不抽烟，不过，给二喜点了一根烟。

二喜吸了一口气，吐出来三个烟圈儿，对东明说："嗯，都挺好的。你家的果园子，也挺好的。上次刚好出车，还帮你妈拉了一卡车苹果，都卖出去了。价格还行。蓝花也挺好的，天天在养鸡场里忙，还要照顾两个孩子，养家糊口的，都指靠蓝花的养鸡场呢。你看我，尽是在外头瞎折腾，能挣几个算几个。现在咱这挣钱的心，也不狠了。一头哪里能挖出一口深井来？"二喜说话的时候，只把眼睛往地上瞧。仿佛他有什么事情，对不住东明似的。

"哦，那就好。蓝花跟着你，过得挺好的。你的厂子咋样了？我听说你弄得很不错。"

"还不是瞎骡赶瞎马。要不是跟了蓝花，你看我这个人，一准没有今日。"二喜心里，明明看见东明还记挂、牵恋蓝花，生怕蓝花跟着二喜吃了亏。心里有气，本想任意说上几句不中听的话支应，但是不知道是怎么回事，最后从二喜嘴里吐出来的字眼儿，还是说了心里想说的实话，并且像是小时候一样，使劲吸了一下鼻子。尽管他的嘴唇上面，已经没有动不动就流出来的清鼻涕了。

"你到底是说了一句老实话。"东明说。

二喜在黑暗中笑了一下，眼睛往东明脸上扫了一下，算是答复。甚至他不用去看，都知道东明脸上的表情。

旁人都认为东明当了官，觉得挺神秘的，二喜可对东明知道得一清二楚。他知道东明这一辈子，不拘是因为谁阻拦，或者是谁帮倒忙，也不拘蓝花对二喜能爱不能爱，那都难说。反正到最后的结果就是，东明他，始终都没有战胜二喜。

他们两个人在这里，不期而遇。一时都站在夜幕下的光影中，回忆起桃花村的往昔。越过十字路口，仿佛在桃花村那个远地里，都有一条通往另一个去处的岔道，正秘密地指向他们。

第十九章

二喜厂子里的生产和销售稳定以后，每年陆续给村里交来几十万块钱的承包费。

村里的日子好过多了。

每年正月十五和八月十五，村支两委研究决定，为桃花村叫上两台老戏，唱上他个三天三夜。组织了红火班子，买了服装、锣鼓、红黄绸缎，二喜出资，闹起了社火，从大年三十直到正月十八，几乎一正月不散。翻修了小学校的两间窑洞，买了三十二套桌椅板凳；过年的时候，给村里六十岁以上的老人，发了一袋面一桶油。给过了百岁的喜来大爷，发了双份。羊虎心里激动，拍着二喜的肩膀子说："二喜呀，这可都是你的功劳。你的厂子，可要好好干，不要给咱村倒塌了。"

二喜说："我尽量吧。"

"看你谦虚的！掏上一句实话就咋啦？你现在的家底子，到底能有多大啦？你最好能祖祖辈辈，给咱这桃花川的穷人家们，兜住点儿底账！时不时地，给那些个突然遭了变故的人家，免除个债务、清理个欠款什么的。谁能说得上来呢？你可是为咱村里做了点儿好事的人！你可别打退堂鼓，你要是打了退堂鼓，就不能算是做了好事了！"

要是在以前，二喜一准会给羊虎下保证。可是现在，他似乎没那个胆量了。仿佛他们又回到几年以前经历的那股岔道儿上。比起羊虎那时候恳求二喜接收这个厂子的时候，二喜更镇定一些了。羊虎又一遍拍了拍二喜的肩膀，继续说：

"二喜呀！你算是把我搭救了。要不是你接收，这个厂子，一准破败得不成样子，本来一起头是一件好事，倒成了我在咱这村里的一桩罪过。不管我以后当不当咱这村里的支书，你可都要好好看顾它。"

二喜答应了。

羊虎照旧披着他的黑大氅，向远处脊骨一样的山峁走去。

羊虎和二喜告别了以后，绕绕弯弯，等时间擦黑以后，慢慢向南坡深处的豆腐西施家走去。

这时候的羊虎，本该是一个得意扬扬的村支书。二喜每年给村里交的几十万块钱，村子里有了余钱。能有这么个村办企业，都是他和北京教授的功劳，要是为他自己舒服起见，倒是有了贪污条件，不过羊虎不是那样肤浅的人。他还和以前一样，尽量把村子里的每一分钱，都花在村子里。账上没有挂着一分钱的欠账，并且把以前村里的那几户困难欠款户和欠粮户，每年因为要交公粮和农业税收，和乡里干部惹事置气的那几户，都免除了债务。不然，那几家的债务，连年累欠，每年都在村子里的账务上趴着，翻开账本就觉得丧眼。都是过不下去的人家，要是家里有钱了，谁愿意丧眉日眼地欠账？

他除开在山谷里劳动，在自己家的几亩地里种庄稼，偶尔去他亲家铁石的苹果园子里转上几圈，说上几句村里的村务，要叫哪家老戏团，要接待下乡驻村的干部，苹果的价格，东明的前途，等等，说上几句，沉默上一会儿，老弟兄两个，一袋接着一袋，吃上几袋老旱烟。秋兰偶尔也会预备几个凉拌的野菜、野小蒜苗子，都是苹果园里自己长出来的。两个看着东明和翠平，怎么看，从哪一个侧面看，都不能算是那么幸福的亲家，喝上几壶烧酒。也没办法，大部分余下的光阴，都在南坡深处，树篱和草丛遮蔽得一样远的老豆腐西施家度过。长寿不在家的时候，他在她的豆腐房里，偶尔做些轻省的零活儿。帮豆腐西施磨个豆汁，称个豆渣、豆皮。没费许多心思，就在豆腐西施身上，度过一春一夏、一草一木的时光。他宁愿这样消遣度日，也不肯靠贪污二喜给村里交来的公款专横跋扈。他仍旧停留在一种过去的状态之中。他身上的活动，不但不能把他的过去消灭，随着时间的流逝，岁月的增长，反而使那种状态增长。他所度过的每一天，都和前一天一样，都和前一天之前的每一天一样，都是那一种时光。都是他刚要把那种时光捉到身上，捉到心里，那种时光就消失不见了。所以，他像是要寻回他的老本儿，几乎每天都要钻到草丛树篱深处，寻回那些个时光和体力了。

他真舍不得把那些时光忘掉！银妮身上的那些光芒，又新又亮，是桃花山川交到他手上的，是银妮亲自埋进他心里的。他身上沾有她的手印子、嘴唇印子，还有那些个其他东西的印子。那些印子，除开他们的身体，没有别的历史。那些都是时间抹不去的，也是时间抵补不了的。不管她看得懂看不懂，他的心，都高于那个时间。离开现在，多少年过去了？二十年？三十年？四十年过去了。要是把它们忘记了，那不等于忘记了他自己吗？不过，他非得忘记它们不可。因此，那些个时光，都从他的身上一寸一寸溜走了。

他虽然对他的儿女们，尽心尽着自己的责任。为了他的小女儿翠平，不得不从一起头，就靠自己手里的那一点儿权力，毁害了东明的婚姻。把东明捉住、绑住。羊虎可是包办婚姻的受害者。他最清楚这根绳索、这种东西的害处。但是他从没对任何人说起过他内心的处境。他的处境，确是好不到哪里去。他家的房顶儿也时常漏雨，但是他也没心思去把它修理，能住人就行。上一次大街门上刷了半桶的油漆，还没有重刷。也不知道是他欠他的童养媳的旧账，还是他的童养媳欠他的旧账，都还没有结清，怎么带累得连孩子们也跟着不幸。又是街门楼子上的檩条歪了，斜刺卡在那里，都快碰到人的肩膀了，进进出出，都要侧偏着身子才能进出大街门，怎么都应该更换一个新的。鸡窝、猪窝都垮塌了一半，母鸡常常出去撂蛋，公鸡不分时间地点，爱在半夜里打鸣。母猪不挑节气，时时都想跳圈，真不知道它身上有多少精神力气，必定要找个什么地方，或者是什么对象，发泄了似的。总之，就好像家里的一切，都需要及时修补和更正。要是把家里这些事情都做了，通共得用多少时光？他的童养媳，这个时间也从地里回家了。他既然是那个家里的男人，那他能不能或者说是应不应该，把他该做的事情都做了呢？

这些个想法差不多刚有，豆腐房里的那个旧挂钟，就惊心动魄地敲了三下。他又伏在老豆腐西施的身上了。他也看到他家里童养媳的那种窘迫，也曾决定用剩下的三分之一时光，都寄回家里。在剩下的三分之一时光里，他又用去几分，照顾村里的鳏寡孤独，他常去照看那些孤寡失养老人，除开国家每年给的低保，平时的吃喝开销，病病灾灾，他都要预防和支应。说成个啥事情，可不能饿死冻死一个村里人。甚至就连村里的鸡呀、猪呀、猫呀、狗呀的，都不应该饿死一个。不是吗？那些个村里事务，东家长西家短，谁家吵架拌嘴，地畔纠纷，婆媳丧眼，他都要拿出尺寸，就地丈量，苦心解劝，合理公断。这么一来，虽然时光就在他手里，不过，他预备花在家里的款项，就只剩下个空户头了。

他心里想，将来日久天长，或许哪一天他就能回心转意。不过现在，却恰好相反。他现在对于老豆腐西施家黏土灶火连着的热土炕，还有一丝记挂。仿佛就只差那么一丝一毫，他就能掉转船头回去。不过，他还没有掉转船头。

他重新裹了裹身上的大氅，向夜雾遮隐的豆腐房走去。

他和长寿家的老婆之间，是有暗号的。豆腐房外墙上悬挂着的那张簸箕，要是正面儿朝外，那就是长寿出去卖豆腐了，不在家。要是翻过来悬挂，那就是长寿在家。

此刻，外墙上悬挂着的簸箕，正是正面儿朝外，那就是长寿出去卖豆腐了，不在家里。

他又在黄昏里磨蹭了一些工夫。用一根竹竿，试验了一下村里的旱井水位。国家号召打深井，要用来灌溉农田。不过桃花川连年干旱，也不是几口旱井就能解决了的。但是，村里每打一口水窖，国家就给补助五百块钱。白白给补贴这么多钱，村里人下点苦力，总比不打强呀！和老天爷商量吃饭的事情，慢慢来解决吧。为了不想立马跑去豆腐坊里，主要是因为天气还不算黑得那么严实。他又辟出时间，去二喜的厂子里转了一圈。他希望二喜的厂子能越办越好。不过，二喜已经好一阵子没有再起新窑了。听厂子里的人议论说，买卖还算稳定和实惠。

他一时戒不了豆腐西施，一来也不是听信了豆腐西施的甜言蜜语。她哪里给他说什么甜言蜜语了？二来也不是因为他在家里耕田种地，他的身体就能适应和抵抗家里的时令气味，他在家里开始以前，野地里的那种气味时令，是他受惯了的。所以，他把他以前的时光都提前挥霍了以后，他就把他最后一刻时光，都花在豆腐西施的豆腐房里，可就没有时间补充其他地方空出来的位置了。

等到天气黑蒙蒙以后，他推开豆腐坊的旧门，豆腐坊里黑洞洞的。不知为啥，豆腐西施没有点灯。挨着黏土灶火的那一头土炕，背向着羊虎，蜷着一个女人。他的心情像是一只被捆住的野兽，放弃了往回走的一切念头。他每靠近一步，都把他以往的时光甩得更远一些，并且和走进这里以外的自己，斩断联系。

羊虎脱光身上的衣裳。"哧溜"一声钻进被窝。羊虎从来不穿裤衩。以前因为穷，扯不起那三尺粗布，后来纯粹是习惯成自然，穿不住裤衩，白明黑地，都不习惯往身上捆那三尺粗布了。

伙盖一个被窝，羊虎觉得身上不对。伸手想拉灯，却被对方捉住了手。

摸黑在被窝里缠住羊虎、钻进羊虎身上的，不是羊虎睡惯了的老豆腐西施，而是老豆腐西施家的媳妇。她一回回低眉日眼垂青羊虎，是图了个什么？她自己都不清楚。是因为他当官儿？是因为他不吃她的勾引？是因为他对她年老的婆婆忠心不二？她都不清楚。外村亲戚家娶媳妇办红事，她诳了婆婆一个人去，自己故意潜足回来，私下攻占了婆婆的热被窝。她早就发现她婆婆和羊虎，挂在墙上那张簸箕里的秘密。

长寿卖豆腐攒了钱，给儿子买了一辆大卡车，日夜跑运输，大多数时候跑长途。常常几天几夜不回家。

深冬时节，夜长昼短。

随着村里的男人们外出打工挣钱，村里的这些女人，事实上天天睡孤炕。有些个女人有时是个体面人，有时会是个野兽。

羊虎一时想要孤身而退，自然有些困难。而这些困难当中，最招人致命的，是他要不从，年轻媳妇就要向她的公公揭发他们。她数清了他身上被石头炸开的疤痕，发现了他从来不穿裤衩的秘密，绞住他不放。她讨厌她婆婆身上那种女人的慵懒和傲慢。是什么样脾性的男人，养就出来的？

时间久了，他也顺理成章接受了这一对婆媳的伺候。单照这么个情况看起来，倒像是以前地主老财家的大小老婆。前半夜睡一个，后半夜睡一个。遇上这种情况，那些地主老财们，似乎大都会在后半夜的小老婆那里，多磋磨些工夫。那似乎是必然的道理。羊虎倒是倒了个个儿，他在前半夜的老豆腐西施那里，多待些工夫。他始终对那些花骨朵一样的年轻媳妇们，身上皮肉紧致的，不情愿下手。心里一打战，身上就往下出溜，空闷糠立不起口袋。倒是在那些泼皮老娘们儿身上，恣意痛快一些。像是一匹剌了磨道的牲口，习惯在旧磨道里转圈圈儿。

那将是一个永恒的秘密，只有羊虎知道。盘问和抖搂，都不是最终出路。

大概摘了头上这顶村支书的官帽，烦恼可能就少了。

荒淫无耻吗？羊虎多少感到那么一点，脚步跟跄了一下。后晌他去乡政府辞职，他觉得自己老了，不想再干了。通往乡政府那条山路，长满圪针，夏季淤泥冲刷，冬季黄尘雾气，旧而没有变化。冬天黑得很快，不知不觉，天又黑下来。他走到一条沟渠里。这条沟渠，是他和铁石他们小队，在农业学大寨的时候修的，已经不能用了。被沙石和黄土，时隐时埋，都送回了过去。这个时间，山沟里的景物，差不多已经昏暗了，只有几寸星星的余光，照出他的面貌来，苍老而生硬，使他觉出一阵揪心和寒碜。

乡政府干部接受了他的辞职，让他回村等通知。有了新消息，他们会到村里宣布。目前村里的工作，恐怕还需要他支应着。豆腐西施家里，他也不去了。而最让他牵念、思慕的，仍是老豆腐西施。一想起她松弛、赤裸、干瘪的奶头来，他的足，就迈到了长寿家的豆腐房跟前，去看外墙上那张簸箕。但是，一想起豆腐坊里那年轻媳妇无处不在的目光，以及时时向他袭来的种种欲望，他就移步走开了。

现在，他们挂在墙上的暗号，也都作废了。

他不想再惹事了。

他回到家里，偷偷从过道里侧偏身，溜回他的东窑。把他的铺盖卷儿，从东窑搬到西窑。翠平他妈正在炕上斜躺着打盹儿来。最近，她老觉得身上孤困，老是有一搭没一搭地斜躺在炕上，打起盹儿。她看着羊虎把他的铺盖卷儿，放在她旁边的半盘空炕上。抬了抬眼皮，没有说话。看来翠平她妈，运气还算不错，不用等到进祖坟，就能睡到羊虎身边儿了。

是的，当然。不过，并非结局。

一年又一年过去，桃花村仍在那里。

小山开始在桃花川的蛇梁里挖矿。起初偷偷摸摸，昼伏夜山，后来见没有几个人敢吭声，就越发大胆了。

他们在蛇梁凿了一条大隧洞。隧洞到底有多深？没有人确知。他雇来干活的，都是外乡人。都是在各地住过监狱、犯过案子的，或大或小。这些机密，除开小山，谁知道？桃花川的人多半对他的行为半信半疑，或是满腹狐疑，不由自主地，自动和他保持一定的距离。不过，因为互相都知根知底，他也不愿意和桃花川人多打交道。

"小山，你打算在蛇梁里头挖上多少年？"翠平上地里拔冬白菜，白菜都在地里冻住了，变得瓷实，拔得翠平的两只手，都冻得通红。她在回家的山路上遇见小山，忍不住问他。

"我怎么知道？挖着看情况。"

"不是听人说，你发了横财吗？怎么还在没明没夜地深挖呀？"

"不过是发了一些小财。你也信他们那张嘴？"

"无风不起浪呀！风言风语，那也不是平白无故就能刮起来的。"

"之前都说我坐了几年禁闭，一辈子都陷进了泥坑，现在看见我发了财，又眼红。我能发什么横财？多少人瞅着这碗饭呢！连我自己都不知道，我这是给谁卖命哩！就那么容不下我，眼红我吗？"

"谁眼红了？依我看，真要是有人眼红了，我看你还好受一点儿吧？"

"算了吧！我可一点儿都没指望村里人注意我。人活着总是要花点儿钱的吧！也不用多，活一天路上的盘缠，四处打点的费用，吃饭的钱，除开这些，还得有其他零七碎八的开销吧？不过，也不是没挣下钱，毕竟在咱这老祖宗留下的山里掏挖呢，除开嘴上横几句，也没摊多少本钱……村里人眼红不情愿，那也由不得他们……"

"你现在应该有足够的钱了。"翠平说。

"嗯。不过，都花光了。"

"真是要饭的过不了五更天。你就不敢给自己攒个棺材钱？烧手烧得放不住？"

"放不住。咱都四十大几的人了，光棍一条，给谁留？"

"你难道一点儿都没留吗？"

"留一点？不相信的话你往我身上搜搜，一分钱都没有。"

"真不知道你要咋过。"

"你那大官男人还没回来？"

"他回来干什么？俺那当官的男人，我在他身上，可是半个铜钱儿的光都没沾过，我给他生了两个女儿，都还给他妈了。"翠平说。

"我还不如你。连个不待见的女人也没人跟我。"

"是你不要。你手里有了钱，什么样的女人拨拦不下一个？住过禁闭的人，别太眼高了。"

"别提那件事行不？"

小山一点儿也不觉得翠平不讲理。盯着她看的话，甚至会觉得她耀眼。此外命运已经让他彻底失去耐心，彻底寒心了。即便他挖山挣了一些钱，大把大把地挥霍，开了越野车进山，开了大铲车挖隧洞，但是这些根本算不了什么。路上遇见桃花村的人，进进出出，他想用他的越野车给他们捎个足，捎个洋芋筐子什么的，都没人领情。躲躲闪闪，像是怕被他拐带进监狱，不情愿上车似的。只有村里的二喜他爹和三寡妇心大，不嫌弃他是坐过牢的，出门爱搭他的新车，爱打问他挖山的事情，时不时爬上蛇梁，呃摸一下他的隧洞尺寸。这两个奇怪的人！他们是不是有什么见不得人的打算？他并不在意。他们能把他咋样？这个村里除开翠平和他像个人一样说上两句话，谁会诚心搭理他？不是躲避他，就是怕他手上的铁拳头。

现在也就是这样了。

他原本以为翠平对他有意思。小山的确托人叫了几回翠平，想和她一起出门。现在他手上有钱了，他其实也想在人前体体面面活两天，但是翠平没有来，也没有给他回口信儿。

现在他们迎面碰上，说了几句话，他想留住翠平，伸手抓住她。翠平停了一下，把胳膊上的筐子换了一个肩，撂开小山的手。要是她想有个睡觉的男人，那也不能是小山，这实在跟她的身份不符合。一个坐过禁闭的人，丢她男人的脸面。相比之下，还是她男人那一头儿，压秤砣。她的身上，恐怕只能是被世俗捆住的命，想发赖都一时半会儿施展不开。再说啦，睡不上就算拉球子倒，要睡就要睡个好男人，赖的不睡。她可是睡过好男人的人。虽然她睡的回数不多，不过她知道，好男人睡一回能顶一百回。

不敢背叛，是指望她男人能回来，看她一眼吗？谁知道呢？一个又一个春天，连接着过去了，岁月还像前一天一样，终生不止，深冬再来。她再没做过梦吗？

小山和翠平又一次岔开，各走各的。他要上山照看他的隧洞和矿石，此外还要看看隧洞里挖矿的工人们有没有偷懒。为了保住这些矿石，他得让工人们时时意识到，他是不可缺少的。

翠平果然走开了！

没错，小山早就应该想到了，他并没有把这件事情放在心上。没放在心上？他特地舍死破命，掏挖这些矿石出来，不顾村里人嫌弃辱骂，无非是想给翠平留下一个好印象，甚至试图引起她对他的重视。不过，她还是和别人一样，实际上根本看不起他。

就是那么一回事情。

明年他还要在阎王鼻梁上也挖个隧洞。那里面一定有个大矿洞，那是自然的。不过眼下天气恶劣，土地僵硬。前几天遇上了多年不遇的暴风雪，不得已停了几天工。今天早上一大早，太阳终于照上蛇梁的时候，工人们才又钻进了隧洞。

他向他挖矿的那个隧洞走去。

"挖吧，挖吧。"他说，"说不定有一天，挖到美国人那里，一铲子挖透了，就能从美国人那一头钻出来。省得背天黑地，像一群地鼠似的。"

不过此刻，翠平把他的心搅扰得慌慌张张的。不是说钱能通神吗？为什么钱到了他手上，除了能吃喝嫖赌以外，就办不成一件正经事情？他看别人都可以得到啊，为什么他就得不到一个正经人呢？不是明明眼看可以弄到手的吗？这样过那样过，有什么不一样吗？

羊虎从沟底下走过。他开始拿着一根竹竿，试验旱井的深度。靠那一口口旱井，桃花川就能发财吗？真是好笑。就说羊虎他这个村支书，还不是手里拿着一根竹竿，裹着一件黑大氅，黑熊一样，装个样子，天黑以后，就会瘸着一条腿，偷偷钻进老豆腐西施家里去过夜……自己给自己掩藏，谁不知道呢？谁没看见呢？小山每次见了羊虎，总是试图躲避。其实根本用不着躲避，自从他上次坐了禁闭回来以后，羊虎看到他，就从来不和他打个招呼了。羊虎眼里总是暗含着对他的不信任：靠偷挖矿石，他小山就能发洋财吗？他就能娶上一个正经女人成家立业吗？

小山脚下一滑，不知道怎么一回事，跌进沟里。本来离他的蛇梁隧洞口，已经不远了。他要进隧洞里头例行检查，测验矿石，称量矿石，给工人们结算工钱。这些工人，都是他雇来的短工，似乎没人相信他的矿洞能有个长久，都是干一天结算一天的工钱。他跌下深沟，本来可以很快脱身，但是一条腿不幸被一棵大树的树干和一块岩石，卡住了，怎么也拔不出来。他指望能有一个人从他眼前走过，好帮他一把，把他的腿从树干和岩石夹层中拔出来。

但是没有一个人出现。

山川上的狂风，越刮越猛烈了。他的腿好像跌断了一样，钻心地疼。他想叫出来，又怕被人听到。"哎哟！""哎哟！"最后还是叫出来了。叫出来就叫出来吧！何必吞下去呢？笼统地说，按以往的惯例，反正恐怕也没有一个过路的人，会站在他这边同情他。

狂风裹挟着干燥的黄尘，继续猛刮。他身上很快蒙上一层尘土，两条腿都变得僵硬了。假如他再站不起来，天寒地冻的，这种山沟，很少有人上来，他是不是要被黄土和沙尘，活活地掩埋起来？羊虎检查完旱井的深度，拿着竹竿走过去，走出沟口，准备回村了。

小山看见他走过来，大喊一声，狂风把他的声音卷回来。不过，因为山里除开风声，再没有其他刺耳的声音，所以，羊虎多半听到了他的喊声。

羊虎转过身来，迷惑地站在那里，看到小山的一条腿夹到树干和岩石缝隙里。扫了两眼，接着，又扫了两眼，目光好像在说："你是想引诱我回头，想要使唤我，让我救你出来吗？"

小山说："羊虎叔，救救我！我的一条腿被树干和石头夹住了！"

羊虎停顿了一下，把目光转向远处。没有理会他。仿佛没有看见他。觉得不知道从哪一天开始，羊虎就开始讨厌这个横竖不讲理的混混了。真是不幸！村子大了，什么子弟都会刮出来！觉得他一直以来都不怀好意，回来挖矿也是，被抓了坐禁闭也是，只有桃花川有矿石吗？不做人事，不谋好心，不劳而获，发洋财就那么好吗？觉得他日鬼倒棒槌，都是为了把翠平拖下水，一直在翠平跟前打转，迟早想让翠平跟着他陷入泥坑，他休想！从翠平身上的不幸开始，他就讨厌上他了。他的女儿翠平，总不会辜负了这个好名字。平平顺顺，就是一辈子不被东明待见，也不能落到这种人手里。羊虎假装什么也没有看见，他心里谋算，在这个时候，是很少有人进出这条山沟里来的，就算是老天爷抓住他 次把柄吧。他实在不想看到女儿翠平，有什么不好的事情再发生，就算有那种不祥的预兆都不行。没错。

羊虎拖着一根竹竿和一条瘸腿，走远了。

小山呆住了。他完全没有想到，羊虎对他见死不救。他开始灰心丧气，自暴自弃了。他想把自己的腿弄断，从岩石缝隙里爬出来，可是，没有成功，他失败了。他的腿仍然陷在里面，一动都不能动。吃了毒药似的，他的腿上，正慢慢失去知觉。他正试图了解他眼下的全部困难，可是，还没等他彻底弄明白，就听见山野当中的蛇梁里头，就在他的头顶，"轰隆"一声巨响，沉闷有力，像是有一颗恒星撞击了地球一样，大地都跟着震颤了一下。一股烟尘，带着卷地的黄土碎石，树根草根，崩塌下来，掩埋了小山的半个身子。石头和树根，都缠到他的脖子那里去了。小山立刻明白过来，蛇梁里头的矿石隧洞，发生了塌方，垮塌了。隧洞里的工人，再也伸不出一只手来，向他结算工钱了。塌方带起来的滑坡，波及他出事的这条干沟。没错，就是那么一个情况！真是太可怕了。在这种地方躺着，看起来真是危险。他全身僵硬，身处黑暗之中，目不能视，脑袋偏斜，仰视着那座蛇梁，祖祖辈辈的蛇梁，纹丝不动地存在，纹丝不动地垮塌。使人感到不可思议。

这时，一个披头散发的女人，从垮塌了的隧洞口跑过来，她亲眼看见，洞口被彻底堵上了！恐怕就连一只飞鸟，都别想再从里面飞出来了！她正试图逃出山口，向土坡底下的沟口跑去。

小山看见一个人影，分不清是人是鬼，张开嘴，呛了一口烟尘，但是为了活命，他还是撕破喉咙，拼尽全力喊了一声："救命！救命啊！"

那女人听到喊声，回过头来，定了定眼睛，看清黄土堆上有一颗脑袋。她跑过来，看到黄土埋了半截子的人，正是隧洞的主人小山，吃惊地问：

"小山，你那个矿石隧洞，刚才轰隆一声巨响，天塌地陷了一样，从里头塌了！带起一股子狂风和尘烟，差一点把我都卷进去活埋了！你听见了没有？你钻到土里干什么？我在蛇梁沟里挖小蒜，亲眼看见的，里头有几十号人没跑出来，不是一上午就进去挖矿石去了吗？我的这两只眼睛，亲眼看着他们一个接着一个，走进去的，一个都没有跑出来！我以为你也埋进去了呢！要是二喜他多，能在我跟前就好了，他今日出了村里，卖鸡蛋去了。俺们两个攒下的土鸡蛋。"

是三寡妇。她来这儿干什么呢？似乎连她自己也不能百分之百地弄清楚。她被眼前这个景象吓昏了，几乎要晕厥过去。三寡妇本来就不是一个爱劳动的女人。但是自从她和二喜他多，发现蛇梁的直升机和小山隧洞里的秘密以来，三寡妇有事没事，总会来这里看看。仿佛她天生就是这里的主人似的，但是又做不了什么主，就只是来看看，看能不能发现什么新的秘密。冬天也会拿着一把小锄头，挎上一个柳条筐子，看见什么就挖点什么。像是日夜等待着，能挖出些金子来似的。

小山说："俺那三姨，一定是你眼花了，尽说胡话，一个人也没有进去！一只乌鸦也没有进去！那矿洞早就停工了！三姨，多亏你上了这山，不然我今黑夜就算是交待了，就完了！活埋进这堆黄土里头了！你看看我现在，你先把我挖出来咱再说！"

三寡妇用小锄挖开小山身上的黄土，可是她搬不动压在他腿上的石头。小山用她的锄头，一点一点劈开树根，天快要黑的时候，才从树根底下抽出腿来，腿已经肿了，裤子也被树枝剐烂，几乎不能确定，下一半身子，还是不是他的。他不能走路了。三寡妇把小山装进小蒜筐子里，用筐子上拴着的一根绳子，拉着筐子的一头，拖着他走。走了两个钟头，才走出蛇梁山口，遇见几个上山放羊回家的人，帮助三寡妇把小山救了回去。一路上三寡妇和小山都在争辩，蛇梁的矿石隧洞里，到底有没有人的问题，但是小山一直不承认。弄得三寡妇也糊涂了，恍恍惚惚，以为自己真是老了，看花眼了。明明前晌在太阳爬上蛇梁的时候，她看见几十个人，一个接着一个，钻进隧洞。为什么小山偏说没有呢？要是有人，为什么小山不返回去救人呢？

"后晌以后，我在蛇梁沟里挖小蒜的时候，羊虎不是拿着一根竹竿，在测试旱井吗？他上老豆腐西施家里过夜以前，不是总拿着一根竹竿，测试旱井吗？他没有看见你被埋进土里？他为什么没有救下你呢？"

"你是说羊虎叔吗？我没有看见他拿着竹竿测试旱井……"

"可是，我明明看见，晌午以前，照着太阳，走进隧洞里的一群人……都穿着你发放给他们的工服，破破烂烂的，就是以前我和二喜他爹都见过的那种样式，连颜色都没有改，就是那种尺寸的灰黑色……"

"我说俺那亲三姨，你眼花缭乱说啥胡话呢……空口无凭的，可不能啥话都说……那批工服，我早就扔到河沟里去了。你哪只眼睛看见他们穿上了？"

"你敢保证隧洞里没有其他工人？那可都是你雇来的工人！虽说都不是咱村里的人，可总是人命关天……"

"我敢保证！要是里头有人，我能不跑上去看上一眼吗？就是里头埋了一头牛，都应该伸出两只手去援救！你认为我是那种胆大包天，连野兽都不如的人吗？"

"那你一个人跑到蛇梁沟里干什么呢？"三寡妇满腹怀疑，一直不厌其烦地追问，"这个钟点，你一个人跑到蛇梁沟里干什么呢？"

"那你一个人到蛇梁沟里是干什么去呢？"小山反问三寡妇。

"我就是一个人随便走走，顺便看看地里，能挖出点什么东西来……"

"我也是顺便看看的……不小心掉进沟里，一条腿卡住。就是你看见的那样……要不是你发现了我，我就有可能再也回不来啦，都是你救了我……"

不过，小山始终没有告诉三寡妇，他因为遇见翠平，多说了几句话，才没有钻进那个隧洞。这真是一个危险话题。

回到村子里以后，他们都回过头来，注视蛇梁。远处的蛇梁，黄气散尽，被夜幕遮蔽，风摇不动，一切都归于沉寂。好像什么事情都没有发生。

这便是蛇梁事件的全部过程。听到声音的人不多，见到情景的人更少。

村子里再没有人敢靠近蛇梁，就连隧洞附近，都不敢去了。放羊的人说，被塌方填埋的那个隧洞缝隙里，常常会不期而然，蹿出一条肥壮的大蟒蛇来，穿着灰黑色的蛇衣，破破烂烂，好像正在蜕皮似的，对着羊群和放羊的人，龇牙咧嘴，露出隧洞一般黑暗深邃的蛇腹。

小山跌断一条腿，借口去城里看病，跑了。从此再也没有回桃花村。

第二十章

　　长寿家的儿子，开大卡车跑长途。给二喜送耐火砖，回程的时候，再到外省的煤矿拉烧窑的煤炭，卖给二喜。跑一个来回，需要好几天。车上拉着来结算煤炭款的二道煤贩子。二喜不在厂里，钱没要下。长寿儿子陪他在村里的小饭馆吃饭。

　　饭馆老婆看见长寿家的儿子，不知道是咋啦，想起村里流传的羊虎和长寿家老婆，还有他媳妇之间的糊涂事，手上的抹布就慢下来了。饭馆老婆，对羊虎也不能说是不上心，她也不是不想在羊虎跟前卖好，只是没凑上趟儿罢了。羊虎当了一辈子村干部，谄媚讨好他的，可不止她饭馆老婆一个娘们儿。上头来个体面人什么的，去谁家吃个派饭，那都有顺序。吃个派饭，每个人吃一顿饭，村里给补贴五块钱。五块钱事小，主要是做饭的女人们，图个体面风光，虚荣心满足。她一次都没有风风光光地展现过她做饭的腔调和手艺，没有给下乡干部们吃过一顿派饭。也不清楚羊虎的身上，是顺茬口长的还是倒茬口长的，她都不清楚。一想起这些，她的心口就闷得发慌。

　　"你又跑长途啦？几天没回家了？吃好些，我给你上酒菜。你吃好，你吃好。"饭馆老婆对长寿家儿子这样说。

　　"哦，快上酒菜吧。我为了早一天到家，连着跑了几天车，两顿并成一顿吃，饿坏了。"

　　"你和你爹都不在家，三天两头往外跑。他们说什么来着？家里的老婆娘们儿身上，可就多出一块地方来了。"

"这话是什么意思啊？你说多出什么来了？"长寿家儿子一边摆弄筷子，一边问。

"怎么啦？说到这事，也没什么是见不得人的事情吧。你家豆腐坊里，处在南山深处，看起来是有隐蔽的一面儿。"饭馆老婆一面摆上酒菜，一面慢条斯理地说。

"你想说什么话呀？"长寿家儿子问。

"不是别人都在议论吗？"

"议论什么呀？"

"咱村的老支书羊虎，隔三岔五，老是拿着一根竹竿，测试旱井深浅的事情。"

"测试旱井的深浅咋啦？那不都是他分内的事情呀？"

"是不是他分内的事情，他都包办啦！真是应了那句古话，身大力不亏呀。"

要是及时刹住她的嘴，或许就好了。他们两个在满是油烟的小饭馆里，旁边桌子上，还有几个外地人，来买二喜钢砖的，来二喜的厂子里要煤炭款的，都是些二道贩子，一面听着，一面迷惑地看着长寿家儿子的脸，想插嘴，又觉得不方便，不插嘴，又有些好奇，温暾水一样，吐也吐不出，咽也咽不下。手里的筷子头儿，扒拉着饭菜，眼里躲闪的目光，就慢下来了。

小饭馆就立在村口，四通八达，饭馆老婆看着来来往往的卡车，目光投向远处，进出桃花村的行人和车辆，都要经过她的饭馆门口。

"说得也是，空出来的位置，总得有人替补。"她也不知道她是怎么啦，不适时宜地又加了那么一句。

"那事怎么啦？谁替补了谁啦？"长寿儿子问到这里，就后悔了。一时闷住，一个人喝起烧酒来。

饭馆老婆这张嘴是怎么了！

上了岁数的婆娘，说起这些闲话，嘴里的话都不好听。一半是出于没事找事，一半是出于风凉，平地里就刮起风言风语。凡是听说过这些事情的人，都会觉得话里有话。长寿儿子只是喝了几杯烧酒，听了几句寡话，弄不好，没有的事也能生出事来。

长寿儿子送走二道煤贩子，回家看到老婆不在家，儿子念书去了，他爹长寿出去卖豆腐，家里只有母亲一个人在豆腐坊里磨豆腐。他问母亲："妈，咋你一个人做豆腐，俺媳妇人哪里去了？回她娘家去了？”

"没有回吧。我没听说她回娘家，这个钟点，一般都在南山上转悠。"

"转悠啥呀，大冷天的？"

"寻柴吧。"

"寻柴？家里不是有我拉回来的煤炭吗？"她儿子不解地问。

出了豆腐坊，那张簸箕还挂在外墙上。长寿儿子看着刺眼，好好的一面土墙，孤零零地挂上一张簸箕干什么呢。长年累月地挂着，都挂了多少个年头了？一会儿反过来挂，一会儿倒过来挂。是干什么呢？是预示着什么呢？他不清楚。一时憋气，拿到手里摔碎了。转悠出家门，上了山坡，恰巧，看见他媳妇正在远处的一面坡上，一面寻柴，一面神不守舍地四处张望。

哦，看来她猜到他今天出车回来，正在等他。他正要抬腿走过去，突然看到羊虎手里拿着一根竹竿，披着他的黑大氅，从另外一个方向上走过来。他正预备过去打声招呼，突然看到他媳妇，几步跑到羊虎跟前，说了句什么话，羊虎仿佛没听见似的，没有理会，返身走开了。

"那个野媳妇，怎么老是怪模怪样，吃不饱似的。"一个放羊的老汉，赶着他的羊群说。

他听见这个话，突然难过起来。难怪就连饭馆老婆那个老娘们儿，都拿白眼看自己。

长寿儿子就在这种情况下，往山上走去。身上穿着开大卡车的灰夹克，这身衣服，迎过风，迎过雨，袖口上磨出了白花，上面沾满机油。头上戴着一顶皮帽，皮毛下沿儿裂开了缝，直往头上钻风。裤兜里永远装着一副黑手套，他天天戴着它，修车或者是握方向盘。手指头上都磨破了，他打算买一双新的。但是，最近买卖不好，就在前几天，他在高速路上出了一次事故，重车冲向护栏，差一点要了他的小命。他转着方向盘的时候，打开瞌睡，额头碰了一下方向盘，接着，又碰了一下方向盘，最后彻底脱了手。他太瞌睡了。冷风地里等了一个多钟头，警察才来。最后，警察帮忙叫来拖车，把他的卡车拖到修车的地方，走了不到二十公里，拖车以前也没给他说明，却向他收取两万块钱的拖车费。两万块钱？那在他几乎是一个天文数字。这笔费用，保险公司是不给理赔的。再加上修车费，他的这两个大半年，都白干了。他胆小，一个人出门在外，不敢和交警犟嘴，就把钱交了。他还没有向他老婆和他爹汇报。他们听了，一准心疼得要命。其实他也一样，心疼得要命。可是心疼又能咋样呢？出门在外，就是常常会遇上这样那样不顺心的事。甚至除开能开着他心爱的大卡车在路上没明没夜地疯跑，剩下全是不顺心的事。不是车上拉的砖头超载了被罚款，就是回程捎回来的煤炭，分量给得不够，缺下的空余，都得用他的血汗钱补余。能有什么办法呢，他总得开车，总得吃饭。

他仍在山上走着，向他媳妇的方向走去。虽然今天天气不好，灰蒙蒙的。但他还是照旧往前跋涉。因为自然界这些好天气和坏天气，对谁都是一致的。

山上，一大片荒地连着一大片荒地，无边无界似的。

他朝着他媳妇那面坡上走去，他想替她把柴捆扛回来。他走过一处黑豆大田，又走过一处黑豆大田，都是他家的。他打算在真正没有办法的情况下，要是大卡车实在经营不下去了，再回来和他媳妇一块儿做豆腐。在他看来，做豆腐实在是太艰苦了，让人喘不过气来。现在还好，他还想经营他的大卡车，总得把在高速路上损失的那几万块钱找补回来。他在坡上张开嘴，想喊他媳妇一声，他媳妇始终没有看见他，一面向着羊虎走开的那个方向痴看，一面下山了。

他灌了一脖子冷风，一下子僵在那里。

黄昏的时候，他走到一片高低起伏的山谷中。回身向远处望去，只见他家的豆腐坊，还有村子里的一家一户，都在桃花山川的山谷中，依次展开，栩栩如生。就像是一个仙女，或者像是王母娘娘，或者更像是无数母亲和媳妇们的奶头，在那儿长身卧倒，两腿劈开，点缀在山山峁峁上。孕育包裹着一切，滋养万物和生灵。

他慢慢向他家豆腐房的方向走去。

风里刮来一个说话的声音。声音听起来急促、不安，又有些耳熟，仔细辨别起来，才听出是他媳妇的声音："羊虎叔，你最近，咋不见来了？前墙上的簸箕，反着挂正着挂，变了好几十个来回，咋都等不见你再来。"

"哦，不会再去了。"是羊虎的声音。

"是咋了？嫌我插到你和俺婆婆中间？俺婆婆那么老了，她就那么好？那么赢人待见？"

"都不是，就是不会再去了。前些天，我辞了村支书的官帽。村里的新支书，会上任的。我走了。"

长寿儿子突然觉得，自己没地方可去了。有人打了他似的，他还没有来得及预备还手，就不知道自己是咋了，得了热病似的。一心想要避开这种荒诞、难堪的情况。他也不知道是因为讨厌还是抗拒，借了酒精的作用，风里刮来的眼泪的作用，媳妇无视的作用，羊虎骄纵又嚣张的作用，七滋八味的作用。就在南坡，两只手指头哆哆嗦嗦，结了一根草绳，打在南坡地里的一棵小树上。就连他搭上草绳的那一秒钟以前，他都不知道，他这是正在干什么。

不过，草绳卡住他的脖子以后，他想，他的大卡车，还欠着修理厂两只轮胎钱。是修理厂当中最便宜的轮胎。便宜是便宜了一点，那又有什么关系？省着跑，少往石头尖子的路上跑，就行了。都能将就用上大半年。不过，钱还没有给人家结清。他是不是应该给他爹长寿托个梦，让他爹替他还上。那是一定的。要不然，人家会以为他是个赖账的人，那多不好啊。

他就那样结上了草绳。把自己倒挂在南坡地里的一棵小树上。他自己都不知道，他是咋样把自己的脖子和双腿，都打上绳结，倒挂到树上的。

在他前面，是一块残破零落的沼泽，原来他走到这里来了，走到最后一步。他走到这里来，仿佛并非前生注定，而是一不小心，走岔了道儿，不一定非来不可。他一看这里的气氛，就知道不是个什么好地方。他未经告别，刚从那里走来，就思念起他的桃花山川来了。尤其是，他在下着蒙蒙细雨的桃花川，开着他的大卡车，拉满砖头，拉满煤炭，细雨遮住山路两面的悬崖，剩下全是可亲的湿润和细微的泥泞，黏合着他的车轱辘，不用开得那么快，不用赶得那么急，不用奔跑，不用担心迷路，跟着泥泞里车轱辘的印痕，就可以走回家去……仿佛是他新婚时候的样子，把脸靠在他媳妇的奶头上，他就那样回到他往昔的幸运里。后来，还有了他们的儿子。那一切，不是很好的么？

他想死吗？不是。

长寿卖豆腐回来，看到儿子的身子停在门板上。脖子上的草绳还没有解开，垂在胸前。裤腿上沾着一片机油，是他之前急急忙忙赶回来的路上，卡车漏油了，他一个人钻在卡车底下修车的时候蹭到身上的。那时候他倒着身子看见，一辆大卡车穿过他的身体，仿佛从他的身体上面穿行。不过，那时候都没有出事，但是回来以后，他却没能挺过去。俺的那个傻儿子，比起好好地喘着一口热气儿，多大的一个事情呀。风吹过的地方，还会有风吹来，花儿盛开的地方，还会有花儿盛开。谁能说没个盼头？明明是可以让人好好活下去的地方，俺的那个傻儿子。

长寿也在那张摔碎了的簸箕上，跌跌撞撞，踩了几足，一口闷气呛住，没上来，顺着墙根儿，倒下去，心脏病突发，也跟着下世了。

那样失去壮年的儿子，他一个人没有办法活下去。桃花村一下子多出两个寡妇和一个孤儿来。谁能想到，会出这种事情哪！并且，也没人能解释得清楚，为什么寒风总是以烈火的形式出现，而烈火，又总是以寒风的形式出现呢？

暮色四面拢来。

豆腐房山墙上蹲着一只湿了翅膀的猫头鹰，掩藏在深邃的暮色里辨不清面目，它的翅膀被打湿，重新晒干或者是被自己的体温烘干以前，再也没办法飞起来了。不过，它也未曾料到，会有这种事情发生。桃花村真的下起雪来。接着，又继续下起来。细细密密，飘飘洒洒，落在树枝上。

羊虎提了一把板斧，上到南坡，把那棵过于沉重的小树，砍掉了。之前那棵小树，非常地含悲，几乎到了荒凉的程度。地上的干草，露出地上的那一截儿，都被羊群和地鼠啃干净了。底下的那一截儿，等到明年春来，才能钻出土层，重新结出草籽儿来。天上飘起雪花，起初落到手上就化了。后来在树叶上慢慢积存起来，很快，就是厚厚的一片了。羊虎手里的板斧，一个劲儿地发抖。视线所及的地方，连一只飞鸟都没有，到处都是撂荒地和黑豆大田，都叫寒冬和大雪，连成一片一片的了。

一天抬出去两口黑森森的棺材，这在桃花村，真是袍天大祸。遮天蔽日，看不到光芒了。失了这样的年轻人，对整个桃花村来说，都是一种不堪回首的打击。

第二天早上一起来，羊虎的眼前一片漆黑。他的两只眼睛，看不清任何东西了。

岁月刺伤了他的双眼。医生说，是糖尿病晚期。羊虎保留了这个秘密。他凭借记忆出门、上厕所、吃饭、睡觉。叫上铁石，上南坡挖坑、栽树。从此以后的每一个季节，冬季、春季，或者是夏季和秋季，他都要叫上铁石，上山挖坑、栽树，接着，再挖坑、栽树。每成活一棵树，他就在小树上拴上二指宽一条红布，作上记号，拴牢它。

他们栽树的那一面山坡，仿佛有一百亩地那么大。

对羊虎来说，几乎是毁灭性时刻。他的人世，是从什么时候开始，打上死结的？

这是个难题。在这个难题面前，谁跑得了？谁又能知道，太阳比地球大三十万倍？星光如何偏移？满天的乌云，如何毁坏了他的眼睛？相对状态下，光是可以弯曲的。这就是他理解世故的方式。广义相对论的证据，都从他的指缝间溜走了。使他和过去，失去了联系。耳边老有奇异的声音传来："俺的人世，是从什么时候开始，打上死结的？"

他老是把这句话反复重念。念到后来，连他自己都不能作答。像是一个身受重伤的人。他用一双看不清的双眼，望向窗外。时常出去撂蛋的母鸡，院里尽是它刨出来的小土坑儿，随后，十三天没有回来，也没有任何消息，彻底走失了；母猪被村里的兽医做了绝育手术，低垂的头上，显出一种沉思来，不论什么节气，都不跳圈了；时间混淆，半夜不睡起来打鸣的公鸡，卖给过路的鸡贩子，免得叫风吹动，又不分时间地点，天真、率性地打起鸣来，也和主家失散了。是不是时间，纠正了它植物神经紊乱的偏执，同时也使它毁坏了自己的天真？

总之，它们都不在了。

羊虎摘了头上的官帽，下了台。乡政府派了一个大学生村官来当村支书。

大学生村官，这可是个新鲜事物。

过去的岁月抓住他，化成一种声音，刺进他的心里。

他又把他的铺盖卷儿，从翠平她妈的西窑搬回他的东窑，一个人独居。不过，五更半夜，再不出去跑黑串门了。他仿佛觉得，不管有没有人定他的罪，他都是一个罪人。触碰了命悬一线的生死秘密，他想，就再也无法融入这个人世，再也无法和周围的环境和平共处了。

一头笨拙前行的老黄牛，遮住他眼前的黑暗。迟疑笨重，缓缓跋涉，像是一个思想者。牛走开以后，一切都不见了。

多少年以来，都没有这样一个冬天那么难熬。它来的时候，一点一滴，和往常并没有两样。南坡上孤零零的小树和杂草，都好像脱了一层干皮，比原先的细了一半。坡面和山壁上，从前本来看不清的东西，都悬浮在空中，引来一股湿气。仿佛自然界，都放慢了脚步。树枝上栖息的每一只鸟儿，都含有不同寻常的表情，脑袋一起一伏，一起一伏，继续啄食麦秸秆儿上干掉的虫子。

世上飞鸟过，山中日月长啊。

二喜的厂子仍在运转。和昨天一样，和前天一样。打坯，定胎，装窑，点火，煅烧，熄炉，慢凉，出窑，装车，发货，进煤，选炭，接着，再打坯，定胎，装窑……循环往复，像是一种历久不衰的仪式。发出去的货款，有的能收得回来，有的收不回来。收不回来的那一部分，其中有的顶了各种货物拉回来，旧拖拉机，旧卡车，几百吨水泥，几十吨石子儿，什么都有。就说石子儿，桃花村一出门口都是，仿佛桃花川以外的人，对此一无所知似的，还要替他查漏补缺。但是，顶回来什么，二喜都不拒绝，都不嫌弃。对方也是钱短欠了才会用实物抵补，他都接受。剩下没有顶回来的另一部分，一准是打了水漂。不过二喜鬼大，永远不说剩下的余款不要了，打了水漂了。二喜永远不说那种话。只是他也不再逼迫着催要。大概做生意的人，也要留福给黑暗中看不清的彼此，不必都吃干喝尽了的。

二喜小时候的人生，干燥而且贫瘠。为了一时强出头，也曾犯下过失，最终导致，把旁人的性命挂到树上。也几乎把自己挂到树上。山坡后面的黄麦田里，虫声大作，吃树叶的，啃麦秆的，"呲呲嚓嚓"停不下来。在他近年的发现里，二喜用手扶住自己的额头，心里想，那个女人，她一直在桃花村存在着，一天也没有变老。

"那个女人，"二喜把脑袋歪向一侧，大美忽然一歪，他整个人向后滑去，他赶忙抓住方向盘。在通往桃花村的沙石路上，二喜信任大美，就像信任蓝花和他自己。"那个女人，"他又重复道，"就是叫作陈五类的那个女人，我第一次干坏事，就遇上了她。我一心想要出头露面，可是从来没有人在意。陈五类替我做了垫足石，我并没有存心要把她害死，却在无意之中断送了她的性命。那个叫作陈五类的女人，挂在树上，几个钟头之久，或许比那更久，变成一个吊死鬼。"二喜在说到"吊死鬼"这三个字时，卡住了，他的一只打炭锤一样的黑手，茫然中比画了一个吊死鬼的手势，"这个遭遇决定了我的亏处。闯下大祸，慌张之下，我总是想夹着尾巴逃跑，可总是被那种重复的噩耗黏住逮住，让我替她处在世上，像是活着被斩首，脖子上的刀口，尺寸对应也分毫不差。她允许我用她的尸首作警戒，指望她不要化成冤鬼，吓唬家里的人……"

二喜停住话头，怀着深黑色的歉疚，躲避着桃花山川的视线。在没人能看得见的深处，他对陈五类的歉疚，和他对一切的歉疚，搅缠在一起，挥之不去。令他晕头转向。

过去的几十年里，因为始终找不到对应的字眼，像是送到人世的一封密信，他拆不开。他都没有办法把这一段时断时续的话，说出来。

不管他的灵魂愿不愿意生下来，他都生下来了。是不是仅凭本能就能活得好，全看他的意志。他一生下来，他妈牵着他往桃花村深处走的时候，他心里就明白，人世是怎么一回事了。他尽量不露声色，表现出来的样子，既没有低垂脑袋，也没有耷拉尾骨，样子就像表面上那样镇定从容。不让人看出他内心的慌乱和绝望。那是为什么呢？原因就在于想要让惨淡不堪的命运早一天收场，想要启开迟迟不来的吉运，假如让人看出他的恐惧，他就永远都没有出路了。

桃花村仍旧是以往的桃花村，杂草和树篱丛生，小动物们成群结队地隐藏其中，只不过，它们和桃花山川，是融为一体的。榆树越长越粗，因为它正在成材；草蛇越长越长，因为它正在产蛋和蜕皮。树叶上和泥土里发出来的味道，都是一致的，都会使人饥肠辘辘，胃口大开，想要把杨树叶和榆树叶的味道，都尝上一遍。

二喜在桃花村，开着一个小厂子，卖出去的砖头，一块一块，都有数字；采购回来的煤炭，斤是斤，两是两，认数不认人。不论是本乡贩煤的还是外乡贩煤的，一律公平。

回到家里，他像是一个十足的家长。在孩子们和蓝花跟前，目不斜视，脱下沾满灰尘的外套，递给蓝花。接着，慢条斯理地咳嗽两声，端起架势，凡事都不急于表态，做出一副高贵的样子来。蓝花一直都很尊重二喜的高贵，也教给孩子们尊重。只有二喜妈有时候看见二喜那样，为了配合她儿子，总要挺直腰杆，一本正经地忍上半天。但是，一想起二喜小时候，身上的虱子能扫出半簸箕。二喜小时候睡觉，铺的是霉旧、发黏的毡片，盖的是藏满虱子的被子。二喜妈生的儿女多，又懒派，三年十二个季节，也不拆洗一回被褥。而更为惊险的是，二喜身上的虱子，和别人身上的虱子长得不一样，饿得扁扁的，像是另一个二喜，顶着一张薄皮，魂飞魄散，四处游走，再也榨不出一滴血来。就连逮住它们的人，都会觉得凄惨。二喜妈一想起这些前尘往事，实在忍不住，扑哧一声笑出来："我说俺那二喜子，你就别再装出那副高贵表情，吓唬你妈啦！你做得端端正正，就是给咱祖上烧了多少高香啦！我可再也忍不下去，要憋笑出来了呀！你媳妇和你儿子，相信你是脱胎换了骨头，我可是能照出你那把小骨头架子来！俺那亲儿子，你可真能装蒜！"憋笑着，在二喜腿上踢了一脚，接着，哈哈笑出声，弄得二喜脸就红了。

二喜把顶账顶回来的旧拖拉机和几百吨水泥、石子儿，捐给村里，没要一分钱。配上县里拨付下来的少量配套资金，自己组织厂里的工人，出工出劳，起早贪黑，把桃花村通往乡里的十二里沙石路，水泥硬化了。

二喜经营厂子，手上到底挣了多少钱？

二喜爹一贯喜欢充大，站在院子里斥责二喜，近几年里，二喜爹变得爱发脾气，像是一只就要老去的斑鸠："你咋能都把水泥和石子儿捐给村里？你是不是吃疯啦？还是脑袋被门夹住啦？你是不是讨吃鬼放不住隔夜食，对村里出手大方，你就舍不得给你爹我搭个鸡窝一样的新草房？我和你姨三寡妇，不是还住在旧窑里头吗？又是潮气又是土气的，终年不散，你就成心让你爹我……活得像是个讨吃要饭的一样？我、我、我……我不想活啦……"

"你哪里像是讨吃要饭的啦？不是每月都有固定的俸禄发放给你吗？"

二喜拿着镰刀，正给他爹削一根拐棍。就差几刀，拐棍就削成了。他看见他爹腿脚还行，走路带风似的，"嗵嗵嗵嗵"，可是他爹提醒了二喜几回，要二喜用一根粗壮的树枝，给他削一根拐棍。

"你发给我多少俸禄了？我是跟着你这好儿子，富裕到哪里去了？"

二喜爹咆哮起来，吓了二喜一跳。二喜试图调停，免了这场冲突，防止出现吵得更厉害的风险，这样好言相劝："俺那亲爹呀，旧院子里不是也住得挺好的么？有鸡又有猪的！还没有等到养大，你不是就杀吃了吗？"

"你真是口不对心！你对你妈和通财，是怎么孝敬的？对我又是咋样孝敬的？你是不是想和你妈合起伙来，对付你爹我呀？"

二喜他爹的神情，看起来总是比二喜倨傲。仿佛他在几万年以前，就是什么了不起的大人物他爹似的。

"我没有和俺妈合起伙来对付你呀！"二喜停下镰刀，极力争辩。

"你到底是不是我儿子呀？"

"我哪里知道是不是呀？不是你给我取得这么个轻巧、便宜的名字吗？二喜、二喜，一听起来，就像是不识字的人起的，野地里捡来似的，怪不得劲！谁知道是不是从哪里变种出来的？这件事情我能稽查得清楚？"二喜说到这里，知道说漏了嘴，惹得二喜他爹"扑哧"一声笑了。

"哎呀，那都是多久以前的事情啦！你还记恨你爹！我不是没念过书吗？谁说你不是我儿子啦？"

"我没有说呀！"二喜说。

"今年九月，你也给我盖一座新院。我老啦！不想窝窝囊囊地活着啦！你不是挣了很多钱了吗？"

"俺爹呀，谁说我挣了钱啦？你、你可真会享福呀……"二喜把手搭在他爹腰上，挥舞了一下，那里有一只大白蛾子，一直缠住他爹。

"你什么时候能给我盖起新窑呀？"

"我不知道。"二喜声音低低地回答，像是判断这句话的分量。稍微一分心，差一点没叫镰刀把手指头给削掉了。

"你不知道？"二喜爹用刁难的目光看着二喜，反复说，"我身上这把老骨头告诉我，我是老啦！老啦！拐棍我也不要啦！你也不用假装孝顺给我削拐棍啦！你自己留着老了以后拄吧！"说着，倒背着两只手，公老虎一样回窑里去了。他感到万分懊恼，无心丢出去的一块石头，以为能引起山崩，最后却什么响动都没有。院墙上投下的一束光里，一只母鸡，攀上墙头，拍打着翅膀。草棚底下，虫子的沙沙声，都像是触到他身上的一根根荆棘和麦草。

一场拌嘴，就这样过去了。

不过，二喜自己舍不得吃舍不得喝，把钱一分一厘攒起来，都拿回家里。

二喜的二大美老了。二喜常常开着它，进进出出。它有时候会把二喜撂在半地里，一会儿漏油，一会儿熄火。二喜都会叫上十几个人，把大美推回来。后来，大美告老还乡，住进牲口棚子里，变成真正的大美了。二喜在家的时候，把它开出来溜达溜达，洗刷干净身上的灰土，让它晒晒太阳，天黑的时候，再把它开进牲口棚子。

夜来早晚，看见天气变化，会对着大美说："大美呀，明天像是要下雨啦！你就不用出工上地，可以安安稳稳地歇息上一天啦！"

大美总是在黑暗中摆摆头，算是应答。

它真的告老还乡啦。

他需要买一辆新车。旁人劝他买一辆日木越野车，跑山路合适。二喜拒绝了。他不买日本车。他就买了大美的子孙——北京吉普车。到底是不是大美的子孙，他也不清楚，他想恐怕是的。比起他的帆布篷篷二大美，他的新北京吉普车，高级了不少。他的二大美，方向盘没有助力器，拐弯倒车的，开它可真是个力气活。不过，他觉得就像是替他的二大美驮垛一样，他愿意。他到死都不会买日本车，他不要。二喜爷爷年轻的时候，跨过黄河去打日本鬼子，火线上负了伤，被一副担架抬下来，落到日本人手里，被拖到一匹牲口后面，拖了二百多里地，最后只剩下一根绳子和半截上身，活活拖死。死得不如一匹牲口！那是人干的事吗？剩下二喜的小足奶奶和二喜他爹，寡妇失业的，要有多艰难，二喜他爹才能长大成人。没办法，最后只好用二喜暮生的亲姑姑，打换亲娶回了二喜妈。大概都是因为这些个经历，二喜爹才会对三寡妇一辈子上心。

说起二喜他爹小时候受的罪，再有一本书也写不完。

好吧，算了。这一页儿，就这么揭过去算啦。

总之，二喜换了一辆新车。

二喜到底挣了多少钱，始终没有人能搞得清楚。

其实起初二喜也感到害怕，怕有一天会被打回原形。像是掉进陷阱和沼泽，不能自拔。人不是为了活得那么不好，死得也那么不好，才托生为人的。不是，虽然难免时时都有那种危险。死了的鱼只能顺水漂走，活着的鱼才能逆流而上。二喜是一条死鱼吗？"世上耻笑、轻视我，我就耻笑、轻视这世上。"是二喜以前挂在嘴上的人生信条，他怎么可以轻易被逮到呢？站在这种边缘，看起来一定很危险。他遇见蓝花，就像是遇见什么似的。蓝花把埋住他脖子的枯井打开，假如他的头顶是冷的，就说明他死了，像虫子似的，把他烧了，化成灰就是。结果发现他的头顶是热的，他还活着。他认为这件事确实发生过。

活得平凡也没关系。那不过就是大地的颜色和样式。

那样不好吗？

小山跑了以后，蛇梁里头的隧洞变成真正的废墟。黄雾缠绕，终年不散。石头瓦块，似有闷响。夜半三更，雷劈电闪，发出几声长啸，尖锐刺耳。三寡妇常常发癔症似的，发起愣怔来。有事没事，总爱往蛇梁上跑，影影绰绰，觉得蛇梁里头的隧洞，除开隔三岔五跑出几条张开大嘴的蟒蛇以外，说不定会在某一个早上或者是下午，走出几十个披头散发的古人来。

突然有一天，三寡妇一头栽倒在二喜他爹身上，张了张上嘴唇，半句话也没有说出来，得了半身不遂。

这下可摔得不轻。

村里的女赤脚医生正在锄地。从地里被叫回来，跑了三面土坡。

"三姨？三姨？听得到吗？"赤脚医生撂开锄头，手上的麦草味儿都没有散尽，半伏在三寡妇的脸上问。

"她有一支蜡的工夫，没咋开口说话了……你看看情况咋样？"二喜爹扶着三寡妇的头说。

"她快不行了，要抬到医院去抢救……"赤脚医生仍用那种平静的声调回答，"再不抢救，怕是凶多吉少。"她把指尖放在三寡妇的心脏和脉搏上，腾出一只手戳了戳太阳穴上的两条大筋，注意到三寡妇身上的温度，正在急剧下降，两手按住三寡妇的腔子，嗅了嗅三寡妇肿胀的嘴唇，闻到一股酸菜味儿和豆面抿圪斗混合在一起的麦芽味儿，而不是腐臭味儿。对二喜他爹说，"嘴里出来的气息没臭，或许还有救。"她第一次注意到三寡妇的容貌，除开脸上有几个豆粒大小的疤痕，或许，她年轻时候，真算得上是有几分姿色。

三寡妇看起来很平静，没有野兽般的尖叫，也没有蚊子般的呻吟。哑然无声，什么都没有。

不过，她心里是知道的，她没有死，脸上的表情，像是剑客一样冷峻。一只指头肚大小的绿头苍蝇飞过来，撞到三寡妇的脸上。二喜爹帮她驱赶，失手打落她松弛了的一颗门牙。嘴唇里流出一丝血迹，仿佛在小声呜咽一样。

二喜爹打了一个冷战。像是一头公牛，眼里噙上泪水，好比自己得了病，喉咙里发出呻吟。

二喜爹把三寡妇的头放平，手指头蘸了一点麻油，把三寡妇干枯的嘴唇抹平。用一把麦草，擦了擦三寡妇的鼻头，三寡妇刚好张了张嘴，紧接着，皱巴巴的脸上拧成一团……

高高的土窗台上，一只老斑鸠在咕咕地叫。

二喜把吉普车从厂里开回来，二喜爹和二喜，还有蓝花和女赤脚医生，一人抬牢一条腿，或是一只胳膊，把三寡妇抬上二喜的越野车。这时，天已经快黑下来了，灰蒙蒙的。连夜拉到县里的大医院抢救。

不管大家是否相信，三寡妇能不能熬过鬼门关的打劫，鬼门关的消息，都把这个游离于桃花村以外的边缘人物，从可有可无的状态中唤醒了。金子——一直以来是她含混其词的梦想，是她梦寐以求想在蛇梁里头挖出来的东西。好几百筐，几天内就能送到，成为她临失去意识以前最后的梦想。那正是她一开始就想要的，只是不知道如何得到它。三寡妇一时冲动，趴上房梁，想把从蛇梁挖回来的多余小蒜瓣挂起来，挂到前墙上晒干。她挖得太多了，吃都吃不完。

但是，她还要到蛇梁上去挖，她得把筐子腾出来。结果，一股狂风刮过来，一只足没站稳，一头栽倒在二喜他爹身上。

黑暗笼罩了她。

"还好你在我身上摔倒，要是任由你在荒沟里乱走，你的小命可就不保了！"二喜爹叹息着补充。

抬上手术台以前，在三寡妇当初的栖息地，那几间早已塌毁了的土窑，三寡妇看到，荒芜的窑顶上，一簇簇杂草和野花，被曙光映照，通红似火。

她连续几天没有上蛇梁挖小蒜。

狂风刮倒她那一天以后，她再也没有上过蛇梁。

三寡妇在她略有盼头的生命途中，不经意地倒下。抢救过来以后，慢慢从黑暗中醒来。身上有两处地方，留下二寸长的刀口。刀口上显示出来的，不是伤疤，而是想要活下来的痕迹。她之前就在这里，醒来过。不过，脑子变得不好，成了老年痴呆症，在自己的各种想法中纠缠。虽然嘴唇和脑袋离得最近，不过，说出来的话却常常连贯不起来了。

日子悄悄从冬天挪到春天，又从春天挪到秋天。

到了第二年九月，比二喜他爹要求的时间推迟了一年天气，不过，还是实现了。二喜在村口那棵枯了三十几年的老槐树对面，征得县土地局的同意和批复，在自己家的自留地里，自己出资，用顶回来的各种物资，钉子、锤子、撬棍、细钢筋、石子儿、沙子、水泥，烧坏了的钢砖，炼钢炉里使用不合格，盖个房子硬度是富足超余了。修建起一排溜二十多间房子的敬老院。足足有五亩地那么大，围了一个大院子。二喜开上大卡车和旧拖拉机，把砖头和水泥一车一车拉上来。

令人吃惊吗？是的。村子里起初起了一阵波澜和窃窃私语，二喜到底挣了多少钱？这个问题，又被人们记起。等到这一切过后，钉子、锤子、撬棍、细钢筋、石子儿、沙子、水泥，烧坏了的钢砖，裹上桃花川的红黏土，房子的雏形形成，敬老院真的坐落在那里。一切又恢复原样。

时间，它不是一支利箭，而是一种回响。

敬老院中间和四周，山墙以外，留出了足够的菜地和花园。种上了野桃树、胡萝卜、辣椒、西红柿、小白菜，应有尽有。

敬老院盖成以后，二喜妈收了县里的油糕摊儿，回来当了敬老院的院长。

通财身上又拴上一串铜钥匙，成了敬老院做饭、上菜、跑堂、掌勺分粮的二掌柜。

三寡妇和二喜爹、喜来大爷、成来大爷、五保户福寿老汉、春仙大娘，以及村里的孤寡老人们，二喜管吃管喝，都统统免费住进来啦。

二喜他妈，变得耐心起来。心里那股子得意劲头，别提藏得多深啦！仿佛她一百年以前就是个大财主和大善人似的！正像是老天爷给她留了一手似的，到现在才显露出来。说实话，要不是这样，她都觉得她的人世欠收成哩！那就把这看作是意外收获好啦！野桃树、胡萝卜、辣椒、西红柿、小白菜，就在那里，绿油油的，都移栽过来啦！

当然还有一样东西不能忘了，那就是适当炫耀，她逢人便说："世上的银钱，哪里是人能挣得完的？跟着俺儿做点好事，俺这心里头，活得宽展哩。俺是谁呀？俺可是二喜他妈！"

她的声音里有种优越的调子。痴呆了的三寡妇，立即从气味上辨认出这个肥大松弛的老娘们儿，是她的宿敌。

两个女人各走各路。三寡妇挂着二喜给他爹削好的粗拐棍，一面靠墙往过走。当她回头看到二喜妈正在野桃树底下浇水时，三寡妇立即移开视线，哆嗦了一下。

"别盯着我的屁股看。"二喜妈说，"我屁股里头又没排放毒气，毒不倒你。你没有一点儿危险。"

"蛇梁的隧洞里有大蟒蛇。"三寡妇说。

"我没有看见。你看见了？"二喜妈问。

"我不告诉你。"

两个女人迅速错开。

她们的一双眼睛，记述了她们看待彼此的方式。

嗨。她们的世界变小了。小得能装进拇指和食指圈成的五亩地大的圆圈里。她们的世界又变大了，相视而过，仿佛目不相识。接着，坐下来等会儿，然后用以往的语言说话。伸出你的双手，瞧，她们悬浮在五亩地上空，闪闪发光。

第二十一章

又过了几年，春天快到了。

东明被提拔为大河县委常委，常务副县长。

二〇〇三年非典型肺炎大面积暴发时，东明担任公共卫生服务和县城综合环境治理工作的主要负责人。当时大河县的经济发展从县城到农村都不是很好，所以就导致了城乡环境卫生非常差。城乡居民环境卫生意识淡薄，特别是县城的乱修、乱建、乱贴、乱画、乱泼、乱倒垃圾现象十分严重。东明逐街道、逐巷道、逐家逐户做思想工作，动员全县上下，掀起清扫环境卫生大治理的热潮。东明自己每天徒步检查三十公里以上，中午不休息，饿了自己随便在地摊上买个馒头，渴了喝点矿泉水。随时抽查，不准反复，养成生活卫生习惯。乱修乱建乱泼乱倒现象得到控制。同年大河县成为省级卫生县城，卫生状况在全市走在前列，为后来二〇〇九年顺利通过国家卫生县城验收奠定了坚实基础。

东明分管城建、国土、安全生产、信访、经济发展、农业、教育、人劳社保等工作，大河县城面积小，只有不足六个平方公里。他建议县政府提出"富规划、穷建设"的城市建设总体思路，用二〇〇三、二〇〇四、二〇〇五年三年时间，建成大河广场、农耕广场、河川广场，县城道路绿化、亮化、硬化进一步完善，城市框架达到十五个平方公里。由于政法大楼拆迁难度大，牵扯各种隐性利益，县委、县政府暗中较劲，有所动摇，产生另选地址修建城市广场的想法。而政法大楼地处县城要塞，以前城市建设缺乏规划，各管一摊，乱修乱建，三层砖混土建小楼，占地面积大，使用率低下，像是一棵生了锈的钉子，对城市道路、街道改造和长远规划，形成阻力，不拆不行。东明在当时的常委会上表态：如果政法大楼旧址拆不下来，他宁愿辞职不干。他自己带领城建、土地主要负责人，多次上门做工作，拿出规划，宣传政策，城市建设涉及方方面面的利益，但是东明不吃一分钱，更不想自己得一分利。没有发生一起上访事件和冲突事件，他的主张是在国家政策范围内，合理合法，最大限度让利于民，保证被拆迁周围老百姓的利益不受损，税收优惠政策向零就业家庭创业、就业优先倾斜，实际解决城市困难户的吃饭、穿衣和住房问题。建起为群众健身娱乐、容纳万人的大河广场，老百姓一提起来就说："如果当时不拆迁建这个广场的话，现在连个喘气的地方都没有，出门不是爬坡就是跳河沟圪塄子。"

大河县正处于生产转型、产业结构大幅调整的关键时期，各类矛盾凸显，群众上访量快速增加。东明带队检查各类安全隐患，要求涉及人民财产安全事件，相关部门事不过夜，立即消除隐患，上级部门会随时抽查，不得马虎。对信访工作，东明平均每天接待上访群众二十人次左右，所有到政府上访的老百姓，都能得到他的接待和对具体事件的答复。

几年前，新寨乡有一个群众叫白香娥，因家中被盗问题，多次到县公安局上访，成为上访专业户。后来引发了当事人和时任县公安局局长的身体冲突，当时在全县引起很大轰动。当事人白香娥非常执着，继续上访，寻短见，示威，直到东明当上常务副县长，到这个时间依然没定论，没解决。白香娥住到公安局的办公室三天三夜不走。东明高度重视，自己找到当事人白香娥，主动代表政府向当事人赔礼道歉。当事人从不开口说话，只是坐在椅子上，默默流泪，到开口说话，说清当时事件的起因、过程和结果。东明让办公室工作人员详细记录，走访当事办案人员，核实具体情节，重新核查，上报县委、县政府。责成引发和当事人身体冲突的时任县公安局局长，对当事人做出亲自上门道歉，个人赔偿当事人精神、身体、医药、误工等损失费三万五千元，并停职检查，等待组织核查处分。

白香娥三年上访生涯，东明在一个星期之内，给了她答复。每一件上访，都像是一块砖头，案情简单，并不复杂。假如想要评出事件相对的对错，哪怕就只是相对合理公断，就能改变一块砖头。

新寨乡冯陡峁村一个老汉，七十多岁，常年上访，多年没解决：他的儿媳妇十年前由于计划生育结扎手术，谁知道是村里劁猪的兽医给做的手术，还是乡里的外科医生给做的手术，出了问题，多铰了一根管子，剩下的肠子缝到一起，一辈子再不能上地劳动。当时县里赔偿了两万块钱。儿子有病不能劳动，乡上每年救济五百斤粮食，给些米、面、粮、油。但是，五百斤粮食根本不够一家人吃一年，四处借贷，是村里出了名的欠粮欠款户。现在亲戚邻居都借遍了，穷得无处再借贷了。一家子常年处在缺吃少喝的贫困当中。听说大河县出了个愣子清官，敢把县公安局局长的官帽子给摘了，把白香娥三年前的上访被打问题彻底解决。就来到东明的办公室，说起他儿媳妇结扎手术出了问题，家庭困难。

东明说："今天刚好是你们乡的党委书记联合接访，现场办公。有什么事情你就说出来吧。"

老汉说："我找过他，他知道这个情况。"

东明问："他怎么给你解决的？"

新寨乡党委书记就当场说了当时的处理情况，赔了两万块钱，每年给发放五百斤救济粮的事情。东明一听就火了，发了脾气："那不行，那是医疗事故造成的家庭不幸，给赔那么一点钱，要是你亲妹子被结扎成那个样子，你接受不接受？"

新寨乡党委书记被弄得面红耳赤，也不敢当场强辩，就问："那怎么办呢？再给上一点救济款？"

东明说："这样贫困的家庭，给一点救济款能实际解决得了吗？你要去当事人家里了解情况，必须立即解决。你要了解清楚，看看他家里孩子们的情况是什么样子的，有劳动能力的，按县上针对零就业家庭优先解决一个务工名额；上学念书没钱的，纳入政府扶助对象，口粮不够吃的，联系民政部门，协同配合，一竿子插到底，立即彻底解决！我再不能看见这么可怜的人，到了我的办公室才能解决吃饭、喝水问题！这件事我会亲自抽查，下村到户回访，你办不好，咱就上报县委、县政府，启动问责机制，让你腾出共产党的位子！"

老汉说："唉，你是个好心人。这才是共产党的干部该干的事啊……"

东明到长官庙乡检查植树造林，走到半坡上，十几个老百姓冲上来挡住去路。当时长官庙乡党委书记和村里的干部在前头引路，上前就责骂那些老百姓，就要动粗。东明推开他们，走过去说：

"你不要张口就骂老百姓，他们那是在挡你家的路吗？"问挡路的人有啥事情，那几个人就说，是政府征地盖农贸市场的事情，赔偿款原先说好了的，给了一部分，剩下的一部分拖了好几年都没给，老百姓要这个钱，要了几年，互相扯淡，没人管。欠得最多的两万多，最少的几千块，这十几个挡路的人，人人有份。东明挨着一个一个问欠你多少钱，让人当场记录下来。挨个问完，转身问长官庙乡党委书记："你是谁家的书记？老百姓吃饭、糊口的钱你咋不管？共产党要你来是杀吃的？你这种不管老百姓死活的书记，狗都能当。"

回头对那十几个群众说："你们可能认不得我，我是大河县人民政府常务副县长刘东明，限定三天时间，给大家解决。如果三天解决不到位，到县政府来找我。"转身对长官庙乡党委书记说，"三天时间给老百姓解决到位，该给群众的，一分一厘不能少；拖欠利息要按签订合同的时间算起，合理合法补贴上。否则政府要问责，一票否决！你以为共产党给你按月发工资，是给你养猪膘呢？不把老百姓的饭碗端好，你就回你家扯淡去！"

嗨！东明这个男人呦！

有一回东明和县里的城建局长上省里出差，争取省里的城建项目和土地批复。那位局长私下受了上级领导的请托，招投标的时候，悄悄带进一家事先安排好的施工单位。专家审核施工资格时却发现，这家施工队资质不全，没有甲级资质，不具备施工资格。上报到东明这里，被东明卡住，清退出去。这次到省里出差，那位领导亲自出面，招待东明和那位局长。除开东明以外，那两位心照不宣，假装对那家被清除出招投标的施工单位不清楚，没有对东明提出任何要求，只是对东明热情相劝。东明平时除开工作应酬，从不喝酒。而他又习惯下乡下村，很少在城里厮混，所以不胜酒力，几杯下去，就喝多了。这位领导招待他们吃饭的地方，是一个隐蔽的地方。东明对那位省上领导很尊敬，觉得人家的地位很高，官儿也很大。那位领导看到东明醉了，伸出手腕子上的手表看了看，说：

"没想到，时间这么晚了，这可不得了，你们明天不是还要到其他部门争取项目吗？从这里回你们酒店，还有一截距离。"他说着，回头招了一下手，"你们哪一位送送咱这两位基层干部回酒店？"

领导身后一位长相标致的年轻女子，立刻会意，主动上前和那位局长搀住东明。东明推开他们，算是回话儿。自己上车，虽然他不胜酒力，但是，他心里却很清醒。他们三个一同上了回酒店的车。

那天夜晚，虽然太阳早已经看不见，月亮也没有升上来，但是在那个季节里，省城的天气，比起乡下来，暖和湿润。在逐渐明亮的街灯底下，他们乘坐的汽车，顺着平坦的大街，穿过一棵一棵白杨树，往前走去。那些白杨，伸展到明亮的远处，顺着东明的思绪，伸展到桃花山川上郁郁苍苍的山坡，才算到了他梦想的去处。山顶上就是一丛丛荒草树篱，它们尖尖的树梢，像是一根丝线，勾连到东明喝醉了的心，勾连到桃花山川迷狐岭上的风光。蓝花走过最后一道和他有关的山岭，就是迷狐岭。他和蓝花相爱相亲的山岭，被山野祝福的山岭，被神仙、树精祝福的山岭，他们短暂恩爱却又半生迷惑的山岭，就是迷狐岭。他们那时，只觉得彼此亲近。所以，他们相爱得那么久，都没有顾得上多说话。那道山岭，非常僻静，大树顶上的黄柿子，留在枝头，到了冬天，霜雪压枝，都不曾掉落；野山桃也累累成丛，俯下身躯，向大地低垂。那道山岭，是啊，就叫作迷狐岭。天上那位受了难的纯真仙女，落到凡间，迷倒桃花川一条相貌英俊不凡的男狐，从此以后，它们彼此恩爱，逶迤而至，成为一对美狐。在这样一个传说中，他自己的角色命运是什么呢？

回到酒店，城建局长给东明打开房间门，泡上茶水。走的时候，故意把那位年轻貌美的女子，留在东明房中。

那位城建局长希望，那个女子，能为他们打头阵，攻下东明。

过了一阵，东明的房间门响了，那个美貌女子，被东明推出门来。她告诉派她去正面强攻的城建局长说："你们那位基层干部，哪里像是个干部呀？简直就是个不说理的悍匪。力气大得像个农民，我脱不了他的裤子。你看，他还把我一把推开，跌到椅子上，腰上都磕出黑青来了，这是个啥野蛮人呀？"说着，掀起后腰，让城建局长看她身上的黑青。

这件事情，成了大河县的笑料。大多数人都认为，东明是个不开窍的异类和傻瓜。送上门的美貌、紧致女人，为什么不睡呢？在一般人眼里，不睡不是白不睡吗？

不过，从此以后，上省城跑项目，东明再也不带那位城建局长了。

东明不喜欢的女人，脱不了他的裤子。

东明身材高大匀称，常年在山上、坡上奔走，骨骼壮实，相貌算得上俊美，头上又顶着一顶官帽，不论是物理能力还是化学能力，自然手底下不是没有胆大的女人袭击他。不过，问题是东明力气太大，一般女人脱不了他的裤子。所以在他手底下工作的人，不论是谁，都不敢在工作上偷懒投机。他不吃你的、不喝你的、不偷你的人，当然在工作上不留情面。自从在他十八岁上，包办结婚那一天起头，他的命定，就给了他两条道路：一条是乱睡一切，一条是不乱睡。是啊，他选了不乱睡的那一条道儿。事实上明里暗里，选这条道儿的人不多。不过，他就是选这条道儿的人。他不喜欢的女人，脱不了他的裤子。

要是他能选择，要是蓝花愿意，他就和蓝花睡，一辈子搭伙计他也不觉得屈辱。不觉得屈辱？恐怕是的。事实上，东明就是那么一个粗人、野人。没有灵魂的女人，降伏不了他，脱不了他的裤子，睡不上他。

他好像把自己的身上，看得很高，一般的女人，没资格睡他。

东明啊，农民一样的悍性男人。

他从来也没有跑过官，也不知道省里的组织部门，门朝哪边开的。他是真的不知道，也不知道是谁提拔的他自己，他也没有去问询。他就只知道工作。只要有个岗位劳动，他就能推进时间。而时间对他，也并未疏忽。

饥者歌其食，劳者歌其事，就是他的生活。

他偶尔也会回家，回桃花川他和翠平的土炕。虽然很少、很少。虽然看到回桃花川他从小曾走过一千遍一万遍的岔路，他都会转过脸去，觉得颤抖。

觉得悲壮吗？其实也没什么悲壮。

至于翠平，在这件事情上，她只觉得东明身上，又大又迷人。虽然也曾一时半刻被她霸占着，她要借着东明身上的亮火，才能看见黎明。不过，她却知道，那亮火，或许永久都不属于她自己。就又懊悔又痛恨。

不过，事实上她始终都是胜利者。如果她能赢得胜利，她就赢得胜利，如果她不能赢得胜利，那就拉球了倒。

远处的山川，在细雨密织的迷雾里时隐时现，那是一个很有意思的旧地方。露出一点微弱的亮光，表示这个背静的小地方，和远处的大海之间，时有联系。远处奔腾不息的海洋，每天总会有雾气升起，三次或者三次以上，把那种弥漫在一切之上的雾气，投注到那块旧地方来。那种雾气，在东明身上一闪，和那雾气一对衬，照出他壮美、矫健的身形来，像是伏在山川土地上的一只公狮子，鬃毛竖立，脸上和身上的表情，都不知道是哪个时代的样式，也不知道是哪个时代的纹络，仿佛和哪个时代的关系，都不明显，却血肉相连。这块地方，比起远处的大海，自然是纤细得可怜，不过，却和大海时断时续，勾连在一起。

"又下起雨来啦！"下雨天气，不能下乡，也不能去工地上抽查。东明在办公室打开记录本，写下他各项工作的进展情况。下午他准备开个短会，筹备明年春天抢播的事情和秀美山川植树造林的各项汇总。

又过了几年。

东明成为大河县人民政府代县长，全面主持政府工作。

东明当上大河县代县长，头一天上班，他干的第一件事情，就是拆了县政府四米高的围墙，开放办公。他知道，以前老百姓来办事、上访，找不到干部和工作人员。干部们习惯互相躲闪、扯皮。他现在把他自己和各个县级领导的办公地点、职务、电话号码、分管业务、照片贴在大厅里公示，让老百姓容易找到分管各种业务的领导。规定每位县级领导，一周集中接访一天。接待上访要有记录，有回馈、有解决落实，考核组会定期抽查、随时查实。百姓的冤枉，一起头都是三毛钱的冤枉，不复杂，也不难办。事实上按国家法规，各级政府都是要政策有政策，要资金有资金，只是没人正经理会，没人管才会像滚雪球一样，越滚越大。

谁说天下衙门朝南开，有理无钱进不来？

第二天一大早，不知为什么，东明早上一起来，右眼皮就跳得他心慌意乱，这在东明可是从来没有注意过的事情。他揉了揉眼皮，没有在意。

翠平在娘家住得闷得慌，一时嘴淡，想吃个新鲜苹果，就到她婆婆家秋兰和铁石的苹果园地里摘苹果。苹果树高，够不着，就拿出一根长竹竿，照着树上抽打，苹果掉了一地。大女儿麦芽儿见了，对翠平说：

"妈，顶上那几个最大最红的，俺奶奶说啦，是给俺爸爸留的，你不要打下来啦！"

翠平一边拿着竹竿继续打，一边说："俺这个县长老婆，都没个男人，你哪里来的爸爸呀？你一年能见上他几回面儿？"

麦芽儿说："我天天都能看见俺爸爸！俺爸爸一去省里出差，就到书店给我和豆芽儿买各种书本寄回来，还给俺们写信，我也经常给俺爸爸写信，俺爸爸调到县里当上大官啦！谁说俺们没有爸爸？"

"俺现在可是县长的老婆，俺迟早是要进城里生活的人。这一准是铁定了的事实，你和豆芽儿都不相信？连你们两个也偏向你那大官爸爸？俺吃上几个苹果咋啦？你想不想跟上我进城里找你那大官儿爸爸？"

豆芽儿也跑过来拉住翠平手里的竹竿说："妈，别打苹果啦，咱家果园厢房里有几筐，我给你送到外婆家去，哦？"麦芽儿和豆芽儿都大啦，一个上高三，一个上初三。麦芽儿马上就要参加高考啦！

秋兰从苹果树底下走过，听见翠平和孩子们的对话，心里气不过，嘴上说："你说你没有男人，你男人是死了还是咋了，你没男人？你也长着一张嘴，说话都不如十几岁的孩子，还好意思说孩子们没爸爸……你呀你……"一句话没说上来，跌倒在地，吓得麦芽儿和豆芽儿撂开翠平的竹竿，上来拉住奶奶的手：

"奶奶，你醒醒呀，奶奶，你醒醒呀……"铁石在树上疏果，听见喊叫声，急忙跑过来，看见秋兰倒在地上，口吐白沫，吓坏了。来不及给东明打电话，让麦芽儿去叫来蓝花和二喜。村子里只有二喜家有一辆吉普车，拉上秋兰，送到县里医院，叫来东明，县医院一时处理不了，东明来了以后，跟上二喜的车，送到省里的大医院抢救。

秋兰在省里医院开了刀。癌细胞已经扩散到大脑和全身，无法切除。医生又把刀口缝上了。

母亲秋兰得了癌症。东明一个人在医院的院子里，失声恸哭。深夜的医院里，静默无声。

秋兰醒过来以后，对东明说："东明，妈想回家，妈想回咱家的果园。"她微微一笑，又添了一句，"咱家的果园，今年雨水配合得不赖。麦芽儿和豆芽儿给你留了树顶上的苹果，你记得回来吃。"

"嗯。"东明回答说。握住母亲的一只手，身子伏在母亲的手上颤抖。在母亲安静的目光里，仿佛她已经起身，回桃花村了。她的脚步，从陪伴了她几十年的果园两边，发出回声，像是一个生者的乐园似的。走到果园中间，就有别的脚步声随着她的脚步声，跑着进来的，是麦芽儿的，是豆芽儿的，担着重担子进来的，是铁石的，是东明的。虽然东明不常回来，儿子的脚步声，她却再清楚不过。因为在他的少年时代以及青年时代，一万次地从她身旁跑过，把穷富和权势的成见，都锁进苹果园里的仓房，锁进装粮食的麦子口袋里。仓房的山墙那一面，是另一座山墙，豁了一个口儿，还是以往的旧面目。不过，还好，还能够挡住狂风吹来。秋天的太阳，正射在苹果上面，把一片片苹果树叶，映照得清清楚楚，光芒逼人。

在所有的时光之中，这一刻似乎并非突然来临。她正是头一个受害最深的那个人，她正是那个人。她背对着阳光，嘴唇的姿态，没有惊怕，只是顺从。无法挽住的岁月，变成陈迹，牢牢把她缠住。

"不恨妈吗，东明？"

"不，不恨。从来都没有恨过妈。我谁也没恨过。"东明哽咽着说。

"俺儿这话倒是不假。心疼的俺孩。"秋兰一面这么说，一面从她躺着的病床上转过身来，脸靠着东明的胳膊，目光落在她儿子熟悉、亲近的面目和身躯上来，双目注视，她的伤感和内疚，都已经安静，却永远无法铲除，只是明明白白地看见，过去的岁月，来到眼前。因为时常翻看，那些岁月，都破了，碎了。

仿佛只是旧时的一个念头重启，却被匆匆到来的时光遮蔽。

秋兰把儿子看了一遍，又看了一遍。看的时候，像是在看一个孤单的牧人。和儿子做伴的，只有山坡和羊群，这是她刚刚醒悟的心里看见的。

现在，她仿佛就要撂下这个孤单的牧人，一个人走了。她走到桃花村的时候，暮色苍茫。果园里的土窑，散布在沉沉的暮色之中。新犁的土地，像是斑马的条纹。她要和她的儿子，在土地上走一走。他们同时仰起脸来，看着天空，仿佛她想为那些不在眼前的岁月辩护。即便她以前一字没提，也仿佛把她心里的窗户，遮黑了似的。苹果园里下起雨来，麦芽儿和豆芽儿戴着草帽，帮助她把果园里的农具收回窑里，她们站在房檐下面，看着雨滴落下，把手里的草茎，放进雨地里，看着它随风随雨轻轻飘走。她又听见果园的生长和孩子们的欢笑声，那些，都是使人感到安慰的声音，也是引起岁月往前走的又一篇序幕。

秋兰静静地躺着，像是一架机器，把目光放在儿子身上，再把心思放在儿子身上，不声不响，不言不语。她的儿子，她的任何一个孩子们，都是她一生双目注视的地方。仿佛判书呈上，载着一切记录。向谁申诉？羊群中赐我一席，将我与山羊隔开，让我站在你的右手边上。怀有一切爱意，向你。

回到桃花村，秋兰躺在炕上。二喜妈来看她，秋兰说："二喜他妈，我的老嫂子，看见你我就带气！你别得意啦！媳妇上我是没比过你，吃了败仗。不过，我也认啦，我可不是输给你呀！我是输给蓝花那个小妮子啦！当年在我奶头上吃奶的时候，我就预料到有这一天了！她把我给彻底打败啦！"

二喜妈也不忍心再说什么，好赖都是那么一回子事情啦，还争论个什么长短尺寸？心里那么想，嘴上却说："秋兰老嫂子，你可有个长脸面的大官儿子呀！不过，俺二喜也打混得不赖呀，跟上蓝花，没有成了赖人，还给咱村修了水泥路和敬老院，咱远的不说，就说咱这桃花村，我看立村以来，咱就说以前的大地主、大善人，除开剥削乡里乡亲，贩卖洋烟作害乡邻，县里开了几家生药铺，夺房夺地的，这两相一比较，谁家有过这种大气派？"

"你真是的！"秋兰笑了，"我身上刀口疼的，你还有心思说笑！"

第二十二章

　　谁也没有预料到，二喜在设计敬老院的时候，多盖了一间。空出角落里不起眼的那一间，供上陈五类的牌位。逢年过节，二喜都会端上敬老院的第一碗饭，摆上一双筷子，奠上三杯烧酒，烧上一份五色纸。一个人悄悄伏倒在地，磕上三个响头，算是祭奠他黑暗的过去。心里也没指望谁能免他的罪，就好像是刚刚有勇气揭开过去，挣扎着看见过去的自己。

　　农历三月的清明，桃花川要种最后一道荞麦了。三月的黎明，朦胧异样，连天边的曙光，都挂上树梢。荞麦地的最后一垄，也在曙色里翻腾，那沟麦子，等待春雨和湿润，就要打开嘴唇了。

　　蓝花第一次把二喜带到陈五类的坟地，和二喜一起，上了一炷香。二喜低着头，把脸完全让树枝遮着，不停地往坟上添土。他觉得只有不停地铲土，才能把他的罪过，放在这块坟地以外。灵魂出窍一样，身上满是黄土灰尘，表情和颜色，孤立无援，似乎把他和自然界连接起来的东西，只有这一件。身在坟墓，却不属于坟墓，离坟墓却也不远。让他觉得，比起跌进坟墓，伺候庄稼、天气、霜露和太阳，是多么的幸运啊。

　　二喜知道，蓝花每年清明和农历十月初一，都会悄悄来给陈五类上坟烧纸，但是以前从来没有带过二喜。每次，蓝花都会给陈五类的坟头添上几锹新土。

　　回到敬老院，蓝花把陈五类的家人送给她的美元，全部拿出来，交给二喜，作为敬老院老人们吃喝穿戴的贴补，和村里贫困大学生的学费、生活费，建立了一笔专门的"陈氏基金"。

那一年春天，那棵多年前吊死陈五类的老槐树，发出新芽，长出新枝，和敬老院遥相呼应。

以前谁也没有猜到，二喜在选择敬老院的地址时，隐秘地选在一面坡上，竟是和村口那棵老槐树，日夜相守对望。

它终于活了。固然那棵老树，多年前像是着了什么异数，突然枯死的老槐树。固然它曾经枯死，或许，它从来不曾逝去。而只是几十年以来，在自然界中短暂沉默。

假如没有一千遍一万遍地回望和凝注，怎么遇见她呢？仿佛总是有那么一个声音，带他走出黑暗，以雷霆万钧之力、刀凿斧劈之力。

敬老院地处阳坡，冬暖夏凉。东明听说了这事，发动县里的企业家，捐来了桌椅板凳，健身器材。二喜不要。蓝花说："那是东明和那些企业家给老人们的一片心意，你咋能不要？"

二喜为了显示自己有志气，推辞了半天，最后终于接受下来。

二喜妈故意把二喜爹和三寡妇的宿舍，隔得远远的。一个住东头，一个住西头。两个人腿脚不好，都坐上轮椅以后，故意不安排他们两个在一个时间段儿出来晒太阳。也不安排他们在一张桌子上吃饭、打麻将和耍扑克牌。倒是把通财安排住在三寡妇的隔壁，和三寡妇一桌子吃饭，一桌子打牌。气得通财背地里骂二喜他妈，是丧了良心的泼皮老娘们儿，你那七狼八虎的儿女们，是谁给你将养大一半儿的？他三天两头和二喜妈不说话，闹别扭。二喜妈也不理会，继续撅起屁股当她的院长。二喜见了，笑他妈："妈，你都快一百岁了，还计较那些个事情干什么？要笑死人了。"

二喜妈说："对呀，俺儿，一百岁了还是会计较，进了坟里也不能轻饶了他们！"哎呀呀，你看那时穷光景的阴影，留下多少印痕。二喜可真能往疮屁股上踢。

二喜妈不让二喜爹和三寡妇在一个饭盆盆里吃饭，一个粗瓷碗里喝水。自始至终，都把他们两个隔得八丈二尺远。

三寡妇得了老年痴呆以后，嘴里成天闹着要上山掏狼窝。要把狼窝里的狼崽儿，一个一个拖出来算总账。她要给她男人报仇，她要寻她男人。她说，她男人在狼母堰上的母狼窝里，等着她呢。她要回她家垮塌了的旧土窑，骑上一匹快马，带上二喜他爹送给她的一路盘缠，那几吊子黄铜钱，和老鼠嘴里吐出来的那一万块崭新的现钱，去狼母堰寻他男人。她要和她男人，去一个地方，从那一个地方，再去另一个地方。一个谁也不知道、谁也不认识他们的好地方。狼母堰的母狼和它的狼崽儿们，谁也寻不见他们。每天都要说上好几遍，或者几十遍。说完了就又说：

"二喜妈那个泼皮老娘们儿，身上皮松肉垮的，骑马布都夹不稳当。裤裆里松的，能跑过去三匹公马。通财那个灰命男人，一定是瞎了一只眼，才趴上二喜妈的肚皮，上了贼船，到死也不过是个炮灰。俺三寡妇又不是没有勾搭过通财。哎呀！通财那个挨刀的，硬是不上俺的热炕，偏是钻了二喜妈那个泼皮老娘们儿的热被窝！你说他不是眼瞎了？俺是再三做过比较，不管谁用哪只瞎眼偷看，分明都是俺比二喜妈的身上白，不对吗？要说是这么个情况，上过俺三寡妇热炕的男人，哪个不清楚？还用俺和她强辩？在俺身上趴过的男人，那可不是一个两个！掰上你的手指头和足指头数，都数算不过来！"

哎哟哟，可真是个寡妇。螳螂捕蝉，黄雀在后。可见得都不是省油的灯呀。把二喜爹晾在一边干瞪眼。接着，二喜他爹也痴呆起来。变得不太说话，逢人也不理会，对菜盆里的饭菜，也不再挑剔，不再嫌弃通财给他端饭、跑堂的时候，手上力气太重，好像是专门摔打他一样。不过，有人分析说，二喜他爹呀，是想在两个泼皮老娘们儿的眼皮子底下，逃个活命，装痴呆的。谁知道呢？二喜他爹那个滑头。因为有人看见，院子里没人的时候，二喜爹会把三寡妇被风刮乱的头发给梳整齐。

头发梳整齐以后，三寡妇接着又说："蛇梁上飞下来一架绿皮直升机，没经过羊虎批准，把桃花川的黄土、石头都掏走了。不过，最后的结果，倒是活埋了几十个活人在蛇梁肚里。这话我说了多少年，你们都不相信？那个远处的大世界，和咱的蛇梁，是有一定关联的！小山子逮捕以前，尽是瞒报哩。俺两只眼睛亲眼看见，那几十个大活人，穿着灰皮夹克工装，一早上进了蛇梁的黑隧洞，黑夜就再没有出来过。都活埋进蛇梁肚里了。孤魂野鬼似的，都是些青壮后生，都是小山的监狱劳改同行。偏是夜夜给俺托梦，惊扰得俺这心里头没法儿整端，连狼窝都没办法好好地去掏腾哩。"

敬老院的老人们，都随她说去。有的耳朵聋没听见，有的眼花没看见。一阵风一样，都吹远了。

三寡妇一见二喜妈从她跟前走过，就脸上带气，性格变得孤僻。仿佛痴呆背后，仍残存着一丝警惕和虚荣。

二喜爹问三寡妇："咱们俩，死了咋埋哩？"

三寡妇说："死了再说死了的事。"过上一会儿，醒悟了似的，又说，"各归各坟呀！你说还能咋埋？"哎呀，看起来，做了鬼，都是些惹事的鬼。

二喜爹心里想，人死的时候，山川和人的身上，都融为一体，就连一粒尘土也不能带走。而是你变成了它，它变成了你。但是，细碎的月光，总是会把三寡妇的容貌勾勒出来。

时间重塑了她的面貌。是啊，他一定认出，她是一位仙女。

国家免除了农业土地税收，推行九年义务教育。一百多岁的喜来大爷说："桃花村过上前朝古代都没有过的种地不纳粮、念书不要钱的光景，比起以前的桃花村来，有鸡、有猪、有牛、有驴，算得上是富得流油啦！"

喜来大爷到底一百多少岁了？没有人弄得清楚啦！他的二代身份证，藏在他的炕席子底下，还是藏在哪里？除开上头来发放老年人零花钱的政府工作人员，其他人他就是不让你看呀！

这位万寿无疆的老人家啊！

敬老院里的老人，每天都会学到新的东西。怎么从土台上跨过去而不至于摔倒；怎么保持酸菜嚼得不是很碎就想办法咽下去，而不被噎到；五月端午的时候，怎样把艾草挂在耳朵上，使人闻起来很香，而又能趋吉避凶；怎样在虫子啃干净以前，把院子里的白菜拔掉，让通财煮到锅里。

喜来大爷简直聪明过人，几乎成了敬老院里的神仙精怪，教老汉、老婆们认识各种石头和土层，告诉他们为什么颜色浅的黄土层比颜色深的黄土层藏得更深？为什么红土层更耐烧？为什么圆形的石头比尖形的石头更坚硬？为什么眯起眼睛可以遮住桃花川的空缺处？为什么老祖宗会用刀耕火种？为什么太阳会用一白天的时间落下去，又用一黑夜的时间升上来，然后一天又一天重复？因为那就是桃花川的长度。仿佛它们一直躺在带露的树叶子底下，静静地等候，命定要成为俺们的土地。记住！老婆、老汉们！

喜来大爷真称得上是神秘十足。在一个月满之夜，他长出一颗智齿。随后几天，赤裸的牙床疼得不能吞咽东西，只能吃些流食和豆泥。他没有告诉旁人，他怕旁人说他成了树精。不论时间地点，何种层级，他都可以存活。某一个夜晚，皓月当空，他又向老婆、老汉们宣布，人活着的荣耀是什么？比起太阳在白天和人之间的距离，黑夜中的太阳，离人更近。因为，它愿意在黑暗中伸出一只手，那就是人活着的荣耀。狂风席卷的时候，千万找个山墙，不要站在孤处，也不要说"吹得好疼"。狂风吹来，疼是应该的！不然，那样会更疼。记住这个！

日渐孤僻的三寡妇，也总是用一只手推着自己的轮椅，从各种隐蔽处跑出来，向墙外的狂风，捎去各种消息。终于有一天，一条大蟒蛇从墙头上下来，爬到敬老院里的一个背静角落，在一片红萝卜花底下，盘踞了一个夜晚，蜕了一层灰皮，僵住了，独自完成了它最后的仪式。第二天一早，三寡妇像是熟识它似的，给它挖了一个小坑，把它埋在它最后驻足的地方。那儿有几棵漂亮的桃树，在敬老院里聚起一片树荫，还有另一块胡萝卜菜地、一排排辣椒和西红柿，还有成片的小白菜叶子，像是繁盛时光，以及各种树叶铺成的黄金通道，里面有几只毛虫在啃叶片，"刺刺嚓嚓""刺刺嚓嚓"，响个不停。

......

二喜在外省出差时听火车上的人议论说，耐火材料厂因为是重度污染企业，政府迟早要关停。早早准备了草苗，配合县上土地流转政策，他和新来的副乡长一同上山了。

他们在山上转悠了几个钟头。二喜沿着狼母堰附近，圈出一大块坡地深沟，那便是他打算承包的范围。他带着新来的副乡长——是一个年轻的大学生公务员，他们这儿走走，那儿看看，这几条沟里，到处都是二喜的足印子，他不知道来这里盘算、勘察过多少遍了！他希望他的决定还和以前的每一次重大决定一样，不会有任何差池。

二喜和年轻的副乡长签订了三十年的合同，承包了狼母堰和狼母堰以外的三条深沟和六面大坡，种草种苗，就在鸡场旁边，开起绿色苗圃。

年轻的副乡长完成了乡里的土地流转任务，拿着文件走了。

二喜回到家里，拿出纸笔，盘腿坐在土炕的炕桌上，规划起他的绿色苗圃来。一面自言自语："这次的这几面大坡，比起上次狼母堰的养鸡场，多出三倍还要多，不过，我可得下苦心经营管理好才行。"

他又回到养鸡场附近。母鸡们换到新鸡舍里去了。再过一个春天，苗圃很快就能初具规模，这样母鸡们也不会感到孤单。

　　他在儿子的作业本上写写画画，列出一连串数字，种多少棵树，栽多少亩苗，都有计数。作业本的背面，是儿子的字迹，比起二喜写的字来，好得多了。啊，不但好得多，在二喜眼里，简直算得上是完美。二喜比较节约，从来舍不得给自己买一个记录本，都是在儿子写过的作业本背面做记录。

　　最后，他终于记录完了。

　　不过，他完全抑制住自己内心的喜悦，不再去想它。多年以来，他已经习惯克制自己的各种感情了。当然，他得承认，他现在不过是得到几面深沟和山坡而已，还不是成形的苗圃。

　　二喜把他的耐火材料厂，在政府勒令停产以前，贴上红布封条，封存了。但是每年农历腊月十八，传说中主管安全生产的老君爷的节日，二喜会像以往一样，端上羊肉和红豆子馒头、新黄米年糕，来到他的旧厂子和旧窑口，贡献天地。

　　蓝花说："你又回到过去了，养鸡场时候的二喜。"

　　二喜说："是啊。"

　　他们每天天不亮，就上山锄草垦荒，栽树育苗。

　　羊虎又出现在南坡。

　　他和铁石两个人，挖坑，栽树。每栽上一棵树，都要系上一根红头绳，希望它能成活。

　　他恢复了意识，观察了土地、自然界和野兽在人心里的活动样式。天气晌午是炉火，夜晚是冰窖。他在风中的重量变轻，记忆和时间刚对上，又脱掉了。他宁愿它还锁着，失去视线的人才会稍微有一点觉醒：光明这东西，实际上是什么？

　　他从一起头，就是个错误。唉，羊虎啊，看看你未来的现在，年轻的羊虎，你是躲在哪块湿乎乎的石头下面掩藏着的？

　　说吧，你要主张的最后请求是什么？黎明时分的一夜之前？

　　翠平妈夜里犯了疝气，岔了筋，一口气没上来，走了。先去了坟里，占住祖上那块坟地的半个边儿。就睡在那里，等着羊虎。她自然知道，羊虎迟早会来的。

　　她在这个院子里孤苦伶仃的光景，她自己并不觉得。尽管偶尔也有觉察，但是很快就混过去了。一天又一天，一年又一年，生活了再生活。她有什么不满的？她自己的内心，并不像旁人设想的那样，觉得不公。她的心里，又正和五十多年前还在世的婆婆，羊虎他妈，叙谈如何拆散羊虎和银妮的时光；叙谈那段和孩子们相处的时光；叙谈山门口那片使人快活的绿色山野；叙谈猪圈里爱跳圈的母猪；鸡窝里爱撂蛋的母鸡，还有一切一切，她时而热心时而又想不起来的东西。光是那些东西，经年累月都叙谈不完。或者头一天叙谈完，第二天又会重新生长出来。慷慨的老天爷，最终还是偏向、俯就了她，布施给她偏爱的男人和儿女们。虽然在表面上大家有份，家里的福分上却为她独厚。她也就顾不得风一阵雨一阵地在意和搅缠了。她到底是羊虎的老婆和儿女们的母亲啊！这些就是她的私有财产。她一有闲暇时间，就和她这些私有物品应对起来，从此立刻觉出，这个财产，比别的东西多出来的好处和区别来。虽然拥有这些，也花光了她所有的岁月和积蓄，不过，不用哭泣，她也能一样过得下去。因此，在这一天和别的一天一样，她都从容不迫地走完了给她规定的相关旅程。虽然一旦到了那儿，可能再也看不见桃花川，可是，她还是可以向这里张望，并把她在这里得到的那些旧岁月，一起引到她新近去的地方，她就能在那里继续和她的婆婆、和她的儿女们叙谈，所有从前的岁月，就都回来了。

假如她倒下了，谁会扶她起来吗？仿佛她在用独特方式解构宇宙。宇宙平衡吗？照这个伦理来说，不只有一个宇宙，还存在另一个宇宙。那样不好吗？存在另一个自己，就当作是两个人知道的秘密。谁不喜欢谁都无法插足的一家人？都是一样的，不需要更多。大门向每个人敞开，跨得过跨不过去呢。她将养了他十年，二十年，三十年，一辈子。有时是稍微有点儿别扭，像是逮住一个异见者。相距三十八万公里，恰好是地球到月球的距离。现在，如你所见，就那样了，算了，好吧。仿佛她的一生，都在为这个告别的时刻，做准备。

对于走到那里的人，这一刻无比重要。向后看，接着，再向后看。她看到带笑的银妮、老豆腐西施、老豆腐西施家的儿媳妇、饭馆家的老婆，她看到好多人。告诉她们，好好活着，偿还债务。她惊叹天上的星星和地上的植物、野兽，认出它们。虽然她叫不上它们的名字来。

她的时间到了，她全拿上了，除了早上吃剩的洋芋皮，留给家里的家畜。

银妮娘家的哥哥去世，羊虎上门去吊丧，遇见银妮的儿子。年轻时候失去银妮以后，他第一次看见银妮身边的亲人。银妮的娘家人，当年生怕银妮把私孩养到娘家，一天都没有多留，匆忙把她远嫁了。从此以后，和银妮彻底断绝了关系和来往，不准她再登娘家的门。直到银妮死了多年以后，两家才又有了一些断断续续的往来。银妮的儿子说，银妮死的时候，咽了三回气，都咽不下去，死得很困难。死过去以后，脸上的泪道道都没干；紧攥着的两只手，都没打开。临死前嘴里断断续续，辛酸悲痛地说："我哪里知道……我有过男人？"

一句话都没有说完，把她的少女时代和壮年时代，都带走了。银妮已经死了好多年，羊虎却不知道。银妮死的时候，那时的羊虎，为了忘记银妮，正伏在老豆腐西施婆媳两个的身上驰骋。

一纸隔阴阳。

羊虎像是被老天爷打了头，又像是一把钢刀，把活着的羊虎铲除了似的。脸上红一道白一道，被岩浆般的人世灼伤。他转过脸去，不顾一切，拼命刨起土坑来，眼泪一滴一滴，只往尘土灰泥里洒落。

或许，他像是二喜一样，要二番重活一回了。

翠平妈去世以后的那个秋天，那只撂蛋、走失的母鸡回来了。

羊虎带着它，搬到二喜开的敬老院。他和母鸡都有吃有喝，不用自己一个人在家做饭了。敬老院里老太太们人数少，都是些孤寡老光棍儿。突然来了一只年轻母鸡，大家都很欢迎。喜来大爷爱热闹，给母鸡取了一个名字，叫小妮。他们在敬老院南墙下的院子里，种了菜地，养了菜虫，专门给羊虎带来的那只撂蛋母鸡吃。不过，它再也不撂蛋了。它就在菜地里，在一棵老榆树底下扑棱，圈了一层黄树叶子，聚成一个暖堆，叶子很密，可以挡风除雪，中间刨了一个窝儿一样的形状，它就趴到那个窝儿里面，或者下蛋，或者睡觉。给自己垒了一个鸡窝。

一辈子四处撂蛋、时不时走失的母鸡，学会了垒鸡窝。

喜来大爷做梦的时候说：那只撂蛋的母鸡，长得五花斑斓，夸起翅膀来扑棱，动作神态，真像是年轻时候的银妮。

这句梦话一传开，吓了敬老院的老人们一跳。

年轻时候的银妮，真算得上是桃花川的夺顶大闺女。被羊虎不得已甩了以后，嫁给外村一个孤寡老男人。因为跟羊虎死死活活闹了一场不合时宜的自由恋爱，上过二喜他爹用麦草和门板搭起来的批斗台，跳过雨地里桃花川蛇精们住过的深井，想领过公社自由恋爱的结婚证，因为羊虎家里有童养媳，他妈不同意他们自由恋爱，公社没给领。相好了一场，闹得名声不好，常常受她男人暴打。得了痴病，撂下一个高中念书的儿子，四十几岁上，就年纪轻轻地去世了。据说羊虎家撂蛋的那只母鸡，刚好是银妮死的那一年，孵出来的小鸡。

尽是瞎说，银妮都死了多少年了？可是，偏偏就是有人相信。

"你是疑心说，那只撂蛋母鸡是银妮托生回来的？"

"谁能说得清楚？说不定那只撂蛋母鸡，就是死了的银妮活回来的。"

两个老汉照着太阳爷的光芒，互相论证的时候，羊虎碰巧走过来，听到这话，吓了一跳。再模模糊糊看看那只年轻壮实的母鸡，不论从侧面看，还是从正面儿看，鸡冠绯红，羽毛昂扬，目光闪亮，咋看都像是鸡中牡丹。动作神态，的确是像足了银妮。羊虎的眼前，模糊中闪出一团深色的暗影，飘来一股艾草香味，逐渐凝结成一个熟悉和亲近的影子来。她把垫肩搭在羊虎肩上，隔着驴粪垛，从羊虎手里抽出自己的手，全心向着他，羞涩地笑了一下。

"黑夜我在红泥沟的废土窑里等你！"年轻时候的羊虎对她说。

他的眼前，不再那么黑暗了。

原来光线绕过太阳时，可以折射弯曲。这一点短暂拯救了他的双眼和内心。他逐渐醒悟，恢复原初，又挨近银妮。银妮的儿子大学毕业，找不到工作，四处飘荡。羊虎听说后，托北京的教授帮忙，留在了北京。也不冤枉银妮托生成撂蛋、走失的母鸡，回来陪伴羊虎。银妮死了，变成了一只母鸡？是呀，谁知道动物界和自然界的那些个事情？

一切都过去了。

桃花村的"陈氏助学基金"，供出了第一个大学生——老豆腐西施家的孙子。

自从那次长寿家里出事以后，豆腐西施家拆了招牌，另起柴灶，再也不做长寿家豆腐了。几年以后，长寿家的孙子大学毕业，在大学期间入了党，回桃花村当起了大学生村官。认祖归宗，清明上坟，给父亲和爷爷，竖起一块石头，立了两块墓碑，碑上刻上自己写的铭文，简短记述了长寿家豆腐的来龙去脉，把差一点就要断开的香火，又续上了。开起了豆腐公司，聘请他奶奶老豆腐西施，当名誉董事长，在网上招商引资，和北京一家豆腐公司合作，秘制长寿家豆腐。

那一些前尘往事，像是一阵狂风，都刮过去了。长寿家豆腐的招牌，又挂起来了。

二喜当上县里的道德模范。县委、县政府请他给大河县的科级以上干部宣讲。二喜站在主席台上，东明让小学生给他献了一束鲜花。二喜的身上哆哆嗦嗦，站立不稳，两只手指头，关节粗大，因为一有时间就搬砖头、挖树坑、栽树、上肥，手指头肚上的指纹磨平，指甲缝里全是黑泥，分不清是二喜的手指头还是驴蹄子。想起自己的前尘往事，想起大美。他一遇到困境，就会想起大美。

大美，你能看见我吗？

我有几句话，想跟你谈谈，大美。

他的一生，都在大美的陪衬下，补救自己。

二喜不是党员，是个平头老百姓。羊虎以前发展过二喜，想发展他入党。二喜说，他小时候作害过人命，不敢谋想其他事情。

一开年，桃花村选举村长。全村在家的男女老少都来，在桃花村的老戏台场子里，这里以前是打麦子的地方。现在村里的各家，发展起各种副业来，出去打工的人多了，种麦子的少了。麦场成了老戏台场子。一排溜摆了一百个黄豆碗，方便大家民主投票。

黄豆碗里民主选举，抓字条儿。喜来大爷不识字，也不会写字，说："我想画个圆圈咋样？"喜来大爷的提示简单又适用。他用一只皱巴巴的大手，捂住他手里的纸条儿，他不想让别人看见他的选票，他不想让人看见他填的是谁，他也不想问旁余人填的是谁。他不识字，但是他认得一个字，有两个横杠杠的二喜的"二"字。

他就在二喜的名字下面，画了一个圆圈儿。不让旁人扶，自己走到黄豆碗跟前，把选票放进桃花村的黄豆碗里。

土改的时候，他也填过民主选举票。不过，那时不是在黄豆碗里，而是在当场脚步丈量的黑豆地里。用柴枝顶替选票，拴上红头绳，按上红彤彤的大红指头印。

喜来大爷感叹说："嗨！真个说的是，小村三两日，世上一千年啊！"

二喜被选上了桃花村的村长。

"啊！"二喜妈说，"俺二喜要当桃花村的村长啦？这是真的吗？要不是黄豆碗里的民主纸条儿告诉俺，这件事情真的发生啦！不然，就算用刀刺俺，俺也不敢谋想啊。抛开以前的往事不提，村民们自己选村长，那就了不起啦！"

　　躲在外地肥吃肥喝，花天酒地，胡作非为，过着富裕日子的小山，突然有一天，被公安机关秘密逮捕了。说是牵连到一桩国际走私稀有矿石的案件里。领头的国际走私集团，传言有其他背景，最终都被国家破获法办了。到头来，小山还是当了个垫背的。这一次，不知道能不能从禁闭室里，再出来了。

　　据说和那架当年神秘降落在桃花川，经过各种伪装的直升机有关。桃花川的人们，这才回想起三寡妇痴呆以后说过的胡话来。

　　桃花川的山山峁峁，大片山地荒地，深野老林，纳入国家退耕还林、稀有矿区范围，严格保护起来。很少有人进出了。

第二十三章

大河县换届选举，东明高票当选大河县人民政府县长。去掉县长前面的"代"字。选举结束，东明向大会深鞠躬，转身走出大会厅。没有带一个人，只身回桃花村。早上他爹铁石给他打电话，告诉他母亲病危，身上疼痛得一句话都说不出来了。但是，一直等着，要见东明一面。

他向代表们深鞠一躬，转身向桃花川奔去，向一生都在等着他的母亲奔去。

从现在起头，他就是大河县的父母官了。

秋兰双目微睁，发出一声呻吟，又合上眼睛："东明回来了没有？"

她怀抱着无限的爱意，等着她的儿子。

铁石用湿布擦着秋兰头上的冷汗，告诉秋兰，东明就快要到家了。他已经走上回梁、走上狗舌头沟口、走上桃花山川、走上果园的边缘，就要听见他有劲儿的脚步声了。

是啊，她儿子的脚步声，永远那样有劲儿。

东明伏在母亲身上，失声恸哭。泪水像脱开的闸门，再也关不上。

弥留之际，秋兰说："不管俺儿以后是平常百姓，还是当大官儿，妈就给俺孩三条原则：人，做事不要害命……为官不要欺瞒百姓……做人不要跌到人嘴底，做到这三条，俺孩就是个好孩……"秋兰看着东明，看也看不够，"东明，妈的好孩，都是妈不对……把翠平和娃娃们……接到跟前，好好过。都是妈不对，以前不好的东西，妈都带走……"

时间的钥匙，就埋在门廊底下。活着的人，一定要活着。

东明妈临出殡的前夜，蓝花来烧夜纸。

丧房里亮着一盏灯。蓝花轻轻推开门，只有东明一个人守孝。

蓝花觉得奇怪，小声问："东明，你一个人守孝怕不怕？你叫上翠平和孩子们，和你做伴呀。"

东明说："我怕啥呢。你以后要是有什么事情害怕，我不在你跟前，你就叫上二喜和你做伴。"

"嗯。"蓝花说。

接着，两个人就都不说话了。蓝花烧纸，东明把灰盆拢在一起，帮着她烧。两个人的手碰在一起，停了一秒钟，就分开了。接着，又碰在一起。东明说："蓝花，我知道你今黑夜会来烧夜纸，这是俺妈在这世上的最后一黑夜了。我知道你，你会来的。你不会缺了这个礼数，提前打发他们睡觉去了。我知道你，不愿意见我也会来。"

"看你说的，咱们俩，有啥愿意见不愿意见的呀。"

"蓝花，几辈子过去，我还是那一句老话，你要是愿意跟我跑，我还是愿意跟你跑。重过几辈子都是一样。"

"东明你可真会说话。你明知道我也还是那句老话，我还是不能跟你跑。你尽是逗我称心，尽是让我远看你的好。让我觉得，不拘我活在这世上的哪一刻，都觉得自己活得美，活得值当，你可真是的。以后再不准你说那种跑不跑的话了。我一回回远看见你，就让我又骄傲又想哭。不能替你分担，只能和你远离，就又心疼又想哭，谁傻得像我。你看看你，咱们俩，本身一起头就是越离越远，说上几辈子，那也是不能更改的。你又不是不知道。"

跑不跑，要紧吗？也没什么要紧。

在僻静的地方，时光，它不是一种危险，反而是一种保护。

不过，烧完纸，他们俩本来都想移步走开。但是，两个人的足跟，却好像被什么东西黏住逮住，仿佛要旧态复现，迷狐岭上的风姿影像，仿佛是他们身上和命里的一部分，都要一齐重新发生。远近混沌，迷迷蒙蒙，隔着一口棺材，不由得亲了一回嘴。身上过电一样，一时半会儿，都撂不开彼此的嘴唇。月亮的清辉，洒在他们的脸上，像是在黑暗中俯卧，盖着持久不息的风气，又像是一线灯光，映照在树上。山墙上的风物，树篱间的旧路，橙色中的曙光，带着一种过去的意味，都和她息息相关。

红色岁月

红色历程

红色史诗

红色经典

就只是那样。

就是杀了他们，他们也是彼此待见的。仿佛棺材里的秋兰看见，也不会站起来干涉。仿佛躺在棺材里的秋兰，也会替他们开脱罪责："亲就亲上一口吧。躺进这口棺材里头以前，世上特别想亲的人，确实也没几个。"

不过，有老婆有男人的人，那也不能隔着一口棺材，公然乱亲呀！所以，他们两个的嘴唇，正如他们的命定所见，只不过短暂偷亲了一下，又彻底分开了。

就只是那样。

所以才说，他们的命定，无法揭开，无法直视，无法破解，就只是芥豆之微的他们。

和东明亲一回嘴，舌根都会疼上三天。谁能比得上他？人亲人，不是用嘴唇，而是用身上；不是用身上，而是用心里；不是用心里，而是用向死而生的绝境。

蓝花给东明缝了一个巴掌大的圆形福口袋，里头装了桃花山川的红土。东明是属兔的，蓝花用红线绣了一只兔子。

东明说："看你土气的，还绣了一只兔子。是公兔还是母兔？"

"送给你的，当然是公兔啦。其实也不尽是送给你的，里头有咱桃花川的红土，是送给大河县的县官儿的。"

"你也是贪图权势的？"

"嗯，我也是。"他们两个人，都笑了。

每一个此刻，都是过去。每一个此刻，都是未来，他遇见过去的自己。以前觉得爱，却不知道因为什么爱。她照见他自己，要是他脸上有黑，她修正他自己。仿佛他一生只遇见两个人，就是蓝花和他自己。

看着吧。下一辈子，他和她，在宇宙的某一层级，会比肩站立。虽然那种能力是老天决定的。但是，他会向天去要，一定要见面，在大海的出口那里。一条线和两种颜色，是构成山川、大海的全部要素，世上最大的、最简约的，所以，会让我们掉泪。

起航、返航和归处，都是此处。

就是死了，也要和蓝花伙穿一条裤子。

为母亲服三之后，东明在坟头给母亲烧纸磕头。风把纸灰带起，飘向高远的天界，飘到母亲那里。

回城上任的时候，他带走他的家眷和两个女儿。铁石留在桃花川，住进二喜的敬老院，有吃有喝。春季和秋季，陪着他的羊虎老哥，上山挖坑、栽树。一年又一年，一季又一季。

翠平终于跟着进城了。

她完全丢开桃花村，丢开桃花村的最后一根树枝。天上飞翔的鸟儿，再不用替她流泪了。嘴里的饭菜，也不再难以下咽了。固然她男人当了大官儿，固然她以前守寡一样，固然她的鞋里，还装着麦草的碎屑。但是，她终究是一个女人，他们还是一家人。以前的岁月，好像远在天边以外。她到这儿来，并不是因为自己做错了事情，来埋怨他的。她到这儿来，是她想到这儿来。不管怎么说，她都觉得，她离他近。外貌和内心，也都想和他一致。而世界上的另一个她，离他远，那只像是一个传说中的人物罢了。她的不幸，都是那个人闹的，弄得几个人一同承担后果。以后不必再为这种事情拌嘴啦，这次她终于要到她男人那头驴跟前啦，心头不再装有余恨。正午的太阳，把她的脸晒成红铜的颜色，像是一团火焰。

午后的时光，慢慢地过去。

东明要做的事情很多很多。

旁人把他看成是一个大官。一个大官？比起二喜的小村长来，恐怕是的。不过，事实上只是一个县官。大概在有些人眼里，它好比就是十万雪花银。不过，在东明眼里，它就是它本身。他只把自己看成是变成大官以前的那个人，桃花川人。他站的地方微小，就只是一粒沙，一粒土，一粒尘埃芥豆。假如他能改变一块砖头，他就改变一块砖头。假如你想过要改变一块砖头，你就能改变一块砖头。那么，他就可以做一些好事，做一些实事，做一些有所见地的正经事。

他要使大河山川和人民，更加秀美。

他要治理大河。

大河县位于陕北高原，一条大河穿城而过，是母亲黄河的支流。通往北京的高速公路横跨大河两岸，穿河而过。大河高出县城六十八米，每年发一回大水，甚至发几回大水，淤泥洪水倒灌，淹掉半个县城。水患，自古以来是大河县的隐痛。沿途几十公里河滩荒滩，玩耍贪凉的，行桥路过的，上游突发大水，自古以来，更是夺命无数。他要修堤建坝，治理荒滩。他要让山上的回到山上，河里的回到河里。

还有其他。的确，他要做的事情很多很多。

他从没有把他头上的官帽看得那么重要。头上的官帽，它只是重要，并非更重要。他只把他留在桃花川的根脉看得那么重要，他把它看成是他立身的起点。不管在这一世的哪一时哪一刻，他都行走在山川大地上，让大家过上吃饱穿暖的好日子。就像蓝花说给他的，难道他升官升得还不够快吗？桃花山川一个农民铁石家的儿子，一个大官儿也不认识，从小连奶都不够吃的一个娃娃呀！四十一岁当上大河县的县官，当然要做好工作。做不好工作，老百姓选你干啥呀？当个县官，不拘老小贫富，瓦罐里有米，油瓶里有油，盐罐里有盐，书包里有书，那就是了不起的县官啦！节约一滴水、一颗粮、一株苗、一根草，比起这一代和这一刻，或许在下一代和下一刻，它们更有用、更珍贵，也更需要。力所能及让人们活得好些，再好些。活得尊贵、体面一些。活得稍有意义，或者更有意义。

他沿着桃花川的道路，向着大河县走来，向着远处，向着远处的远处，走来……

2014 年 1 月 11 日三稿改毕于古都西安

后记：生活给予我们的

我怀着热情观察山川、大地和人世，我不能说，我对山川、人世没有存疑，而我更看见了山川大地上那萦绕的美丽。我对那美丽和存疑所抱持的敬意中，怀有对看得见和看不见的那一切力量的信心和怜悯，像一颗金子一般，落在我写作时的纸上。加给那纸上一种回响。在时间的门口，山川大地正在说话。其中含有一种迷人的意味，我们看见，我们怎样在一刹那间，敞开了我们的心。我只是把一支火柴，投进时间的烈火中，意在照见他们的回答。这时，过往的每一时每一刻，我所见到的情形，以一种前所未有的意义铺排开来。在那也撕裂也柔和的成长中，始终有一种诚恳，划过我们的内心。

至今以前的三年，我走访了陕北、关中四个县，这其中有省级十强县，也有国家级贫困县，贫困和富裕的根由，我都想找到。

平时经常下乡，吃住在农家。饿不死冻不死就行。看见农家正在吃饭，人家会说：那你吃一点吧。我说好啊。有的人家正吃饭，他怕你不吃，不好意思让你吃，我就说哎呀您家的饭看着真好吃。他就说那你吃一点吧。我说好呀，坐下来就吃开了。反正就是走到哪里都饿不死冻不死。会赶牲口，在牲口当中比较喜欢驴的品质，觉得它能忍耐和负重。会开拖拉机。在鲁院我们去陕北搞社会实践的时候，看见路上拉大粪的拖拉机就觉得亲切，手痒得不行。

感觉文学不是生活的全部，但是生活的全部都是文学。觉得现实是一种力量，不管是苦是疼，即便是最有理由的苦和疼，那就是我们的全部。想要写出人的基本性。

　　自己在生活中大部分时间是个呆子。好像对文学也是这样，一开始写的时候，本来是想当一个土匪，不想迟疑。可是却时时感到迟疑。手里的钉子和锤子，总是不想钉到他的心脏上去。不想打得太重，因为生活已经反复捶打过他一千遍一万遍了。却又不能打得太轻，因为他曾饱受过无数拷问。对作品中的这些人物，也曾在没人的地方，洒下过疼惜的泪水。大部分时间都只能呆呆地退后半步，站在历史和现实面前动都不能动，头上常常会冒出慌汗。不过内心永远持守着某种空位，等待他认出自己。只是时常会遇到各种写作困境，这时候就会向过往求助，在写作最困难的时候，在那道门槛实在跨不过去的时候，才会翻看那些学习笔记和下乡的采访本，让那些过往，慢慢牵引自己，确立自己世界观的问题，一个人在人民中间的站位问题，人心的基本性问题，世界的层级问题，一对一切的问题，现实指向和社会风俗的问题，当下变成历史的问题，发现和找到匍匐在山川大地上却被人类的目光遮蔽和忽视的那匹骆驼，那些日常性和基本性，总是会使我们目盲。这时，那过往的学习中，总会有那么一句话，那么一个目光的投注、打量和停留，为我们短暂拨开迷雾，使我们偶尔遇见他，遇见那些人物自身的悲悯和一切，等等等等。那一切看不见的时光和回望，使自己一次次从迟疑中重新挨近文学。偶尔回望，总能教会我们某种持守。就像今天，此刻我们正在经历的每一天，时间指给我们的每一天，对我们的未来，都会是一种指引和陪伴。

　　或许，生活正是我们写作中最亲近的那一部分，在泥土中，在大地上，我们总是把写有文字的书简和泥土，放在我们目光的高处，那些，都是书本，都是纸张，都是文学的痕迹。所以，我只能说，除开在作品中所说的以外，再次深切敬谢那些过往的时光，以及未来的时光，所给予我们的一切，全部。

　　怀有一切，走向你。

　　（长篇小说《山川记》为中国作协重点扶持作品、陕西省委宣传部重大精品扶持作品。）